Au-dessus de
tout soupçon

Declan Hughes

Au-dessus de tout soupçon

*Traduit de l'anglais
par Cécile Leclère*

ÉDITIONS
FRANCE
LOISIRS

Titre original : *All the things you are*
Publié par Severn House Publishers Ltd

Édition du Club France Loisirs,
avec l'autorisation des Éditions Presses de la Cité

Éditions France Loisirs,
123, boulevard de Grenelle, Paris
www.franceloisirs.com

ISBN : 978-2-298-09544-9

To my readers in France:
I first called the book
"Marriage: The Thriller."
I hope you find Danny and
Claire's fight to save their
marriage as thrilling to read
as I did to write.
Best wishes,
Declan Hughes

À mes lecteurs en France

J'avais d'abord intitulé ce roman « Mariage : le thriller ».

J'espère que le combat de Danny et Claire pour sauver leur mariage sera aussi palpitant à lire qu'il l'a été à l'écrire.

Amicalement,
Declan Hughes

À Patricia Lucey

PROLOGUE

Out Of Nowhere[1]
(«Surgi de nulle part»)

Dimanche 23 octobre

Danny Brogan, à l'âge de onze ans, fut à l'origine de l'incendie qui décima la famille de sa future femme. Le geste avait-il été accidentel ou intentionnel? Danny ne pouvait le dire avec certitude, c'est du moins ce dont il s'était persuadé. Quoi qu'il en soit, il n'était pas étonnant qu'il en ait gardé des séquelles: une terreur morbide du feu qui, de toute sa vie, ne le quitta plus. La peur est le meilleur ami de l'homme, dit le dicton, et Danny portait en lui celle des flammes, mais aussi celle des amis qui l'accompagnaient cette nuit-là, au point qu'il avait parfois l'impression que ce double fardeau risquait d'avoir raison de lui.

Personne ne savait réellement ce qu'il avait fait, à l'exception de ses amis Dave, Gene et Ralph, et

1. Tous les titres de chapitres sont des titres de standards du jazz interprétés, pour beaucoup, par Frank Sinatra, mais aussi Ella Fitzgerald, Nat King Cole, Billie Holiday… *(N.d.T.)*

même eux divergeaient quant aux détails. S'ils avaient tous juré de se taire, la crainte qu'ils parlent demeurait. Pas au début, dans les jours qui avaient suivi, alors que la ville tout entière était sous le choc, que se succédaient les services religieux, les processions endeuillées, l'enterrement des victimes, les minuscules cercueils blancs. Pas dans les semaines ni les mois suivants non plus, alors que l'unique enfant rescapé se retrouvait d'abord confié à une famille d'accueil, puis adopté par une autre à des kilomètres de là, que la maison ravagée par les flammes était démolie puis reconstruite, de sorte que personne n'aurait pu deviner qu'un sinistre s'était un jour produit à cet endroit. Pas même dans les années d'après, tandis que le collège laissait place au lycée, avec son tourbillon de compétitions sportives, d'études, d'hormones, en rivalité permanente pour savoir ce qui de l'intelligence, des émotions ou du muscle l'emporterait. Personne n'a jamais rien lâché. C'était comme s'il ne s'était rien passé, comme si leur enfance même n'avait pas eu lieu, comme si la mémoire n'était plus nécessaire. L'avenir était tout ce qui comptait : le prochain examen, le prochain match, la prochaine jolie fille. Quelle importance, ce qui avait pu arriver lorsqu'ils étaient petits ?

Ce ne fut que plus tard, quand ils se retrouvèrent eux-mêmes parents, que les choses changèrent. Devenir père, c'est aussi revivre sa propre enfance, comprenait peu à peu Danny.

Sa fille aînée, Barbara, avait désormais onze ans, comme lui au moment de l'incendie. En même temps que les enfants étaient survenus les souvenirs, les questions ; c'était alors que le passé était devenu présent. Et pour Danny, que la peur avait resurgi de plus belle, resserrant son étau. Il était sûrement inévitable que la bande des garçons se disperse – après tout, combien de gamins de onze ans restent amis toute leur vie durant ? Mais peu à peu (et bien que ce ne fût jamais dit) l'incendie chez les Bradberry apparaissait comme leur ultime et unique lien.

Cependant, Danny Brogan refusait de se laisser submerger par ses peurs. Il affrontait au quotidien sa phobie du feu, qui crépitait et crachotait autour des brûleurs à gaz, dans la cuisine du bar-grill dont il était à la fois le propriétaire et le gérant. Et en saison, quand la famille réclamait un barbecue, il ne se défilait pas, même si la puanteur de la viande grillée et du charbon en train de se consumer faisait parfois naître dans son cerveau des images et des sensations d'autant plus insidieuses qu'elles étaient imaginaires (Danny étant inconscient avant même que les flammes se propagent chez les Bradberry, il n'en avait donc pas de réel souvenir). Ils avaient recours au barbecue beaucoup moins souvent que leurs voisins, Danny prétextant avoir l'impression de ramener du boulot à la maison. Mais ce moment de convivialité familiale ne pouvait être totalement évité.

Voilà que se tient le dernier de la saison, justement, en cette belle journée d'octobre, alors que les feuilles commencent à changer de couleur, que la température, encore clémente, fraîchit rien qu'un peu, comme pour avertir de se méfier du gel, et du reste, qui ne saurait tarder. Halloween est dans à peine une semaine. Les lanternes ont été allumées, les citrouilles évidées. Aux fenêtres pendent des rideaux de tulle noir sur lesquels se dessinent en transparence araignées, têtes de mort et sorcières sur leur balai. Tout le monde est là, dans le jardin en pente, les vampires, les loups-garous, les fantômes, les démons, et leurs enfants, et leurs chiens aussi. Tout le monde. Le moment charnière de l'année : quand le rude hiver du Wisconsin menace, mais que l'air est encore doux, tout juste, et que les premières étincelles du froid automnal courent sur les pommiers chargés de fruits au bout du jardin, puis par-delà le mur de clôture, et se répandent comme, oui, comme un feu de forêt, jusqu'aux plantations de l'arboretum voisin.

Au fil de l'après-midi, à mesure que l'alcool étend son emprise (bières pour certains, cocktails pour Danny et ses amis les plus bruyants, des brandys « Old-Fashioned », la boisson locale), la réalité semble momentanément suspendue autour et au détour du feu, qui lutte avec la lumière chatoyante et la brume teintée de noir par la fumée du charbon. Les propos s'enflamment, les esprits s'échauffent, les joues maquillées rosissent, les yeux brillent derrière les masques, et un bref instant, tout paraît possible : la femme d'un autre, la vie d'un autre ! Joignez-vous tous à la mascarade ! Plus fort, la musique ! Déchaînez-vous, mesdames ! Qu'on apporte du vin !

En parlant de femmes déchaînées, voici venir Karen Cassidy, l'indispensable barmaid en chef de Danny, qui titube sur ses escarpins hauts de quinze centimètres, un des accessoires de son costume de Catwoman fait maison. Ses cheveux blonds laqués sont dressés sur sa tête en deux oreilles de chat pointues, qui associées aux talons font dangereusement approcher son mètre soixante du mètre quatre-vingts. Au quotidien, Karen (si l'on oublie son style, digne d'une finaliste de concours de sosies de Dolly Parton) est une personne équilibrée et intelligente sur laquelle on peut compter, aussi solide qu'un roc, mais dès qu'elle a un verre dans le nez ou, dans ce cas, cinq brandys Old-Fashioned et une demi-bouteille de chardonnay, eh bien, on ne la tient plus! Lors d'une fête du personnel au restaurant, Danny avait même dû s'enfermer dans le cagibi, pour échapper à ses avances lourdingues (elle ne se souvient jamais de rien le lendemain et malheur à qui tenterait de lui rafraîchir la mémoire).

Karen exige de Barbara, onze ans, qu'elle passe *Highway to Hell* d'AC/DC à fond, qu'elle monte le son, que tout le monde danse sur la terrasse, interdisant aux uns et aux autres de se défiler ou de faire une pause. Ayant jeté son dévolu depuis une bonne heure au moins sur un membre du groupe de théâtre de Claire, Simon, beau gosse, charmant et vêtu d'un costume de marin (un indice de taille, pourtant), elle se lance, bille en tête ; sa queue de Catwoman frétille, elle se pend à son cou, presse son visage entre ses seins, et ainsi vont-ils dansant, puis ils vacillent au bord de la terrasse et s'effondrent dans la plate-bande d'aromates, parmi les buissons et les arbustes, couverts de thym, de sauge et de laurier.

— Oh, le beau bouquet garni! s'exclame Todd, le petit ami de Simon.

C'est alors qu'elle apparaît. Des flammes jaillissent du barbecue, la graisse chaude grésille, crépite, forçant Danny à s'écarter du brouhaha, à détourner la tête de la maison. Il remue les braises, calme leurs ardeurs et là, Danny la voit – à travers la fumée, les pommiers, les barreaux en fer forgé du vieux portail du jardin qui mène à l'arboretum –, la silhouette caractéristique de la Faucheuse. L'ange de la Mort avec son capuchon noir, sans visage, troublant, sa faux dans une main, et la seconde qui se lève en signe de salut ou de reproche, puis s'abaisse sur la poignée du portail. Pendant une fraction de seconde, à travers la fumée, les pommiers, Danny est persuadé que c'est bien la Mort, venue le chercher. Puis il voit la lettre *F* gribouillée sur le torse de ce personnage et il comprend que ce doit être un de ses anciens amis – Dave Ricks, Gene Peterson ou Ralph Cowley. Les Quatre Cavaliers, voilà ce qu'ils étaient, ou du moins ce qu'ils étaient devenus, lors de cet Halloween de leurs onze ans, cet Halloween qui avait tout changé. Les Quatre Cavaliers de l'Apocalypse.

C'est à ce moment-là que Danny quitte la fête, traverse le verger jusqu'au portail, se dirige vers ce vieil ami, à l'insu, pense-t-il, de tout le monde. Il s'arrête après quelques pas pour se retourner vers le feu. Par-delà la brume de chaleur, il aperçoit sa femme, Claire, qui essuie des larmes de rire en regardant Simon tenter d'échapper, en vain, aux assiduités horizontales de Karen ; il voit Barbara qui grimace comme dans les dessins animés pour marquer sa gêne et son incrédulité, sans parvenir tout à fait à dissimuler son excitation ; et aussi Irene, qui s'amuse dans son coin en roulant sur le gazon avec M. Smith, leur springer anglais. Il observe sa famille. Voilà l'enjeu, songe-t-il, voilà ce qu'il ne supporterait pas de perdre; sur ce, il enfonce dans la poche de son tablier de boucher le couteau de cuisine Sabatier de vingt centimètres dont il s'est servi pour couper la viande. Il fait volte-face et progresse à travers les filets de fumée, dans la lumière tombante, sous les branches douloureusement lourdes des pommiers, en direction du portail, sans que personne l'ait vu, du moins le croit-il. Il se rend dans l'arboretum, où il rejoint l'ange de la Mort, qui sait tout ce que Danny aimerait tant oublier.

PREMIÈRE PARTIE

La veille

Claire

I'll Be Seeing You
(« Je te reverrai »)

Dimanche 30 octobre

Chaque fois qu'elle traverse l'aéroport de Madison, Claire a l'impression de remonter le temps. C'est dû en partie aux proportions réduites du terminal, en partie à l'absence de foule, mais avant tout à la musique d'ambiance : des standards mélancoliques, aux arrangements de cordes délirants et dégoulinants, qui s'infiltrent dans son cerveau et la rendent mystérieusement nostalgique d'une époque qu'elle n'a pas pu connaître. *Laura*, *Autumn Leaves* et maintenant *I'll Be Seeing You. In all the old familiar places,* complète-t-elle machinalement dans sa tête, car les paroles de cette chanson de Sinatra sont pour elle comme une seconde nature. D'ailleurs elle s'attend presque à découvrir ces « vieux endroits familiers » tels qu'ils étaient au début des années 1960 : voitures à ailerons, femmes en jupes amples froncées à la taille, hommes portant chapeau et costume à revers fins typique du FBI. Sa petite famille l'attend, aussi idéale que dans les comédies familiales de l'époque, justement, un peu comme dans *Ma sorcière bien-aimée*. Salut, chéri, je suis rentrée !

À chaque fois, ça lui fait le même effet, et comme souvent, elle en rirait presque. Presque, parce que au fond d'elle, elle se doute que cette vie en banlieue résidentielle avec son mari, ses enfants et son chien n'est pas si différente de celle que devaient mener ses parents. Bien sûr, elle a un boulot, elle enseigne le théâtre une douzaine d'heures par semaine, mais ce n'est pas son occupation principale. Au quotidien, Danny part travailler et Claire conduit les filles à l'école, au foot, chez l'ophtalmo, l'orthodontiste, aux compétitions de natation, dormir chez des copines ; elle gère les courses et cuisine, fait en sorte que les moquettes soient propres, le linge lavé, qu'il y ait un bouquet dans l'entrée, du feu dans l'âtre. Ou au moins, que le chauffage soit allumé. Comme la femme dans *He Thinks He'll Keep Her*, la chanson de Mary Chapin Carpenter, elle passe ses journées au volant, par monts et par vaux. Elle se souvient des discussions qu'elle avait avec ses amies en sixième sur leurs projets d'avenir ; elle s'était moquée de Pattie Greer, dont l'ambition était d'être femme au foyer ; il était hors de question que Claire Taylor se contente d'un tel destin. Trente ans plus tard, Pattie Greer est Patricia Price, de chez Butler, Price and Stone, et Claire Taylor est Claire Taylor, femme d'intérieur. Elle a gardé son nom, mais pour le reste, s'en contente-t-elle ?

Eh bien, oui, peut-être, en fait je m'en fous, pense-t-elle, manque-t-elle de dire à voix haute ; elle lève les yeux au ciel et finit même par lâcher un petit rire audible, qu'elle réprime très vite, car elle se trouve seule à côté du tapis roulant des bagages et ne tient pas à passer pour une folle. Quoique ? Après tout, elle se fiche aussi de son apparence aujourd'hui. (Et c'est tant mieux, car l'accumulation de soirées, de shots de tequila, de gueules de bois, ainsi que d'autres trucs auxquels elle préfère ne pas penser, a donné à son teint des rougeurs, et à ses cheveux une consistance charmante proche de la paille.)

Une semaine plus tôt, elle était sur le départ pour Chicago et elle ne s'en fichait pas, loin de là. Une semaine plus tôt, cette musique d'ambiance n'était qu'un clou de plus planté dans le cercueil de sa quarantaine. *All The Things You Are*, le morceau qui passait lors de son enregistrement pour le vol, lui avait semblé un requiem ironique à la vie qu'elle s'était autrefois prévue : une vie sur scène, vouée à la créativité et à l'expression de soi (ce sont les mots exacts qu'elle avait employés dans son journal intime d'étudiante, si sérieux que sa lecture en était pénible *a posteriori*). *All the things she's not*. Toutes ces choses qu'elle n'est pas.

Elle s'était donné les moyens, pourtant. Âgée d'une vingtaine d'années, elle avait enchaîné les auditions pour toutes les compagnies théâtrales de Chicago, évoluant de la figuration muette aux personnages à une ou deux répliques jusqu'à décrocher des rôles secondaires mais significatifs. Puis elle avait monté sa propre compagnie avec Paul Casey, qui était metteur en scène et son petit ami à l'époque, pour pouvoir jouer les premiers rôles qu'on ne lui proposait pas. Elle avait même dirigé certaines des productions, travaillant pour trois fois rien, acceptant des jobs de serveuse, créant les affiches et distribuant les flyers sur son temps libre. Elle avait mené sa barque vaillamment. Non sans succès, d'ailleurs. Une année, on avait même dit de sa compagnie qu'elle était le renouveau théâtral qu'attendait Chicago. Certes, cette courageuse opinion n'avait pas été publiée dans le *Chicago Tribune*, ni dans le *Sun-Times*, mais dans le genre de gratuit spécialisé dans le spectacle vivant qui finit souvent en sous-verre ou en torchon de bar. Néanmoins, ce fut écrit. Et les critiques dans la presse étaient toujours bonnes, ou peut-être pas toujours, mais elles avaient le mérite d'exister, comme si ses créations étaient sur un pied d'égalité avec n'importe quelles autres. Sans forcément appartenir à la crème de la crème de la scène locale.

Oui, elle avait jeté toutes ses forces dans la bataille. Claire récupère son sac de voyage et se dirige vers la file de taxis devant la sortie, s'autorisant un petit sourire soucieux censé exprimer une fierté justifiée, mais évoquant surtout les regrets. « Oh, il vous faut porter votre souci de façon différente[1] », murmure-t-elle pour elle-même, bien qu'elle n'ait jamais interprété Ophélie. Elle est trop vieille désormais, et lorsqu'on vieillit, le souci est le souci et le regret est le regret, qu'on le porte comme ci ou comme ça n'y change foutre rien. Il faut juste se battre chaque jour pour s'assurer qu'il ne finisse pas par se lire sur votre visage.

---

1. *Hamlet*, acte IV, s. 5, traduction J.-M. Déprats, « Folio bilingue », Gallimard.

Elle avait tout fait pour réussir, tout. Ça n'avait rien donné. Peut-être n'avait-elle pas fait de son mieux. Ou qu'il n'y avait rien à espérer. Non, ça n'était pas vrai. Tout aurait été plus simple si elle n'avait *pas* été à la hauteur. Mais voilà, elle avait le talent, tout le monde s'accordait là-dessus, elle manquait seulement de chance. Elle s'était fait coiffer au poteau tant de fois pour les grands rôles – elle était l'une des deux finalistes pour Laura dans *La Ménagerie de verre* au Goodman, et pour Viola dans *La Nuit des rois* au théâtre Shakespeare ; on l'avait rappelée pour deux auditions supplémentaires en vue d'interpréter Mary dans *Junon et le paon* au Steppenwolf, pas moins.

Le *New Yorker* avait un jour publié un dessin humoristique qui montrait un acteur en train de raccrocher son téléphone et d'annoncer à ses amis : « D'après mon agent, nous ne sommes plus que deux – moi et le type à qui ils donnent le rôle. » Paul Casey l'avait fait encadrer et le lui avait offert en cadeau d'anniversaire. Vers la moitié de la deuxième bouteille de vin, la drôlerie du dessin avait fini par échapper à Claire, qui lui avait cassé le cadre sur la tête. Ils avaient terminé aux urgences. Grande soirée. Leur relation n'y avait pas survécu – la compagnie non plus.

Oh oui, elle s'était bien battue. Mais elle ne s'était pas acharnée. Le théâtre, c'est comme le mariage, pour le meilleur et pour le pire, dans la santé comme dans la maladie, tout le tralala. Il existait tant d'immenses acteurs qui n'avaient percé qu'à la trentaine, voire la quarantaine. Tant à Chicago même, et nombre d'entre eux avaient pris le temps de lui dire qu'ils l'avaient remarquée, qu'ils admiraient son travail, mis un point d'honneur à l'encourager à tenir bon. À ne pas lâcher.

Mais elle en avait eu assez d'échouer au seuil du plateau et de tout mettre sur le compte de la chance. Assez des bouges et des appartements miteux, de n'avoir d'autre horizon que l'espoir. Marre d'assister, avec un sourire pincé, au décollage de la carrière de ses amis dans la finance, le droit ou la médecine, des amis qui s'installaient, avaient des enfants, devenaient propriétaires tandis qu'elle en était encore à ramer pour réunir l'argent du loyer chaque mois. La limite avait été atteinte le jour où un jeune metteur en scène prodige qui montait *Oncle Vania* lui avait annoncé qu'il cherchait une Sonia un peu plus jeune. Elle avait vingt-huit ans depuis une semaine. Le soir même, elle appelait Danny Brogan, en larmes. Danny lui avait dit : « Tu sais que je suis là. Je t'attends. Reviens. »

Il voulait dire « Reviens à Madison, Wisconsin ». Cent cinquante-cinq kilomètres carrés de folie cernés par la réalité. Ils s'étaient rencontrés à UW, l'université du Wisconsin, le jour de leur entrée à la fac. S'étaient pris une cuite le deuxième soir. Dans la semaine qui avait suivi, ils sortaient ensemble. Leur couple était de ceux qui se tiennent la main pendant les cours et dont la vision écœurante réussissait à unir contre eux des étudiants de première année qui jusque-là ne se connaissaient pas. Ils avaient même inspiré la une d'un fameux journal parodique et posé crânement pour la photographie d'illustration, surjouant les benêts transis d'amour : *Rétablissement de la peine de mort pour les couples fusionnels ; un* homme avoue : « *Je serais capable d'appuyer moi-même sur le bouton.* » Ils avaient une passion commune pour le rétro des années 1930 et 1940. Ils buvaient des cocktails, écoutaient du swing et du be-bop, portaient des fringues dénichées dans des friperies vintage et se comportaient de manière générale comme les stars de leur propre film en noir et blanc. Tous deux participaient au théâtre universitaire, Danny pour s'amuser, Claire avec une passion grandissante, et ensemble, ils avaient interprété un couple d'amants mémorable dans *Le Train du monde*, une pièce de la Restauration anglaise de William Congreve, qu'ils avaient présentée à la façon d'une comédie déjantée dans un décor Art déco (une idée de Claire).

Ce spectacle changea tout. La rumeur enfla autour de cette production brillante d'une pièce rarement montée, et de Claire en particulier. Des gens de Chicago, issus de théâtres aussi prestigieux que le Steppenwolf, le Goodman et Second City, se déplacèrent pour la voir ; ils lui donnèrent leur carte, leur numéro, lui assurèrent qu'elle était promise à un bel avenir sur scène. Et les doutes qu'elle avait pu avoir concernant son talent ou la voie à suivre furent balayés d'un coup. Danny, qui avait également eu droit à quelques cartes de visite, s'était empressé de les transformer en filtres pour ses joints. Et ainsi irait la vie. Claire avait consacré son année de maîtrise à travailler, à se projeter vers l'avenir, à interpréter des rôles ou à mettre en scène des pièces, se rendant à Chicago le week-end, évoluant dans l'univers du théâtre comme si elle en faisait déjà partie, tandis que Danny s'écartait de la voie tracée pour sombrer dans un univers cent pour cent masculin de bières et de joints, de matchs et de nuits blanches devant la PlayStation.

Se préparait-il déjà à la rupture ? Elle avait essayé de lui parler de leur futur, mais il refusait d'en discuter. Ce n'était pas l'amour, le problème, mais elle ne voulait pas se marier à vingt et un ans, ni rester à Madison, et ne tenait pas particulièrement à la présence de Danny à Chicago pendant qu'elle y tenterait sa chance. Avait-il su dès le départ qu'elle s'éloignait ? En se réfugiant dans les pétards et la flemme, cherchait-il simplement à se protéger ? Après tout, il avait un avenir tout tracé : son père était déjà malade et le bar familial, le Brogan's, lui reviendrait quand il se sentirait prêt, ou à la mort de son père, selon ce qui surviendrait en premier. Il lui était arrivé d'évoquer d'autres projets, mais sans conviction : au fond, Claire savait que c'était ce à quoi il se destinait, et Danny aussi. Âgé de huit ans de plus qu'elle, il avait appris les ficelles du métier au Brogan's avant d'entrer à l'université, il en deviendrait le patron à la sortie : c'était ainsi. Lorsque vint le moment de se séparer, ils firent l'amour une dernière fois, elle pleura, lui aussi, puis il l'accompagna à l'arrêt de bus. Dans le car qui l'emmenait à Chicago, elle avait eu l'impression d'avoir un poids de moins sur les épaules, elle en avait d'abord conçu une certaine culpabilité, puis finalement, toute cette légèreté l'avait soulagée – cette légèreté, un peu effrayante, qui apparaît quand le passé appartient au passé, et que seul compte l'avenir.

Le taxi traverse le centre-ville, désormais, filant vers l'ouest, longeant les maisons et les vitrines des magasins décorées pour Halloween de citrouilles et de lanternes, de sorcières et de fantômes. À l'arrêt au feu sur Gorham Street, elle aperçoit des étudiants qui attendent leur jus de fruits chez Jamba Juice, à l'angle, d'autres qui déambulent dans la rue. Il fut un temps, lorsqu'elle n'avait qu'une petite trentaine d'années, où elle appréciait de vivre dans une ville universitaire, elle aimait l'énergie qui y régnait. À l'époque, elle faisait jeune pour son âge, même après ses grossesses, et on lui demandait encore régulièrement sa pièce d'identité à l'entrée des bars. Elle se sentait des points communs avec les étudiants, comme si le fait d'être prise pour l'un d'entre eux signifiait d'une certaine manière qu'elle réussirait à triompher du passage du temps. Maintenant qu'elle est dans sa quarantième année, c'est tout le contraire : leur présence lui semble une gifle, un reproche, un rappel constant du fait qu'elle ne va plus que dans une seule direction, et qu'une bonne partie de ses espoirs dans la vie – toute cette créativité et cette expression de soi, pour ne reprendre qu'un exemple – ne se sont tout simplement pas réalisés et ne se réaliseront probablement pas. Elle n'a plus qu'une certitude, le compte à rebours est enclenché.

Elle observe les jeunes gens dans la rue. Presque tous arborent au moins un vêtement à carreaux, surtout rouges ; pour les garçons, la chemise ou la veste ; pour les filles, l'écharpe ou la jupe. Les carreaux sont-ils en permanence à la mode de nos jours ? Ou alors est-ce une spécificité du Midwest, voire de Madison ? Le rouge, c'est le Wisconsin, évidemment, la couleur chérie des sportifs, associée à l'équipe de foot des Badgers. Il y a vingt ans déjà, tout le monde portait des carreaux ; cela dit, les jupes étaient rarement aussi courtes. Sauf celle qu'enfilait Claire lorsqu'elle en avait assez du rétro chic : un minikilt écossais vermillon de style punk-rock, sur un collant noir troué et des bottes de motarde. Elle aimerait pouvoir encore s'habiller comme ça. Elle pourrait se le permettre, avec ses jambes. D'ailleurs, elle a déjà vu des femmes de son âge en minijupe. Mais il y a comme une incongruité. Ces femmes ne semblent pas tout à fait désespérées, mais un peu en colère, comme si elles mettaient le monde au défi de les critiquer, de leur faire remarquer qu'elles n'ont plus vingt-deux ans, alors que ça saute aux yeux. Elles ont l'air folles. Bonne chance à elles. Claire, elle, en est incapable. Et paradoxalement, elle a du mal à accepter cette autocensure. En voyant ces filles qui remontent State Street, elle sait qu'elle devrait penser à Barbara et Irene, elles qui seront à l'université d'ici quelques années. Ce devrait être son point de mire, car les enfants adoucissent le passage du temps, de tout un tas de manières. Elle est consciente de ce qu'elle devrait ressentir. Cependant, elle n'en est pas là. Elle regarde une fille aux longues jambes en minijupe, elle pense *je suis toujours comme ça*, et elle sait que non, ce qui lui donne envie de hurler. Surplombés par la coupole du Capitole éclairé, les étudiants se baladent, les éclats de lumière rouge dans l'obscurité naissante rappellent à Claire les flashs qui apparaissent derrière ses paupières quand le sommeil ne vient pas.

Barbara et Irene, Barbara et Irene, Barbara et Irene. Elles l'attendent – pas avec l'impatience dont elles faisaient preuve à six et quatre ans, disons, mais tout de même. Elle ne leur a même pas passé un coup de fil cette semaine, ni à Danny d'ailleurs ; c'était convenu, pas de contact téléphonique. Du moins l'avait-elle décidé, toute seule, et Danny s'y était-il plié. Il avait le numéro de son hôtel en cas d'urgence, l'Allegro, dans le quartier du Loop. Elle a très envie d'appeler ses filles maintenant, mais son portable est tombé en rade de batterie le mardi et elle était partie sans son chargeur. Elle se met à fouiller dans le sac qui contient leurs cadeaux, des robes, des petits hauts, des accessoires de chez J. Crew, ou de chez Abercrombie & Fitch, des costumes de vampires trouvés dans une boutique de Halloween, trop, vraiment, mais après une semaine d'absence, elle avait eu envie de les gâter. Elle s'assure de n'avoir rien oublié et récupère ce qu'elle croit être un reçu, pour le ranger dans son sac à main au cas où un échange serait nécessaire.

En réalité, il s'agit d'une carte.

Dans une enveloppe à son nom, Claire Taylor.

L'écriture est celle de Paul Casey.

Paul Casey, son ex.

Qu'elle n'avait pas eu l'intention de voir ni de contacter, mais qui a débarqué au pub le Old Town Ale House avec toute la bande. Exactement comme elle l'avait un peu espéré.

Ce qu'elle ignorait, en revanche, c'est qu'il serait divorcé. Sans enfants. Et un peu apaisé, plus sombre, comme si la vie lui avait infligé un ou deux revers. Quelques traits argentés parsemaient ses cheveux noirs, quelques rides étaient visibles sur son teint pâle, une ombre dans son regard bleu vif. Hanté, voilà le terme qui avait toujours paru correspondre à cet homme, dans son souvenir du moins, à la façon d'un poète romantique anglais dont le destin serait de mourir jeune ; encore plus hanté aujourd'hui, avec une mélancolie qui semblait enfin fondée.

La chaleur lui monte au visage. Et si Danny avait découvert la carte ? Ou une des filles ? Qu'aurait-elle dit ? Claire n'avait pas prévu de parler à Danny de sa rencontre avec Paul. Elle essayait même d'éviter d'y penser.

À quel moment Paul l'a-t-il glissée dans son sac ? Dans le bar, après sa virée dans les boutiques ?

Ou plus tard, dans le… Plus tard ?

Elle ne peut pas la lire maintenant. Elle la fourre dans son sac à main et tente de se calmer, de se mettre dans la peau d'une femme sur le point de retrouver sa famille. La respiration régulière, tranquille, d'une femme installée et heureuse de ses choix. Une semaine plus tôt, c'était une évidence : elle était installée. Qu'elle soit heureuse ou non était hors de propos. Peut-être aurait-il été futile de poser la question.

Elle ne voit plus les choses sous cet angle désormais. Car ce n'est peut-être pas une seconde chance qui lui est offerte, mais au moins *l'espoir* d'une seconde chance. Va-t-elle la saisir ? Elle l'ignore. Elle ne sait pas ce qu'elle va faire. Ni quoi penser. Mais elle croit identifier ce qu'elle ressent. Cela fait longtemps qu'elle n'a pas éprouvé ces symptômes. Ce serrement de l'estomac, ces palpitations du cœur, ces éclats de rire incontrôlés, ces soupirs, ces proclamations idiotes et soudaines. Pourquoi ? Pour rien ? Pas pour rien, non. À cause d'une sensation. Qui ressemblerait drôlement à du bonheur. Le genre de bonheur qu'elle croyait ne plus jamais éprouver.

A Cottage For Sale
(« Maison à vendre »)

Le chauffeur de taxi, avec ses longs cheveux gris tressés, ses anneaux en argent à chaque oreille, incarne le parfait survivant, ou la parfaite victime, au choix, des années 1960. Il a déjà demandé à plusieurs reprises des indications sur le trajet, comme si Madison était une métropole tentaculaire, quand elle compte à peine deux cent cinquante mille habitants, et lancé sa petite pique sur son quartier « huppé », le West Side, à croire qu'il s'agit de Beverly Hills ou de Rodeo Drive, alors qu'on reste dans ce bon vieux Midwest, l'Amérique dans ce qu'elle peut avoir de plus basique. Il faut avouer, cela dit, que Claire ne vit pas tout à fait dans un banal lotissement, mais dans une rue bordée d'arbres et peu peuplée au cœur de la pépinière de l'université, l'arboretum. La voiture se gare devant le portail en fer forgé noir de la vieille bâtisse. Claire, qui n'a pas sa télécommande, descend ouvrir manuellement. Le chauffeur sort aussi.

—Il est verrouillé, remarqua-t-il.

L'éclairage automatique se déclenche à leur approche. C'est la première fois que Claire voit cette grosse chaîne autour de la porte. Les filles ont dû jouer au manoir hanté. Comme il n'y a pas de cadenas, elle l'ôte sans peine. Elle aperçoit les lumières à l'intérieur de la maison depuis l'allée. L'air est frais, agréable après une journée d'hôtel, d'avion et de taxi, la marche lui fera du bien. Elle règle le chauffeur, qui récupère son sac dans le coffre, puis observe la montée étroite et déserte, l'obscurité d'encre presque aussi brillante que de la peinture et le fragment de lune terne, qui semble dissimulé par un voile.

— Vous êtes sûre ? demande-t-il.

— Sûre de quoi ? Vous croyez que je ne sais pas où j'habite ? s'enquiert Claire en lui désignant la maison. Regardez, c'est éclairé.

— Je ne savais pas que c'était construit par ici.

— Il n'y a que nous.

Le taxi hausse les épaules avec un sourire.

— Eh bien, si vous savez ce que vous faites, pas la peine que je m'inquiète.

— Exactement, réplique Claire en souriant également, soudain ravie d'être arrivée à bon port.

Et tandis qu'elle grimpe en direction des lumières accueillantes de sa maison de la fin de l'époque victorienne, son manoir de conte de fées avec ses tours et ses tourelles, elle secoue la tête plusieurs fois et dit à voix haute « Rien ! », suivi de « Pas de problème ! » et « Très bien, merci » – non en anticipation de ce qui l'attend, plutôt pour chasser de sa tête ce qui vient de se passer, et ce que Paul a bien pu écrire sur cette fichue carte. Un peu comme si elle avait trébuché dans la rue, mais avait immédiatement repris son chemin, l'air de rien, mettant au défi quiconque de s'enquérir de sa santé ou de la prendre en pitié et faisant son maximum pour ne plus s'emmêler les pieds. Ce qui s'est produit à Chicago reste à Chicago. Voilà la version officielle, désormais. Le bonheur ? Mon Dieu. Elle n'est plus une ado. Du coup, elle culpabilise. C'est son problème à elle ; pas question d'en faire celui de Danny, encore moins celui des filles. Elle n'a aucune raison de se sentir coupable, pas vraiment. Pas *réellement*. Pas de problème, pas de problème !

Première anomalie, lorsqu'elle glisse la clé dans la serrure, M. Smith n'aboie pas. En temps normal, il secoue toute la maison à la seule approche d'un visiteur, quel qu'il soit, sans fureur, mais avec excitation. Il aurait dû commencer au premier pied posé sur la terrasse, voire quand elle se parlait toute seule dans l'allée. Mais il n'y a pas un bruit, pas un grattement de patte.

— Chéri, je suis rentrée ! annonce-t-elle, adoptant le ton gai d'une sitcom, en ouvrant la porte.

Si elle avait su que rien ne serait plus pareil dès cet instant, peut-être aurait-elle choisi une expression moins ironique. Mais souvent le basculement survient sans prévenir ; quand la police frappe à la porte au petit matin, rares sont ceux qui sont capables de donner le change au débotté.

L'ampleur de l'événement ne se perçoit pas nécessairement dès l'entrée, malgré les premiers indices, des traces sur le papier peint aux endroits où les cadres ont été enlevés, l'absence de la console rouge Ikea contre le mur. Elle pose son sac par terre, pénètre dans le salon, et c'est là qu'elle en prend conscience – elle se souvient avoir ensuite eu l'impression de se déplacer sur des roulettes tant était involontaire, inexorable, son besoin d'inventorier le vide. Disparu, le salon en cuir marron élimé, qui avait connu des jours meilleurs, mais dont ils n'arrivaient pas à se séparer pour des raisons sentimentales (à savoir, bien que ce ne soit pas forcément nécessaire, que les deux filles avaient été conçues sur le canapé). Disparus la télévision, les livres, les étagères, les tapis sur le sol, les tableaux aux murs. La salle à manger est tout aussi dépouillée : il ne reste rien, pas même l'imposante table en acajou de style chippendale et ses chaises assorties, auxquelles Danny tient tant, un héritage de son grand-père. Et à l'étage, pareil, voilà, il n'y a plus rien non plus : les lits ont été enlevés, les placards vidés, les jouets, les livres, les jeux des filles, les tapis, le linge, partis, évaporés, et jusqu'aux abat-jour.

Elle est immobile sur le palier, autour d'elle des pièces vides, au-dessus les poutres apparentes, et devant, la porte voûtée menant à la tour. Elle n'a jamais vu la maison ainsi. Avant leur emménagement, c'était Donna, la sœur de Danny, qui vivait là, dans cette propriété de famille ayant appartenu à leur grand-père. Bien sûr, ils – enfin, elle – avaient refait la décoration, la tapisserie, les parquets, bazardé un tas de cochonneries, une pièce après l'autre. Avec quelle énergie elle avait lutté pour imposer leur patte, remplaçant les lourdes tentures par des stores, le mobilier victorien boursouflé par du contemporain, ouvrant petit à petit l'espace, le modernisant, pour conjurer le fantôme ancestral et s'approprier l'endroit, pour qu'il soit à eux, à *elle*. Et voilà qu'il se retrouve à nu, comme si elle n'y avait jamais vécu, ni elle ni personne. À Chicago, la veille, quelques heures plus tôt à peine, elle avait osé se demander à quoi ressemblerait sa vie libérée de toutes ses entraves. Elle avait maintenant l'impression d'avoir formulé un vœu qui s'était réalisé, et tout ce qu'elle souhaitait désormais, c'était ce qu'elle avait perdu.

Dans la salle de bains, vide bien sûr, elle s'assied sur le bord de la baignoire et respire profondément. Mon Dieu, mon Dieu, répète-t-elle en boucle. Claire est une catholique non pratiquante, cela fait un bout de temps qu'elle ne s'est pas tournée vers la religion, mais Seigneur, que s'est-il passé? Elle prend appui sur le meuble fixé au mur, il s'ouvre et elle manque de pleurer de soulagement en le trouvant rempli de produits, de *leurs* produits, de boîtes de talc, de vaseline, d'arnica, de spray anti-mycose – une preuve, précieuse, qu'elle n'a pas basculé dans un univers parallèle. Soudain, quand son regard tombe sur les pansements Bob l'Éponge, le dentifrice Colgate pour enfants et le déodorant dont Barbara avait eu un besoin urgent il y a six mois lorsque son corps avait commencé à changer, Claire fond en larmes. Où est Danny? Où a-t-il emmené les filles? Pourquoi la maison a-t-elle été vidée?

Des minutes passent, elle ne saurait dire combien. Elle essuie ses yeux, le mascara et l'ombre à paupières maculent de gris le dos de sa main. Elle frissonne. Il faut qu'elle appelle quelqu'un: Danny, son amie Dee, les flics. Elle regagne sa chambre. Plus de téléphone. Ni là ni en bas dans l'entrée. Ils les ont pris. Pourquoi emporter les téléphones? *Ils*

42

ont pris les téléphones. C'est une réplique, ça. Arrête, tout n'est pas tiré de pièces de théâtre. Elle remonte, gagne le bas de la tour. Son chargeur se trouve dans le tiroir du bureau. Sauf que le meuble n'y est plus, bon sang. Elle regarde autour d'elle, les lattes du parquet pleines de poussière, d'insectes morts, de miettes de plâtre aux endroits où les câbles ont été arrachés du mur, l'ombre des étagères sur la tapisserie, l'escalier en spirale qui mène au-dessus.

Enfin, ses yeux accrochent quelque chose, sur la cheminée, deux objets, dont elle s'approche. Le premier est une photographie qui les montre, Danny et elle, habillés en costume de soirée années 1930, lors de la représentation du *Train du monde*. Ils jouaient les rôles principaux, Mirabell et Millamant, et le cliché avait été pris durant leur scène d'amour, quand, étant convenus de se marier, ils échangeaient promesses et exigences de chacun pour leur avenir. Le second objet consiste en une figurine de porcelaine : deux amoureux vêtus à l'ancienne, dans une sorte de décor pastoral, un berger et une bergère peut-être, ils n'avaient jamais trop su, mais Danny s'était arrangé pour que le bibelot évoque celui de *Madame et ses flirts,* un de leurs films préférés. Dans le scénario, Claudette Colbert, qui cherche à mettre le grappin sur un mari fortuné, dit à Joel McCrea, le mari qu'elle aime toujours, mais qui n'est pas assez riche pour l'entretenir, la chose suivante : tant que la statuette demeurera en place sur la cheminée, il n'aura rien à lui reprocher, elle ne l'aura pas trompé, rien n'aura changé.

Claire se laisse glisser le long du mur, et se pose sur le sol poussiéreux, tout près d'une prise téléphonique. Ils ont pris les téléphones. *Glengarry Glen*

Ross, de David Mamet, voilà d'où cette réplique est tirée. La ferme, Claire. Est-elle donc incapable, pour une fois, de ressentir quelque chose directement, sans référence cachée, surtout pas à une citation théâtrale ? « Shakespeare est plein de citations. » Tais-toi, tais-toi, tais-toi. Il faut qu'elle réfléchisse, qu'elle *agisse*… pourtant elle reste là, par terre, dans la tour, les yeux fixés sur les amoureux en porcelaine, et lentement, progressivement, elle se calme. Quoi qu'il se soit passé – et de toute évidence, des déménageurs ont empaqueté puis emporté la totalité du contenu de leur maison, son mari et ses filles ont disparu –, Danny lui fait comprendre que tout va bien. Il n'y a pas à s'inquiéter. Il sait toujours comment la rassurer. C'est une des raisons pour lesquelles elle l'a épousé : une vie fondée sur le hasard et l'incertitude l'affolait, elle avait désespérément besoin de stabilité, et elle se sentait en sécurité entre les bras de Danny. *Danny lui fait comprendre que tout va bien.* Mais pourquoi de manière aussi cryptique ? Il doit y avoir autre chose. Un message quelconque. Son ordinateur portable. Danny lui avait dit, elle s'en souvient : « Prends ton portable, pour les réservations au restaurant, les vols, la météo. » Elle avait refusé, sous prétexte qu'un téléphone suffisait… avant de laisser délibérément son chargeur à la maison. Elle tenait à ne pas être joignable. Elle avait envie – n'est-ce pas – de se retrouver dans des situations où son mari ne pourrait tout simplement pas l'appeler. Maintenant, avec son téléphone à plat, son ordinateur disparu, elle ne peut plus contacter son mari. Alors, quel effet ça fait ?

Elle suit des yeux l'escalier en colimaçon, en bois et fer forgé, jusqu'à l'endroit où il disparaît par la trappe. Tout en haut de la tour se trouve son recoin, son refuge, son sanctuaire. Sa pièce à elle. C'est là qu'elle garde tous ses trésors : les vieilles photos, les lettres des petits amis d'autrefois, les programmes de théâtre. Elle ne se sent pas prête à grimper pour constater leur absence.

Elle rejoint le rez-de-chaussée, traverse la cuisine, la cour, en direction du garage, sans plus trop savoir ce qu'elle cherche, mais pressée de trouver. Le garage, au moins, est intact : les outils fixés au mur, les vis et les boulons dans leurs boîtes en plastique, le tuyau d'arrosage et les câbles électriques bien enroulés. Mais surtout, les deux voitures, sa Chrysler Pacifica déglinguée et la vieille Karmann Ghia de Danny, sont là aussi. Elle a les clés des deux, et en ouvre les coffres, au cas où, des images cauchemardesques surgissant dans son esprit, mais à l'intérieur, rien ni personne, seulement des roues de secours et les vieilles couvertures puantes de M. Smith. Le chien est-il parti avec eux ? Sinon, où serait-il ? Comment Danny a-t-il quitté la maison, d'ailleurs ? Point positif, il y a un chargeur de téléphone dans la boîte à gants de la Chrysler. Voilà au moins une des choses qu'elle cherche. Elle met le contact, branche le cordon dans l'allume-cigare et attend que sa batterie soit suffisamment requinquée pour lui permettre d'appeler son mari à qui elle demanderait bien poliment de lui expliquer ce qui se passe, merde.

Peut-être m'a-t-il suivie à Chicago, pense Claire, en proie à une panique soudaine, rougissant jusqu'à la racine des cheveux et le ventre tenaillé par une violente angoisse. S'il a fouillé dans son ordinateur... A-t-elle mentionné quoi que ce soit dans un e-mail à Dee ? Non, elle n'aurait pas été idiote ou imprudente à ce point. De plus, elle n'avait rien prévu de ce genre, du moins rien qu'elle aurait avoué, ni à elle-même ni à qui que ce soit d'autre. D'un autre côté... Dee. Avec son esprit mal placé... Elle mate tous les mecs qu'elles croisent lorsqu'elles sortent toutes les deux, flirte compulsivement avec les serveurs, les barmen, jusqu'aux chauffeurs de taxi ! Dee aurait-elle spéculé sur les agissements de Claire lors de sa semaine à Chicago ? Par écrit, dans un e-mail ? C'est bien possible ; Claire, pour sa part, fait beaucoup de tri dans tout ce que raconte Dee, ce ne sont que des paroles en l'air. Du moins le croit-elle. Mais bon. Danny n'avait peut-être pas apprécié que sa femme soit injoignable, ou alors il avait simplement décidé de lui faire une surprise à la fois romantique et spontanée, elle qui se plaignait que ça n'arrivait plus ; il avait pu larguer les filles chez sa sœur Donna, débarquer à l'hôtel Allegro à Chicago et... Non, non, non. Il a laissé les signes délibérément, la photo et la statuette des amoureux, pour la rassurer. N'est-ce pas ?

Le téléphone doit être assez chargé, maintenant. Elle l'allume, et la photo de fond d'écran apparaît, les filles parmi les pommiers – elle remonte à deux ans, mais reste sa préférée. Lorsqu'elles seront grandes et qu'elles auront des enfants à leur tour, voilà l'image qu'elle gardera d'elles en esprit. Voilà ses filles. Stop, stop, les larmes reviennent. Continue, Claire, ne t'arrête pas, c'est le truc, ne reste pas immobile. Téléphone à la main, elle quitte la voiture, verrouille le garage et se dirige vers les arbres au fond du jardin. L'éclairage automatique ne s'enclenche pas. Peut-être est-il cassé. La demi-lune dispense une légère lumière, le voile a été écarté. Claire porte ses sandales blanches plates et ornées de strass, elle sent l'herbe humide entre ses orteils, l'herbe humide sous les pommiers.

Son téléphone signale la présence de messages. *Ne demande pas pour qui sonne le glas.* Trois sur son répondeur, deux de la part d'élèves qui s'excusent de ne pouvoir assister au cours de théâtre cette semaine et un autre de Dee, qui veut savoir si elle est de retour et exige tous les détails de sa virée à Chicago. Sept SMS, quatre provenant d'élèves, deux de professeurs de l'école, un de Dee. Aucun de Danny. Ni des filles, même – il leur arrive pourtant d'écrire lorsque leur mère s'absente trop longtemps à leur goût. Qu'a fait Danny ? Elle pense à ces faits divers que l'on découvre parfois dans les journaux, ces types qui, après une faillite de leur entreprise ou une infidélité de leur femme, tuent toute leur famille. C'est n'importe quoi – Danny ne lèverait jamais la main sur elle ni sur les filles. Mais n'est-ce pas justement le profil de ces hommes ? Le bon père de famille taciturne et ordonné qui soudain explose ? Elle appelle son portable, tombe directement sur sa messagerie.

—Danny, je suis rentrée. Où es-tu ?

Elle déglutit, s'étrangle presque. Constatant qu'elle est incapable de continuer à parler, elle raccroche. *Où es-tu ?*

La panique remonte d'un coup, sa respiration s'accélère. Ses pieds sont beaucoup plus mouillés qu'ils ne devraient l'être, comme si elle avait marché dans la boue ou écrasé des pommes pourries. Elle se déplace d'un pas, une de ses sandales se détache, son pied se pose dans une substance marécageuse, visqueuse, qui n'est ni de l'herbe ni des fruits. Des brindilles, là, peut-être, des brindilles et de la paille, mélangées à quelque chose de plus épais, comme de la résine. Elle baisse les yeux, s'éclairant à l'aide de l'écran de son téléphone. D'abord, elle voit du rouge, sur son pied, et par terre, pas des flashs derrière ses paupières, de réelles taches rouges ; ses pieds reposent sur des poils, de la chair ; elle a les pieds sur la carcasse déchiquetée d'un chien, un springer anglais, *son* springer anglais, son magnifique M. Smith. Son corps a été lacéré, vidé, éviscéré, à moitié décapité, mais sa pauvre tête, intacte, est encore attachée. *Pitié, que ça ne soit pas la réalité, je vous en supplie*, prie-t-elle sans obtenir de réponse. Claire tombe à genoux et prend la lourde tête de l'animal entre ses mains, sa grosse truffe, ses beaux yeux qui fixent le vide. Elle ouvre la bouche pour hurler, et c'est une stridente mélopée funèbre qui jaillit, puis les larmes, des sanglots irrépressibles d'enfant qui la submergent, à lui couper le souffle, des sanglots viscéraux jusqu'aux convulsions, jusqu'à la fin des larmes, jusqu'à ce qu'il ne reste plus qu'un gémissement qui ressemble beaucoup à celui que poussait M. Smith quand il quémandait un sucre, une caresse, une balade. Elle colle son visage mouillé contre la tête encore tiède de son chien, ses doigts lui grattent le menton, elle enfonce sa bouche, son nez dans ses poils, comme elle le faisait chaque jour lorsqu'il était vivant, et elle respire sa précieuse odeur musquée aussi longtemps qu'elle peut le supporter.

Where Are You?
(« Où es-tu ? »)

Lorsqu'elle prend conscience qu'elle est en mouvement, Claire a déjà parcouru huit kilomètres en direction de Cambridge. Il y avait d'abord eu un bref coup de fil à Donna, qui avait échoué droit sur la messagerie. Quelques secondes après, Claire était en voiture, et quelques minutes plus tard, sur la route qui contourne Madison et longe les lacs, ceux-ci entourant la chaussée comme du verre sombre, des miroirs noirs, opaques, implacables. Elle a l'impression de revivre une des embrouilles qu'elle pouvait avoir du temps où il lui arrivait d'abuser de la boisson, quand la rage l'emportait, qu'elle renversait la table du bar et prenait la tangente, son corps réfléchissant à la place de son cerveau échauffé. Aujourd'hui, terrifiée, tremblante, ravalant ses larmes, elle fonce sur la voie rapide, en tentant de faire grimper à 110 le compteur de la Chrysler sans pour autant réduire ce vieux tacot en lambeaux de ferraille.

Barbara et Irene, Barbara et Irene, Barbara et Irene. À l'instant où elle a vu le cadavre de ce pauvre

49

M. Smith, le relatif optimisme que lui avaient inspiré les signes laissés par Danny s'est envolé. Il est arrivé quelque chose d'affreux. Par pitié, faites que les filles aillent bien. Si elles ne se trouvent pas chez Donna, alors Dieu sait où elles pourraient bien être. Donna est leur seule famille, du côté de Danny comme de Claire, et leur unique baby-sitter attitrée. Claire n'imagine pas Danny les confiant à qui que ce soit d'autre avant de disparaître. À moins qu'elles ne soient avec lui. Ces deux éventualités sont évidemment préférables à toute autre, impliquant qu'elles aient été emmenées contre leur gré.

Téléphone à la main, Claire hésite à composer le numéro de la police – cela fait plusieurs fois déjà. Elle se raisonne, comme les fois précédentes. Danny est parti avec les filles, car il se savait menacé par de sinistres personnages, autrement dit le ou les assassins de M. Smith. Peu importe que la maison entière ait été vidée de ses meubles et du reste, ce qui suggère une bonne dose de préparation. Peu importe ce qui pousserait ces personnes à s'en prendre à son mari, un patron de bar de banlieue sans casier ni addiction majeure au jeu ou à la drogue. Les filles sont avec leur père et jamais il ne laisserait quiconque leur faire du mal. Ne commence pas à imaginer qu'il puisse leur arriver quelque chose.

Oublie cette histoire de mystérieux inconnus dangereux. Ce sont probablement des gosses qui ont tué M. Smith, une sorte de farce horrible pour Halloween. Des gamins pervers, des gosses de riches gâtés et décadents, drogués, trop surexcités pour attendre la fête de demain soir, qui s'incitent l'un l'autre à la cruauté, à la méchanceté. Des gamins, rien d'autre.

Claire, presque arrivée chez Donna, tente à nouveau de la joindre par téléphone, en vain. Elle se gare devant le grand portail en fer forgé, presse une, deux, trois fois le bouton de la sonnette. La maison n'est pas visible de là, le jardin est plongé dans l'obscurité. Peut-être sont-ils tous côté lac. Ou bien au lit. Elle appuie une quatrième, une cinquième fois, longuement. Rien.

Donna se serait-elle absentée ? Si c'est le cas, Claire ne voit absolument pas où elle pourrait être. Elle ne sait pas grand-chose, en réalité, de sa belle-sœur, et ne désire pas en apprendre davantage. Autrefois, elles auraient pu devenir amies. Claire le sent bien, car malgré son ton caustique et son caractère infernal, Donna est drôle, intelligente, c'est une bonne tante pour les filles – sévère mais juste, un peu à la manière d'une institutrice à l'ancienne, et c'est sûrement le métier qui aurait été le sien à une autre époque, du temps où la drogue, les motards et les amants à répétition n'étaient pas de mise. Au début de son mariage, Claire aurait apprécié cette présence un peu stricte pour les aider à s'installer, une grande sœur qui aurait prodigué ses conseils sur la famille et contre qui Claire se serait fait un plaisir de pester, raillant son côté dirigiste ou « Madame Je-Sais-Tout ». Mais Donna s'était montrée soit indifférente, soit ostensiblement désagréable, un comportement que l'on aurait plus volontiers imaginé chez une ex-femme que chez une sœur. Il arrive que l'on se lie d'amitié avec une personne que l'on a trouvée déplaisante au premier

51

abord – cela lui rappelle un titre de roman pour ados qu'a lu Barbara, *Pires ennemies/Meilleures amies* – et Claire a le sentiment d'avoir vraiment tenté le coup avec Donna, pas qu'un peu. Mais dans les relations aux autres, on atteint parfois un point de non-retour au-delà duquel, malgré toute la bonne volonté du monde, on devient tout simplement incapable de pardonner. Les terminaisons nerveuses sont saccagées, les synapses usées jusqu'à la corde, l'affection ne peut être restaurée. Les filles ont une tante, un semblant de famille en dehors de leurs parents, tant mieux, et Donna est clairement digne de confiance et responsable. Point à la ligne.

— Il n'y a personne, conclut Claire à voix haute dans l'air piquant de la nuit.

Elle frissonne, lâche le bouton de la sonnette, regagne sa voiture. Six fois de suite, elle tente de joindre le portable de Danny, raccroche sans laisser de message. Elle n'a personne d'autre à appeler. Aucun endroit où aller, si ce n'est à la maison. Sauf qu'elle est vide. *Où es-tu ?*

— Alors, reprenons : tu veux contacter les flics, oui, non ? Ou bien tu hésites toujours ? Une décision, quelle qu'elle soit, ça soulage. Cela dit, il ne faut pas généraliser. Je vais te dire : pendant que tu réfléchis, bois donc encore un coup.

Dee est là, c'est déjà ça. À son retour à la maison, Claire espérait découvrir que toute cette histoire avait été non pas un rêve, mais au moins une erreur ; elle trouverait un camion de déménagement dans l'allée, Danny et les filles à la maison, une explication logique. Mais tout était toujours aussi mystérieux et vide ; c'est à ce moment qu'elle avait craqué et appelé Dee, sa meilleure amie. Celle-ci la rejoint sur le canapé et remarquant que les pleurs de Claire se sont calmés, qu'il s'agit plutôt d'un reliquat de larmes, elle ne lui offre pas vraiment son épaule, mais adopte la position du « coach en gestion du chagrin », elle la berce un peu en la tenant par les bras, l'air de dire, ça va aller.

Le canapé en question se trouve à l'étage, dans la tour. Au début, Claire a cru que les déménageurs l'avaient laissé parce qu'il ne passe pas par l'escalier en colimaçon, très étroit, et qu'il aurait fallu un treuil pour le descendre par la fenêtre, mais elle a ensuite constaté que tout était resté en l'état dans cette partie de la maison : les affiches de théâtre, les photos, les souvenirs, toutes ses pièces, ses scripts, tout ce qui est lié à Chicago, et même avant. Tout ce qu'elle était, autrefois.

Après avoir appelé Dee, elle s'était dirigée vers les pommiers, pour s'accroupir un moment auprès de M. Smith. Quel genre de sauvages pouvait faire une chose pareille ? Elle avait songé un instant à l'enterrer, mais si elle contactait la police, il faudrait bien qu'ils voient ce qui était arrivé à la pauvre bête. Elle s'était donc contentée de le dissimuler sous l'une des vieilles couvertures qui traînaient dans le coffre de sa voiture.

Craignant de craquer à nouveau, elle s'était forcée à remonter dans le jardin, à inspirer l'air froid de la nuit, pour tenter de se ressaisir. Elle s'était mise à arpenter la pelouse givrée, qui crissait sous ses semelles, en suivant un parcours précis. Pour que l'éclairage automatique se déclenche enfin dans le jardin, il lui fallait approcher très près de l'arrière de la maison, elle décrivait donc un large ovale entre le corps de M. Smith et la terrasse, puis redescendait en direction du portail ouvrant sur l'arboretum. Elle ne pouvait aller plus loin avant que la lumière s'éteigne. À chaque fois qu'elle terminait ce trajet, elle se sentait un peu plus maîtresse d'elle-même, un peu moins paniquée. Au contact du sol cahoteux sous ses pieds – elle avait eu envie d'un jardin sauvage, et pas d'un gazon bien tondu –, elle avait pensé à Katharine Hepburn dans *L'Impossible Monsieur Bébé*, quand elle perd un talon et se met à fredonner qu'elle est « née sur un terrain en pente ». Claire, elle, n'était pas d'humeur si gaie, il lui était revenu, d'un coup, que le chien qui interprétait George dans *L'Impossible Monsieur Bébé* incarnait aussi M. Smith dans *Cette sacrée vérité*, le film qui les avait inspirés, ou encore Asta dans *L'Introuvable*. Danny aurait d'ailleurs préféré baptiser leur springer Asta, mais Claire avait eu gain de cause. Elle n'était pas d'humeur à chanter, mais elle ne comptait pas se laisser abattre. Du coup, lorsqu'elle avait aperçu la tête de loup plantée sur une branche d'un vieux pommier, non seulement elle avait réussi à se retenir de hurler, mais aussi elle avait très vite identifié un masque de loup-garou. L'éclairage s'était éteint à ce moment-là, mais elle s'était approchée de l'arbre pour examiner l'objet à la lumière de son téléphone. C'était un de ces masques qui recouvrent entièrement la tête, avec de la fausse fourrure et des dents en caoutchouc grimaçantes. Claire l'avait récupéré sans peine – il était simplement coincé entre deux branches – et il en était tombé une carte postale qui portait une simple légende : *Des bonbons ou un sort !*

Elle ne s'était pas trompée, la mort atroce de M. Smith n'était que la blague de Halloween d'un salaud quelconque. Au moins un mystère résolu. Elle avait regagné la maison, désormais bien décidée à contacter la police. Mais une fois à l'intérieur, elle avait vu le sang de M. Smith partout sur elle, sur ses pieds, ses jambes, ses mains, même sur son visage, avait-elle constaté en arrivant dans la salle de bains. Elle avait donc récupéré sa trousse de toilette dans sa valise et passé un long moment sous la douche. Sous le torrent d'eau chaude, les larmes avaient de nouveau afflué ; elle ne pleurait pas seulement la mort de son chien, mais aussi celle de ses illusions pathétiques. Un instant impétueuse et insouciante, envisageant avec ivresse de quitter le nid, emportée par une vision déformée de la liberté vue à travers le prisme d'une amourette de vacances ; et le suivant, réduite à l'état d'animal gémissant qui se languit de son maître ou d'enfant paniqué priant pour trouver un signe, quelque part, n'importe lequel. Puis la colère était montée d'un coup, contre son mari. Peu importaient les signes, les sous-entendus, quel genre de salaud abandonnerait sa femme sans un message concret ? S'il n'avait pas pu l'appeler, n'aurait-il pas pu, tout de même, laisser un petit mot derrière la photo dans le bureau (elle avait vérifié, rien) ou sous le paillasson, dans une des bagnoles, merde ?

De quoi était-elle coupable ? De rien. De rien de *réel*, à Chicago en tout cas, rien qui mérite *ça*, et de quoi pouvait-il l'accuser d'autre ? Elle s'était torturée à se répéter que ce devait être sa faute, sans rien trouver en dehors des vagues sentiments de mécontentement, de désaffection et, pour être tout à fait franche, d'ennui qui touchent certainement la plupart des couples mariés depuis quinze ans partout dans le monde. Une bonne grosse dose de « Voilà donc à quoi ça se résume » ? Pas de doute, il y avait de quoi s'inquiéter, mais au point de provoquer *ça* ? Non, tout de même.

N'ayant pas emporté de serviette dans sa valise, elle avait été obligée de se sécher à l'aide d'un tee-shirt. Au moins, il lui restait des sous-vêtements et des chaussettes propres, ainsi qu'un jean et un tee-shirt qu'elle n'avait portés qu'une fois. Elle avait enfilé ses bottes, fermé sa vieille veste en daim élimée (rassurée, comme entre les bras protecteurs d'un ami de longue date) et effectué un dernier passage en revue de la maison. C'était à ce moment-là qu'elle avait découvert, en grimpant à l'étage de la tour, que son repaire était intact. Et sur ces entrefaites, Dee était arrivée.

Une meilleure amie est capable de tout laisser tomber, quel que soit le moment, pour venir à votre rescousse. La seule personne au monde à laquelle Claire pouvait demander une chose pareille était Dee Saint Clair. Et les voilà, toutes les deux : Claire essuie ses larmes, Dee fait une des têtes dont elle a le secret (elle est connue pour ses mimiques), celle qui avertit qu'elle s'apprête à dire quelque chose de sérieux, bouche pincée, œil mauvais, ce qui fait toujours rire Claire, même maintenant.

— Tu pleures, tu ris, bon sang de bonsoir, si on était dans les années 1950, je te collerais une gifle pour soigner ton hystérie.

— Et si on était dans les années 1950, je m'y soumettrais sûrement.

— Je te parie que ça te plairait, en plus. Tiens, bois encore un peu de whisky.

— Je n'ai jamais aimé ça.

Mais Claire en boit quand même – un bourbon Woodford Reserve reçu en cadeau par Danny, qui a mystérieusement atterri à cet étage. Une consolation bienvenue, car il ne reste rien d'autre entre ces murs, et elle a bien besoin d'un verre.

— Voilà, c'est bien, l'encourage Dee. Voyons, récapitulons. Ton mari a vidé la maison de tout ce qu'elle contenait, y compris les meubles et les équipements divers, puis il s'est barré *avec* les filles, mais sans préciser à sa femme où il allait, ni pourquoi, ni même la prévenir qu'il s'en allait, d'ailleurs. Bon. Il est peu probable que Danny ait fait tout ça de manière libre et rationnelle. Soit on l'y a forcé, soit il a perdu la tête : dans un cas comme dans l'autre, les filles sont en danger. Est-ce que je me trompe ?

— Il a peut-être une bonne raison.

— Qui serait ?

— Je n'en sais rien, évidemment.

— Une autre femme ? Des problèmes d'argent ?

— Hé, du calme, Miss détective, laisse-moi réfléchir.

— Pardon, je passe très vite en mode cheftaine.

Claire sirote une gorgée de whisky avec une grimace et regarde Dee, qui en est à son troisième sans que se fasse sentir chez elle le moindre effet secondaire indésirable. Dee, son teint cireux, ses yeux noirs, ses boucles de jais veinées d'argent, Dee toute de velours, de cuir et de dentelles vêtue, accessoirisée de bracelets, de perles et de créoles, Dee dans toute sa splendeur de rockeuse bohème californienne. Dee a atterri à Madison parce que l'homme qu'elle avait rencontré et épousé à Los Angeles à l'âge de dix-neuf ans possédait un magasin d'antiquités ici. Il l'avait aidée à monter son salon de coiffure et d'esthétique sur Dayton Street, puis il était mort dans un accident de la route, quelques années plus tard.

Elles avaient fait connaissance peu avant Noël lors de la première année d'université de Claire. Dee lui avait coupé les cheveux, elles avaient sympathisé et depuis, elles étaient amies. Peut-être parce que Dan et les filles étaient sa seule famille (même ses parents adoptifs étaient morts et ils n'avaient jamais eu d'autre enfant), quoi qu'il en soit, aux yeux de Claire, Dee était ce qui s'apparentait le plus à une sœur. Et puisque Dee non plus n'avait pas de famille, à part une mère excentrique qui réapparaissait entre deux maris pour quémander auprès de sa fille un peu de compassion et de compréhension qu'elle ne méritait pas, mais obtenait invariablement... elles étaient, de fait, des sœurs et dans ce genre de relation, l'amour peut rapidement virer à la haine, en général durant le laps de temps qu'il faut pour vider un verre.

Ce que Claire adore chez Dee, son côté tapageur, grande gueule (car Claire a beau être comédienne, il n'y a dans son comportement rien de théâtral), peut en un clin d'œil paraître grossier ou maladroit. Ses perpétuelles allusions grivoises, ses indiscrétions ont tendance à prendre une tournure amère et désespérée. Et si Dee semble appartenir à la catégorie des obsédées sexuelles, il y a cependant quelque chose en elle, non pas de prude ou de refoulé, plutôt une vibration clairement non sexuelle, presque détachée du monde, malgré sa drague éhontée des serveurs. Peut-être est-ce une manifestation du fossé californien. D'un côté, la montagne, la quête du spirituel, où n'importe quelle pseudo-religion, n'importe quelle secte parviendrait à vous attirer dans ses filets. De l'autre, la vallée, débauche nocturne, entre cinéma et pornographie. D'où la capacité de Dee à se montrer à la fois naïve et cynique, idéaliste et vénale, pure et lascive. Claire l'imagine du temps où elle était à l'école, la forte tête de la bande, celle qui savait avant tout le monde ce que voulaient dire les gros mots, dénichait les pornos du mec de sa mère, jouait franc-jeu avec les garçons, quand en réalité elle était réservée et avait finalement été la dernière à perdre sa virginité. Parce que, au fond, elle était un peu farouche, pas très sûre d'elle.

Par cette vision des choses, cependant, Claire transposait peut-être une technique d'acteur dans la vie réelle : la confiance cache toujours une forme d'insécurité ou de névrose ; le plus bavard s'épanche pour dissimuler un secret coupable ; la fille sexy n'est pas un bon coup. Alors que l'inverse pouvait tout aussi bien être vrai : le personnage de Dee délurée et grande gueule pouvait n'être qu'une invention, du burlesque pour rire ou pour dissimuler son véritable caractère, voire pour pallier une supposée absence de personnalité – Claire s'identifiait totalement à ce genre de sentiments. Elle avait elle-même cette impression à propos du métier de comédien – bien sûr qu'elle aimait se faire valoir, être au centre de l'attention, mais elle avait également besoin de faire semblant d'être quelqu'un d'autre, pendant de longs moments. C'était tellement plus facile que de faire semblant d'être soi-même.

— Alors, si on envisageait les choses d'un point de vue différent, lance Dee, abandonnant le ton de celle qui s'adresse au suicidaire au bord du précipice. Vois-tu une seule explication possible à ce geste ? Si j'en crois ce que tu m'as raconté, votre mariage n'était pas des plus palpitants ces derniers temps, mais ce genre de problème se règle en général quand l'un ou l'autre part en claquant la porte dormir deux nuits à l'hôtel.

— Non. Je ne vois aucune raison.

— Pas de petite incartade de ta part que tu lui aurais avouée récemment ?

— Arrête !

— Des ennuis financiers ?

— D'après ce que je sais, le restaurant marche super bien. Il n'a pas tellement été touché par la récession. Et Danny est propriétaire, nous n'avons pas de crédit sur la maison, et pas non plus d'énormes frais généraux ; tout ça est assez limité.

— Pas d'investissements qui auraient mal tourné ? Respire à fond, Claire.

— Eh bien… Maintenant que tu en parles… Nous avions placé de l'argent… censé servir à payer les études des filles, en fait… auprès de Jonathan Glatt.

Blame It On My Youth
(« Mets ça sur le compte
de ma jeunesse »)

En entendant le nom de Jonathan Glatt, Dee fait une tête digne du *Cri,* le tableau d'Edvard Munch, et Claire a très envie de l'imiter. Jonathan Glatt, condamné l'année dernière pour fraude électronique et blanchiment d'argent, est actuellement détenu, sans possibilité de libération sous caution, dans la prison fédérale d'Oxford, Wisconsin. Il procédait, en gros, comme Bernard Madoff, utilisant l'argent engagé par un client pour payer les dividendes fictifs d'un autre, sauf que Glatt n'avait besoin que de vingt millions pour ses dépenses personnelles, et que ses clients étaient principalement des familles de la classe moyenne possédant des économies visant à financer les études de leurs enfants, et tentées de bénéficier de meilleurs retours sur investissements grâce au talent de Glatt pour dénicher de bons placements.

Danny avait fait sa connaissance par le biais d'un ancien camarade d'école, Gene Peterson. Claire et Danny avaient dîné avec Glatt et celle qui était à l'époque sa femme, et ils correspondaient en tous points à ce que l'on peut attendre d'un conseiller financier et de son épouse : sérieux au point de manquer d'humour, habillés de vêtements discrets mais coûteux, faisant sans cesse allusion à leurs week-ends de golf ou à leur chalet à la montagne, et passionnés par les plans d'épargne retraite, une discussion dont Claire avait bien cru qu'elle ne se terminerait jamais. Claire estimait d'ailleurs qu'ils avaient bien mérité ce coup de pouce financier, rien que pour les récompenser d'avoir tenu jusqu'au bout du calvaire qu'avait constitué cette soirée. De plus, ils n'avaient jamais eu l'impression de faire preuve de cupidité, puisqu'il s'agissait de l'ami d'un ami, il leur semblait qu'ils s'étaient simplement trouvés au bon endroit au bon moment, mais il était évident, *a posteriori*, que la cupidité n'était pas étrangère à l'affaire.

Lorsqu'ils avaient commencé à lire dans la presse que le mariage de Glatt s'était soldé par un divorce, qu'il avait été vu dans les rues de Milwaukee au bras d'une strip-teaseuse et « performeuse de spectacles pour adultes » retouchée de manière chirurgicale, ex-petite amie d'un footballeur des Packers de Green Bay, ils avaient eu comme un mauvais pressentiment. Lorsqu'il avait été arrêté dans une maison située non loin de l'université de Milwaukee en possession d'un sachet de marijuana et de trois grammes de cocaïne, en compagnie de trois étudiantes en petite tenue, la catastrophe leur avait paru imminente. Dans les vingt-quatre heures qui avaient suivi, la plupart des clients de Glatt réclamaient leur argent ; dans les vingt-quatre heures d'après, son avocat les réunissait à l'hôtel Pfister sur Wisconsin Avenue, pour leur lire un bref communiqué de son client expliquant qu'il avait emprunté à Pierre pour payer Paul – ou du moins, pour offrir à Paul un meilleur rendement que celui du marché – et qu'il ne restait donc plus rien de l'argent de Pierre. Ni de celui de Paul, d'ailleurs.

—Oh non, c'est pas vrai. Du coup… ça veut dire que vous êtes mal financièrement ? résume Dee.

Claire hausse les épaules, secoue la tête, presque gênée de le reconnaître.

—Pas vraiment. Enfin, oui, on est fauchés, nous n'avons presque plus d'économies. Nous devons repartir de zéro pour ce qui est des études des filles. Mais on va y arriver, j'imagine. On n'a pas d'autre pression, financière je veux dire. Ni aucune autre, d'ailleurs. Du moins, c'est ce que je croyais.

—Et tu commences à changer d'avis ?

—Non. Danny me fait comprendre… Je sais que ça va sembler idiot, mais… Il y a une photo et un bibelot, en dessous…

Claire lui raconte tout, Mirabell et Millamant, *Le Train du monde*, la figurine d'amoureux de *Madame et ses flirts*, signe que tout va bien, l'ordinateur embarqué, sur lequel l'attend peut-être un e-mail d'explication. Au fur et à mesure qu'elle déroule son histoire, chaque argument paraît plus bidon que le précédent. Dee opine tout du long comme si elle approuvait, puis elle balance la tête d'un côté, de l'autre, l'air d'y réfléchir.

—Alors pourquoi tu n'aurais pas de message sur ton téléphone ?

—Je ne sais pas.

— Pourquoi ne pas laisser un mot sous la statuette ou bien ici, dans ta pièce ?

— Il était pressé ?

— S'il a eu le temps de déposer le bibelot, d'accrocher la photo, il pouvait prendre un moment pour écrire un mot, ou simplement griffonner « Ne t'inquiète pas, bisous, Dan » à l'arrière d'une enveloppe.

— Je ne sais pas. Au cas où quelqu'un d'autre le trouverait ?

— Qui ça ? Celui qui a tué le chien ?

— Non. Non, le chien, c'est une mauvaise blague de Halloween.

Claire montre à Dee le masque de loup-garou, qui semble la terrifier, et la carte postale, qui paraît la terrifier encore davantage. L'image au dos, que Claire n'avait pas vraiment remarquée jusqu'à présent, consiste en une peinture floue de deux visages derrière une fenêtre, cernés par des flammes rougeâtres. Espérons qu'il ne s'agisse pas d'un indice.

— Des gosses drogués, probablement, reprend Claire. Je te parie que ça n'a aucun rapport avec le reste.

— Tu ne peux pas en être sûre.

— Je ne peux être sûre de rien. Mais c'est ce que j'imagine. C'est ce que je dirais aux flics. Sauf que je ne veux pas les appeler.

— Parce que… ?

— Parce que j'ai toujours eu confiance en Danny. Et il ne m'a jamais déçue. Il devait avoir une bonne raison de faire ce qu'il a fait. S'il a des ennuis, je refuse de lui en créer davantage.

— Tu crois que quelqu'un est à ses trousses ? Et que c'est pour cette raison qu'il a dû fuir aussi vite ?

— Possible. Je ne vois pas pourquoi, mais... possible.

— Il y a un lien avec Halloween ? Des bonbons ou un sort, c'est écrit.

— Je te dis, c'est sûrement des gamins.

— Admettons que ça n'en soit pas. Mais que tout est lié.

Claire a un flash, elle revoit leur fête de Halloween, une semaine plus tôt, la dernière fois qu'elle a vu Danny. Le type portant le capuchon noir de la Mort apparu au portail de l'arboretum, Danny qui s'empare de son couteau de cuisine juste avant d'aller à sa rencontre. Elle ne peut pas en parler à Dee, pas tout de suite.

— Je ne sais pas. Demande-moi autre chose.

— Pourquoi prendre ton ordinateur, qui, j'imagine, devait se trouver ici, à cet étage, et pas le reste ?

— Je ne sais pas. Attends. Non, il n'était pas là, je l'avais laissé dans la cuisine, parce que j'avais vérifié si mon avion était à l'heure avant de partir. Sur la table. Donc Danny n'est pas monté jusqu'ici, il a juste, je ne sais pas... tout laissé en l'état.

— Bien. Et tes e-mails, tu les reçois sur ton téléphone, non ? Tu n'as pas encore vérifié ?

Claire secoue la tête.

— Je ne l'ai pas configuré pour recevoir mes mails.

Dee la contemple d'un air incrédule, comme si elle venait de lui annoncer qu'elle ne possédait pas de téléphone portable, ou qu'elle ne croyait pas à Internet. Dee change d'ordinateur chaque fois qu'un nouveau modèle apparaît sur le marché. Elle a fait la queue pour obtenir les premiers iPod, iPhone, iPad. Dee compte plus de sept cents amis sur Facebook, pourtant seuls sept étaient présents pour fêter son quarantième anniversaire, parmi lesquels cinq de ses employés. Dee a inscrit Claire d'office sur Facebook, lui a recruté des amis, mais Claire ne voit pas l'intérêt de fréquenter le site, qu'elle considère comme une forme bizarre de régression de retour au lycée, même s'il semble que toutes les personnes qu'elle connaît y soient inscrites, toutes les mères de l'école, les femmes de son club de lecture, les gens du groupe théâtre. Et que dire de cette femme en Angleterre qui y avait annoncé son suicide, ne suscitant que moqueries et plaisanteries parmi ses mille deux cents amis, sans qu'aucun ne tente de l'en dissuader. Elle avait fini par se tuer. Le Meilleur des mondes. Claire n'en fait pas partie.

Elle n'est pas complètement rétrograde. Elle utilise les e-mails (tellement xxe siècle, se lamente Dee) et bien entendu, lorsqu'elle veut réserver un vol ou acheter un livre, elle va sur Internet – bien qu'elle préfère de loin se rendre dans une librairie indépendante –, mais elle n'a pas envie de voir la vidéo des ébats d'une pseudo-célébrité dont elle n'a jamais entendu parler ou d'entrer en contact avec quelqu'un qu'elle n'appréciait même pas lorsqu'elle était à l'école ou que le destin avait éloigné, et tant mieux. Alors pourquoi éprouve-t-elle constamment le besoin de se justifier, de défendre son manque d'intérêt pour la technologie ? Parce que, évidemment, à ce moment du xxie siècle,

Claire, la refuznik technologique, qui n'a pas envie d'être connectée à tout le monde en permanence, est l'anticonformiste par excellence. À une époque, c'était cool, l'anticonformisme. Plus maintenant.

—Je... n'en ai jamais vraiment vu l'intérêt, poursuit Claire. C'est vrai, ce n'est pas comme si je travaillais, ni rien. Personne ne m'envoie un e-mail si vital que je sois forcée d'y répondre dans la queue au supermarché ou je ne sais où. Je ne passe pas plus d'une heure ou deux sans rentrer à la maison.

Dee tend la main en silence, avec une mine de martyre, pour souligner toute la patience dont elle doit faire preuve. Claire lui confie son portable.

—Je crois que j'ai tout ce qu'il me faut, sauf ton mot de passe. Ça ne te dérange pas que je m'en occupe?

—Je t'en prie.

Claire s'approche de la fenêtre, incapable de supporter tout le plaisir qui anime les traits de Dee lorsqu'elle s'empare de l'iPhone que Claire possède désormais, depuis que Dee a insisté pour qu'elle remplace le vieux Nokia qu'elle aimait bien et savait faire fonctionner.

—Je crois que mon mot de passe est...

—Barbara1, annonce Dee d'un air ravi. J'ai essayé Barbara tout court puis j'ai rajouté le numéro; c'est le choix le plus évident pour un mélange de lettres et de chiffres, mais simple à mémoriser. Neuf fois sur dix, les mères choisissent le nom de leur premier enfant.

Claire sait bien qu'elle n'a pas à s'irriter pour si peu. Dee veut simplement se rendre utile, d'ailleurs c'est ce qu'elle fait. Elle a créé un site Web pour Claire, aussi, récapitulant tous ses triomphes sur les planches, illustrés de photos, et d'un CV qui démarre en fanfare puis s'éteint mollement. Les entrées les plus récentes concernent quelques jours de figuration sur *Les Experts : Miami* et *New York, police judiciaire*, dégotés par un vieil ami travaillant à la télévision, pour l'aider à se remettre en selle après la naissance de Barbara, à une période où elle flippait à l'idée de cette sentence à vie qu'était la maternité. Mais elle ne s'était pas remise en selle. Elle n'aimait pas cette obsession pour son physique qu'elle avait développée, la panique à l'idée de vieillir, et puis les séparations, même brèves, avec son bébé. Peut-être, si les rôles avaient été substantiels, s'il s'était agi de véritables personnages… Mais des répliques aussi banales que « Quatre dollars, s'il vous plaît » et « Prenez l'escalier à l'arrière, puis c'est à gauche » prononcées à la télé ou dans sa vie de tous les jours, c'était pour elle du pareil au même. Elle était consciente qu'elle aurait dû considérer cela comme quelque chose entre un nouveau départ et une remise à niveau. Mais pour elle ces deux phrases avaient eu l'effet inverse. Ensuite, elle était tombée enceinte d'Irene, et ça avait été terminé. La dernière ligne de son CV disait :

Professeure de théâtre, école d'art dramatique de Madison, 2004 – présent.

Ce n'est pas tellement qu'elle n'utilise pas son site Web mais plutôt qu'elle l'évite.

Son regard se porte au loin vers les vieux chênes de l'arboretum. Il reste suffisamment de lumière dans le ciel pour distinguer leur silhouette touffue, car les feuilles n'ont pas encore été balayées par le premier grand vent d'automne, qui ne devrait plus tarder, ce n'est qu'une question de jours. Des heures durant, à cette fenêtre, elle s'était perdue dans la contemplation des arbres, à écouter les clapotis du lac Wingra. Elle n'avait jamais remis en cause la proposition pourtant peu enthousiaste de Danny de vivre ici ; elle-même avait grandi à l'orée d'une forêt et à proximité d'un lac. Mais souvent, au fil des années, il lui était arrivé de songer que pour Danny il aurait peut-être mieux valu trouver un endroit qui ne garde aucune trace de sa famille ou de son passé, où ils auraient pu repartir de zéro. Ça aurait été mieux pour eux deux.

— Et voilà, chérie, quarante-huit nouveaux messages, annonce Dee en rendant le téléphone à Claire.

Elle les parcourt rapidement. Aucun de Danny. Elle secoue la tête.

Dee plisse le nez, ce qui signifie d'ordinaire « tu ne vas peut-être pas apprécier ce que je vais te dire, mais je vais te le dire quand même ».

— L'autre chose qu'il faudrait peut-être envisager, très chère, c'est que Danny s'est fait sa petite idée de ce qui te motivait tant à Chicago, qu'il y est allé, qu'il a découvert quelque chose qu'il n'était pas censé voir et qu'il a pété un plomb et filé en cavale, tel un don Juan éconduit. Pardonne-moi si tu as l'impression que je vais à la pêche aux infos, mais tu imagines bien que je meurs d'envie de savoir. Un commentaire ? Paul Casey ? Mademoiselle Taylor ?

Claire, les yeux fixés sur les poils de chien blancs qui traînent sur le sol, le moral en berne, se met à hocher faiblement la tête en repensant à Chicago, oui, Chicago, une semaine plus tôt, cette réunion de quadragénaires qui autrefois voulaient devenir quelqu'un et n'avaient finalement réussi qu'à devenir eux-mêmes, et encore. On aurait pu croire qu'il s'était passé quelque chose entre Paul Casey et elle – d'ailleurs elle ne pourrait jurer à cent pour cent qu'il n'y a rien eu, même si tout cela n'a plus aucune importance désormais.

Mais elle repense aussi à Chicago il y a quinze ans, à l'époque où Paul et elle traînaient en ville, faisaient des choses qu'ils ne font plus, rencontraient des gens qu'elle n'aurait d'ordinaire jamais croisés, parmi lesquels, notamment, un des plus vieux amis de Danny, mais aussi les seules personnes de sa connaissance qui auraient pu, directement ou indirectement, se rendre coupables du massacre de M. Smith, et ce, sans la moindre hésitation. Et voilà que Claire se demande, pour la première fois, si ce qui s'est passé ne serait pas, en fait, sa faute.

Ill Wind
(« Vent mauvais »)

En temps normal, Claire est douée, trop peut-être, pour faire appel à cette zone détachée de son cerveau qui lui fournit bons mots ou citations tirées de livres, de pièces ou de films ; ils tombent généralement aux moments les moins appropriés, mais rendent la réalité un peu plus facile à supporter. Cependant, elle atteint les limites de ses capacités avec l'arrivée simultanée, à 7 heures, le lundi matin, de deux agents du bureau du shérif de Dane County, venus lui rappeler (lui *rappeler* !) que la propriété sur laquelle elle se trouve doit être libérée dans les trente et un jours, selon les termes de la saisie décidée au tribunal trois mois plus tôt, pour que la vente aux enchères qui aura lieu d'ici un mois s'effectue dans les conditions imposées, à savoir, avec possible jouissance immédiate pour l'acquéreur, et de deux policiers du commissariat de Madison, présents, quant à eux, pour des raisons encore non révélées. Une vague formule à propos d'une sitcom écrite par David Lynch lui traverse fugitivement l'esprit, mais elle est à peu près certaine que le niveau est faiblard.

Debout sur le seuil, grelottante (l'avis d'expulsion tremble entre ses mains), elle regarde les agents du shérif laisser la place aux enquêteurs. Claire sait qu'ils sont de la police judiciaire, parce qu'ils lui ont montré leur insigne, mais aussi parce que ça se voit. Qui d'autre pourrait se présenter si tôt le matin dans ces vêtements mal coupés, l'homme avec un costume gris trop lâche et brillant aux coutures, la femme dans une veste bleu marine neuve et si étriquée que les deux boutons semblent près d'exploser?

La femme, qui doit avoir la trentaine et n'est pas vraiment en surpoids (une affaire de quatre kilos en trop maximum, et peut-être que le tailleur est en stretch), jette un coup d'œil au document et lève les sourcils avec une sorte d'empathie fataliste, semble-t-il à Claire, disons un cran au-dessous de la sympathie, qui serait peu professionnelle. Elle laisse l'honneur à son collègue, un homme au visage empâté, aux yeux marron et à la raie sur le côté très années 1980, qui, lui, ne semble pas donner dans l'empathie ce matin.

— Madame Taylor? s'enquiert-il.

— Madame Brogan, ou Taylor, oui.

— Lieutenant Fowler, commissariat de Madison. Voici le lieutenant Fox. Nous aimerions que vous nous accompagniez au fond de votre jardin.

M. Smith. Oh mon Dieu, M. Smith. Claire a fini par sombrer tout habillée dans un sommeil bienvenu provoqué par le whisky vers 4 heures, 4 h 30. Depuis que la sonnette l'a tirée du lit, à peine quelques heures plus tard, elle se contente de réagir – aux agents du shérif, aux policiers – comme si elle

avait oublié la majeure partie de ce qui s'est passé la veille, mais pas tout :
– la maison vide ;
– la famille disparue ;
– M. Smith.

(Qu'est-il advenu de Dee ? N'était-elle pas là ? Où est-elle partie ? Chez elle, il faut l'espérer, ce qui lui évitera d'une part d'être impliquée là-dedans, et de l'autre d'être témoin d'une nouvelle humiliation de Claire.)

Bon sang, le tribunal a ordonné la vente de leur maison *trois mois* auparavant ? Sa maison est sur le point d'être saisie puis remise au plus offrant, parce que ce n'est plus la sienne, tout simplement. Et voilà qu'arrivent les flics, comme au début d'un épisode de série télé, pour la guider sur la scène de crime, à elle d'expliquer la mort de son chien. Claire suit les policiers sur la terrasse puis en direction des pommiers, consciente qu'ils la regardent bizarrement, comme si elle n'était pas assez étonnée, ou bouleversée par leur présence. Mais ce qu'ils vont découvrir n'est pas une surprise pour elle, et quoi qu'il en soit, quelle serait la réaction appropriée aux nouvelles qu'elle a apprises durant les quelque douze heures écoulées depuis son retour ? Ébahie, abasourdie, elle retient sa respiration, elle attend que l'équipe de tournage surgisse des buissons en s'écriant : « Surprise ! Tout ça n'est qu'un canular ! Ton mari est ici ! »

Comme ça, elle pourrait le tuer à mains nues.

Ce n'est pas que la mort de son chien soit insignifiante, mais elle se demande vraiment si partout aux États-Unis, à chaque fois qu'on découvre le cadavre d'un animal de compagnie, la police envoie deux enquêteurs, ou bien si c'est une spécificité du Midwest ? N'ayant eu avant ce jour aucune expérience directe avec la police, elle est incapable de répondre à cette question, néanmoins, cela lui paraît peu probable. De plus, comment sont-ils au courant de quoi que ce soit ? Une séquence lui vient à l'esprit, une fois encore empruntée à une série télé policière : surveillance par hélicoptère (la nuit) ; photographie infrarouge (elle ne sait pas exactement de quoi il s'agit, mais elle se figure que c'est nécessaire) ; identification et sécurisation de la scène de crime par les flics. Et d'ailleurs, voilà qu'elle repère deux agents en uniforme en train de dérouler le ruban jaune, un véhicule de police dont jaillissent un photographe et une sorte d'expert en médecine légale vêtu d'une combinaison de papier blanc. Tout ça pour un chien mort ? Cela lui rappelle brièvement une série que les filles regardaient, tous les personnages étaient des animaux, il y avait un éléphant, un hippopotame, un chimpanzé ; dans l'histoire, le chien ne serait pas mort, il aurait juste mal à la patte. Aujourd'hui, se considérant trop vieilles pour ce genre d'absurdités enfantines, Barbara et Irene ne regarderaient plus cette émission, et maintenant que Claire y réfléchit, personne d'autre non plus en fait, à moins qu'on y pratique le second degré par le biais d'allusions pseudo-humoristiques au sexe, à la drogue et aux scandales politiques. Soudain, les larmes lui montent aux yeux, elle est frappée par le temps qui passe et l'innocence perdue, les bébés devenus des adultes cyniques, le triste sentiment du délabrement et de la mort inévitables ; dans son

74

esprit se déploient, se déversent en une épouvantable cascade, de sombres réflexions et sensations liées à la mort, au Jugement dernier, à l'enfer, au paradis. Tandis qu'ils passent sous les feuilles rouges, rouille et or des pommiers, elle écrase sous ses pieds des fruits blets, frissonne dans l'air cinglant d'octobre et se prépare à la vue du cadavre de M. Smith en plein jour, honteuse de ne pas l'avoir enterré, de s'être contentée de jeter sur lui une couverture, honteuse de ne pas l'avoir traité avec le respect qui lui était dû. Mais comment aurait-elle pu enterrer le chien de la famille sans les filles, sans Danny?

« C'est pour M. Smith que j'ai de la peine », disait toujours Danny quand survenait une crise domestique quelconque et que M. Smith, gaiement insouciant, ne comprenait pas pourquoi personne ne jouait avec lui. Et bien entendu, par sa gaieté, son insouciance justement, sa légèreté, M. Smith était le grand dissipateur des crises domestiques et le confident, à mesure que les filles grandissaient, devenaient plus compliquées, plus *humaines* ; il était le centre du bonheur pur dans leur maison, le seul, en cas de crise, avec qui on *pouvait* jouer, le seul avec qui on en *avait envie*. Claire est secouée de tremblements maintenant, ses yeux sont si brouillés par les larmes qu'elle arrive à proximité du lieu avant de se rendre compte que ce qui gît à ses pieds n'est pas, du tout, ce qu'elle croyait y trouver. Elle pense tout d'abord : c'était peut-être un rêve, finalement ! Car le corps de M. Smith n'est plus là. À sa place elle découvre celui d'un homme, avec de la paille, des feuilles et de la terre plein les cheveux, les vêtements déchirés, tachés en quatre ou cinq endroits d'auréoles sombres qui pourraient être du sang, sur son ventre, son torse. Un cadavre d'homme, pas de chien. Le bruit qu'elle émet alors sonne comme un éternuement, et il est tout aussi involontaire ; un *rire* lui échappe, car c'est comme si un sorcier avait agité sa baguette, lancé un sortilège et transformé la réalité. Donc, sous les yeux fascinés, atterrés, des policiers, voilà une femme qui *rit* à la vue d'un cadavre au fond de son jardin et même, à dire vrai, refrène une folle envie d'applaudir.

— Madame Taylor ? dit le lieutenant Fowler sur un ton, une façon de sous-entendre « Vous voulez bien vous ressaisir, oui ? », que Claire apprécie presque, comme s'il était évident que l'hystérie dont elle fait preuve mérite une gifle.

— Je vous prie de m'excuser, c'est juste que...

— Juste que quoi ? intervient le lieutenant Fox avec brusquerie.

Mais Claire ne peut pas vraiment expliquer.

C'est juste que quelqu'un s'est débarrassé du cadavre massacré de son chien pour le remplacer par celui d'un homme qu'elle croit reconnaître, qu'il lui semble avoir aperçu une semaine plus tôt déguisé en ange de la Mort, debout près du portail, agitant la main (ou le poing) en direction de son mari.

C'est juste que Danny s'est armé d'un couteau avant d'aller à sa rencontre puis qu'ils ont disparu tous les deux dans l'arboretum.

Juste qu'elle ne lui a pas demandé ce qui s'était passé (elle s'était hâtée de partir prendre son avion pour Chicago tout de suite après la fête, c'était du moins ce qu'elle se disait). Pourtant elle avait bien vu à quel point l'événement, quel qu'il fût, l'avait bouleversé.

Juste qu'elle n'a pas vu le visage de cet homme à ce moment-là, mais qu'elle l'identifie désormais. Elle sait que c'est un des plus vieux amis de Danny ; elle connaît son nom.

Juste qu'elle est à peu près sûre que son mari ignorait qu'elle le connaissait. Qu'elle l'avait rencontré. Et avait pour ainsi dire couché avec lui.

— Madame Taylor, avez-vous déjà vu cette personne ? Savez-vous de qui il s'agit ?

Claire en conclut qu'elle doit répondre, et puisque les flics sont impliqués, elle a intérêt à dire la vérité.

— Oui. Il s'appelle Gene Peterson.

Last Night When
We Were Young
(« La nuit dernière,
quand nous étions jeunes »)

Fowler et Fox. C'est sous cette étiquette qu'ils sont connus. Cette association de noms évoque toujours à Nora une vieille entreprise britannique, un fabricant de selles, de chaussures ou de marmelade. Fowler and Fox, fournisseur royal. Plutôt Fox and Fowler, d'ailleurs, vu qu'elle fait tout le boulot. Bon, ce n'est pas tout à fait exact. Elle se coltine tout ce qui se passe sur le terrain, ce que la plupart des gens appelleraient le travail de police. L'arrangement lui convient, à dire vrai, alors elle n'en tient pas rigueur à Fowler, pas trop. Mais tout de même, lorsqu'ils décrochent une affaire, qu'ils débarquent sur les lieux, quand ça arrive, quand c'est *réel*, elle est désormais capable de sentir presque physiquement les ondes d'apathie, d'indifférence, qui émanent de son coéquipier, et pire, de véritable hostilité vis-à-vis de ce qui les attend. Il ne s'agit pas de paresse – qu'on assoie le lieutenant Ken Fowler à un bureau, il y bossera douze heures d'affilée –, ce n'est pas non plus parce qu'il est à huit mois de la retraite (bien que ça n'aide pas, certes). C'est sa nature.

Il ne supporte tout bonnement pas d'être par monts et par vaux. Qu'il s'agisse du domicile de quelqu'un d'autre, d'un déplacement officiel, d'une patrouille, peu importe : à défaut d'être chez lui, Ken aime rester au commissariat, point. C'est ancré en profondeur dans son système. Fox n'a jamais rencontré quelqu'un d'aussi casanier. Même quand son mariage battait de l'aile, que sa femme faisait la tournée des bars et le trompait à tour de bras, lui ne s'attardait jamais au-delà du second verre. « Il faut que je rentre », annonçait-il invariablement, même quand sa femme continuait de se moquer de lui, même après qu'elle l'avait quitté, et qu'il était plus qu'évident aux yeux de tous, lui y compris, qu'elle ne reviendrait pas. « Il faut que je rentre », murmurait Ken avant de disparaître dans la nuit, écartant sa mèche années 1980, trop pétri d'habitudes pour être capable d'imaginer quelle vie pourrait être la sienne si jamais il envisageait de la changer.

Nora, donc, sait qu'il va automatiquement suggérer à Claire Taylor de venir avec eux au poste pour en discuter, mais ce n'est pas parce qu'il a pesé le pour et le contre, ou qu'il estime qu'elle va réagir de manière positive à l'environnement d'une salle d'interrogatoire. Il ne s'est pas non plus demandé si, puisqu'il s'agit sûrement de sa première arrestation, elle ne va pas se sentir intimidée, stressée, donc flipper et réclamer aussi sec un avocat. Il va lui proposer de les accompagner au poste uniquement parce qu'il veut être de retour sur son terrain.

Ce n'est pas un mauvais enquêteur. Chaque membre de l'équipe, du moins parmi ceux du District ouest, le seul qu'elle connaisse, a au moins un défaut majeur, avec lequel les autres doivent composer, et qu'ils doivent subir durant leur travail. L'impatience, l'intolérance vis-à-vis des idiots, une tendance à harceler et un ton de voix caustique qui peut transformer en confrontation agressive un simple contre-interrogatoire de témoin – sans parler de celui d'un suspect –, telles sont les tares de Nora. Pour se prémunir contre tout cela, elle doit se surveiller de près : pas de gueule de bois, pas de nuits blanches, une maîtrise rigoureuse des réflexes. Facile.

Ken, pour sa part, a cette pulsion irrépressible de ramener tout le monde au poste, si contre-productif cela soit-il : qu'il s'agisse de gamins, de vieux, d'indics qui ne souhaitent pas se griller, ou de représentants de la classe moyenne qui soit méprisent la police, soit croient avoir la mainmise sur elle. Peu importe, pour Ken : venez donc faire un tour chez moi. Le plus triste, dans l'histoire, c'est qu'il est deux fois plus doué que Nora en interrogatoire : subtil, compréhensif, capable de manipuler et d'orienter une conversation à l'insu de son interlocuteur, ou de lui-même, a-t-on parfois l'impression. Dans une salle d'interrogatoire, Ken peut se métamorphoser en un artiste intuitif, un acteur improvisant une scène en douceur, pour un résultat impeccable, à partir de rien, de vent, simplement. S'il ne se coupe pas l'herbe sous le pied à cause d'un faux départ, pense Nora en souriant, amusée par la surcharge d'expressions imagées, qui aurait fait grimacer Ken. À eux deux, ils font un bon flic, l'un est la tête, l'autre les jambes, leur fait remarquer leur chef, Don Burns, qui ajoute parfois qu'il est dommage que l'un et l'autre fonctionnent séparément.

Nora est donc tout naturellement aussi concentrée sur Ken que sur Claire Taylor, et à l'instant où il s'apprête à succomber à la tentation d'inviter le témoin à les suivre au poste, Nora s'éclaircit la gorge et croise le regard de son coéquipier. Parfois, buté, ingénu, il fait mine de ne pas comprendre ; mais ce matin, il saisit tout à fait, du moins autant que c'est possible au vu de la grande complexité, pour ne pas dire la bizarrerie extrême, de la situation. D'abord, quand Claire Taylor a découvert le corps, un cadavre exhumé gisant dans son propre jardin, sa réaction initiale a été de hurler de rire, comme si elle était... *soulagée*, aurait-on dit, presque triomphante. Puis, juste après avoir identifié l'homme, elle a éclaté en sanglots. Et quand les larmes se sont calmées, voici le dialogue auquel ils ont eu droit :

Claire : Où est M. Smith ?

Ken : Pardon ?

Claire : M. Smith ! M. Smith !

Ken : Je ne comprends pas, madame Taylor. M. Smith ?

Claire : Oui, M. Smith. Hier soir, ce type n'était pas là.

Ken : Par « ce type », vous voulez parler de la personne que vous venez d'identifier comme étant Gene Peterson ?

81

Claire: Oui, oui, Gene, Gene Peterson. Il n'était pas là. M. Smith, oui. M. Smith (sanglots). Oh mon Dieu. Mon Dieu. Pardon, je suis désolée. Je lui ai marché dessus, vous voyez. Sur le corps de M. Smith, hier, dans le noir. J'avais du sang sur les chaussures. Celui de M. Smith. La pauvre bête. Et donc... donc quelqu'un a dû enlever son corps pour le remplacer par celui-ci... Pourquoi faire une chose pareille ? C'est vraiment dingue, merde.

Ken: Madame Taylor. M. Smith, c'est... un chien ?

Claire: Évidemment. Vous croyiez que je parlais de quoi ?

À ce moment-là, Ken a eu l'air d'accuser le coup, sa mèche lui est retombée sur les yeux et Nora, sur un ton aussi doux et gentil que possible, en a profité pour proposer à Claire de discuter de tout cela dans la maison. Claire, d'accord, leur précise toutefois qu'ils vont devoir s'asseoir par terre, car tous les meubles ont disparu. Bizarre, donc.

En réalité, il en reste quelques-uns, un canapé, deux fauteuils et un bureau en chêne, dans une sorte de tanière au-dessus d'un escalier en colimaçon, et c'est là qu'ils sont maintenant installés. Un genre de studio d'étudiant, estime Nora en avisant les souvenirs qui l'entourent, les posters, les photographies, mais aussi plus, ou moins, que ça : elle a le sentiment, pas très net, un peu confus, en voyant le canapé et les fauteuils dépareillés mal assortis au tapis, au papier peint, les poupées, les peluches, les cartes postales, les places de concert et les programmes de théâtre disséminés un peu partout, que dans cette pièce vit une véritable étudiante, et pas cette femme très soignée qui doit approcher la quarantaine et qui lui fait face.

Ken revient avec des cafés de chez Michael's Frozen Custard, sur Monroe, puisqu'il n'y a plus rien dans la cuisine pour en préparer ou en boire. Dès qu'ils y ont goûté, et ont grignoté un morceau, Nora jette un coup d'œil à son collègue. Il repousse sa mèche et, de ses sourcils soulevés, l'invite à procéder : « Quand tu veux. »

Nora confirme d'un imperceptible hochement de tête, cependant, elle n'est pas pressée de se lancer, ou plutôt, elle tergiverse, le temps de trouver comment commencer. Elle observe Claire Taylor, assise sur le canapé, parfaitement immobile, ses longues jambes repliées sous elle, les mains jointes au-dessus de sa tasse, la tête en arrière, les yeux fixés sur le plafond. Pour quelqu'un qui vient de traverser ce que Claire leur a raconté, elle a l'air plutôt équilibrée : longs cheveux auburn, lisses, raides et brillants, teint clair et frais, yeux bleus d'une intensité saisissante. Grande, mince, longs cheveux raides... Claire a ce style auquel Nora espérait accéder étant adolescente. Et puis vers l'âge de quinze ans, alors qu'elle stagnait autour du mètre soixante, sans être courte sur pattes, qu'elle était assez bien proportionnée, mais éternellement à un ou deux kilos du surpoids, et avec des frisettes et des ondulations qu'aucun instrument ne parviendrait à dompter, Nora avait pris conscience que jamais elle ne réussirait à se métamorphoser en cette grande et belle plante à longs cheveux raides. Nora se sent un peu mortifiée d'en souffrir encore autant vingt ans plus tard, alors que ce look est revenu en force. Sur un petit hochement de tête sec, avec son sourire caractéristique, comme gênée par sa rêverie narcissique (cela dit, elle est souvent gênée, pour une raison ou une autre), elle fait cliquer plusieurs fois le bout de son stylo.

— Alors, madame Taylor... Si nous commencions par notre victime. Vous dites qu'il s'appelle Gene Peterson. Pourriez-vous nous préciser quelle est votre relation avec le défunt ?

Claire pose sa tasse sur le canapé à côté d'elle et fixe ses yeux bleus, glacés, droit sur Nora, avec un air hautain :

— Je n'avais aucune « relation » avec Eugene Peterson, répond-elle, s'emportant un peu.

Nora se retient de se pencher en avant avec empressement : la question la plus anodine de l'histoire vient de provoquer chez son interlocutrice une réaction qui en dit très, très long. Elle préfère ne pas attirer son attention dessus.

— Par relation j'entendais seulement : comment le connaissez-vous ?

— C'était un vieil ami de mon mari. Ils étaient à l'école ensemble.

— Et vous l'avez vu régulièrement au fil des années ? Votre mari restait en contact avec lui ?

— Non, pas vraiment, non.

— Alors comment savez-vous qui il est ? Comment se fait-il que vous ayez pu l'identifier sans hésiter ?

Le rouge monte aux joues de Claire, qui détourne le regard.

— Je comprends que vous n'ayez pas envie d'en dire plus, madame Taylor… *Claire*. Je sais que vous voulez le meilleur pour votre mari, et pour vos enfants, bien évidemment. Mais il faut que vous compreniez que les deux ne sont peut-être pas compatibles. Les faits, tels que nous les connaissons, sont les suivants : votre mari est parti, à votre insu et sans votre consentement, en ayant laissé la banque lancer la procédure d'expulsion dans votre dos pour ainsi dire – car j'ai pris la peine de discuter un moment avec les agents du shérif tout à l'heure. Par-dessus toute cette affaire, nous avons le corps d'un homme mort, selon vos propres dires un vieil ami de votre époux, dans votre jardin. Alors au minimum, on vous a menti, madame Taylor. Au minimum. Et je sais que vous voulez ce qu'il y a de mieux pour vos filles, et je peux vous dire que je, ou plutôt que nous, le lieutenant Fowler et moi, en tant que représentants de la police de Madison, nous tenons à vous ramener vos filles en bonne santé. C'est notre priorité numéro un. Et je vous assure que dans des cas tels que celui-ci, lorsque le mari s'enfuit avec les enfants… eh bien…, c'est un facteur significatif. Nous sommes dans une situation d'urgence. Vous me comprenez ? Donc la première chose que vous devriez faire, c'est me parler de cet homme, Gene Peterson.

Claire cligne des yeux, hoche la tête et commence à raconter.

— Danny et moi nous nous sommes rencontrés à l'université du Wisconsin, nous sommes restés

85

trois ans ensemble, puis nous avons rompu et je suis partie à Chicago, où j'ai vécu environ huit ans. Ensuite, je suis revenue à Madison, et j'ai retrouvé Danny, nous avons eu nos enfants. Nous vivons ensemble depuis, cela fait… une douzaine d'années. À Chicago, j'ai fréquenté quelques hommes, certains sérieusement, d'autres non. Dans cette dernière catégorie, il y a eu Gene Peterson. Il… Je ne le connaissais pas, mais lui, si – j'étais comédienne à l'époque, il est venu voir une de mes pièces, il a attendu après le spectacle, s'est présenté, a prétendu avoir entendu parler de moi par Danny. Et… Il était sympa, au début, et j'étais fauchée, il m'a invitée à dîner, il était en ville pour la soirée seulement, et… Pour finir, il ne s'est rien passé, en vérité, ça… Enfin, ça n'a pas collé entre nous. Et c'était tout, jusqu'à dimanche dernier, il y a une semaine.

— Comment ça, c'était tout ?

— Je veux dire que Danny n'a jamais cherché à savoir avec qui j'étais sortie pendant notre séparation, alors je ne lui ai rien raconté. Il était au courant pour certains, les plus sérieux, mais je n'allais pas lui dire : « Oh, au fait, tu sais, ton pote d'enfance ? » Donc pour ce qui me concerne, il n'en a jamais été informé. Dimanche dernier, donc, nous avions organisé un barbecue ici, avec beaucoup d'amis, le dernier après-midi en plein air avant l'hiver, une grosse fête. Tout à coup, un homme est apparu au portail du fond du jardin. Gene Peterson.

— Vous l'avez reconnu ?

— Non, il était… Il portait un masque.

— Un masque ?

— Un capuchon, plutôt. L'ange de la Mort. C'était une fête de Halloween. En avance, parce que je partais pour Chicago.

— Donc vous n'avez pas distingué son visage ?

— Non.

— Bien. Racontez-moi ce qui s'est passé.

— Danny est descendu le voir. Il a disparu et… c'est tout.

— Voilà que vous recommencez. Comment ça, « c'est tout » ?

— Eh bien, je partais le soir même pour Chicago, c'était une grande fête, tout le monde avait beaucoup bu, je m'inquiétais plus de ne pas rater mon avion que de savoir qui était ce type. Et vous savez, ce portail donne sur l'arboretum, qui est ouvert au public, alors ça aurait pu être n'importe qui.

— Vous avez posé la question à votre mari ?

Claire secoue la tête.

— J'étais plutôt sur la ligne « N'oublie pas de préparer les déjeuners des filles », « de nourrir le chien », je vérifiais que j'avais bien mon passeport, mon billet, mon argent, donc j'ai juste occulté cet incident. J'aurais même pu ne jamais m'en souvenir.

— Mais vous ne croyez pas à un simple inconnu ?

— J'ai vu… J'ai vu Danny qui regardait ce type comme s'il le reconnaissait. Avec ou sans capuchon. Et maintenant, voilà que Gene Peterson se trouve dans mon jardin, et il est mort. J'imagine qu'on peut en conclure que c'était lui. Du moins c'est ce que *moi* j'en conclus.

— Madame Taylor, votre mari est-il du genre jaloux ?

— Il n'a aucune raison de l'être ! Et non, ce n'est pas son style. Il n'a rien de violent. Je ne le crois pas coupable, ni même capable de faire une chose pareille. Imaginer qu'il puisse faire ça à M. Smith !

— Vous partez du principe que c'est la même personne qui a tué Gene Peterson et votre chien.

— Eh bien, au début, j'ai cru à une farce de Halloween atroce. Mais c'était avant qu'un homme soit tué. Autre chose, le corps de Gene Peterson n'était pas là hier soir, donc celui qui l'a déposé là a dû faire ça au petit matin.

— Vous êtes certaine de ne pas avoir raté le corps ?

— La lune éclairait, même si elle n'était pas pleine, et s'il y avait des nuages. Admettons que le corps ait été là et que je l'aie raté. Mais c'est bien sur celui de M. Smith que j'ai marché. Il était là, aucun doute là-dessus. Et maintenant il n'y est plus. Alors, au moins, quelqu'un a déplacé le corps du chien.

Claire déroule sa pensée sans ciller. Nora opine.

— Je ne vois absolument pas Danny tuer un homme, laisser son cadavre dans notre jardin ou enterrer le corps, mais abandonner la carcasse éviscérée de M. Smith qu'il adorait, puis revenir la nuit d'après, alors qu'il sait que je suis de retour, pour exhumer en secret le corps de l'homme et enterrer ou déplacer celui du chien. Cela vous paraît-il crédible, lieutenant Fox ?

Nora opine à nouveau, comme pour concéder ce point, qui à première vue semble absolument valide. Le problème est que dans cette affaire rien n'est logique.

—Et vous, Claire ? Vous dites être rentrée de Chicago hier soir. Je présume que vous avez des preuves.

—J'ai le billet d'avion. J'étais à bord. J'ai séjourné à l'hôtel Allegro à Chicago. Je peux vous montrer les reçus, je dois les avoir quelque part.

—Il va falloir remettre tous ces documents au lieutenant Fowler, ainsi que les noms et les numéros des personnes que vous avez rencontrées en ville.

—Vous ne croyez quand même pas que je l'ai tué ? Que j'ai le moindre rapport avec cette histoire ?

D'indignation, la voix de Claire grimpe soudain dans les aigus.

—Nous essayons d'éliminer toutes les possibilités, Claire, explique Nora en se tournant vers son coéquipier. Heure du décès, Ken ?

—Le légiste commençait à peine, mais à première vue, le corps a largement dépassé le stade de la rigidité cadavérique, donc ça remonte à trente-six ou quarante-huit heures au moins. Mais le gonflement abdominal est encore relativement mineur, ce qui indiquerait qu'il n'a pas passé plus de quatre jours de l'autre côté.

—Donc, Claire, si votre emploi du temps est conforme à ce que vous venez de nous relater, vous êtes d'ores et déjà innocentée. Maintenant, au risque de me répéter, votre mari s'est volatilisé avec vos enfants et tous vos biens, il savait que la maison allait être vendue aux enchères, il ne vous a dit ni où il était parti, ni pour quelle raison. Pas un message, rien. C'est ça ?

Claire confirme, incapable de la regarder en face désormais, ou réticente à le faire. Elle tripote une longue boucle auburn, l'étire entre ses doigts, puis se met à tourner le clou en argent dans son lobe d'oreille, et revient à ses cheveux. Nora s'imagine que selon les codes de cette femme si posée, si maîtrisée, c'est un pétage de plombs. *Voyons voir si on peut la secouer un peu.*

—Franchement, ça n'a ni queue ni tête, cette histoire ! s'écrie Nora. Qu'est-ce que vous me racontez là ?

Nora lève la tête, croise brièvement le regard de Ken Fowler : il opine du chef, lui adresse un petit sourire ironique. Elle en prend note, sans pour autant changer quoi que ce soit dans sa tactique, il est trop tôt pour porter un jugement ou tirer des conclusions.

—Je vous dis la vérité, affirme Claire. N'est-ce pas le plus facile ? Parce que j'ai besoin de votre aide.

Et quand Claire pose les yeux sur Nora Fox, elles sont aussi étonnées l'une que l'autre des larmes qui s'y trouvent.

—Bien, reprend Nora. Parlez-nous de l'argent, madame Taylor. Votre mari devait être sous une forte pression financière.

—Je n'en savais rien.

—À propos de l'expulsion ? C'est évident, à voir votre réaction. Mais le mariage moderne étant ce qu'il est, vous deviez forcément être au courant des finances familiales, et de ce qui a pu vous mener à ce résultat ? Ça ne tombe pas du ciel, quand même. À moins… Votre mari était joueur ?

—Nous avions investi nos économies auprès de Jonathan Glatt, déclare Claire, lançant cette pépite en direction du lieutenant Fowler.

— Combien ? réplique aussitôt celui-ci, son intonation en équilibre précaire entre professionnalisme et curiosité.

— Une petite somme à cinq chiffres, répond-elle, tendue, comme la fille de la maison qui veut faire bonne figure, mais ne compte pas révéler aux voisins les affaires de la famille.

— Et ça, ça ne vous a pas mis de pression financière ? insiste le lieutenant Fox, d'un ton sceptique mais humain.

Claire secoue la tête.

— C'était destiné à payer les études des filles, une belle somme. Mais la maison n'est pas hypothéquée. Du moins, c'était ce que je croyais. Quant au Brogan's...

— C'est une institution dans cette ville, dit Nora, estimant d'office que le lieu devait sûrement leur rapporter assez. Je ne l'ai jamais vu vide.

Nora observe Claire qui abonde dans son sens, et comprend aussi que cette femme n'a pas la moindre idée de ce qui se passe en matière d'argent.

— Je suis désolée. Je sais que ça va vous paraître sorti d'un autre âge, mais c'est Danny qui gère les comptes.

Ces garces de riches, pense Nora par réflexe, ces garces toutes maigres qui ne savent rien de rien. Mais bon, le scénario le plus plausible est quand même que le mari ait bu le bouillon et que les gosses soient en danger. Voire déjà morts. Quant à l'argent, il s'est évaporé depuis longtemps. Alors cette garce-ci mérite surtout sa pitié. Nora se lève.

— Comme je disais, madame Taylor, nous nous inquiétons avant tout pour les enfants.

Nora hoche la tête en direction de Ken, qui s'éclaircit la gorge et prend le relais.

— Pour pouvoir lancer les recherches, il faut nous accompagner au commissariat, vous allez devoir signaler la disparition de vos filles, madame Taylor. De cette manière, nous pourrons avertir nos collègues de Dane County, la police d'État et les autorités fédérales, ce qui nous donne un meilleur point de départ. Si nécessaire, nous émettrons une alerte enlèvement.

Nora Fox attend la réponse de Claire lorsque l'agent Colby apparaît sur le seuil, muni d'un sachet en plastique transparent, qui contient un grand couteau à la lame tachée de noir et de rouge.

— L'arme du crime ? demande-t-elle.

— On dirait.

— Un Sabatier. Il coûte cher, ce couteau.

— C'est une marque européenne ?

— Je pense. Ouvrez-le, qu'on puisse jeter un coup d'œil.

Colby, qui porte des gants de protection en papier blanc, s'exécute et brandit le couteau. Claire Taylor émet un son qui vient de la poitrine, entre le soupir et l'étranglement. Puis elle est prise de tremblements.

— Votre mari aime cuisiner, Claire ? demande le lieutenant Fox. Bien sûr. Le Brogan's est connu pour sa viande. Et vous avez organisé un barbecue ici même il y a une semaine. Je parie qu'il était aux fourneaux – le barbecue, c'est une affaire d'hommes. À votre avis, s'agirait-il de son couteau ?

Le livre de Ralph

1976

Voici ce qui s'est vraiment passé. Il se racontait tout un tas d'histoires sur les Bradberry, des histoires que Danny Brogan avait entendues avant même d'entrer au collège Jefferson, avant qu'on lui impose de s'asseoir à côté de Jackie. De nos jours, la situation de cette famille serait décrite comme chaotique, et on l'imaginerait soumise à surveillance par la protection de l'enfance, avec les services sociaux sur le dos en permanence – quoique au vu de ce qu'on lit tous les jours ou presque à propos de tel meurtrier ou de tel violeur, on est en droit de se demander si on n'imaginerait pas en vain. Bref, il y a trente ans, ces gens-là ne semblaient absolument pas avoir été repérés par quelque autorité que ce soit, peut-être parce qu'ils avaient de l'argent, ou quelques restes, du moins. Le père était médecin, et plutôt bon, surtout le matin, tant qu'il n'avait pas encore trop bu, mais il avait été radié pour faute professionnelle (la rumeur disait qu'une erreur dans une ordonnance avait entraîné la mort d'un homme). La mère était d'une famille irlandaise de Chicago, Lincoln Park, qui avait des prétentions ; elle avait une haute idée du sacrifice qu'elle avait consenti pour cet homme, ce généraliste de campagne, comme elle disait. Possible, cela dit, quand Danny l'avait vue pour la première fois, cela faisait déjà longtemps que sa supposée beauté avait disparu. Peut-être à cause de l'alcool, parce que le mari n'était pas le seul à boire. Une famille pouvait survivre à un parent alcoolo, Danny était bien placé pour le savoir ; deux, c'était beaucoup plus dur, surtout quand la mère buvait principalement pour contrarier le père, et que les gamins se trouvaient pris entre deux feux.

Donc, il y avait un Bradberry dans chaque classe et tout le monde savait qu'ils étaient des fauteurs de troubles. Un des aînés avait passé un moment dans un centre pour délinquants juvéniles à Racine, pour une agression quelconque. Danny avait entendu dire vers l'âge de huit ans qu'il s'agissait d'un viol, quand « viol » n'était qu'un mot, comme « sexe » ou « seins », dont on sait qu'il est vilain, mais aussi un peu excitant, parce qu'on ignore complètement la réalité derrière. Tous les Bradberry étaient un peu négligés, ils sentaient limite mauvais, ils étaient mal nourris, du coup il leur arrivait régulièrement de s'endormir en cours, et puis ils n'avaient jamais leurs affaires, ni de mot d'excuse, ni d'argent pour payer leur goûter ; les frères étaient bagarreurs, et les sœurs, mal coiffées, portant leurs vêtements usés jusqu'à la corde deux années de suite, suscitant des commentaires des autres filles, démarraient elles aussi au quart de tour.

Le lendemain de la rentrée, quand on força Danny à s'asseoir au premier rang à côté de Jackie Bradberry, lui qui durant toute l'école primaire avait eu sa place au fond de la classe à côté de Dave Ricks – Danny et Dave, les amis pour la vie –, juste derrière Gene Peterson et Ralph Cowley, Danny s'en plaignit auprès de sa mère : Jackie Bradberry était un peu idiot, ses ongles étaient sales, il ne connaissait pas ses tables de multiplication. Elle lui répondit que c'était malheureux, ce qui arrivait à cette famille, et que par charité il allait devoir faire un effort tout particulier pour se montrer gentil avec le petit Jackie, il allait faire ça pour elle, et Danny, qui voyait combien sa mère était triste, et savait ce que son père lui faisait subir, car ses cris le tenaient éveillé la nuit dans son lit, prit la décision de devenir l'ami de Jackie Bradberry.

Sauf qu'il n'était pas vraiment taillé pour ça. D'abord, Jackie avait déjà des copains, deux gamins pas futés appelés Kev et Sparko qui riaient à ses blagues et lui obéissaient au doigt et à l'œil, plus particulièrement lorsqu'il s'agissait de persécuter de pauvres gosses sans défense. Et Jackie n'était pas sportif, il ne s'intéressait même pas aux résultats des matchs, il ne lisait pas de livres, pas même de bandes dessinées (il était dyslexique ou quelque chose dans ce goût-là), il n'écoutait pas de musique et les seuls films qu'il avait vus étaient des films d'horreur comme *La Malédiction*, *L'Exorciste* ou *Evil Dead*, que Danny n'était pas en âge de voir. Quant à Dave, Ralph et Gene, le reste de la bande, eh bien, ils se fichaient pas mal de Jackie Bradberry, et leurs mères respectives ne leur avaient donné aucune consigne de gentillesse vis-à-vis de ce garçon, donc après avoir subi pendant une semaine grognements et haussements d'épaules de la part de Jackie, qui ne semblait pas s'intéresser à Danny non plus, ce dernier décida que ça suffisait et se remit à ignorer son voisin de table, tant que ce fut possible. Puis, la mère de Dave, qui était membre du conseil d'administration, glissa un mot au sous-directeur, et Danny fut soudain autorisé à se réinstaller à côté de son ami. Jackie, de son côté, fut rejoint par un de ses potes, et ainsi se termina l'expérience d'intégration sociale de Mme Johnson – car c'était ce dont il s'agissait, avait par la suite découvert Danny. Il venait à peine de reprendre sa place auprès de Dave que ce dernier se penchait pour lui raconter un sketch appris par cœur des Monty Python qu'ils adoraient et avaient pour habitude de se réciter l'un à l'autre. Danny rit tant et plus, de l'absurdité de l'histoire, de l'imitation des voix, et surtout de soulagement à l'idée d'être de retour parmi les siens. Et lorsqu'il regarda autour de lui dans la classe, toujours hilare, il vit Jackie Bradberry qui l'observait, le dévisageait même, d'un œil mauvais. Une demi-heure plus tard, le premier mot arriva.

`Si tu te fous de ma gueule t'es mort.`

Danny l'ignora simplement, sans même faire le lien avec Jackie.

Le deuxième survint une heure après.

`Je vais te crever. Le Tueur.`

Cette fois, il comprit. Danny se souvint que Jackie insistait pour que Kev et Sparko l'appellent « le Tueur » et les engueulait parce qu'ils oubliaient la plupart du temps. Danny jeta un coup d'œil interrogateur en direction de Jackie à l'autre bout de la classe. Ses potes prirent un air étonné, outré, comme si Danny était un genre de télépathe pour avoir identifié l'expéditeur. Jackie le fixa de ses yeux mornes cernés de rouge, la bouche molle, et agita un doigt menaçant. Le troisième message était très clair.

```
Terrain de la mort, derrière le cimetierre,
après l'école. Viens seul.
```

Il y avait à l'époque un petit terrain vague à l'abri d'un bosquet de pins, entre le cimetière de Forest Hill et le golf adjacent, où les jeunes se retrouvaient pour régler leurs comptes. Les histoires à son sujet étaient légion : ceux qui finissaient tués lors des bagarres devaient être enterrés sur place, les Hell's Angels utilisaient cet endroit pour leurs cérémonies initiatiques, les fantômes des soldats de l'Union tombés à Camp Randall et leurs prisonniers confédérés se levaient de leurs tombes pour s'affronter chaque nuit. Danny et ses copains avaient longuement spéculé pour savoir lequel d'entre eux serait le premier convoqué au terrain de la mort, un rite de passage au collège qu'ils redoutaient et auquel ils mouraient d'envie de se soumettre, tout à la fois.

Voilà que Danny était le premier choisi, mais pas de la manière qu'il avait imaginée. Il avait pensé, peut-être, que telle brute épaisse le mettrait au défi de se battre avec lui, qu'il accepterait, que tous ses potes ainsi que ceux de la brute se réuniraient au lieu dit et que le vainqueur du combat serait le dernier debout – Danny, bien sûr, et le lendemain toute l'école serait au courant. Au lieu de ça, Jackie Bradberry l'avait sommé de venir seul et en plus, il avait eu ce geste de menace, comme s'il était en colère, agressif, alors qu'en réalité Danny voyait dans ses yeux quelque chose qui ressemblait beaucoup à de la peur.

Danny n'avait pas montré à Dave, ni aux autres, les petits mots de Jackie, il en avait été presque gêné, comme si tout se passait de travers et qu'il en était d'une manière ou d'une autre responsable. À la fin des cours, Danny dit à Dave de partir sans lui, prétextant un saut à la bibliothèque pour récupérer un livre, puis il se rendit directement au terrain de la mort, à vélo, en passant par Speedway Road, il franchit d'un bond le mur du golf et se laissa tomber parmi les pins.

Jackie Bradberry attendait, seul, Kev ou Sparko ne semblaient pas dans le coin ; Danny l'observa, sa carrure frêle, son vieux vélo d'occasion couvert de rouille ; la lueur terne dans ses yeux n'était pas violente, plutôt chargée de reproches, comme si Danny l'avait vexé. Il ne s'agirait pas d'une vraie bagarre, en conclut-il, il ne se retrouverait pas face à une brute ou à un taré. Ce serait plutôt comme à la maison, songea Danny : quand son père a fini de crier, qu'il dort, que sa mère est assise dans le salon, volets fermés en pleine journée, et que personne n'a le droit d'ouvrir la bouche. Tu ne sais pas ce que tu as fait, mais tout se passe comme s'il fallait absolument qu'ils te fassent porter le chapeau aussi. Pourtant, Danny ne voyait jamais en quoi il était responsable.

— Alors quoi de neuf, Jackie ? Ou tu préfères que je t'appelle le Tueur ?

Jackie se tassa un peu, son visage ponctué de taches de rousseur s'enflamma. Presque tous les Bradberry étaient roux aux yeux bleu clair (à l'exception de l'aîné, le délinquant juvénile, qui était brun, ce qui lui valait d'être traité de bâtard, dans tous les sens du terme), mais Jackie était le plus typé de tous : ses cheveux semblaient avoir déteint au soleil, ses yeux enfoncés paraissaient délavés, et quand il piquait un fard, il ressemblait à un petit cochon, à l'avorton de la portée. Brusquement, Danny se rendit compte qu'il n'avait pas peur, mais alors pas du tout, il se souvint que Jackie était le souffre-douleur de ses frères Eric et Brian, que même ses sœurs avaient pour habitude de lui donner des tapes à l'arrière du crâne, il se souvint aussi que si Jackie Bradberry ne faisait plus de sport, c'était parce qu'il était toujours choisi le dernier. Danny Brogan aurait pu l'affronter une main attachée dans le dos.

— Le Tueur, lâcha Danny en riant, fatigué d'avoir à se sentir coupable à cause de son père, qui rendait sa mère si triste.

Il avait fait ce qu'elle lui avait demandé, il avait essayé d'être l'ami de Jackie. Ça n'avait pas marché. Ça n'était pas sa faute.

— Alors, qu'est-ce qu'il y a, « le Tueur » ? le nargua Danny, sans tenter de dissimuler son mépris.

— Qu'est-ce qu'il y a ? Je t'ai lancé un défi, voilà ce qu'il y a, répliqua Jackie d'une voix altérée, à la hauteur incertaine.

— Pourquoi ? Je n'ai rien fait. Je ne veux pas me battre contre toi.

— Ah bon, t'as la trouille ? T'as peur, c'est ça ?

— Nan, mais… Je ne vois pas l'intérêt, en fait. Je veux bien me battre pour une raison, mais là, je ne t'ai rien fait, si ?

— Je t'ai vu, dit Jackie avec une grimace si caricaturale qu'elle fit rire Danny malgré lui. C'est ça, rigole. C'est ce que tu faisais avec tes potes, tu te moquais de moi, hein ?

— Pourquoi est-ce que je ferais ça, Jackie ? Pardon, le Tueur ? Pourquoi est-ce que je perdrais mon temps à ça ? Tu as tes amis, j'ai les miens. Quel est le problème ?

Jackie se tassa à nouveau, Danny se doutait un peu qu'il aurait cette attitude, comme un chien habitué aux coups, sur lequel il suffit de lever la main ; Jackie s'était entendu dire si souvent qu'il était idiot qu'à la première insinuation il était piqué au vif. Danny se remémora leur deuxième jour d'école, quand, pour sa mère, il faisait des efforts avec Jackie. Un gamin avait apporté en classe une médaille que son père avait reçue après la guerre de Corée, et elle avait disparu. Mme Johnson s'était lancée dans une grande enquête, interrogeant chacun, annonçant qu'elle allait fouiller les cartables et ajoutant qu'elle avait des moyens de découvrir qui l'avait subtilisée, qu'il valait donc mieux pour le coupable qu'il se dénonce maintenant. À ce moment-là, Danny s'était penché vers Jackie pour lui souffler : « Elle se prend pour Sherlock Holmes ou quoi ? » Et Jackie s'était tourné vers lui, le visage vide de toute expression, pour lui demander : « Qui c'est, Sherlock Holmes ? »

Même s'il n'avait pas lu les histoires de Sherlock Holmes, parce qu'il ne lisait pas correctement, il aurait dû en entendre parler au moins, les vieux films passaient sans cesse à la télé, ou bien grâce aux dessins animés, quand Daffy Duck jouait Dorlock Holmes. Donc sans le vouloir, par simple réflexe, Danny avait fait une tête, le genre de mimique qu'il aurait adressée à Dave ou Ralph, une tête qui disait : « T'es débile ou quoi ? » Et le visage de Jackie s'était décomposé d'un coup, comme si on lui posait cette question cent fois par jour, chaque jour de sa vie, mais pour de vrai. Il avait rougi, s'était tassé un peu puis il s'était retourné, humilié, rabaissé, il était rentré dans sa boîte. *Qui c'est, Sherlock Holmes ?*

Jackie essayait de dire quelque chose, de s'expliquer, de se justifier, mais il n'arrivait pas à oublier ce rictus narquois qu'affichait Danny et ce barrage de mots : *C'est quoi le problème, pourquoi est-ce que je me moquerais de toi, pourquoi est-ce que je me battrais contre toi, pourquoi est-ce que je m'occuperais de gens comme toi ?* Il abandonna donc la partie pour se jeter tête baissée sur Danny, comme une fille en colère, raconta par la suite Danny à ses copains, comme ta sœur quand tu l'as bien énervée, qu'elle n'en peut plus et qu'elle pète un boulon. Les copains étaient tous morts de rire, il se souvenait qu'ils avaient ri, pour de vrai cette fois, tous ensemble, ils s'étaient moqués de Jackie Bradberry. Ils buvaient un soda sur leur vélo, devant chez Mallatt's, sur Kingsley Way, plus tard, le même soir, et Dave, Ralph et Gene ridiculisaient Jackie Bradberry qui se battait comme une fille – Danny avait tenté de le ménager, pourtant son adversaire, qui aurait été incapable de faire du mal à une mouche, revenait à la charge, alors Danny avait fini par lui mettre le nez en sang et lui coller un œil au beurre noir, avant de lui envoyer deux coups au plexus qui lui avaient fait vomir son déjeuner. Danny l'avait laissé là, plié en deux, à cracher ses tripes par terre. Il n'avait pas eu envie de se moquer sur le coup. Mais plus tard, il avait raconté l'anecdote à ses copains, ils avaient ri, et lui aussi.

Ce fut la dernière fois qu'il se moquerait de Jackie Bradberry.

Le lendemain, alors que Danny se rendait à l'école à vélo, Brian et Eric Bradberry l'attendaient le long de Vilas Park Drive. Il se demande parfois, s'il avait continué à pédaler, peut-être... quoi ? Peut-être n'aurait-il jamais mis le feu à leur maison, et Brian, Eric, sans parler de Jackie, seraient-ils encore en vie, comme tous les autres Bradberry ? Raisonnement vain. On ne pouvait pas fuir indéfiniment. Ils auraient fini par l'attraper. Autant que ce soit maintenant. Il s'était arrêté sur le bas-côté et il les avait suivis en poussant son vélo. Ils avaient leur chien avec eux, un mélange d'au moins cinquante-sept races qu'ils avaient baptisé « le Tueur ». Putain, songea Danny en les suivant entre les arbres de Vilas Park, Jackie insistait pour que Kev et Sparko l'appellent comme le *chien* de ses frères ?

Le pire ne fut pas la raclée, même si Eric et Brian se montrèrent exhaustifs : non contents de lui mettre le nez en sang, de lui coller deux yeux au beurre noir et de le faire vomir, Eric et Brian, qui avaient treize et quatorze ans, firent usage de leurs bottes. Ils lui donnèrent des coups dans les parties, et à la tête, aux fesses, vraiment *dans* les fesses, une douleur atroce, un peu comme la piqûre d'une aiguille, et puis aussi dans les tibias et le dos. Ils le défoncèrent complètement, et le Tueur dansait autour d'eux en aboyant avec excitation. Et quand il crut qu'ils avaient terminé, quand il implora leur pitié, qu'il pleura, ils s'arrêtèrent, hors d'haleine.

— C'est bon, t'as compris maintenant, espèce de salope ? dit Eric.

— Tu chiales, bébé ?

— Si tu touches encore à notre frère, tu te prendras la même, en dix fois pire, compris ?

— Oui, gémit Danny.

— Tu nous dénonces, tu te prends la même, en vingt fois pire.

— T'as entendu ?

— Oui.

— Jure.

— Je jure.

— Tu jures quoi ?

— De ne plus jamais lever la main sur Jackie et de ne rien dire à personne.

— Petite saloperie, va. Regarde-moi cette saloperie qui pleurniche après sa mère.

Danny, à genoux, le souffle coupé, sentait les larmes s'accumuler derrière ses paupières closes sans qu'il parvienne à les retenir tout à fait. Le chien avait cessé d'aboyer. Il se demanda s'ils étaient partis. Il avait très peur d'ouvrir les yeux pour vérifier. Il découvrit bientôt qu'ils étaient toujours là. Le chien s'était tu le temps de chier ; Eric et Brian se munirent de bâtons pour saisir la merde toute fraîche et la déposer sur les cheveux de Danny, l'y

105

écraser – non seulement sur sa tête, mais aussi dans son cou, sur ses joues, son nez, dans son pull. Il lui fallut des semaines pour ne plus être persuadé qu'il émanait de lui une odeur de merde ; des mois pour se débarrasser de l'impression de la sentir partout, en permanence.

— Tu pues, salope.

— Elle pue la merde, cette salope, hein ?

Et ce ne fut pas le pire.

Le pire fut la suite.

Chaque jour, Jackie Bradberry lui faisait passer un mot en classe, écrit soit par Kev, soit par Sparko, mais surtout Kev, car Sparko était encore plus débile que Jackie.

T'es mort. Le Tueur.

Ou

Terrain de la mort après l'école sois pas en retar. Le TUEUR.

Ou

Tu vas voir ce que c'est une vré bagarre, salope.

Une fois, Danny leva la main immédiatement après avoir reçu un des mots, pour répondre à une question, mais il ne put s'empêcher de remarquer le choc sur le visage de Jackie, comme s'il était persuadé que Danny allait le dénoncer. Jackie avait encore peur, Danny en avait presque de la peine pour lui. *Qui c'est, Sherlock Holmes ?*

Mais qu'il ait peur ou non, le résultat était le même : Jackie faisait ce qu'il voulait désormais, et Danny ne pouvait pas poser un doigt sur lui.

D'abord, Danny essaya de l'éviter, il quittait le collège au plus vite avant de le croiser, choisissait le chemin le plus long pour se rendre à l'école et en revenir, restait en permanence sur ses gardes. Mais on ne peut pas fuir éternellement. Un après-midi, il obtempéra. Le message de Jackie ce jour-là disait :

> Viens te battre au terrain de la mort, amène deu copins les tapettes en renfor.

Dave et Gene l'accompagnèrent.

Jackie était là, entouré de Kev et Sparko, qui semblaient pétrifiés, et à raison, car Eric et Brian n'avaient jamais promis de protéger l'un ou l'autre. Avant même que Jackie lève la main, Gene Peterson se jeta sur ses deux acolytes, cognant leur tête l'une contre l'autre, à deux reprises. Ils décampèrent en sautant par-dessus le mur comme s'ils avaient des moteurs à réaction collés aux fesses. Jackie se mit à brailler qu'il allait le dire à ses frères et Gene, qui mesurait une tête de plus que tous ceux de leur classe, ce garçon qu'ils auraient tous rêvé d'être – ce n'était ni le plus intelligent ni le plus cool, mais le plus viril ; celui dont ils recherchaient l'approbation ; celui qu'ils voulaient tous faire rire et impressionner –, Gene regarda Jackie Bradberry et lui lança :

— Vas-y, Jackie, tu peux faire ce que tu veux maintenant, à cause de tes frères.

Jackie s'approcha de Danny et le frappa avec violence à l'estomac, et dans les côtes, puis deux ou trois fois au visage, lui ouvrant la lèvre, avant de lui asséner un crochet du gauche qui le mit à terre. Lorsque Jackie tenta de continuer à coups de pied, alors que Danny ne s'était pas relevé, Gene Peterson s'interposa et le ceintura.

— Mes frères ont dit…

— « Mes frères ont dit. » Espèce de mauviette, le contra Gene. Tu devrais avoir honte. Tu te crois où, là ? À l'entraînement de tir ? « Mes frères ont dit. » Va te faire foutre. File !

Sur ce, Gene leva sa main, de la taille d'une pelle, en direction de Jackie et ce dernier battit en retraite, mais d'un pas lent, à contrecœur et en s'arrêtant juste avant le mur pour lancer :

— Je vais le dire à Eric et Brian.

— Je me disais aussi, rétorqua Gene. Non seulement t'es une mauviette, mais en plus t'es un mouchard. Va donc trouver tes frères.

Jackie raconta tout à Eric et Brian qui, deux jours plus tard, coincèrent Gene Peterson à Wingra Park et lui cassèrent le bras à l'aide d'un démonte-pneu. Gene précisa qu'il leur en avait collé deux ou trois bonnes, peut-être, mais tout le monde savait que ça ne faisait aucune différence. Là se terminait la résistance aux Bradberry. À compter de ce jour-là, ce fut message sur message, menace sur menace, toujours de Jackie, toujours adressés à Danny. Il revint encore deux fois seul au terrain de la mort, sans même en parler aux copains, parce que Jackie ne voulait pas, ou parce que Danny craignait qu'ils ne refusent de le soutenir, de peur des représailles ; et chaque fois, il laissa Jackie Bradberry lui mettre une raclée, cessant assez rapidement d'avoir de la peine pour lui. Après quoi, il tenta de gérer autrement. D'abord, il prétendit être malade, pour rester à la maison. Mais le médecin était souvent convoqué, même si ce n'était pas systématique. Du coup, lorsqu'il recevait un des petits mots, il se mettait à trembler, la chaleur lui montait au front et il fondait en larmes. Quand Mme Johnson le remarquait, ou qu'un élève signalait son problème, il affirmait souffrir d'une terrible douleur au ventre, ou bien d'une crampe, d'un spasme, et parfois, il était autorisé à se rendre à l'infirmerie, d'autres fois, on le renvoyait chez lui tout simplement, et invariablement, il voyait la terreur sur le visage de Jackie Bradberry.

Quant à l'expression qu'affichaient tous ses autres camarades, elle était assez bizarre, car personne n'ignorait ce qui se passait, mais puisqu'ils n'étaient pas concernés, ils s'en foutaient pas mal ; de plus, Danny avait onze ans, quand même, et regardez-le, tous les jours en train de chialer. Putain, quel pleurnichard.

Ce fut à ce moment-là que Danny décida qu'il n'y avait qu'une seule solution : Jackie Bradberry devait mourir.

Extrait de
Des bonbons ou un sort !
Manuscrit inédit de Ralph Cowley

Danny

A Couple of Swells
(« Deux vagabonds »)

Jeff Torrance a pris le volant, et Danny Brogan se demande si la maison n'est pas la racine du problème. Le péché originel, le ver dans la pomme. Le grand-père de Danny, le vieux Dan Brogan, avait gagné beaucoup d'argent en vendant sa terre à l'université du Wisconsin dans les années 1930, du temps où ils avaient lancé l'arboretum, qui consistait désormais en cinq cents hectares de forêt et d'horticulture, gérés de manière à ressembler au plus près à la nature sauvage telle qu'elle existait avant l'arrivée de l'homme blanc dans le Wisconsin. Au Wisconsin d'avant les premiers colons. Une vision, un rêve d'Éden. Le vieux Dan avait gardé la parcelle de terrain sur laquelle se dressait sa maison, entre la piste qui deviendrait Arboretum Avenue et le lac Wingra, et l'avait clôturée d'un mur en pierres sèches avec un haut portail en fer forgé à l'arrière, un autre à l'avant. Il avait fini sa vie retranché dans ce domaine à se saouler pendant que sa femme élevait le père de Danny, Dan Junior. La propriété revint ensuite à Dan Junior, qui connut peu ou prou

113

le même destin que son père, puis à Danny, qui avait racheté la part de sa sœur Donna pour y emménager au moment de son mariage avec Claire. C'était la seule habitation à des kilomètres. L'université avait tout tenté pour persuader le vieux Dan Brogan de déménager, mais c'était un homme entêté, qui vivait en reclus, et avait choisi de s'installer du côté ouest de la ville, le moins peuplé, avant tout parce qu'il voulait être loin du monde ; il refusa donc de bouger. Et malgré les différences de caractère des Brogan père et fils successifs, ils avaient tous ce point commun : la maison des Brogan faisait partie de la forêt, et c'était là qu'elle resterait.

Mais Danny savait que, s'il n'avait pas été en charge du Brogan's bar et grill au quotidien, il serait devenu fou là-bas, au point de glisser tout doucement sur la même pente que son père et son grand-père avant lui. D'ailleurs, peut-être en prenait-il déjà le chemin, en fait. Cette maison était hantée par l'échec, l'amertume, et pire encore. Et si c'était ce qui avait amené Claire à penser avec nostalgie à sa vie d'autrefois ? Il n'en avait pas la moindre idée. Un de leurs points communs, à Claire et lui, en plus d'une aversion, d'une méfiance, d'un mépris même, très démodé, vis-à-vis de la technologie, était un malaise, tout aussi ringard, face aux conversations franches et sans faux-semblants. Non qu'ils tiennent particulièrement à garder secrètes certaines informations, mais plutôt comme s'ils avaient l'un et l'autre le sentiment que les liens du mariage ne les autorisaient pas à connaître ce que l'autre ne désirait pas divulguer.

Donc, Danny n'avait jamais interrogé Claire sur ses fréquentations à Chicago, et elle n'avait jamais demandé ce qu'il avait fait à Madison pendant cette période. Tous deux étaient d'accord : les problèmes surviennent dans le mariage quand le mystère a disparu, quand il n'y a plus de distance, que l'*altérité* de l'être aimé est niée. De la familiarité naît sinon le mépris, au moins un certain manque de respect, pas de doute. Leur réserve l'un vis-à-vis de l'autre contribuerait à entretenir la flamme. D'ailleurs, leur vigilance sur ce point avait été récompensée : les problèmes dans leur mariage, lorsqu'ils survinrent, inévitablement, avaient cette spécificité de ne pas être ceux contre lesquels ils s'étaient prémunis.

La veille, Danny et Jeff avaient roulé vers le nord par l'I-39 sur environ quatre-vingts kilomètres, puis ils avaient dormi dans un bed and breakfast au style et au mobilier si antiques qu'il aurait mérité d'être rebaptisé « Hostellerie » ; tous les dossiers des fauteuils étaient protégés par des napperons et les meubles semblaient susceptibles de s'effondrer au premier souffle. Ils s'étaient levés avant l'aube et avaient filé sans attendre le petit déjeuner, en partie parce qu'ils souhaitaient arriver à l'institution pénitentiaire fédérale d'Oxford à 8 heures, mais principalement parce que les propriétaires de l'hostellerie-qui-n'en-était-pas-une, Larry et Jennifer Pyke, à l'âge aussi indéfinissable que l'apparence, s'étaient révélés avides de contacts humains. Il avait fallu à Jeff et Danny trois quarts d'heure pour leur échapper dans la soirée, tant le couple était déterminé à partager des détails de sa vie passée à Chicago et à New York, où il avait accompli de

115

grandes choses dans le milieu du Théâtre – ou pas. Danny avait été pour ainsi dire incapable de se concentrer sur ce qu'ils racontaient, fasciné qu'il était par leur physique : Larry, tout maigre, presque rétréci, mais encore vigoureux, portait un foulard vermillon, une veste d'intérieur matelassée, un pantalon gris, des chaussures vernies, un panache de cheveux teints tirés en arrière et ce qui ressemblait beaucoup à du fard à paupières ; Jennifer était une ancienne beauté trop maquillée à la Zsa Zsa Gabor sur le retour, ou à la Ginger Rogers du temps de ses talk-shows télévisés, coquette, prédatrice, empâtée jusqu'au grotesque dans son peignoir chinois noir et or et ses minuscules mules à talons rouges qui rappelaient les souliers de Dorothy dans *Le Magicien d'Oz*. Jeff, il faut le reconnaître, n'était pas pressé de mettre un terme à cette conversation, qui balaya des sujets aussi variés que les acteurs des années 1930, les Dolly Sisters, les films de Mitchell Leisen et les actrices de Hollywood ayant joué des nonnes, par opposition à celles qui étaient *devenues* des nonnes. Il aurait volontiers continué de boire du thé avec eux jusqu'au bout de la nuit, satisfaisant ainsi son goût du bizarre, sa prédilection pour l'absurde, sans parler de sa préférence générale pour la compagnie des personnes âgées.

Danny observe Jeff, qui est maintenant attablé en face de lui. Il est tellement plus fiable qu'il n'en a l'air ; même Danny a tendance à l'oublier parfois. C'est une sorte de façade qu'il dresse devant lui pour repousser le monde : le fumeur de pétards, le flemmard, le bon à rien. Ils se sont installés dans une cafétéria Denny's pour petit-déjeuner, faute de mieux, et ils en sont à leur troisième café. À 6 heures ils étaient seuls, un lundi matin pourtant, mais férié, le jour de Christophe Colomb ; il est près de 7 h 30 désormais, et l'endroit commence à se remplir. Tous ceux qui entrent, qu'ils soient hommes, femmes ou indéterminés, jettent un coup d'œil appuyé à Jeff ; c'est comme ça depuis toujours. Il approche la cinquantaine, cependant il a gardé fière allure : ses cheveux blonds n'ont pas viré au gris, et il les porte encore assez longs, mais dégagés autour de son visage fin, ciselé et bronzé, sur le fil entre le type au physique juvénile et celui qui se berce d'illusions. Il a toujours eu un penchant pour le style un peu hippie, amérindien, ponctué de-ci de-là de tresses, de perles, de lanières de cuir et même, dans ses cheveux, de rubans. Jeff, un mètre quatre-vingt-dix, avec son Levi's, sa chemise western noire et ses santiags, est beau gosse, pas de doute, et Danny n'est pas le seul à le penser : si Jeff repart sans une femme à son bras après une soirée au Brogan's, c'est parce qu'il est fatigué, et Danny se retrouve contraint et forcé d'offrir une épaule compatissante à telle ou telle cliente qui se demande où elle a foiré.

Jeff n'ayant jamais vraiment travaillé, il peut sembler étonnant qu'il ait gardé une telle ligne. Il vit avec sa mère, une veuve fortunée qui adore son fils et a toujours jugé superflu qu'il trouve un emploi alors qu'il n'y était pas obligé. Jeff, étant jeune, considérait ce plan comme génial, puisqu'un emploi aurait interféré avec ses activités annexes, en clair fumer de l'herbe et dédier des nuits entières au visionnage de films, aux jeux vidéo ou à la lecture de sagas de science-fiction en trois, six ou neuf volumes. Pendant les quelques années que Claire avait passées à Chicago, Danny avait emménagé avec Jeff et tous deux se consacraient avec abnégation à cette dérive à base d'alcool et de drogues de plus en plus fortes, fricotant avec des femmes assez sous-motivées elles-mêmes pour croire ce plan effectivement génial. Tout cela était joyeusement financé par l'héritage Torrance, tant que Jeff consentait à dîner avec sa mère un soir sur deux et à simuler un désir « de créativité » dans un domaine quelconque, artistique ou littéraire, pas forcément spécifique, sans toutefois qu'il fût nécessaire pour lui de produire le moindre résultat.

Puis le père de Danny était mort, et Danny avait repris le Brogan's, ce qui avait mis un terme à cette errance, pour lui du moins. Il avait arrêté la drogue, avait même cessé de fumer de l'herbe, ce que ni lui ni Jeff ne considéraient être la même chose. Jeff, qui n'avait pas éprouvé le besoin de l'imiter, avait continué gaiement sur la voie du désœuvrement. Les bons à rien oisifs qui lui tenaient compagnie ne manquaient pas à Madison, chacun doté de son propre alibi « créatif » discutable. Pour Jeff, c'était l'écriture, non qu'il se fût jamais abaissé à *rédiger* formellement quoi que ce soit.

La vie de Jeff se résumait donc ainsi : il buvait, fumait, lisait, dînait et écoutait de la musique en compagnie de sa mère, couchait avec les femmes et les petites amies des autres (car les célibataires, stupéfaites de ce manque d'ambition, abandonnaient assez vite l'idée de faire de lui un potentiel partenaire pour la vie, mais revenaient trouver auprès de lui un peu de répit, parfois encore des années après). Et bien sûr, Jeff avait assuré à Danny qu'il serait toujours là s'il avait un jour besoin de lui, peu importe quand. En effet, si Jeff n'était pas mort, mais avait écopé de trois ans à la prison de Fox Lake, c'était grâce à Danny, qui lui avait donné un coup de main; quelqu'un d'autre était mort, mais pas Jeff. Danny lui avait prêté de l'argent que Jeff ne voulait pas demander à sa mère, et puisque Danny avait toujours de quoi voir venir... Enfin, ce n'est plus le cas, désormais.

Jeff regarde Danny droit dans les yeux et malgré la tension que ressent celui-ci – il a dormi comme une masse durant trois heures puis, à partir de 4 heures, il s'est tourné et retourné dans son lit, éveillé, à se projeter et à dire vrai, à pleurer, un peu, de ces larmes qui débordent, incontrôlables, mais se calment et s'essuient très vite –, il se sent à deux doigts de se laisser aller. Jeff, avec un sourire, lâche très tranquillement, en parodiant le ton flûté, bien timbré de leurs hôtes, mi-accent british, mi-country club chic : « Nous, les gens de théâtre, voyez-vous », et Danny explose de rire. Jeff reste capable de le faire rire aux meilleurs moments, rien qu'en croisant son regard; il est de plus très doué pour l'imitation.

—N'est-ce pas *extra*-ordinaire ? Vous venez de Cambridge et vous voici à Oxford !

Jeff soulève un sourcil paresseux, en hommage aux excentricités baroques des tenanciers de l'hostellerie-qui-n'en-était-pas-une.

—Vous êtes parmi nous à Oxford, mais vous étiez jusque récemment à *Cambridge* ! Ne vous étonnez

119

pas de notre étrangeté, car nous sommes des gens de théâtre, voyez-vous, de théâtre !

Jeff n'en est pas à sa première caricature des gens du showbiz, il fait son miel des inepties grotesques que débitent les acteurs dans les émissions de divertissement – pour le plus grand plaisir de Danny. Il s'est d'ailleurs souvent demandé si le rire que cela suscite chez lui ne trouverait pas ses racines dans la colère – une colère contre Claire qui à son avis s'illusionne souvent sur son « passé illustre », son talent, son potentiel gâché. Elle est encore capable, en regardant un film, d'être émue aux larmes, non par empathie avec le personnage, mais par jalousie envers l'actrice. Car c'est toujours une actrice, et de l'âge de Claire ; il s'ensuit quelques jours de mutisme, Danny se montre compatissant, il ne dit jamais rien, mais de temps en temps lui prend l'envie de crier : « Ça n'a jamais été si formidable et maintenant, c'est terminé, pour de bon. Tu crois être la seule à n'avoir pas pu réaliser tes rêves ? »

Il s'abstient toujours, et c'est heureux, car ce n'est pas tout à fait ce qu'il éprouve – à moins d'avoir une demi-bouteille de whisky dans le sang, et si l'on devait traduire en actes tout ce qui nous passe par la tête lorsqu'on est saoul, on finirait mort ou en prison. Et puis ce serait cruel, et cela le priverait d'un peu de son humanité. D'ailleurs quels rêves étaient donc les siens, exactement, à part épouser la femme de sa vie ? En voilà un qui n'a pas très bien tourné.

— Rosalind et cette chère Audrey ont *interprété* des nonnes, mais June Haver, qui jouait dans les *Dolly Sisters*, est pour sa part *devenue* nonne. Ou novice, du moins. Avant de trouver le bonheur avec Fred MacMurray jusqu'à la fin de ses jours.

Danny est secoué d'une hilarité incontrôlable, de celles qui vous prennent au fond de la classe, ou sous l'effet d'un psychotrope. S'il ne parvient pas à se libérer en s'abandonnant aux larmes, le rire est peut-être un bon moyen. Si seulement Jeff avait été avec lui au collège, pense Danny. En fait, Dave Ricks ressemblait énormément à Jeff : largement aussi drôle, également doué pour les imitations, avec un goût tout aussi prononcé pour l'absurde. Il a l'impression que Dave et lui passaient leur temps à s'esclaffer tous les deux, et au fond de la classe, justement. Jusqu'à ce fameux Halloween, quand le rire s'était éteint, pendant un long moment. Lorsqu'il était revenu, il n'avait plus jamais été le même. Mais Danny est certain que Jeff aurait su comment désamorcer la situation Bradberry. Même à l'époque, malgré la panique et la terreur qui le tenaillaient, Danny avait trouvé complètement idiot que cette affaire ait pris de telles proportions. Et ses amis ne lui avaient été d'aucune aide, sauf Gene Peterson, bien sûr, mais Gene avait toujours été un type sur lequel on pouvait compter.

C'est du moins ce qu'avait cru Danny, jusqu'à ce que, lors d'un barbecue en famille, resurgisse le passé, implacable, inaltérable, toujours susceptible de l'anéantir. Mais Danny Brogan ne se laissera pas faire. Danny Brogan va se défendre. Et le premier round du combat impose une visite à Jonathan Glatt en prison.

The Boulevard Of Broken Dreams
(« Le Boulevard des rêves brisés »)

Le camp de prisonniers fédéral d'Oxford se situe à deux pas de l'établissement pénitentiaire proprement dit, près du croisement des routes A et E. Danny présente son permis de conduire, ainsi que l'autorisation de visite demandée deux semaines plus tôt et qu'il a enfin reçue le vendredi. Il franchit le détecteur de métaux, qui se déclenche. Un agent le palpe de ses mains épaisses, prélève et met de côté sa menue monnaie, sa montre et ses lunettes de soleil. Danny ôte sa ceinture, puis il est admis au parloir.

Un ancien détenu, client régulier du Brogan's, lui a un jour raconté que l'odeur de la prison, c'est un peu comme celle de la merde de chien dans laquelle on a marché à son insu – terrible, effroyable, mais non immédiatement identifiée –, et c'est comme ça *en permanence*. Tels sont les effluves qui flottent au parloir : un mélange de sueur, d'air rance, de produit nettoyant âcre, de tabac et de désodorisant bon marché. Et de merde. Les chaises dans cette salle sont, pour la plupart, trop petites, comme des sièges en plastique pour enfants sur lesquels on a du mal à s'installer, dont on a du mal à s'extraire, aussi. Elles n'arrangent rien au problème de l'odeur, non plus, parce que, une fois assis, on a les genoux sous le nez, donc les pieds plus proches de la figure, et même si l'on n'a pas de merde sous les semelles, on en a l'impression. À l'instar du prêtre écœuré par un abus de confessions, Danny avait oublié ce que lui avait raconté l'ancien détenu sous le sceau du secret de comptoir, mais voilà que cela lui revient, alors qu'il vérifie furtivement ses chaussures et les trouve propres.

Environ vingt-cinq personnes patientent, adultes et enfants, assises autour de tables. Certains adultes ont même des chaises à leur taille. Danny se lève, sa chaise reste coincée, il se fait l'effet d'être un apprenti clown. Il se libère, en essaye une autre, le résultat est le même. Tout à coup, il repense à une crèche que Claire et lui avaient visitée pour les filles, un établissement notoirement sélect ; ils avaient écouté la directrice, une femme sans humour en manteau de brocart, Birkenstock fleuries et lunettes à monture rouge, installés sur le même genre de sièges. Elle leur avait parlé apprentissage centré sur l'élève, complétude, bien-être, avait insisté sur la participation des parents, vitale. Danny avait refréné un besoin urgent de demander pourquoi, vu la somme d'argent colossale qu'ils allaient devoir verser, leur pleine et entière participation était également requise. Tout ça pour que Claire annonce, à la fin de l'entretien, que « l'état actuel de sa carrière » (et à l'époque, elle n'enseignait même pas) ne pouvait justifier le recours à une crèche, si dévouée au bien-être de l'enfant fût-elle. Ce moment lui revient à cause des chaises, mais aussi parce qu'il est emblématique d'un aspect de leur mariage : Claire a un comportement que Danny désapprouve (souhaiter inscrire les filles en crèche alors qu'elle n'a pas de travail), mais semble tolérer tacitement ; soudain, revirement, elle se rallie à sa position, sans qu'il ait eu besoin d'argumenter. Du coup, il éprouve un sentiment de victoire (il aura le dernier mot), de fierté (que Claire et lui soient si souvent d'accord), mais également une certaine honte devant sa propre passivité – quel genre d'homme n'afficherait pas de temps à autre son désaccord avec sa femme ? Le genre d'homme qu'il est, apparemment ; le genre à préférer s'asseoir sur une chaise d'enfant plutôt que de déambuler dans la pièce jusqu'à ce qu'il en trouve une qui conviendrait à un adulte. Le genre d'homme qui, plutôt que d'interroger sa femme pour savoir si elle lui a été infidèle, plutôt que de lui avouer à quel point leur vie part en vrille, aime encore mieux disparaître avec ses enfants pour tenter d'empêcher tout ça.

Lorsque arrivent les prisonniers, tous vêtus de leur chemise et de leur pantalon de travail vert sapin, Danny se lève et s'extirpe une fois de plus de son siège. Un gardien blond au visage empâté, qui doit peser cent trente kilos, approche dans un bruit de respiration.

— Monsieur Brogan ?

Danny confirme d'un hochement de tête.

— À l'extérieur, s'il vous plaît.

Il le suit, en se demandant quel est le problème. Le soupçonne-t-on de déclaration mensongère sur son formulaire pour le permis de visite ? Les billets dans son portefeuille se sont-ils révélés faux ? Un coup des gens du théâtre, parierait-il. Mais voilà qu'ils débouchent sur un patio en bois qui s'étire sur la longueur de la salle de parloir, équipé de quatre tables de pique-nique fixées au sol. Jonathan Glatt est assis à l'une d'entre elles, vêtu du même uniforme que les autres.

— Il préférait prendre l'air, il a dit que ça ne vous dérangerait sûrement pas, explique le gardien.

— Je confirme.

— Fait pourtant trop froid pour tout le monde par ici, ronchonne-t-il, s'incluant apparemment parmi ceux de cet avis.

De là, Danny aperçoit la clôture du périmètre du camp, la Mustang de Jeff sur le parking et, derrière l'autoroute, des arbres d'essences panachées qui s'étirent jusqu'à l'horizon ; la plupart sont nus, les feuilles persistantes des autres luisent sous les rayons du soleil d'automne. Il va devoir se confier à Jeff – pas lui raconter la vérité, du moins pas tout entière, mais une version un peu plus proche que celle qu'il a présentée à sa sœur. En attendant... en attendant, c'est vrai, il fait froid ici, mais au moins il n'y a pas l'odeur.

— Je n'en ai pas pour longtemps, lance-t-il au gardien, pour jouer la carte de l'apaisement.

Danny, toujours à faire plaisir. Il s'assied à la table, en face de Jonathan Glatt, tandis que le gardien reste sur le perron, près de la porte arrière du bâtiment. Glatt n'a plus le teint aussi mat que lors de leur dernière rencontre, mais il a encore bonne mine : une dizaine de kilos supplémentaires, ses cheveux argent sont taillés en brosse, il porte des lunettes à fine monture métallique. Il observe son visiteur de ses yeux bleu laiteux sans paraître le reconnaître du tout, tapote son carnet de moleskine noire du bout de l'ongle, et prend la parole.

— Monsieur Brogan, fait-il en hochant la tête d'un air philosophe. Je ne me souviens peut-être pas de tous les visages, mais... Danny Brogan, deux cent cinquante-sept mille dollars... que dire ?

Il a un accent de Chicago, Danny ne parvient pas à déterminer de quel quartier exactement, mais il lui semble plus populaire que la dernière fois qu'ils se sont vus et qu'il était encore au bras de sa pimpante femme, celle qui avait un faux air de Meg Ryan. Avant que Danny ait le temps de répliquer « Désolé serait bien, connard », Glatt reprend :

— Je vous demande pardon, bien évidemment, je peux demander pardon, d'ailleurs je le fais, mais vous voulez savoir quelque chose ? Je suis bien conscient que vous n'avez peut-être pas envie d'entendre ça. Objectivement, bien sûr, je regrette, mais le mot est faible, je suis désolé que votre argent ait disparu. « Ait disparu », encore un euphémisme, je m'excuse de l'avoir volé. Seulement, je n'avais pas l'intention d'escroquer qui que ce soit, je trouve difficile, pour ne pas dire impossible, d'« assumer » ma culpabilité à hauteur de ce que vous jugeriez digne, car sans intention... Vous me suivez ? Je n'ai cambriolé personne, n'est-ce pas ? Certes, c'est arrivé, et je suis en cause : je détenais votre argent et il s'est évaporé, et qui d'autre en est tenu responsable ? Mais c'est un peu, si vous voulez, comme le jeu des chaises musicales ? Vous savez, quand on enlève une chaise à chaque fois et que les enfants se retrouvent debout quand joue la musique ? Eh bien, c'est exactement ainsi que s'est produit cet effondrement financier : les gens ont eu peur que la musique s'arrête et qu'il n'y ait plus de chaises. Donc, quelqu'un panique, à cause d'une connerie écrite dans un journal, ou bien, ou bien, du président de la banque fédérale, ou bien d'une grande gueule de puissant à Francfort, putain, bref, quelqu'un qui pleurniche pour récupérer son fric suggère à un autre de faire pareil, et d'un coup, tout le monde veut son argent pour mieux le planquer sous le matelas ! Alors pardonnez-moi, mais ce comportement, franchement, est-ce que c'est ma faute ? Parce qu'on ne peut pas diriger une banque, un plan d'investissement, un système financier, si chacun préfère garder son fric sous son lit, sans aucune raison valable. Et vous, cher ami, vous vous êtes brûlé, j'en suis désolé, et techniquement, c'est vrai, j'en suis responsable, mais je vais vous dire, c'est surtout la faute de la Folie des Foules, comme disait je ne sais plus qui il y a longtemps.

Danny n'était pas venu avec l'intention de polémiquer, estimant que c'était perdre son temps. Mais l'homme est non seulement indomptable, il n'est surtout qu'un homme.

— Vous plaisantez ? Vous croyez vraiment ce que vous dites, espèce de salopard ? Ils vous ramassent K.-O. dans la rue, défoncé, vous avez fait la fête avec des gamines, acheté un appart à votre maîtresse la strip-teaseuse…

Glatt hoche la tête et hausse les épaules, l'air philosophe a réapparu, ses yeux semblent dire « Tout ça c'est du pareil au même ».

—Je ne conteste pas. Vais-je nier m'être transformé en un quasi-connard ? Ne nous soumets pas à la tentation, vous voyez ce que je veux dire ? Ce n'est pas pour rien que cette prière a été inventée. Et je vais certainement rester incarcéré jusqu'à la fin de mes jours, ma femme et mes filles ne m'adresseront plus jamais la parole. Et puisque je suis un homme, laissez-moi en être un et vivre avec ce que j'ai fait comme un homme. Mais ce que je tiens à vous dire, c'est ceci, et cela vous aidera peut-être : Jonathan Glatt n'était pas un fantasme. Jonathan Glatt n'était pas Bernie Madoff, mon ami. Les fonds que l'on m'a confiés ont été investis, largement et sagement. Cependant, quand les retours sont devenus moins brillants, ou moins florissants, que ce que vous attendiez (je ne parle pas de vous personnellement, mais du public en général), nous avons décidé de booster les recettes à l'aide de nouveaux comptes, ce qui n'est pas permis, à proprement parler. Mais voilà, c'est ce que tout le monde voulait, je me trompe ? De nos jours, tout le monde se croit le plus malin, avec un temps d'avance sur les autres. Tout le monde estime avoir *droit* à plus. Les gens veulent plus qu'ils ne méritent, ils sont persuadés de mériter davantage que ce qu'on leur accorde. Personne ne veut attendre son tour. Tant que les nouveaux clients affluaient, les anciens étaient ravis de leurs dividendes, tant que toutes les chaises restaient dans le jeu, personne ne perdait. Tant que nous n'arrêtions pas la musique, tout le monde dansait. Vous voulez savoir un truc, monsieur Brogan? O.K., je l'admets, j'ai relâché mon attention un moment, avec la drogue, les filles, et le reste, Jonathan Glatt est humain après tout, trop humain, il ne peut s'en prendre qu'à lui-même, mais je suis sûr d'une chose: si tout le monde avait gardé la tête froide, si personne n'avait récupéré son argent, eh bien, nous danserions encore.

Danny n'en peut plus: il baisse la tête, lève les mains en signe de reddition, implorant Glatt de se taire.

— Ce n'est pas pour ça que je suis venu, de toute façon, explique Danny. Oh, je suis bien certain que vous n'êtes qu'un salaud qui n'aura jamais ce qu'il mérite, à savoir, la mort par le bûcher en place publique, ou ce truc du Moyen Âge où on vous éviscère à vif...

— Un supplice qui punissait les coupables de haute trahison, j'ai vu ça sur la chaîne History, ou peut-être BBC World? D'abord, ils...

— Fermez-la et écoutez, l'interrompt Danny. Je ne suis pas membre du public en général, comme vous dites. Avant, je plaçais mes économies, quand j'en avais, à la banque. Vous m'aviez été recommandé par un ami, du nom de Gene Peterson. Un vieil ami en qui je croyais pouvoir avoir confiance. Vous vous souvenez de lui? Gene Peterson? Nous avions dîné ensemble...

Glatt affiche un air pensif, comme un homme politique qui ferait mine d'envisager la question lors d'un débat télévisé, puis plonge dans son carnet.

— Gene Peterson. Gene Peterson. Oui. Gene Peterson. Il m'a ramené quelques investisseurs, vous n'êtes pas le seul.

— Bien. Écoutez, monsieur Glatt. Je ne suis pas venu vous demander des comptes, ni pourquoi vous avez volé mon argent. Je ne suis même pas là pour vous insulter, pourtant la tentation est grande. Je ne souhaite sûrement pas entendre vos justifications, vos rationalisations, votre… hum, « philosophie de la vie ». Je veux seulement que vous répondiez à quelques questions concernant Gene Peterson. D'abord, donnez-moi la liste des autres investisseurs qu'il a fait venir jusqu'à vous.

— Je ne crois pas que ce serait…

Glatt s'arrête, fait un geste vague de la main.

Danny éclate de rire.

— Pardon, je n'ai pas compris… éthique ? « Je ne crois pas que ce serait conforme à l'éthique », c'est ça que vous vouliez dire ? Vous êtes vraiment impayable, vous. Vraiment, on se marre. Il y a de quoi en faire un sketch. Vous êtes prêt pour les prime times, pas de doute. Alors, on va faire autrement : j'avance un nom, vous me répondez oui si j'ai raison, non si j'ai tort, qu'est-ce que vous en dites ? Ça ne viole pas votre « code d'éthique », comme ça ?

Glatt grimace, lève les yeux au ciel et secoue la tête.

— Dave Ricks.

Glatt confirme.

— Ralph Cowley, je le sais.

Glatt opine à nouveau.

—La bande au grand complet. Ils ont tous perdu leur fric ? Vous les avez tous niqués ?

Glatt feuillette son carnet.

—Non. C'est même le contraire, ils l'ont tous repris à temps, ils étaient tous en positif.

—Combien ils avaient investi, partant du principe que le minimum était à vingt-cinq mille ?

—Moins que vous. Moins de quarante mille chacun, ce genre de montants.

—Et Gene ?

—Gene ? Gene a récupéré son argent avant aussi.

—*Quoi ?* Il… Donc, je suis le pigeon dans l'affaire. Gene m'a fait entrer dans le réseau, j'ai placé une somme énorme et en récompense, il a eu le droit de récupérer sa mise ?

—Ce n'est pas exactement comme ça que je formulerais les choses. Mais je vois bien l'impression que ça donne.

—Comment avez-vous connu Gene ?

Glatt refait ce geste avec sa main, il balaie l'air, évoquant la complexité, l'abstrait, l'incertain. Comment les gens apprennent-ils quoi que ce soit, connaissent-ils qui que ce soit ?

—Je rencontre… Je rencontrais tellement de monde, dit-il. Ça aurait pu être n'importe où. Un dîner, une réception, la salle de sports. Pour Gene, nos enfants fréquentaient la même école à Chicago, à Oak Park, nous avons sympathisé, nos femmes aussi, et cetera.

—Je croyais que vous étiez basé à Milwaukee.

—Le plus gros de mes affaires, mes bureaux sont… étaient à Milwaukee. Ma famille vit à Chicago. Ma famille…

Glatt baisse la tête, la secoue, la relève.

—Vous savez, elles ne me rendent jamais visite, elles ne sont jamais venues. Ma femme, ce n'est peut-être pas une surprise. Mes filles… Mes filles ont quinze et douze ans. Je ne les ai pas vues depuis plus de six mois, je n'ai eu aucune nouvelle.

Danny observe Glatt, qui semble sur le point de pleurer, et pense à toutes les familles qu'il a dépouillées, menées à la ruine. Il pense à la sienne et essaie de tout mettre sur le dos de Glatt. Mais il sait que ce n'est pas vrai et qu'au moins un de ses vieux amis est coupable. Il sait aussi qu'il a sa part de responsabilité. Il croyait mériter ce bonus. Avoir droit à quelque chose en échange de rien.

—Tout le monde a son histoire tire-larmes, reprend Glatt. Gene… Nous jouions au tennis, lui et moi. Vous étiez à l'école avec lui, c'est ça ? Je parie que c'était le capitaine de l'équipe, quelle que soit l'équipe d'ailleurs, le gars que tout le monde cherche à impressionner.

Danny ne confirme ni n'infirme, il ne veut pas risquer la complicité avec Glatt. (Cela dit, en toute honnêteté, quel est le danger ? Il ne reste plus rien que Glatt puisse voler.) Mais oui, c'est exactement ce qu'était Gene. Ce qu'il est toujours.

—En permanence, les gens voulaient savoir comment prendre des parts dans mes investissements. Ils se pressaient. Voraces. Âpres au gain. Rapaces. Ça me dégoûtait. La nature humaine est parfois lamentable. Gene, lui, était différent. La première chose qu'il m'a demandée, c'était s'il pouvait inclure d'autres personnes, dont il estimait qu'elles méritaient un coup de pouce. C'était sa condition pour signer. Il a placé son argent et ensuite, une fois que tout le monde était bien établi, il a récupéré ses billes. Sans rien perdre. D'ailleurs, il a même gagné beaucoup dans l'affaire, un max.

Danny en a assez entendu. Il se lève, salue Glatt de la tête, incapable d'articuler quoi que ce soit pour le moment.

Glatt le regarde.

— Il y avait encore une autre personne, annonce-t-il en faisant courir son doigt sur la page de son carnet.

— Pardon?

— Parmi les contacts de Gene. Quelqu'un que je n'ai jamais rencontré. Mais lui aussi s'en est tiré à bon compte, avant la débâcle.

Un autre. Mais il n'y avait personne d'autre. Juste Dave, Danny, Ralph et Gene. Aucun autre qu'il connaisse, du moins.

— Qui était-ce? s'enquiert tout de même Danny.

— Je cherche le nom… Voilà… En fait, ce n'est pas un homme – à moins que Claire puisse aussi être un prénom masculin?

— Claire? Claire comment? demande Danny, dont la voix se casse.

— Claire… Bradberry, d'après ce que j'ai noté. Claire Bradberry, ça vous dit quelque chose?

It All Depends On You
(« Tout repose sur toi »)

Au moins, les filles vont bien. C'est la seule chose qui permet à Danny de rester un peu sain d'esprit alors que Jeff et lui roulent sur l'I-90 en direction de Chicago pour rendre une petite visite à Dave Ricks et Gene Peterson : Barbara et Irene se trouvent en sécurité auprès de leur tante Donna. Non que celle-ci se soit montrée ravie de le voir débarquer la veille. Il a tenté de passer en coup de vent, sans trop donner de précisions, mais il n'espérait pas vraiment s'en tirer comme ça, ce n'était pas le genre de choses qui était possible avec Donna.

« Danny, voilà le marché : si tu veux que je continue de m'occuper de tes filles, tu vas devoir m'expliquer ce qui se passe. »

Un dimanche soir comme les autres, Danny et Donna qui se prennent la tête dans le salon. Danny les voyait se refléter tous les deux dans la grande baie vitrée, qui s'étirait sur un pan de mur entier. Trente ans en arrière, et les mêmes, en version jeune, se vengeaient l'un sur l'autre de leur blues du dimanche soir : que regarder à la télé, qui n'avait pas

134

aidé l'autre avec ses devoirs (Donna n'avait jamais besoin d'aide pour les siens), à qui le tour de sortir le chien.

Et voilà, c'était reparti, non plus dans le foyer familial d'Arboretum Avenue, mais dans la maison moderniste, à toit plat, de Donna, située à Cambridge, Wisconsin, et bâtie à flanc de colline, avec vue sur le lac Ripley. Danny s'était toujours demandé s'il s'agissait d'une création de l'architecte Frank Lloyd Wright ou d'un de ses disciples. Il n'avait jamais osé poser la question à sa sœur : si la maison était authentique, cette inculture l'agacerait ; si ce n'était qu'une imitation, il y avait fort à parier que cela la contrariait, et elle serait aussi énervée. Cela dit, quelle importance, puisqu'elle était irritée en permanence et sans aucune raison valable. Mais enfin, Danny estimait inutile de la provoquer, même si au cours de leur vie, il avait appris que ce plan ne se déroulait pas forcément comme prévu : si Donna avait été un pays, elle aurait été la Corée du Nord, excessivement secrète et impossible à décrypter, mais susceptible à tout moment de vous envoyer une bombe ou un coup de semonce pour vous forcer à rester sur vos gardes.

Elle avait hérité de la maison au moment de son divorce – elle avait été mariée à un cador de l'informatique, ou des start-up, ou de la finance, un certain Brad, ou Chad, un Thad peut-être ; Danny ne l'avait vu que deux fois, la première, au mariage, la seconde lorsqu'il était venu seul en ville se prendre une cuite au Brogan's : il avait fini, en larmes, par demander à Danny s'il pensait que sa sœur avait un jour apprécié quelqu'un. Danny y avait réfléchi, pas

135

très longtemps à dire vrai, et avait répondu non, pas vraiment. Le couple s'était séparé peu après.

Tout avait changé à la naissance des enfants de Danny. Soudain, il existait deux personnes que, visiblement, Donna appréciait, voire aimait : Barbara et Irene. Elle avait commencé à se présenter chez eux à l'improviste, ce qui faisait flipper Claire, car Donna n'avait jamais caché son mépris pour elle, et ne laissait jamais passer une occasion de mentionner telle actrice originaire de Chicago qui, comme par hasard, avait le même âge que Claire et réussissait une belle carrière à New York, Londres ou Hollywood, tiens, regarde, elle est sur TMZ dans un film avec Kate Winslet.

Pour finir, Danny l'avait avertie : si elle tenait à rendre visite aux filles, elle allait devoir faire semblant d'être aimable avec Claire ou se taire en sa présence, tout simplement. Donna avait consenti à une combinaison de ces deux approches, marmonnant ses bonjour, ses au revoir et ses mercis dans un sourire figé qu'on aurait cru tracé au feutre par un enfant de quatre ans. Parce qu'elle voulait vraiment voir les filles, et celles-ci le lui rendaient bien. Elle les prenait au débotté pour un week-end, ou même pour dormir un soir de semaine, les emmenant à l'école à trente kilomètres de chez elle le lendemain matin, et les accueillant pour quelques jours à Pâques ou pendant l'été. Et elle était *gentille* avec elles, un peu sur le mode sévère mais juste, à l'ancienne. Elle s'assurait qu'elles lisaient les classiques, de Louisa May Alcott à Laura Ingalls Wilder, puis Meg Cabot, elle leur apprenait à coudre, à tricoter, à cuisiner, toutes ces choses que ni Claire ni Danny n'auraient jamais pu leur transmettre, par manque de savoir-faire, de volonté, de temps. Donna mettait à profit ses talents de professeur, elle qui en avait suivi la formation sans jamais enseigner, au point que « Quand est-ce qu'on va chez tante Donna ? » était devenue la phrase la plus fréquemment prononcée à la maison. Et puisque Danny et Claire n'avaient pas d'autre famille, ils s'étaient autorisés à minimiser la froideur de Donna pour en faire un élément attachant de la mythologie familiale, parce que, après tout, où pourraient-ils trouver garde d'enfants plus fiable ?

Danny jeta un coup d'œil à travers la vaste pièce à vivre en direction de la grande cuisine où Barbara et Irene, installées à la table, studieuses, traçaient à l'encre, coloriaient et surlignaient une bande dessinée de style manga qu'elles avaient créée, aidées et encouragées par Donna ; elles attiraient l'attention l'une de l'autre sur tel ou tel détail, riaient aux éclats du résultat de leur travail. Il repensa à la rapidité avec laquelle, une fois remises de leur déception de ne pas retrouver leur mère, elles avaient accepté de rester chez leur tante quelques jours de plus. Il avait ajouté, pour faire pencher la balance, quelques jeux vidéo pour la console achetés au supermarché avant de venir, et de nouveaux costumes pour Halloween : vampire pour Barbara, qui avait lu toute la série des *Twilight* et des *Chroniques de Vlad Tod*, et chat pour Irene, qui, eh bien, aimait les chats.

Retour sur le visage furieux de Donna reflété dans la vitre ; pour mieux éviter de répondre à sa question, il se concentra à nouveau sur son apparence. Depuis le départ de Brad, ou Chad, ou

Thad, elle avait endossé la tenue de la citoyenne du Midwest moyenne : mocassins, pantalon de coton lâche et chemise à carreaux par-dessus un col roulé, cheveux coupés court et domptés au gel au point de leur donner la consistance d'un berlingot, très femme de pasteur méthodiste, brusque et terre à terre. Ses manches sont boutonnées au poignet, son col roulé remonté jusqu'au menton, parce que ses bras, son torse et, pour ce qu'en sait Danny, la partie inférieure de son corps dans sa majorité composent une mosaïque de tatouages bigarrés, souvenir des cinq années passées avec ce motard à Oakland. Ou *ces* motards, peut-être. Après ça, il y avait eu la désintox et potentiellement, même, un séjour en hôpital psychiatrique. Elle avait également traversé une phase lesbienne, d'abord en version blonde sophistiquée (perruque ou teinture, Danny l'ignorait, il n'avait vu que des photos), puis gothique (il est facile de se débarrasser des piercings, au moins). Il y avait eu aussi la période secrétaire guindée, durant laquelle elle avait rencontré Brad, Chad ou Thad, qui devait sûrement trouver superexcitant de découvrir, sous les tailleurs bleu marine et les chemisiers prudes, le corps tatoué d'une hard-rockeuse. Rien de tout ça ne transparaissait en cet instant, elle semblait tellement à sa place dans son refuge, dans ce repaire chicos de Cambridge, Wisconsin, avec ses boutiques, toutes les mêmes, remplies de poteries, de peintures hideuses et de chocolats hors de prix. Il se demandait si Donna restait toujours aussi consciente du temps qui passait, si un matin, elle disparaîtrait, une fois encore.

Danny s'observa brièvement dans la vitre. Il avait plutôt fière allure, songea-t-il, pour quelqu'un qui avait traversé ce qu'il avait traversé : cravate soigneusement nouée, costume trois pièces gris perle, chaussures noires, il avait même pensé à se raser. Toujours sauver les apparences, telle était la devise qu'il avait retenue de ses parents ; Donna, pour sa part, leur devait sa rage. Parfois, l'assurance, le calme, la stabilité paraissaient authentiques chez lui ; il savait d'ailleurs que Claire y croyait sincèrement. Mais en vérité, il n'était rien de tout ça. Il lui arrivait de croire qu'il était meilleur acteur que sa femme. Évidemment, il gardait ça pour lui. Il jeta un dernier coup d'œil au masque sur son visage, et sur celui de sa sœur : depuis qu'ils portaient leurs cheveux à peu près de la même longueur, ils se ressemblaient comme jamais. Danny ne cachait peut-être pas de tatouage d'ange de la Mort sur son dos, mais il était aussi doué qu'elle pour garder les secrets.

« Il y a quelqu'un dehors ? » demanda soudain Donna en éteignant la lampe.

La fenêtre noircit d'un coup et leur reflet disparut, remplacé par la vision d'une Ford Mustang rouge dans l'allée de gravier. Le plafonnier allumé montrait un quadragénaire svelte, ses cheveux blonds noués en queue-de-cheval, en train de jouer sur une Nintendo DS.

« Danny. Réponds-moi. Mais... C'est Jeff Torrance que je vois ?

— En effet.

— Qu'est-ce qu'il fiche ici ? Pourquoi tu pars avec Jeff Torrance ? Où est ta voiture ? Où est Claire ? Pour la troisième fois, que se passe-t-il ? »

Elle avait toujours eu le don pour parler à voix basse tout en étant parfaitement audible, et tout à fait menaçante. Danny, qui en avait assez des intimidations, jugeait qu'il n'était pas tenu de supporter ça de la part de sa propre sœur, même si leur relation avait toujours été orageuse.

« Est-ce que ce sont tes remarques continuelles qui ont eu la peau de ton mariage, pour finir ? Parce que je vois bien comment ça peut conduire un mec au point de non-retour, lança-t-il.

— Va te faire foutre, si tu veux la jouer comme ça. Prends tes filles et emmène-les dans... La voiture se remplit de fumée. Oh, j'y crois pas, cet abruti fume un joint. Jeff fume un joint.

— Évidemment. C'est Jeff. Ce serait bizarre s'il ne fumait pas.

— Les filles ne monteront pas en voiture si c'est lui qui conduit.

— C'est exactement ce que je te dis. »

Le retournement de situation faillit faire rire Danny. Pas Donna.

« Hé, tête de nœud, tu prends ça au sérieux, oui ? Tu débarques ici la semaine dernière pour me demander de m'occuper de tes filles pendant que tu... comment tu as dit... "fais le point". Tu décides de profiter de l'absence de ta femme pour "y voir plus clair sur un certain nombre de trucs". Maintenant, tu es de retour et tu m'en dis encore moins, si c'était possible, que la fois précédente. Tu projettes de me laisser les filles indéfiniment, et toi, tu files, en compagnie de Jeff Torrance, vers… Où, Danny? Vegas, chéri? Si tu nous fais une crise de la quarantaine, bonne chance, mais ne compte pas sur moi. Où est Claire? »

Danny jeta un coup d'œil furtif en direction de Barbara et Irene, mais elles ne pouvaient pas entendre ou n'écoutaient pas. Il désigna l'entrée d'un petit signe de tête. Dès que Donna l'eut suivi, il ferma la porte vitrée. Il y avait là une fontaine et un mur végétal surplombé d'un balcon. Était-ce ce qu'on appelait un atrium? On se serait davantage cru dans une clinique privée que dans une maison. Il devait reconnaître que Donna avait su y faire, avec son ex-mari, elle avait décroché le gros lot.

« Où est passée ta femme, Danny? Tu l'as quittée, c'est ça? »

Il secoua la tête.

« Non. Non, c'est juste que… J'ai des ennuis, Donna. »

Sourcils levés, elle l'observa, sa bouche serrée et son petit nez pointu plissé formaient une moue qui aurait pu sembler méprisante, mais que Danny identifiait chez elle comme de l'inquiétude.

« C'est la première fois que je t'entends avouer une faiblesse, frérot, affirma-t-elle sur un ton pas tout à fait moqueur.

— Comme quoi, tu en apprends de belles, en un quart d'heure, hein? »

Ils se regardèrent droit dans les yeux.

Voilà des années que nous ne nous sommes pas autant parlé, songea Danny. Depuis que j'ai ordonné à mon père de la laisser tranquille. « Ou alors? »

avait-il demandé. Je lui avais montré. Je lui avais montré ce qu'il risquait, cet enfoiré.

« Tu as l'air d'avoir besoin d'un verre, reprit-elle.

— Tu n'imagines pas à quel point. Mais je voyage avec Jeff, alors il faut bien qu'un des deux reste sobre.

— Tu as raison, je n'imagine pas. Mais avant qu'on revienne là-dessus, dis-moi seulement ce que tu fabriques avec ce bouffon défoncé ?

— Je ne pouvais pas utiliser nos voitures, trop identifiables. Jeff… eh bien, c'est très simple, je ne connais personne d'autre que je puisse appeler à l'improviste pour lui proposer de m'emmener quelque part et qui soit susceptible d'accepter, sans poser de questions, sans savoir vers quelle destination. Et puis il n'avait sûrement rien de mieux à faire.

— À part espérer que sa mère meure pour pouvoir hériter du domaine Torrance.

— Tu veux dire espérer que sa mère *ne meure jamais*, sans quoi, qui devra gérer les domestiques, la cuisinière, le reste de l'équipe qui fait tourner la maison ? Jeff est un mec bien, ne t'inquiète pas pour lui.

— Où est ta femme ?

— Claire est… Je suppose qu'elle est rentrée, maintenant.

— Tu supposes. Quoi, tu ne lui as pas parlé ?

— Je lui ai… laissé un signe. »

Elle attendit que son jumeau lui donne des détails ; comme il n'en faisait rien, elle lâcha un petit bruit méprisant, ses yeux marron s'enflammèrent.

142

« Tu lui as laissé un *signe* ? On est où, là ? Quel siècle ? Pourquoi tu ne lui as pas passé un coup de fil ?

— Donna, je ne m'attends pas à ce que cette explication te suffise, j'en suis désolé, mais je ne peux pas t'en dire beaucoup plus : je suis victime d'un maître chanteur. C'est quelqu'un que j'ai connu autrefois. »

Elle éclata d'un rire sonore, moqueur, sans joie.

« Toi ? Un passé de mauvais garçon ? N'importe quoi. »

Le visage de Danny se figea, ses petits yeux se mirent à briller d'un éclat dur, ce qui, chez lui, équivalait à une manifestation d'agressivité maximale. Il répliqua :

« Je suis au courant pour les motards, la désintox, la dépression. Pourquoi tu n'utiliserais pas ton imagination que je sais encore débridée, si j'en crois les BD que tu concoctes avec les filles…

— Ce sont leurs BD, leur travail. Et non, je n'ai pas fait de dépression.

— C'est bien ce que je dis. Il y a des tas de choses que j'ignore à ton sujet, non ? Nous ne savons pratiquement rien de nos vies respectives, depuis des années, tu es d'accord ? Alors imagine un peu ce qui a pu m'arriver.

— Tu n'as fait qu'une chose, tu es resté où tu étais. Tu as repris le bar de ton père, tu t'es marié, tu as eu des gosses.

— Point final ! C'est ça ?

— À peu de chose près.

— Eh bien, fais un effort, Donna. Des trucs me sont arrivés dont tu ne sais rien.

— Quels "trucs" ?

143

— Je ne compte pas m'étendre. Au moins, si tu n'es au courant de rien, tu ne pourras le répéter à personne.

— À qui voudrais-tu que je le répète par exemple ? Des types qui entreraient chez moi par effraction pour me torturer ? La CIA ? On croit rêver.

— Quelqu'un est… sur ma piste. Raison pour laquelle je ne peux rien dire à Claire, au cas où nos téléphones seraient sur écoute. Il ne s'agit pas seulement de chantage, c'est aussi une histoire d'argent que j'ai emprunté. Sans réussir à le rembourser.

— Combien ?

— Beaucoup. J'avais de quoi payer. Mais tout à coup, j'ai eu besoin de temps. Et finalement, le temps a manqué.

— Danny, qu'est-ce que tu racontes ? Qu'as-tu mis en gage ? Le restaurant ?

— Non, le Brogan's est solide. On y trouvera toujours de quoi boire et de quoi manger.

— La maison ? »

Il se détourna de sa sœur et regarda fixement par-delà la porte vitrée. Il voyait le haut de la tête de ses filles dans la lueur orangée qui baignait la cuisine, leurs cheveux noirs semblaient luire. Lorsqu'il se retourna pour prendre la parole, il eut l'impression d'avoir emprunté les cordes vocales d'un autre. Un homme doué d'une force qu'il craignait de ne pas avoir.

« Ça a l'air grave, comme ça, mais je suis sûr que ça va s'arranger. Je le sais.

— Qu'est-ce que je dis à Claire si elle vient ici ? Je devrais plutôt dire *quand* elle viendra ici ?

— Essaye de temporiser au maximum. Envoie-lui un SMS peut-être. Sans lui préciser que les filles sont avec toi.

— Pourquoi je ne peux pas les lui ramener ?

— Parce que je ne veux pas qu'elles courent le moindre danger.

— Comment ça ? Claire est en danger ?

— Je n'en sais rien. Je ne crois pas. J'espère que non. Mais quoi qu'il arrive, les filles doivent être en sécurité. Ce ne serait pas le cas avec moi et elles... pourraient ne pas l'être à la maison. Si tu es obligée de parler à Claire, dis-lui qu'elles vont bien, qu'elles sont avec moi, qu'elle ne s'inquiète pas.

— Et le chantage, c'est lié à la dette ?

— Je l'ignore. Peut-être. Je ne peux vraiment pas te donner davantage de détails.

— Mais tu ne m'as quasiment rien dit...

— Que veux-tu ? Tout le monde a ses secrets.

— Ses raisons.

— Pardon ?

— La phrase, c'est "Tout le monde a ses raisons". C'est tiré d'un film français.

— On croirait entendre Claire. Tout est une citation de quelque chose, avec elle. Moi, je préfère "Tout le monde a ses secrets". En plus, c'est exactement ce que je veux dire. »

Donna observa attentivement son frère.

« Est-ce que tu vas sur leur tombe, parfois ?

— Quelle tombe ?

— Celle des parents.

— Pourquoi je ferais une chose pareille ?

— Je ne sais pas. Disons que j'ai toujours eu l'impression… que ce n'était pas aussi terrible pour toi. Que pour moi.

— J'ai eu la belle vie, c'est ça ?

— Ce n'est pas ce que je veux dire. Ou peut-être que si, va savoir. Et puis, j'étais persuadée que tu vendrais la maison. Je n'arriverai jamais à comprendre que tu puisses continuer à vivre là-dedans.

— Mais toi aussi tu y as vécu. Quand maman était encore vivante, et même après.

— C'est vrai. D'ailleurs, je ne comprends pas trop comment j'ai fait non plus.

— Des tas de gens en ont bavé avec leurs parents. Ensuite, ils se lancent dans la vie et évitent de se laisser plomber par le passé. »

Donna se mordit la lèvre.

« Exact, dit-elle. Mais tu sais quel est le problème ? On n'a pas trop le choix, dans la vie, on ne peut vraiment être que nous-mêmes.

— Et la plupart du temps, ce n'est déjà pas simple. »

Il vit les yeux de sa sœur papilloter. L'équivalent d'un sourire, peut-être même d'un rire. Il jeta un coup d'œil à sa montre.

« Je dois y aller. Il y a des gens… que je dois localiser.

— Localiser ? Pourquoi, tu joues au détective maintenant ? Au chasseur de primes ?

— Non. Tu as raison. Je ne suis qu'un homme marié. Un patron de bar. Un père de famille. Rien d'autre. Mais c'est une chose que je dois faire. Je suis désolé de ne pouvoir t'en dire plus.

« —Tu n'es qu'un petit enfoiré de cachottier. Ça ne date pas d'hier. Sauf que j'ai toujours cru que tu n'avais rien à cacher.

—Tout ça parce que je ne suis pas du genre démonstratif. Ni de près ni de loin.

—Va dire au revoir aux filles. »

Danny alla s'asseoir à la table de la cuisine et leur annonça qu'il devait partir.

« Maman va être actrice, maintenant ? demanda Irene.

—Tu parles, j'y crois pas trop, enchaîna Barbara.

—Elle me manque, dit Irene.

—Oui, mais du coup on a le droit de rester plus longtemps chez tante Donna. »

Irene y réfléchit une seconde, opina, et se remit à colorier.

Danny les serra fort contre lui, aussi longtemps qu'il le put sans les affoler, et lorsqu'elles lui tapotèrent l'épaule pour lui signaler que papa ferait bien de partir maintenant, papa s'exécuta.

Le livre de Ralph

1976

Voici ce qui s'est vraiment passé. En cette période de Halloween, les jours précédant la fête, la plupart des enfants avaient la bride sur le cou, ils étaient autorisés à se balader en soirée, même les veilles d'école. Pétards, descente dans les vergers pour chiper des pommes, chasse aux bisous, jeu de la bouteille. Donna Brogan serait un jour la reine, à ce jeu, il suffirait de faire tourner la bouteille pour que le goulot semble attiré par elle comme par un aimant. Dans différents sens du terme. La sœur de Danny, dont la vie serait en chute libre après ce que lui aurait fait subir leur père. Certes le pire serait évité, mais les choses iraient assez loin pour produire des effets durables : à quinze ans, Donna cumulerait des problèmes de boisson, de drogue, de précocité sexuelle, elle serait la femme fatale du lycée, ou la traînée, selon les points de vue.

Mais nous n'en étions pas encore là. Pour l'heure, ils avaient onze ans, Danny courait avec sa bande, Dave, Gene et Ralph, et l'affaire des Bradberry était comme en suspens. La famille Bradberry vivait loin, à Schofield, à l'est du lac Monona. Ils n'auraient jamais dû être inscrits au collège Jefferson, pour commencer, sauf que leur père était un ancien élève, quelque chose dans ce goût-là. Le harcèlement n'intervenait donc qu'en période de cours. Danny avait bénéficié d'un répit durant l'été, mais tout avait repris dès septembre. Au moins il lui restait les nuits, et les gars disaient tous qu'il fallait agir, qu'ils ne pouvaient pas laisser les choses continuer comme ça. Il fut donc décidé d'organiser une farce de Halloween chez les Bradberry.

Ce fut Dave Ricks qui eut l'idée, croit se rappeler Danny. L'arrière de la maison donnait directement sur l'église catholique, ils pourraient sauter par-dessus le mur ou se faufiler à travers les arbres sans passer par le jardin d'un voisin, de plus ils pouvaient attendre tranquillement le moment idéal.

Ils projetèrent de tracer à l'essence des têtes de mort et des araignées sur leur gazon, qu'ils enflammeraient pour créer un grand spectacle de Halloween. Le problème était qu'ils avaient très envie de rester pour y assister. Ils voulaient voir la terreur qu'ils parviendraient à inspirer, non seulement à Jackie, Eric et Brian, mais aux onze Bradberry dans leur ensemble, à toute la famille, ou du moins, ceux qui vivaient encore là. Treize personnes, en comptant les parents.

Tous les soirs, dans le bois en dessous de Nakoma, ils manigançaient leur coup : chacun siphonnerait le réservoir de la voiture familiale, peut-être l'équivalent d'une bouteille de soda par jour, pendant deux ou trois jours, et cacherait le butin jusqu'à Halloween. Ils ne pourraient pas passer à l'action trop tôt dans la journée, il leur faudrait attendre la nuit tombée, et de toute façon, les Bradberry qu'ils voulaient effrayer ne seraient sûrement pas de retour chez eux avant minuit, car Jackie et ses frères étaient laissés en roue libre. Comment réussiraient-ils, eux qui n'avaient que onze ans, à rester dehors jusqu'à 2 ou 3 heures du matin pour terroriser une fois pour toutes ces petits salopards et leur famille ?

Dave Ricks pensa à un plan, et il avait la grande sœur qui permettait de le concrétiser. Leurs parents avaient prévu de s'absenter pour une convention quelconque à laquelle son père, qui était dans les pièces automobiles, devait assister, et la sœur de Dave, âgée de dix-sept ans, voulait que son petit ami passe la nuit chez eux – Dave promit de garder le secret si ses copains restaient aussi. Du coup, sa sœur écrivit un faux message de la part de leur mère invitant toute la bande. Puisqu'il s'agissait exclusivement de garçons, pas de filles, et qu'ils n'avaient que onze ans, aucun parent ne s'inquiéta suffisamment des risques encourus pour vérifier par téléphone auprès de la mère – à l'époque, les adultes étaient largement plus détendus quant aux dangers qu'il y avait à fréquenter des inconnus et autres conneries de ce genre. Résultat, ils obtinrent tous le droit de dormir chez Dave.

Ils trouvèrent un endroit à l'abri parmi les arbres derrière l'église catholique adjacente au jardin des Bradberry et s'y installèrent. Que ressentit Danny cette nuit-là ? De la colère ou de la peur ?

De la colère, oui, de la peur aussi, mais pas seulement : de la haine, née des humiliations persistantes. Il avait remarqué que Jackie Bradberry

153

oubliait parfois de le martyriser, même plusieurs jours d'affilée, trop occupé qu'il était, avec Kev et Sparko, à s'en prendre à des gosses plus petits qu'eux, dont ils piquaient l'argent de poche. Dans ces moments-là, leurs regards se croisaient et Jackie le saluait à moitié, comme s'ils étaient amis, ou non, pas amis, plutôt des pairs de valeur égale, qui auraient suivi des voies différentes dans la vie, mais se respectaient néanmoins. Jusqu'au jour où Jackie débarquait à l'école plus débraillé que d'ordinaire, les vêtements tachés, puants, les cheveux ni coiffés ni lavés, les devoirs pas faits, et même certaines fois (au moins deux, peut-être davantage) avec un œil au beurre noir ou une oreille rouge vif. Là, quoi qu'il lui fût arrivé, il s'empressait de le répercuter sur Danny sous forme de messages, de menaces et autres insultes verbales, avant d'utiliser ses poings et ses pieds. Danny comprenait que ce n'était pas entièrement la faute de Jackie, que si celui-ci n'avait pas eu ses frères, s'il n'avait pas fait partie de cette famille, les choses auraient sûrement été différentes, ou au moins elles auraient *pu* l'être. Mais voilà, ça n'était pas le cas, et il n'y avait personne d'autre sur qui rejeter la faute, donc Danny haïssait Jackie Bradberry, et la seule solution, parce qu'ils fréquenteraient le même collège jusqu'à leurs quatorze ans, soit encore trois longues années de supplices qui semblaient sans fin, mon Dieu, la seule solution aurait été que Jackie Bradberry meure. Cependant, en ce jour de Halloween 1976, cette intention n'était pas présente dans l'esprit de Danny Brogan.

Ils y passèrent toute la soirée, tous les quatre, tels des chasseurs dans leur planque. De temps en temps, deux d'entre eux sortaient faire la tournée des voisins pour récupérer des douceurs, qu'ils rapportaient à la base. Ils avaient beau se juger trop âgés pour ce genre de gamineries, ils étaient bien obligés, ils auraient crevé la dalle, sinon. Ils avaient revêtu leurs costumes de Halloween, qu'ils avaient personnalisés avec l'aide de la sœur de Dave, dont le petit ami était bassiste dans un groupe de métal, pour incarner les Quatre Cavaliers de l'Apocalypse : le Feu, la Famine, la Peste et la Faucheuse. Ce qui avait principalement consisté à tracer à la peinture les initiales des cavaliers sur leurs costumes basiques, trois fantômes et un squelette. Danny était le Feu, Dave la Peste, Ralph la Famine, Gene la Faucheuse.

Lorsque vint le tour de Danny et Ralph de s'aventurer dans les rues pour leur moisson de Halloween, ils firent une rencontre qui les hanterait l'un comme l'autre des années durant. Ils avaient récupéré deux sacs pleins, principalement de fruits et de noix, car le pourcentage de bonbons était à l'époque bien moins élevé qu'il ne le deviendrait. Ils traversaient la route non loin de chez les Bradberry quand Jackie sortit de chez lui, bifurqua devant l'église et s'arrêta pile face à eux. Il les dévisagea. Danny et Ralph portaient leurs costumes, Jackie n'avait donc aucun moyen de les reconnaître. Cependant, il les repéra, et ce fut comme s'il parvenait à voir à travers leurs masques et à lire dans leurs cœurs, tant son regard était intense. Sparko et Kev étaient partis devant, mais Jackie resta là, à les fixer. Un sifflement de feux d'artifice se fit entendre au-dessus, il y eut comme des fusées, suivies d'une queue étoilée, puis une voiture arriva, et ils furent bien obligés de se remettre à marcher. Comme ils étaient presque à sa hauteur, Jackie secoua la tête, un grand sourire aux lèvres. Peut-être était-il défoncé à la drogue, à l'alcool, à autre chose, mais il souriait bel et bien et il pointa le doigt vers eux, sa main mimant un pistolet imaginaire : « T'es mort ! » dit-il avant d'éclater de rire et de s'élancer sur les traces de Kev et Sparko. Une des phrases qu'il utilisait souvent dans ses messages à Danny. « T'es mort ! » Puis il rit. Et ce fut la toute dernière fois qu'ils virent Jackie Bradberry.

Ils attendirent, attendirent, jusqu'à ce que les feux d'artifice disparaissent, que les pétards se fassent plus rares, sans cesser de surveiller la maison. Les lumières s'éteignirent d'abord vers minuit, minuit trente. Ils ne voyaient pas l'avant, ils ignoraient donc qui entrait, mais ils remarquèrent qu'on allumait brièvement à nouveau vers 1 heure, puis vers 2 h 30. À ce moment-là, ils avaient déjà procédé à la mise en place : ils avaient dessiné des têtes de mort, des serpents, des araignées géantes à l'aide de leurs bouteilles d'essence sur la maigre pelouse des Bradberry. Il ne leur restait plus qu'à lancer une allumette.

La vérité, c'est qu'ils n'avaient jamais envisagé que cela se terminerait ainsi. Ils avaient pris garde à répandre l'essence suffisamment loin de la maison, à trois ou quatre mètres. Mais plusieurs facteurs jouèrent contre eux. D'abord, Mme Bradberry était paranoïaque, elle ne s'inquiétait pas seulement des cambrioleurs, mais aussi des courants d'air, de la fraîcheur de la nuit, et des conséquences potentielles sur la santé fragile des jeunes enfants qu'elle négligeait pourtant joyeusement par ailleurs. Pour s'en protéger, elle avait fait installer des fenêtres en PVC très hermétiques qu'elle fermait par des verrous, dont elle gardait toutes les clés (elles furent retrouvées dans les cendres de sa table de chevet). Le PVC étant composé de pétrole, il était hautement inflammable.

Le deuxième élément crucial dans l'accélération du feu, qui concourut à empêcher quiconque à l'intérieur de s'en sortir indemne, était que Brian et Eric, les aînés, distillaient de l'eau-de-vie de pomme dans leur chambre. Non seulement ils dissimulaient des bonbonnes pleines d'alcool sous leur lit, mais en plus, leur équipement comprenait un alambic chauffé au propane, donc prêt à exploser. Conséquence, les deux seuls Bradberry qui auraient pu aider les autres à s'en tirer (car les parents, comme toujours, avaient sombré dans un quasi-coma éthylique), ou auraient pu s'échapper eux-mêmes, contribuèrent de manière non négligeable à rendre l'incendie fulgurant et impossible à maîtriser.

Mais les garçons ignoraient tout des verrous, du PVC, de l'eau-de-vie, du propane. Ils savaient seulement qu'il était près de 3 heures du matin. Que plus personne ne bougeait. Et que c'était à Danny de jouer. Toute la bande était d'accord, c'était lui qui subissait, c'était à lui de se venger. Il s'empara d'un pétard, l'alluma et le lança sur le terrain des Bradberry, le feu traça une tête de mort, un serpent, une araignée, et pffffiou, toute la pelouse s'embrasa devant Danny, en retrait, en démon fautif qu'il était. Puis les autres le rejoignirent et ils ne purent résister, ils se mirent à danser tout autour comme des esprits maléfiques, devant ce gazon en flammes.

Ils étaient bien les Quatre Cavaliers de l'Apocalypse ! Ils pensaient que ce serait la meilleure farce de Halloween jamais organisée. Qu'ils feraient date dans l'histoire. Quelques-uns des enfants apparurent aux fenêtres, pour voir. Pas Jackie ni ses frères, mais les plus jeunes. Leurs petits visages étaient bien visibles. Ils avaient l'air terrifiés. Les Quatre Cavaliers les saluèrent de la main. Ils rirent de leur peur. C'était si drôle. Ils trouvaient ça si drôle.

Et soudain, la maison s'embrasa. Il n'y avait pas de vent cette nuit-là, pourtant la maison prit feu. Parfois, Danny se persuadait que c'était la chaudière à propane de l'alambic qui avait, indépendamment, par coïncidence, explosé, à cause d'une cigarette peut-être, ou bien encore par combustion spontanée. Il lui arrivait de se réveiller après avoir rêvé que cela avait été prouvé, et d'y croire encore pendant quelques précieuses minutes. Mais ce n'était pas ce que les enquêtes de la police et des pompiers avaient démontré à l'époque. L'origine de l'incendie n'était ni les flammes du gazon qui se seraient propagées jusqu'à la maison, ni la bonbonne de propane, mais à en croire les traces de brûlures, un projectile envoyé au-dessus de la porte de la cuisine, une bouteille enflammée, un cocktail Molotov.

Et Danny, tout le monde était d'accord là-dessus, était celui qui l'avait lancé.

Le problème, c'était qu'il ne s'en souvenait pas. Oh, il en avait l'impression, car depuis qu'il avait été décidé que les événements s'étaient déroulés

158

ainsi, il avait passé et repassé ce moment dans sa tête au point que tout lui paraissait aussi vrai qu'un souvenir. Mais Danny, en courant juste après avoir lancé sa bouteille, s'était cogné dans un arbre et assommé, pour ne revenir à lui qu'un long moment après. Du coup, il se rappelait le feu, puis plus rien, excepté sa tête qui l'élançait, tandis qu'ils sautaient par-dessus le mur de l'église catholique et fonçaient en direction de la rue où ils avaient laissé leurs vélos, jusqu'au West Side, chez Dave, en sécurité, en espérant encore de toutes leurs forces que cet incendie n'était pas aussi terrible qu'il leur avait semblé. Personne ne parlait réellement de ce qui s'était passé, simplement, les garçons se demandaient pourquoi Danny avait lancé cette bouteille, et lui comme les autres ; personne ne formulait de véritable reproche ou de récrimination. Seule certitude claire, le sentiment que ce qui s'était produit n'aurait jamais dû arriver. Et le lendemain, une fois qu'apparut au grand jour la gravité des faits, l'intensité, l'horreur de l'incendie, et alors que les répercussions s'enchaînaient, les enterrements, les petits cercueils blancs, le déversement de chagrin, authentique ou feint, les discours des gouverneurs, des députés et du sénateur du Wisconsin, les rituels, les cérémonies et les obsèques, pendant tout ce temps, les garçons n'en dirent plus un mot, Danny, Dave, Gene et Ralph, aucun d'entre eux ne l'évoqua plus jamais. Tout ce que savait Danny, c'était qu'il était responsable. C'était lui. Il n'essaya jamais de se défiler, de nier sa culpabilité, sauf dans ses rêves.

Il y eut une période durant laquelle il revit les visages terrorisés des petits Bradberry, derrière la fenêtre verrouillée de leur chambre, tous les soirs au moment de fermer les yeux et tous les matins, lorsqu'il se réveillait avant l'aube ; une période où ces visages se superposaient à ceux de ses propres filles qui lui disaient au revoir depuis la voiture de leur mère, en route pour l'école. Lorsque ces terreurs nocturnes, ces rêves éveillés, s'étaient peu à peu effacées, il avait cru en être débarrassé pour de bon. Mais rien de ce que l'on fait ne disparaît vraiment ; c'est comme une présence, dans les bois, entre les arbres, qui attend son heure, l'heure de s'asseoir à votre table, pour dire la vérité, quoi qu'il en coûte, et s'assurer qu'il ne vous reste plus un instant de paix de toute votre vie.

Extrait de
Des bonbons ou un sort !
Manuscrit inédit de Ralph Cowley

DEUXIÈME PARTIE

Le lendemain

I'm Gonna Live Till I Die
(« Je compte vivre jusqu'à ma mort »)

Charlie T. n'avait jamais mis les pieds dans un club de gentlemen anglais, mais il imaginait que le décor devait être assez similaire à celui de l'appartement de M. Wilson sur West Randoph Street : boiseries, fauteuils et canapés en cuir, tables en acajou, étagères remplies de livres sur l'histoire militaire, de biographies, portraits de commandants des forces armées ou scènes de bataille à travers les âges au mur, abat-jour verts. En l'occurrence, il s'agissait d'un club avec vue : situé au douzième étage, avec en contrebas la Chicago River, il donnait sur les bureaux du *Sun-Times* d'un côté, l'imposant Civic Opera House de l'autre, les bâtiments conférant au paysage une dimension, une ampleur dignes des panoramas urbains représentés dans les bandes dessinées. Chicago était le premier endroit où Charlie T. s'était installé aux États-Unis et depuis, tous ceux qu'il avait pu visiter l'avaient déçu : Manhattan n'était pas mal, mais surtout de l'extérieur, depuis le ferry ou Brooklyn, car dans les rues, les immeubles auraient bien pu être moitié moins hauts, la ligne des toits demeurait invisible. Alors qu'ici, ou depuis le pont de Michigan Avenue, on pouvait tout embrasser d'un coup d'œil. Ça, ça ressemblait à l'Amérique, pas de doute.

Charlie T. était arrivé de Belfast en 1994, peu de temps après le premier cessez-le-feu de l'IRA. (Son nom était Charles Toland, mais il avait décidé de se rebaptiser Charlie T. en venant ici, persuadé que cela faisait plus américain, cependant imaginez combien il se sentit idiot quelques jours plus tard lorsque quelqu'un l'appela « Mister T. ».) Il était alors âgé de vingt ans, et avait tué sept hommes en neuf mois sans trop de scrupules, ni avant, ni pendant, ni après, il n'y repensait pour ainsi dire jamais ; quelques vieux routiers de l'IRA lui avaient suggéré de rester à Belfast, arguant que la paix ne tiendrait jamais et qu'on aurait encore besoin de ses services. Mais il savait que c'était terminé : il se dégageait quelque chose de dédaigneux des leaders du mouvement, pas seulement de ceux qui s'affichaient à la télé, mais aussi de son supérieur et de ses semblables, une sorte de condescendance palpable vis-à-vis des gens comme lui ou Gerry Daly, qui avait descendu quatre types et enrageait que le cessez-le-feu soit intervenu avant qu'il ait pu égaler le score de Charlie (ce que celui-ci n'aurait jamais permis). *Le temps des armes est derrière nous*, voilà le genre de discours en vogue à l'époque. De plus, les loyalistes faisaient monter les enchères, avec l'aide du Renseignement britannique, et beaucoup de volontaires de l'IRA se faisaient dézinguer dans la rue ; Charlie n'était pas depuis trois mois à Chicago qu'il avait entendu dire que Gerry Daly était tombé dans une embuscade de la Force des volontaires loyalistes. Ils n'auraient jamais l'occasion d'être à égalité.

Non, Charlie avait fait le bon choix. En Amérique, on pouvait être pas exactement qui on voulait peut-être, c'était beaucoup demander, mais au moins, quelqu'un d'autre. Charlie préfère la nuit, quand les lumières de la ville scintillent de promesses et de mensonges, mais il aime bien n'importe quelle heure, maintenant par exemple, au petit déjeuner : café et sandwichs au bacon, servis par M. Wilson en personne, tiré à quatre épingles comme toujours dans son costume trois pièces marine à fines rayures blanches, chemise rose à col blanc, mocassins à glands. Charlie doit reconnaître qu'il apprécierait davantage sans la musique qui joue en sourdine sur la platine CD Bose de M. Wilson, de l'opéra, Charlie ne sait pas trop en quelle langue, de l'allemand, on dirait. Peut-être a-t-il jeté des coups d'œil un peu trop appuyés en direction des enceintes, car M. Wilson finit par lâcher « Wagner – *Parsifal* », avec un sourire qui sous-entend : que ça vous plaise ou non, peu m'importe. M. Wilson poursuit son petit déjeuner, qui se résume à une tasse de café, ce dont Charlie s'étonne toujours : il n'a jamais vu le moindre morceau de nourriture franchir les lèvres de ce type, qui doit pourtant peser vingt kilos de trop, minimum. Wagner. *Parsifal*. Certes, ça pourrait être pire – ils pourraient l'écouter de nuit. Charlie T. n'est pas un fanatique d'opéra, et même s'il l'était, il n'adorerait pas Wagner, dont la musique ressemble à celle qu'on entend dans les églises, mais en plus bizarre, une sorte de musique de messe noire. Déjà

165

de jour, elle lui file des frissons, surtout avec ce qu'il a été forcé de faire la nuit dernière, et vu le sourire qui affleure sur les méchantes lèvres de M. Wilson, celui-ci en est tout à fait conscient, Charlie le voit bien.

— Encore un peu de café ? propose M. Wilson. Ensuite nous discuterons.

— Je veux bien. Changez la musique, ou éteignez-la, réplique Charlie. Là, on pourra discuter.

M. Wilson incline sa grosse tête blonde, feignant une abdication, il sourit d'un air pincé, les ressert tous les deux en café, puis s'empare de sa petite télécommande grise pour couper la musique.

— Le déclin de la civilisation occidentale, déclare-t-il avec un petit clappement de langue, en secouant la tête.

— Toujours cru que votre Wagner était un genre de nazi, riposte Charlie.

— Étant donné qu'il est mort en 1883, et que les nazis n'ont pris le pouvoir que cinquante ans plus tard, ce serait un sacré exploit, rétorque M. Wilson, très sec, refusant d'avoir cette conversation. Voyons, comment cela s'est-il passé hier soir ?

— Votre petit copain de la police de Madison ne vous a encore rien dit ?

— Comment savez-vous que j'ai un contact là-bas ?

— Vous en avez partout ailleurs, alors pourquoi pas à Madison ? Est-ce qu'il leur arrive de mettre la main à la pâte ? Je ne sais pas moi, de faire disparaître des preuves, vous avertir en cas de mandat ou d'arrestation imminente, ce genre de choses ?

M. Wilson secoue avec énergie sa grosse tête, théâtral, comme si Charlie était un élève un peu lent capable de mieux.

—Voilà qui serait réellement dangereux. Non, ce qu'il faut, ce sont des yeux et des oreilles, un informateur grassement payé en échange de simples renseignements. Pas plus, pas moins. De cette manière, ils n'ont pas vraiment l'impression de faire quelque chose de mal. D'ailleurs, ils culpabilisent même un peu d'être si bien payés pour si peu, du coup, ils se donnent au maximum. Alors oui, je suis au courant de ce que vous appelleriez sûrement « les derniers développements », mais j'insiste toujours pour avoir un rapport du terrain, pour ainsi dire.

—En l'occurrence, le terme convient, j'étais bel et bien sur un terrain, pour exhumer un cadavre d'homme puis enterrer celui d'un chien.

—Vous avez enterré le chien ? répète M. Wilson, dont les bajoues rebondies laissent transparaître une sorte de dérision. Vous vous surpassez, Charlie, vraiment.

Charlie T. serre la mâchoire, aperçoit ses pommettes dans la baie vitrée. Il a lu récemment, dans un magazine appartenant à sa petite amie, qu'un regard jeté *par-dessus* les pommettes améliore la posture, et comme en réaction au visage gras de M. Wilson, Charlie s'y applique pour l'heure : en un instant, ses yeux deviennent aussi intenses que le sont ses sentiments.

—Dieu nous pardonne, vous et moi, d'avoir abandonné cette pauvre bête dans cet état, réplique Charlie, encouragé par l'expression de M. Wilson – ses sourcils jaune sale se soulèvent au-dessus de ses petits yeux porcins. C'était une… une profanation, voilà ce que c'était, et j'étais fier d'y remédier, je tiens à vous le dire.

Charlie continue sur sa lancée, cette nouvelle tasse de café a le même effet sur lui qu'un troisième verre.

— La maltraitance des animaux, ce n'est pas une chose que j'admets ou que je tolère. D'ailleurs, mon conseil, envoyez donc se faire foutre le salopard qui est derrière tout ça. Ça ne manque pas, les gens qui préfèrent une élimination claire, nette et sans bavure et sont ravis de payer pour ça ; voilà le genre de travail après lequel on peut s'endormir tranquille, pas comme cette torture, et ce… ce harcèlement, cette terreur psychologique, puisque la seule motivation de ce massacre était de secouer cette femme. Ce n'est pas correct, monsieur Wilson. Et si c'est ainsi que vous voulez procéder, eh bien, vous feriez mieux de trouver quelqu'un dans le même état d'esprit que vous. Et moi aussi.

En vérité, il n'a pas réussi à tuer le chien ; Angelique, qui l'avait persuadé de l'emmener avec lui, s'en est chargée. Angelique est ce qui ressemble le plus à une petite amie sérieuse, dans le sens où : a) il passe le plus clair de son temps chez elle, c'est d'ailleurs là que sont ses affaires ; b) elle n'est ni droguée ni strip-teaseuse ou prostituée, contrairement aux fréquentations féminines habituelles de Charlie T. (elle est infirmière gériatrique au Masonic Medical Center, à Lincoln Park) ; c) elle n'est pas complètement cinglée, juste un peu déjantée, elle boit beaucoup, elle sait ce qu'il fait dans la vie, s'en moque, d'ailleurs ça l'excite même d'en entendre parler, et pour couronner le tout, elle a une petite tendance sadomaso dont il ne voit pas toujours l'intérêt (elle mord et aime être mordue : pourquoi ?) ; et d) il l'aime vraiment bien. Maintenant qu'il y réfléchit, il va peut-être devoir réviser le point c) à la lumière de ce qu'elle a été capable de faire subir à cette pauvre bête. Mais bon, elle l'a tiré d'un sacré mauvais pas : il n'aurait pas pu se permettre de refuser une mission pour le compte de M. Wilson, avec toutes les dettes qu'il a accumulées. Il baisse soudain la tête, tiraillé entre sa fierté et la crainte d'en avoir trop dit.

Le sourire de M. Wilson est congelé sur son visage, il restera ainsi jusqu'à ce qu'il décide de sa prochaine réaction. Voilà pourquoi ce petit Irlandais lui plaisait tant, à l'origine ; non seulement il fait preuve de sang-froid, il a la main sûre en matière d'exécution, mais il a aussi cette tendance à ruer dans les brancards que M. Wilson trouve rafraîchissante. Et puis il est stable, du moins autant que faire se peut étant donné sa profession, le harem de traînées dont il s'entoure semblant être son unique vice. Cependant, M. Wilson ne compte pas répondre à quelque ultimatum, ou menace, proféré par Charlie, en partie parce que ceux-ci sont si fréquents qu'ils en deviennent presque dénués de sens, mais aussi parce qu'il ne tient pas à révéler la plus infime parcelle de la vérité, qui est tout simplement que Charlie ne serait pas autorisé à quitter son employeur actuel, en aucune circonstance. Même si chacun en sait assez long sur l'autre pour maintenir entre eux un équilibre de la terreur, donc, en théorie, un degré de confiance de guerre froide, le fait est que M. Wilson n'a pas la moindre intention de laisser Charlie sortir vivant de cette collaboration.

M. Wilson ne se destinait pas à cette carrière à l'origine. D'ailleurs, il ne s'appelait pas M. Wilson, et il n'a jamais été militaire, mais il s'est essayé à nombre de métiers depuis sa sortie du centre pour délinquants juvéniles de Racine, où on l'avait enfermé sur une accusation de viol inventée de toutes pièces (ou plutôt de détournement de mineur, mais lui-même n'était âgé que de quinze ans, alors où était la justice dans cette histoire ?). Son séjour à Racine lui avait confirmé quelques faits qu'il n'avait pas encore compris sur lui-même à l'époque, ayant toujours été trop saoul, trop défoncé, ou inattentif d'une manière ou d'une autre :

– Il avait peu ou pas d'empathie.

– Le sexe n'était pas chez lui une pulsion impérieuse, plutôt un moyen d'obtenir quelque chose.

– Il avait assez de talent pour se faire passer pour un membre de la bourgeoisie et, associé à son physique de l'époque, ce n'était pas rien.

– Il était capable de lire et retenir un certain nombre d'informations – histoire, littérature, politique – et d'en discuter comme s'il savait de quoi il parlait, à la manière d'un homme cultivé, sophistiqué, et pas d'un fugitif ancien drogué sans le plus petit diplôme en poche.

À sa sortie du centre, il était resté sobre et avait travaillé dans diverses boutiques de prêt-à-porter classique pour hommes, où il avait fait la connaissance d'une poignée de messieurs fortunés désireux de payer pour sa compagnie en dehors de ses heures de travail, tant au lit qu'au-dehors. (Il ne s'identifiait pas particulièrement comme homo, simplement les seules personnes susceptibles de payer en échange de relations sexuelles s'avéraient être des hommes.) La menace de chantage pesait lourdement sur ces rendez-vous, et M. Wilson s'attachait à ne jamais laisser paraître qu'il en était conscient, ou du moins qu'il pourrait agir en ce sens. Jusque-là, tout allait bien, mais les perspectives étaient limitées. C'est alors que survint l'événement déterminant : ses parents moururent inopinément, ils laissaient un héritage que son frère aîné, John, et lui devaient se partager. M. Wilson n'avait pas revu son frère depuis son départ de la maison familiale. Lorsqu'il le rencontra, à l'enterrement, la première chose que John demanda à M. Wilson fut de lui prêter dix mille dollars, il était poursuivi par des mafieux de Cicero pour dettes de jeu. Non seulement John était un joueur dégénéré, mais c'était aussi un alcoolique, tout comme l'avait été leur cher vieux père, et leur mère en l'occurrence. Il était clair également que John n'avait pris aucune disposition légale pour l'avenir, qu'il n'avait aucune personne à charge, et pour ainsi dire aucun lien avec qui que ce soit.

Il était évident, aux yeux de M. Wilson, que John n'était absolument pas le genre de personne à qui l'on pouvait confier la gestion d'une telle somme d'argent (car leurs parents, s'ils les avaient élevés dans la plus grande négligence, laissaient derrière eux des économies, investissements et polices d'assurance-vie dont la valeur approchait les neuf cent mille dollars). La meilleure issue, et de loin, était que M. Wilson soit l'unique bénéficiaire de cet héritage.

M. Wilson fut ravi de financer l'exécution. Il manquait d'empathie mais pas au point de presser la détente en personne ; encore une leçon apprise à son université de Racine : identifiez ce dont ont besoin ceux qui peuvent vous protéger ou agir à votre place et trouvez un moyen de le leur donner. Ses relations au sein des milieux d'affaires et politiques, même si elles avaient entendu parler d'un tel homme de main, auraient considéré des requêtes de cette nature comme impertinentes à l'extrême. Il pouvait toujours livrer John à ses créanciers de Cicero, c'était d'ailleurs ce qu'il aurait fait, s'il n'avait discuté, un soir, au pub le Dark Rosaleen, avec un ex-volontaire de l'IRA, arrogant en diable, beau garçon et beau parleur, dans le genre animal à sang froid. La connaissance qu'avait M. Wilson de l'histoire militaire s'étendait jusqu'à la guerre en Irlande, et Charlie T. en fut si impressionné qu'il finit par ignorer la femme en robe décolletée tout émoustillée qui tentait d'attirer son attention. Une chose en amena une autre, et la vanité de Charlie exigea de lui qu'il révèle, d'abord à demi-mot, puis avec vantardise, le rôle qui avait été le sien dans la glorieuse guerre de l'IRA pour la liberté de l'Irlande. Là, M. Wilson vit son opportunité.

Il expliqua à Charlie T. qu'il travaillait pour un client (c'était toujours ce qu'il lui disait), qu'il serait payé vingt mille dollars s'il était capable de se charger d'éliminer quelqu'un et de faire passer cela pour un règlement de comptes de la mafia. Comme Charlie T. ne répondait rien, M. Wilson lui demanda quels étaient ses besoins et conditions. Là, Charlie T. le regarda droit dans les yeux.

« Trois choses, annonça-t-il. Pas d'enfants – je ne les tue pas, je ne leur fais pas de mal, je refuse d'avoir affaire à des enfants. J'accepte d'éliminer des femmes, mais pas d'agression sexuelle, ni de torture, ni de cruauté. Et je ne tue pas quelqu'un devant un membre de sa famille : pas de mari abattu devant sa femme et ses gosses, c'est bon, j'ai assez donné. Je fais le travail proprement, je n'aime pas les dégâts collatéraux. O.K. ?

— Vous ne voulez pas savoir pourquoi vous allez tuer cet homme ?

— Vingt mille, la voilà, la raison.

— Vraiment ? Ça ne vous aide en rien de savoir que ce type l'a bien cherché ? »

M. Wilson avait inventé une histoire selon laquelle son frère était un violeur d'enfants en série, au cas où Charlie aurait des principes.

Charlie T. secoua la tête.

« Je me bats pour une cause. Autrefois, c'était pour la liberté de mon pays. Maintenant, c'est pour la mienne. Tout ce qui m'importe, c'est d'être payé. »

M. Wilson fut impressionné malgré lui. C'était la déclaration d'intérêt la plus cynique qu'il ait entendue, mais elle était affirmée de manière viscérale, avec tant de passion, et une sorte d'idéalisme, qu'elle sembla à M. Wilson foncièrement américaine.

« Dix mille tout de suite, dix mille quand le boulot sera fait », résuma-t-il pour Charlie T.

Six jours plus tard, M. Wilson reçut un appel d'un lieutenant de police de Cicero qui lui apprenait qu'un homme ayant sa carte de visite dans la poche avait été découvert assassiné dans une rue, non loin du champ de courses de Hawthorne, dans la partie sud de la ville. M. Wilson s'y rendit pour identifier le corps. Ainsi que le stipulait le contrat, il avait été abattu de deux balles derrière l'oreille gauche. Le septième jour, Charlie T. se présenta pour obtenir le solde du règlement.

« Votre client est satisfait ? s'enquit-il.

—Absolument », répondit M. Wilson, en se demandant s'il savait qui était John, mais comprenant d'une certaine manière que peu importait.

Et ce fut tout, pour ce qui concernait M. Wilson. Il hérita de suffisamment d'argent pour acheter l'appartement de Randolph Street et l'aménager à son goût. Il était parvenu à devenir celui qu'il voulait être. Mais le prêt-à-porter pour messieurs ne suffisait plus. Rien de ce qui se passait auparavant ne pouvait plus continuer. Il fallait que ça change.

M. Wilson comptait parmi ses amis Carl Brenner, le fondateur de Centurion, une société de sécurité active en Irak et en Afghanistan. Carl organisait des week-ends de reconstitution de batailles célèbres, dans une salle dédiée aux jeux de guerre de sa maison de North Astor ; ces derniers mois, M. Wilson l'avait aidé à recréer celles de Waterloo, Crécy et Gettysburg.

Un soir, Carl et lui dînèrent en compagnie de quelques amis, dont un qui venait de perdre sa fille dans un accident de la route provoqué par l'alcool. Le chauffard s'en était tiré sans peine de prison, ce que le père n'acceptait visiblement pas ; sa douleur et sa colère, encore à vif, appelaient une vengeance. En quittant le restaurant, M. Wilson lui suggéra, du bout des lèvres, que quelque chose pouvait être fait, pour un certain prix. Un marché fut conclu, Charlie T. engagé et l'affaire réglée : le conducteur ivre perdit le contrôle de sa voiture, qui se fracassa contre un mur. Charlie T. avait l'art et la manière, pas de doute. L'histoire remonta jusqu'à Carl Brenner, qui en fut d'abord stupéfait, puis intrigué, et finalement accepta, ravi, de servir de courroie de transmission pour ce genre d'affaires, auxquelles son entreprise ne pouvait pas toucher. Bientôt, ils décrochèrent, lentement mais sûrement, toute une série de contrats.

M. Wilson préférait éviter toute mission qui sentait trop le crime organisé, eu égard aux fréquentations que cela leur amènerait, même si selon Charlie T., c'étaient les éliminations les plus faciles, puisqu'elles ne requéraient aucune mise en scène : deux balles derrière la tête, c'était exactement ainsi qu'on s'attendait à voir mourir ces types-là. Ils avaient géré trois exécutions commanditées par un type que Carl lui avait présenté, et qui puait le barbouze, issu d'une agence gouvernementale ou apparentée, M. Wilson l'aurait parié, d'ailleurs Carl n'avait pas dépensé beaucoup d'énergie à le nier.

Il avait commencé par augmenter les tarifs : il en coûtait désormais cent mille dollars par cible. Un prix bien au-dessus du marché, mais qui attirait les clients haut de gamme, habitués à obtenir des services en conséquence. Ce qu'en retirait Charlie T. était évident : l'argent, bien sûr, mais aussi la possibilité de mettre à profit son talent inné pour tuer avec flegme. M. Wilson, pour sa part, s'étonnait parfois de ses propres réactions : il trouvait cette expérience absolument enthousiasmante, captivante. Il développa une obsession pour le meurtre et la violence : le timing, la préparation, la technique, il aimait tout savoir. Cependant, lui qui ne s'estimait ni cruel ni sadique, aurait préféré que Charlie T. utilise une palette un peu plus large dans son travail, qu'il ait plus fréquemment recours à des lames par exemple, ou à la torture, aux mutilations, qu'il garde des trophées en souvenir, et cetera. Ce n'était pas simplement parce qu'on pouvait demander des primes aux commanditaires si des méthodes plus inventives étaient employées, c'était aussi parce que tout cela prendrait alors une tournure plus naturellement, plus esthétiquement plaisante. Un travail plus varié, ce serait mieux, c'était en ces termes que M. Wilson avait fait part de ses remarques à Charlie T.

« Eh bien, chargez-vous-en », avait répliqué celui-ci.

M. Wilson regarde Charlie en hochant la tête, sans se prononcer sur le bien-fondé de l'éviscération du chien. Personnellement, M. Wilson n'apprécie pas non plus la cruauté vis-à-vis des animaux, mais leur client est très riche et généreux, or il s'est montré des plus insistants concernant le chien. Sans compter que les affaires tournaient un peu au ralenti ces derniers temps.

— Nous ne pouvons pas interrompre une opération en cours, vous le savez. Il va falloir aller jusqu'au bout. Et nous avons bien besoin de l'argent. Vous, du moins. J'ai dû vous verser une avance substantielle le mois dernier, vous vous souvenez ?

Charlie T. grimace, acquiesce, voit où il veut en venir. Quel salopard, ce M. Wilson, il aurait peut-être mieux valu s'abstenir sur ce coup, mais il ne peut plus reculer désormais. M. Wilson fait glisser quatre photographies sur la table. La première représente un homme brun vêtu d'un costume gris et un type à longs cheveux avec un air de cow-boy, montant dans une Ford Mustang rouge.

—Nous n'allons pas tarder à recevoir la localisation de ces deux messieurs. Ils sont en route pour Chicago. Vous en serez averti dès que nous saurons où ils se trouvent.

Charlie T. ne demande pas comment M. Wilson sera au courant. Entre les différents commissariats et les patrouilles autoroutières, M. Wilson a un réseau d'informateurs rémunérés particulièrement vigilants dès lors qu'un renseignement sur un véhicule est nécessaire.

La deuxième photo montre deux fillettes d'environ sept et neuf ans sous des pommiers, l'endroit ressemble au jardin des Brogan. Avant que Charlie ouvre la bouche, M. Wilson reprend la parole.

—C'est juste pour identification, cette photo des enfants. Il ne doit rien leur arriver. Nous recherchons la femme.

Charlie T. se concentre alors sur les troisième et quatrième photos, une femme tatouée aux cheveux noirs de jais, lanières de cuir placées aux endroits stratégiques, posant dans un bar de motards ou un club de strip-tease, ou les deux, et sur l'autre, une blonde en talons et tailleur strict.

—Il s'agit d'une seule et même personne. Donna Brogan. Elle n'a peut-être plus cette apparence aujourd'hui. Mais les petites filles, oui, sûrement, résume M. Wilson.

Mountain Greenery
(« Paysage de montagne »)

Architecturalement, ce n'est pas le même genre de maison, il n'y a pas de pommiers dans le jardin, et le lac Wingra se situe plus loin que le lac Ripley, mais l'essentiel demeure : Donna, Barbara et Irene sont là, elles ont enfilé leur combinaison de plongée avant de sortir, puis elles ont descendu la colline, zigzaguant entre les sycomores et les charmes de Caroline, et suspendu leurs serviettes à un micocoulier. Les voilà qui crient à cause de la température de l'eau et s'agitent pour lutter contre le froid. Barbara, pour sa part, se met à nager avec fluidité le long de la côte, exactement comme Donna à son âge, en cette belle matinée d'octobre où un gros soupçon de gelée flotte dans l'air. Et survient cette question que se pose Donna, et pas pour la première fois : pourquoi reproduisons-nous si souvent dans nos vies adultes des éléments de notre enfance, même quand celle-ci n'a pas été le moins du monde heureuse ? Pourquoi a-t-elle choisi cette maison au bord d'un lac, à l'écart, sur une route isolée, une quasi-réincarnation de sa maison de famille sur Arboretum Avenue, alors que Brad aurait pu lui acheter n'importe quelle propriété, dans n'importe quel quartier ?

Un dossier jamais classé. Elle a pourtant beaucoup donné côté thérapie, assez pour trois vies entières au moins, mais les sujets à aborder semblent se multiplier sans cesse, n'est-ce pas ? Ça peut fort bien être le cas même quand votre enfance n'a rien de terrible, d'ailleurs. Le passé vous attend toujours au tournant. L'enfance de Donna est peut-être moins effroyable qu'elle ne le pense. Il ne s'est rien passé. Concrètement. Mais ça aurait pu, si Danny ne s'était pas interposé. Son frère, son héros, qu'elle est incapable de remercier. Tous faisaient comme si de rien n'était, son père qui la dévorait des yeux, elle, son corps, qui lui offrait des vêtements, lui demandait de s'asseoir à côté de lui quand ils regardaient la télé. Il avait même réduit sa consommation d'alcool à un niveau… elle allait dire *normal* – elle aime ce mot si exotique –, disons suffisamment maîtrisé pour lui éviter de sombrer inconscient sur le canapé ou de tituber une fois debout. Petits cadeaux, petites blagues, petits secrets « que tu ne répéteras pas à maman ». Au début, elle avait adoré. Parce qu'elle croyait cela *normal*, justement. Enfin, il était là pour elle, après des années de présence menaçante au sein de la maison, qu'il soit saoul, donc agressif, à cogner Danny quand bon lui semblait, à se disputer avec leur mère au point de la faire pleurer (mon Dieu, ces larmes en permanence), ou en pleine gueule de bois, amer et déçu, d'eux, de lui, de La Vie, en somme. Elle avait quatorze ans, elle n'était pas très précoce, et jusque-là pas très jolie, mais elle commençait à s'épanouir, et lui se mettait à lui caresser la joue, à claquer des doigts comme un papa cool de sitcom, un peu ringard, bien sûr, mais elle s'en moquait. Elle avait tant espéré cette attention, ce sentiment d'être spéciale, enfin. Tout ce qu'elle avait reçu de leur mère, c'était, eh bien, de la tendresse certes, de la douceur, mais surtout une impression de passivité, de pitié presque, pour Donna en tant que fille, mais aussi pour elle-même, mère souffre-douleur, épouse de cette épave d'homme. Et si vrai tout cela fût-il, il n'aurait pas dû incomber à la fille de s'apitoyer avec sa mère.

Il l'encourageait à porter les vêtements qu'il lui achetait, puis il l'emmenait au cinéma, manger une glace, et les habits en question faisaient très adulte, il s'agissait de jupes, de chemisiers, du genre de ce qu'aurait pu porter une secrétaire, disons. Elle lisait la consternation dans les yeux de sa mère, mais jamais elle n'avait dit quoi que ce soit, jamais elle n'était *intervenue*. Son père la faisait parader au Brogan's et c'était encore mieux, le personnel du bar souriait, son père lui faisait des clins d'œil, les gens disaient : « Eh ben, dis donc ! T'es une grande ! Une vraie petite femme ! »

Et elle avait l'impression que tout le monde la regardait, que toutes les chansons parlaient d'elle. Qu'elle était spéciale. Mais elle n'était pas grande. Elle n'était pas une vraie petite femme. Et tout ça n'avait rien de normal. Juste au moment où elle commençait à le comprendre par elle-même, son frère s'était interposé et, eh bien, il serait à peine exagéré de dire qu'il lui avait sauvé la vie. Cela dit, elle ne l'avait pas vu sous cet angle à l'époque, d'ailleurs il lui avait fallu un certain temps pour l'envisager ainsi : sa rage était si floue, si dispersée, que comme tous ceux qui croisaient sa route, son frère avait dû en faire injustement les frais.

C'était une période bizarre pour lui également. Il était arrivé quelque chose à Danny, plusieurs années auparavant, à peu près au moment de l'incendie chez les Bradberry. Il s'était fait brutaliser, par un des Bradberry, pensait-elle ; elle était dans une autre classe et, Dieu merci, ils ne traînaient pas ensemble, mais elle se souvenait de conversations durant lesquelles leur père poussait Danny à se défendre comme un homme, parce que les Brogan n'étaient pas des mauviettes, ce à quoi Danny répondait qu'il ne savait pas de quoi il parlait. À ces mots, leur père se mettait à mugir, comme un taureau, et il avait même frappé Danny au point de le mettre K.-O. Cela s'était produit à plusieurs reprises, et là, leur mère intervenait. Donna avait entendu les disputes quelques fois, mais n'avait assisté qu'à une seule confrontation : le vieux tentait de taper Danny et la mère, entre eux, faisait bouclier de son corps, en larmes, suppliant « Non ! Non ! » Pathétique et hilarante, la scène semblait sortie d'un film muet. Donna ne pensait alors qu'à une chose, une seule : *Elle le défend, lui, mais pas moi.*

Puis il y avait eu l'incendie chez les Bradberry, et tout avait paru comme anesthésié pendant un temps. C'était comme si, après la mort des petits Bradberry, tous les enfants de la ville avaient bénéficié d'une sorte d'amnistie ; pendant environ six mois, tout le monde avait fait à peu de chose près

181

ce qu'il voulait, les parents laissant passer avec un haussement d'épaules. Mais Donna n'avait pas assez d'assurance pour jouer la transgression à l'époque, au pire elle boudait, râlait et s'apitoyait sur son sort.

Elle regarde Barbara ; Donna a regagné la rive avec Irene, elles frissonnent dans leur serviette, mais Barbara, encore dans l'eau, exécute un crawl de toute beauté, elle a onze ans et déjà elle est en proie aux sautes d'humeur adolescentes, les filles mûrissent plus tôt de nos jours, physiquement en tout cas. Tout ce que propose Donna est accueilli par un « NON » de Barbara, comme un réflexe. Elle reste une enfant adorable au fond, que l'on parvient toujours à faire changer d'avis, mais ça n'est pas une partie de plaisir. C'est positif, qu'elle se sente autorisée à dire non, cela dit. Il faut en rendre hommage à sa mère, que Donna apprécie beaucoup plus qu'elle ne se sent de l'exprimer. En dépit de ses airs de petite princesse précieuse, Claire a fait un boulot formidable avec ces deux petites filles.

Pour résumer ce qui ne s'est pas tout à fait passé… Après des semaines de… *drague*, Donna estime a posteriori que c'est le terme qui convient, un soir, ils se retrouvent seuls tous les deux à la maison, leur mère est au cinéma, Danny chez un copain, il n'y a que Donna et son père, tous les deux. Elle enfile une robe qu'il vient de lui offrir. Se maquille. Il lui prépare un dîner, steak, salade, pommes de terre en robe des champs, le retour de Brogan le magicien du gril, qu'elle n'avait plus vu depuis belle lurette. Il allume des bougies. Lui sert une *bière*, sa première. Il lui parle de… Eh bien, elle ne s'en souvient pas trop, seulement il paraît très sincère, et un peu

182

contrarié, il n'arrête pas de lui répéter « J'espère que tu comprends », et aussi qu'il n'y a rien de plus beau au monde que l'art de garder un secret. Elle n'a pas oublié non plus ce qu'elle ressent alors : elle est tout excitée, elle a l'impression d'être spéciale, mais elle est aussi effrayée, car elle sait que quelque chose cloche. Lorsqu'il lui propose une seconde bière, elle refuse, car elle n'a pas fini la première, et déjà la tête lui tourne, il rit et réplique que c'est tout l'intérêt de l'alcool, de faire tourner la tête, il espère que ça va continuer d'ailleurs, et sur ce, il l'embrasse sur la bouche, un bisou de père, sauf qu'il s'attarde un peu trop. Et quand il s'écarte, Danny se trouve sur le seuil, son casque audio autour du cou. Finalement il n'était pas chez un copain, mais dans sa chambre à écouter du Pink Floyd. Danny la dévisage, elle le voit remarquer la robe, le maquillage, la bière. Elle veut s'expliquer, mais elle ne sait pas comment. Elle veut s'excuser, mais Danny ne la regarde plus. Leur père ne se départ pas de son sourire, il est l'hôte, tout le monde est le bienvenu à sa table. Il offre une bière à Danny, l'invite à se joindre à eux. Mais Donna sait bien que cela ne risque pas d'arriver. Elle sait que c'est terminé, tout ça, maintenant. Danny s'approche de leur père : il le dépasse de deux bons centimètres, son torse ne va pas tarder à être plus large, même s'il n'en est pas encore là, et il brandit son index sous le nez du vieux.

« Tu vas arrêter ces conneries tout de suite, c'est compris ? »

Et leur père se tourne vers elle, l'*amusement* incarné, comme si Donna et lui étaient des élégants de Park Avenue surpris par un émissaire un peu fruste de la ligue de décence. Et Danny, dont les yeux scintillent de colère, sans bouger sa main droite, cogne son père avec un swing du gauche qui manque de le faire basculer sur le côté, puis enchaîne sur un violent crochet du droit en plein ventre et conclut par un uppercut au visage qui l'envoie à terre. Il ne s'arrête pas là, il se place au-dessus de leur père, qui se tord et geint, roulé en boule, Danny s'apprête à dire quelque chose, mais ne le fait pas. Il se tourne et regarde Donna, le visage déformé par l'adrénaline.

« Va enlever ce maquillage, tu ressembles à un clown. »

Bien sûr, loin de lui être reconnaissante (que c'en soit resté là), elle avait été furieuse (que c'en soit resté là). Il lui avait fallu des années pour tout éclaircir. Sur le coup, elle savait qu'à un certain niveau son père avait dépassé les bornes, mais jamais il ne lui avait accordé une telle attention – ni lui ni personne, d'ailleurs – et elle s'était sentie flouée. Elle en voulait à Danny. À dire vrai, une partie d'elle, un soi reptile imperméable aux notions de raison, de société, de santé mentale, lui en veut encore à ce jour.

Barbara est sortie de l'eau maintenant ; toutes trois, bien sèches sous l'action des serviettes, se blottissent à l'abri du micocoulier, dont les feuilles ont pris une teinte rouille, mais restent bien accrochées. Elles boivent du chocolat chaud que Donna a apporté dans une Thermos, en discutant gaiement de la série que Barbara adore, *Glee*, qu'elle voit comme un présage des aventures adolescentes à l'exotisme inimaginable que l'avenir lui réserve, mais qu'Irene méprise, arguant que les chanteurs sont tous des copieurs. Du moins, les filles papotent, Donna, elle, écoute, et elle se demande si la raison pour laquelle elle aime à ce point être en leur compagnie tient à cette simple équation : son enfance malheureuse contre la leur, si heureuse. Peut-être aurait-elle dû avoir des enfants. Il y a fort à parier que les siens n'auraient pas été aussi sereins que ces deux-là, cela dit.

— Qu'est-ce que c'est ? demande Irene, la plus observatrice des deux, en levant la tête vers la maison.

— De quoi tu parles ? répond Barbara, la bouche surlignée d'une moustache de chocolat.

— Il y a eu du bruit, près de la maison. C'est peut-être un chat.

— *J'ai cru voir un grrros minet.* Si ça se trouve c'est un serpent.

Elles font silence.

— Ce n'était peut-être rien, concède Irene d'une petite voix, mal à l'aise à la seule idée qu'il puisse y avoir des reptiles à proximité.

Mais Donna a entendu elle aussi, lui semble-t-il, un froissement de feuilles, ou d'ailes, ses nerfs et ses sens lui jouant des tours depuis le départ de Danny, et depuis que la sonnette a retenti, une heure plus tôt. C'était Claire, bien sûr, qui avait d'abord appelé, puis était venue jusqu'ici, folle d'inquiétude. Donna a failli lui ouvrir, puis elle s'est sentie obligée de protéger Danny. Dans la nuit, elle s'était levée à cinq reprises, le sommeil perturbé par un craquement de plancher, un cri d'animal ou le bruit du vent dans les arbres, elle avait arpenté la maison pieds

185

nus, allumant puis éteignant les lumières, avec pour seule protection le vieux Glock 17 rouillé, souvenir des dix-huit mois durant lesquels elle a partagé la vie du « président » du club des motards des Hors-la-Loi de Milwaukee (il lui reste également les cent quarante-sept points de suture, le viol collectif et la dépression qu'elle a niée devant Danny, sans parler des tentatives de suicide dont il n'a jamais rien su). Elle n'a pas besoin de.Danny pour être consciente des dangers potentiels d'une vie solitaire dans un endroit un peu isolé, même dans un petit bourg inoffensif comme Cambridge, mais la crise que traverse son frère, quelle qu'elle soit, a fait grimper son niveau d'inquiétude d'un cran.

— C'est sûrement un raton laveur ou un opossum. Allez, les filles, à la douche, les rassure Donna.

Sur ce elle récupère sa Thermos et s'empare de la pochette vernie rouge qui contient son minimum vital : maquillage, clés, pistolet.

En temps normal, Irene court devant et Barbara traîne derrière, mais aujourd'hui, Irene lambine, peu pressée de croiser le serpent, ce qui permet à Donna de prendre la tête, parmi les sycomores et les charmes de Caroline, sous ce beau soleil d'octobre qui fait s'évaporer l'humidité des broussailles de la forêt en volutes de brouillard. Ça l'arrange. Cependant, elle ne veut pas se hâter au point de semer ses nièces, ni qu'elles se retrouvent surprises par l'arrière, alors elle s'arrête de temps à autre et attend qu'elles la rattrapent. Donna en est à sa deuxième ou troisième halte, rien ne bouge à la maison, elle tient fort sa pochette rouge et soudain elle songe à l'allure bizarre qu'elle doit avoir, dans les bois, vêtue de sa combinaison de plongée, sa pochette de soirée vernie à la main : il ne manquerait plus qu'elle enfile une paire de Louboutin et elle serait prête pour une séance photo déjantée à destination d'un magazine féminin.

Les filles la rejoignent, elle presse le pas, elle ne peut s'empêcher de trouver sa réaction ridicule, pourtant elle est beaucoup trop familière du pire pour ne pas y être préparée. Elle ignore dans quel pétrin s'est mis Danny. Tellement habituée à se le figurer sur le droit chemin, elle qui en suivait un plus tortueux ne parvient pas à concevoir cette irruption de l'inexpliqué dans la vie de son frère. Il a raison : elle manque d'imagination. Comme les plus sectaires de ses amis gays, elle a classé Danny et Claire dans la catégorie « reproducteurs », omettant de leur attribuer des personnalités étoffées. Et voilà qu'ils semblent perdre pied, du moins Danny. Dieu sait à quoi il faisait référence, dettes de jeu, drogue peut-être, si ce branleur de Jeff Torrance est mêlé à tout ça. Et il a sous-entendu que leur maison était menacée, merde. Du chantage ? Quelqu'un de son passé ? Non, vraiment, Donna ne voit pas. Elle a quasiment oublié les demeurés avec qui il traînait autrefois, Gene quelque chose, Dave et… Ralph… Mon Dieu, dire qu'il y en avait un qui s'appelait *Ralph* ? Quelle bande de ringards, des sportifs ou pseudo-sportifs, Donna n'exclut pas d'avoir couché avec l'un d'eux à l'arrière d'une voiture, près du lac, mais elle n'arrive plus à se souvenir avec lequel, ni de ce qu'ils ont fait, sexuellement, ni même s'il s'agissait bien d'un des potes de son frère ; elle sait qu'elle a eu beaucoup d'activités sexuelles dans des voitures près du lac, beaucoup trop d'ailleurs, et la plupart assez décevantes sur quelque plan que ce soit, mais merci d'avoir posé la question. Cela dit, après l'histoire avec leur père, Danny n'a plus compté pour elle. D'abord, dès ses quinze ans, elle passait le plus clair de son temps défoncée, à l'herbe, aux cachetons, au vin, mais surtout, il ne l'intéressait pas. Oh, bien sûr, elle l'aimait, mais elle ne le voyait pas autrement que comme un frère, banal et ennuyeux au possible. Et voilà qu'après toutes ces années il révèle un côté obscur ?

Un autre bruissement se fait entendre, des branches remuent dans le jardin juste au-dessus. D'un pas vif, pour mettre de l'espace entre elle et les filles, Donna grimpe les derniers mètres, elle a chaud dans sa combinaison, elle essaye de respirer en silence, et alors qu'elle atteint les traverses de chemin de fer empilées qui font office de clôture, deux choses se produisent en même temps, son et vision s'entrechoquent, provoquant un saisissement général : son téléphone émet son refrain aigu et Donna identifie la source du bruit, c'est un *loup*, un loup gris qui rôde à l'arrière de la maison et soudain se tourne pour regarder fixement en direction de la sonnerie. Donna se fige, croise les yeux d'argent de l'animal, sa grosse tête enveloppée du nuage blanc de son souffle. C'est lui qui a peur de toi, se dit-elle, repensant à un documentaire qu'elle a vu, puis : *mais putain, qu'est-ce qu'il fout à ce point au sud ?*

Les filles sont tout près, maintenant, Barbara prend de l'avance, embête sa sœur parce qu'elle traîne, Irene lui répond d'un regard qui signifie « tu peux parler », le loup dresse ses oreilles, remue un peu, comme s'il s'étirait avant d'attaquer, qui sait ? Donna se débat avec sa pochette, et se souvient, d'un coup, qu'au moins un loup par an est signalé dans la région depuis plusieurs années. Cela dit, elle n'a nul besoin de se persuader qu'il ne s'agit pas d'une illusion d'optique ; sa main agrippe le Glock. Il n'a pas de sécurité, elle tirera à travers la pochette si nécessaire, et elle l'abattra, elle a toujours l'œil et s'entraîne au tir sur cibles dans un club une fois par mois.

Irene crie :

— Tante Donna ! Tante Donna !

Et le loup fait volte-face sur le sol gelé, on dirait un poulain mal assuré sur ses pattes, il dresse sa tête comme dans un hurlement silencieux, et son haleine forme un panache blanc au-dessus de lui, une crinière ; l'animal contourne d'un pas maladroit l'angle de la maison et file en direction de la route.

— Tante Donna ! Tu peux dire à Babs d'arrêter de m'énerver ?

— Babs, s'irrite Barbara. Non, mais je rêve. Arrête de m'appeler comme ça. C'est toi qui m'énerves. Qu'est-ce que tu cherches dans ton sac, tante Donna ?

— Mon portable, répond-elle, sincère, en gloussant un peu, entre étonnement et soulagement nerveux devant l'apparition, puis la disparition du loup.

— J'aurai un téléphone pour mes douze ans. J'aurais pu en avoir un à mon dernier anniversaire, mais maman m'a dit que c'était ça ou un ordinateur, j'ai choisi l'ordi, explique Barbara.

— Tu as de la chance.

— Hmm, répond-elle d'un air dubitatif. Megan et Susie ont les deux. Et Megan a un iPad aussi.

— Megan est snob, intervient Irene. Mais son frère, Dougie, il est marrant.

— C'est vrai que Dougie est sympa. Pourquoi tu dis que Megan est snob ?

— Elle a un accent prout-prout.

— Ce n'est pas sa faute. Sa mère est anglaise ou européenne de je ne sais où.

— Et alors ?

— Ben, elle parle comme sa mère.

— Elle a aussi un accent prout-prout ?

— Je crois qu'il est moins fort.

— Prout-prout, prout-prout.

— La ferme, Irene, tu m'énerves.

— Dougie ne parle pas comme elle.

— La ferme la ferme la ferme !

— Tu n'as pas le droit de dire « la ferme » !

Les filles continuent de traverser le jardin en direction de la maison en se chamaillant gaiement, comme si le loup n'avait jamais existé.

Donna a mis la main sur son téléphone. L'appel manqué provient, une fois encore, de Claire. Elle n'a pas laissé de message. Donna devrait la prévenir que les filles vont bien. Cependant, elle ne voudrait pas gâcher le plan de Danny, aussi foireux soit-il. Qu'a-t-il dit ? Qu'il lui a « laissé un signe ». Ajoutant qu'en cas d'appel de Claire Donna devait la rassurer et lui dire que les filles étaient avec leur père. Elle ne veut pas faire ça, elle refuse de mentir sciemment, elle n'a tout simplement pas envie de parler à Claire. C'est une bonne mère, c'est évident quand on connaît les filles, même s'il est toujours un peu douteux d'extrapoler à partir des enfants pour tirer des conclusions sur les parents. Et quand les parents sont des imbéciles ? Sûrement, l'enfant a une chance d'en réchapper, de grandir, de pousser, de devenir une personne indépendante, sans que les misérables qui lui ont donné la vie puissent en retirer le moindre crédit ? N'est-ce pas après tout sur ces bases que le pays s'est fondé, cette croyance que l'on peut triompher de toutes les circonstances particulières ? Ben voyons, et dans tant de cas, n'est-ce pas aussi le discours le moins réaliste du monde ?

Donna déverrouille la porte coulissante de la baie vitrée, et sans cesser de piailler, les filles foncent à l'étage se doucher, se débarrassant au passage de leurs affaires mouillées, qu'elles laissent derrière elles sur le sol. Et alors, tout cela fait-il soudain de Claire une mauvaise mère ? Et de Donna une tante revêche ? Elle est à deux doigts de crier « Mettez-moi ça au linge sale », mais elle s'abstient. Quel intérêt ? Elle part du principe que leurs parents les grondent de temps à autre. Bien obligés. Mais elle, non. Entre ces murs, jamais personne ne les disputera, et c'est le souvenir qu'elles garderont de cette maison. Comme si elles avaient senti cette vague d'indulgence envers elles, les filles se retournent depuis le palier pour lui faire un signe de la main. Parfois, quand elles discutent, rient, font les folles, dans une bruyante excitation, elles peuvent paraître plus vieilles, presque adultes. Mais il suffit que Donna les aperçoive de loin, soudain, pour qu'elles lui semblent à nouveau minuscules, si fragiles, si vulnérables. Elle leur rend leur salut, et se sent forcée

191

de leur tourner le dos. Comment ont-elles réussi à devenir si belles ?

Allez, c'est décidé. Elle accède au dossier « Réglages » de son iPhone, active l'identité masquée et compose le message suivant : *Tu dois être inquiète, mais quoi que tu fasses, n'angoisse pas pour les filles : elles vont bien.*

Elle envoie le SMS, songeant qu'il y a de fortes chances pour que Claire en déduise quand même que Donna est l'expéditrice, qu'il s'agit là d'une réponse à son appel. Et qu'elle débarque dans l'heure. Et même si Danny croit savoir ce qu'il fait, malgré le fait qu'elle aimerait garder ses nièces indéfiniment, peut-être serait-ce mieux ainsi.

Travellin' All Alone
(« Voyage en solitaire »)

Lorsque Claire prend une décision, elle peut être très efficace, et la voilà déjà de retour à Chicago, moins de vingt-quatre heures après en être partie, au bar du restaurant des Twin Anchors, sur Sedgwick Street, où elle attend Paul Casey. Il est en retard, comme toujours, rien d'étonnant, mais c'est beaucoup moins attendrissant que ça ne l'était autrefois, ne serait-ce que la semaine dernière d'ailleurs. Il y a quelques jours à peine. Elle a l'impression non seulement qu'une éternité s'est écoulée depuis, mais aussi que tout cela s'est produit dans un univers parallèle, comme si une autre Claire avait vécu une réalité alternative. Et c'était tout l'intérêt, se rend-elle compte, c'était le but de l'exercice : être, pendant un moment, la Claire qu'elle n'avait pas été, qu'elle avait échoué à devenir, l'idée c'était d'essayer, pour voir quel effet ça faisait et… Pas grand-chose d'autre. Tout ça n'avait guère de réalité. Même lorsqu'elle gravissait l'allée devant chez elle, la veille, encore sous l'effet de la gueule de bois, avant de découvrir ce qui s'était

193

passé, déjà cela lui trottait dans la tête : *voyager, c'est très agréable, mais le meilleur moment reste le retour à la maison*. Sauf que non, en l'occurrence.

Elle commande un Coca light – l'idée d'un remontant la tente bien, elle pencherait volontiers pour un greyhound, vodka et jus de pamplemousse, le petit déjeuner de ceux qui sont au bout du rouleau, mais elle ne croit pas avoir l'estomac pour le supporter –, elle baisse une nouvelle fois les yeux vers le SMS.

```
Tu dois être inquiète, mais quoi que tu fasses,
n'angoisse pas pour les filles : elles vont
bien.
```

Il était arrivé juste après le départ des flics. Ils s'étaient encore attardés une demi-heure après l'apparition de leur collègue avec le couteau. Elle avait dit ne pas le reconnaître, ce qui était vrai dans le sens où il lui semblait assez commun et où elle ne s'en était jamais servie, mais ils avaient très vite découvert le bloc contenant l'ensemble de couteaux assortis dans la cuisine. Les policiers lui avaient donc reposé la question, elle avait répété ce qu'elle venait de leur affirmer. Ils savaient qu'elle ne leur disait pas tout, le lieutenant Fox en particulier avait commencé à lui mettre la pression à propos des filles, Claire devait être certaine, pour la paix de son esprit, qu'elle faisait absolument tout ce qui était en son pouvoir ; dans des cas tels que celui-ci, chaque minute pouvait être vitale, c'était la phrase qu'elle avait prononcée, *chaque minute* pouvait être vitale. Après quoi, ils avaient demandé des photos, et elle avait même réussi à en dénicher une de Gene Peterson.

194

Dès leur départ, culpabilisée à mort, elle avait à nouveau tenté de joindre Donna. La messagerie avait pris le relais, Claire avait raccroché, mais peu de temps après, elle avait reçu ce texto.

```
Tu dois être inquiète, mais quoi que tu fasses,
n'angoisse pas pour les filles : elles vont
bien.
```

Provenait-il de Donna ? D'ordinaire, ses SMS apparaissaient sous son identité, mais là, l'expéditeur était masqué. Elle avait rappelé sa belle-sœur deux ou trois fois, mais systématiquement elle était tombée sur la messagerie. Une autre mère aurait appelé les flics. Toutes les autres, peut-être même, auraient décidé de leur montrer ce message. N'ont-ils pas un moyen de déterminer l'identité du contact, même s'il est masqué ? Ils entrent en liaison avec l'opérateur téléphonique et obtiennent les coordonnées de la personne. N'importe quelle autre mère n'aurait-elle pas fait ça pour ses enfants ?

C'était peut-être Donna. Ce ne pouvait pas être une simple coïncidence. Ou sinon, Danny. C'était plus logique, d'ailleurs, avait-elle songé, c'était sûrement lui, raison pour laquelle elle préférait que la police disparaisse du paysage : elle tenait à le trouver la première.

« Avez-vous envisagé la possibilité que votre mari soit en danger ? Ou pire ? » avait lancé le lieutenant Fox juste avant de s'en aller. Bien entendu qu'elle y avait pensé, et si c'était le cas, ce pouvait fort bien être à cause de ce qui s'était passé à Chicago, à l'époque. Ça pouvait fort bien être sa faute à elle. Mais pourquoi envoyer un tel message si cette personne voulait du mal aux enfants ? Par pitié, faites que les filles n'aient rien. *N'angoisse pas. Les filles vont bien.* Aie confiance et fais comme si c'était vrai. *Fais comme si* – le credo du comédien. Va à Chicago et renseigne-toi.

Après ça, tout alla très vite : elle prit une douche, enfila ses derniers vêtements propres, emporta le sac qu'elle avait avec elle la veille. La police scientifique était toujours présente en force dans le jardin, occupée à photographier, à répertorier, bref, à vaquer à ses activités médico-légales. Elle avait appelé Dee, puis un taxi ; lorsqu'elle sortit de la maison, l'agent Colby, le policier en uniforme qui avait découvert le couteau, l'attendait au portail.

« Madame Taylor. Si ça ne vous dérange pas, je voudrais savoir où vous allez ?

— Rendre visite à mon amie Dee.

— Puis-je vous demander pour quelle raison ?

— La raison ? Oh, la nourriture, le mobilier, ce genre de choses. Les vêtements, par exemple. Le shampoing. Le savon. Je n'ai plus rien de tout ça chez moi. Les voilà, les raisons de ma visite. »

Claire fournit à l'agent Colby l'adresse de Dee et prit place dans le taxi.

Dee habite au centre-ville, dans un appartement situé au septième étage d'un immeuble d'East Wilson, avec vue sur le lac Monona. Claire passa tout le trajet à essayer de masquer le numéro de son propre téléphone, ayant soudainement succombé à une nouvelle attaque de panique à propos des filles. Elle décida que faute de réussir à joindre Donna (et elle craignait que ses appels ne soient toujours filtrés, simplement parce qu'en dehors de toute autre considération elles ne s'appréciaient

196

guère), Claire se rendrait à nouveau chez elle – le trajet n'était pas si long, quoique cela lui imposât un détour. Elle finit par désactiver avec succès la présentation de son numéro à son correspondant. Debout sur le trottoir devant l'immeuble de Dee, Claire appela Donna – et cette fois, elle répondit.

« Allô.

— Donna, c'est Claire. Claire Taylor. Est-ce que c'est toi qui m'as envoyé ce SMS ?

— Claire ? Non. Non, je n'ai pas...

— Pardon. Je suis en train de devenir dingue, je crois. Je ne sais pas si ton frère t'a dit, mais il a disparu, et la procédure de saisie est en cours sur la maison.

— Quoi ?

— Lancée il y a trois mois. J'ai reçu la visite du bureau du shérif ce matin, nous avons trente et un jours pour déménager. Ou plutôt moi seule, puisque lui a déjà vidé les lieux au sens propre, il est parti avec toutes nos affaires. Et ce matin, on a découvert dans le jardin un cadavre, un ancien camarade d'école de Danny. Et M. Smith... Quelqu'un a tué M. Smith, Donna, l'a égorgé... »

La voix de Claire se brisa, des larmes brûlantes emplirent ses yeux. Avant qu'elle puisse ajouter un seul mot, Donna prit la parole.

« Les filles sont ici, Claire. Elles ont passé la semaine dernière avec moi, pendant ton absence. Et puis Danny est venu hier soir pour me demander de les garder encore un peu.

— Alors elles vont bien ? Oh, Dieu merci.

— Elles vont bien. Tu veux leur parler ?

« — Rien qu'une minute. Attends que je me ressaisisse un peu, je suis dans un de ces états. Que t'a dit Danny ?

— Très peu de chose. Qu'il était en danger, victime d'un chantage, ou bien poursuivi par quelqu'un, il a des ennuis d'argent. Je ne sais pas trop. Il pensait qu'il valait mieux que tu ignores où se trouvent les filles au cas où quelqu'un t'espionnerait. Je lui ai demandé si tu risquais quelque chose, il n'avait pas l'air de le croire. À dire vrai, toute cette histoire m'a paru ridicule…

— Et maintenant, un homme est mort, un chien aussi, et les flics ont envahi le jardin de la maison qui bientôt ne m'appartiendra plus. Quel que soit le problème, il n'a rien de ridicule. »

Cela eut pour effet de réduire Donna au silence. Claire n'entendait plus que le grondement de la circulation sur East Wilson, et les battements de son cœur en train de se calmer, qui semblaient résonner dans sa bouche. Barbara et Irene, Barbara et Irene, Barbara et Irene. Fallait-il vraiment croire au pire ?

« Dis-moi ce que tu comptes faire, Claire. Tu veux venir les voir, ou les récupérer ? Barbara descend l'escalier, je te la passe ? »

Dee arrivait, Claire la voyait au loin, qui progressait sur Pinckney Street. Elle y réfléchit sérieusement. Bien entendu, elle avait très envie de parler à Barbara et Irene, d'entendre leurs voix, elle ne souhaitait en fait rien d'autre que foncer là-bas pour passer la journée avec elles. Mais ça ne la mènerait nulle part. Qu'elles soient heureuses avec Donna – et elles l'étaient toujours –, c'était tout ce qu'elle avait besoin de savoir, en réalité. Il fallait qu'elle avance. Une partie de cette affaire était liée à Danny, pas de doute, mais une autre avait un rapport avec elle.

« Donna, j'adorerais, mais ne le fais pas, ça ne servirait qu'à les perturber, à nous perturber tous. Dis-leur que j'ai appelé, que je vais bien et que je les aime.

— Promis. C'est moi… qui ai envoyé le SMS.

— Je sais.

— Je m'excuse, j'ai… cru faire preuve de loyauté vis-à-vis de mon frère. J'aurais dû me douter que ça te terroriserait. Je ne sais pas trop ce qui se passe, Claire.

— Moi non plus. Mais il faut que j'essaie de comprendre. Je repars à Chicago dès que possible.

— Bon sang. Dan et toi vous êtes pareils. Un jour, vous êtes des parents tranquilles dans votre petite vie pépère et le lendemain, vous voilà métamorphosés en Monsieur et Madame Détective. »

Seulement, Asta, leur chien, est mort.

« Et je n'y arriverai pas si je dois m'inquiéter des filles, dit Claire.

— Ne te fais pas de souci pour elles, Claire. Bonne chance. »

Claire repensera toujours à cet instant, alors qu'elle attendait que Dee traverse la rue entre Pinckney Street et East Wilson, ce moment auquel, si elle avait parlé à ses filles, Irene en particulier, elles l'auraient harcelée tant et si bien qu'elle n'aurait eu d'autre choix que de filer les voir à Cambridge, et plus personne n'aurait risqué de mourir.

Dee arriva à sa hauteur, son salon sur Dayton se trouvait à cinq minutes de là. Elles s'étreignirent, puis montèrent en silence. Chez Dee, parmi les tentures indiennes, les tapis persans, les statues d'inspiration grecque, le musc de l'huile aromatique et les bougies parfumées qui embaumaient l'air, et face à la vue de la brume qui dérivait à la surface du lac, Claire expliqua en deux mots à son amie tout ce qui s'était passé depuis la veille, devant un thé. Lorsqu'elle eut terminé, au lieu de la critiquer, ou de détailler ce qu'elle aurait fait à sa place, Dee récupéra simplement ses clés de voiture, qu'elle tendit à Claire avant de la serrer très fort contre elle. Elles refirent ensuite le trajet en sens inverse en direction du parking souterrain, vers la Toyota Corolla bleue de Dee.

« Tu es sûre ? dit Claire. La Volkswagen est plus ancienne, je ne voudrais pas abîmer celle-ci et foutre en l'air ton assurance…

— La Volkswagen est un vieux tas de ferraille. Elle n'est bonne qu'à arpenter les routes de campagne, quand on part en randonnée, en balade.

— Mais tu ne vas jamais à la campagne. Et tu n'aimes ni les balades ni la randonnée.

— Je sais, je sais, je l'ai achetée quand je sortais avec ce type, là, avec la barbe, celui qui était du genre à aimer les activités de plein air. Sauf qu'il s'est avéré que ce n'est pas mon truc, la nature.

— Si seulement il existait des chaussures de rando à talons.

— Prends la Toyota. Je ne vais pas te laisser sillonner Chicago comme une plouc en excursion. »

Au moment des adieux, Dee avait son visage triste, le vrai, avec des larmes dans les yeux.

« J'ai super peur pour toi, ma puce », dit-elle.

200

Claire dut lutter de toutes ses forces pour ne pas craquer, en cet instant précis.

« Ça va aller, les filles vont bien, c'est le principal.

— C'est vrai. Pour le reste, tu pourras toujours te débrouiller.

— Ou pas.

— Danny n'est pas un sale type », affirma Dee.

Son visage venait de passer de triste à tragique, ce que Claire trouvait presque comique.

« Tu n'es pas censée me rassurer ? Je n'ai jamais dit que c'était un sale type.

— Je sais. Excuse-moi. C'est juste que je ne comprends pas comment il a pu faire ce qu'il a fait. La maison, mon Dieu... »

Et ce fut Claire qui serra alors Dee contre elle, comme si c'était sur elle que le malheur s'était abattu.

« Je vais m'en sortir. Tout ça n'est pas la faute de Danny. J'ai un plan. »

Dee hocha la tête, sur son visage tragique apparut un petit air courageux.

« Bon, ben voilà, ça va mieux, hein ? » fit Claire.

Dee sourit et proposa :

« Écoute, Claire, si je peux faire quoi que ce soit, tu me le diras, hein ? »

Claire s'empara d'un carnet sur lequel elle griffonna quelques mots.

« Eh bien, justement... Comme je pars, je préfère te laisser le numéro de Donna. Au cas où il y aurait un problème avec les filles. Je veux dire, elle peut gérer, mais si jamais elle attrape une grippe ou je ne sais quoi...

— Bien sûr. Elle vit à Cambridge, c'est ça ?

— Je te mets aussi l'adresse.

— Pas la peine. À Cambridge, tout le monde connaît tout le monde, je peux juste demander dans un café, argua Dee. Ou l'appeler avant.

— En fait, pas vraiment. Donna étant ce qu'elle est, elle a choisi un coin bien planqué, au bord du lac.

— Ah, on les aime, nos lacs.

— Et elle a tendance à ne pas répondre au téléphone.

— C'est de famille donc », répliqua Dee, ce qui les fit toutes deux partir dans un fou rire qui les laissa au bord des larmes.

Sur ce, elles se dirent au revoir pour de bon.

« Tout va bien se passer, ne t'en fais pas, assura Claire en montant en voiture.

— Tu es sûre, ma puce ?

— Sérieusement, Dee, quand tu sais que tes enfants vont bien, tu peux tout affronter. »

Cependant, il aurait suffi que quelqu'un la voie sur la route pour prouver le contraire. Pleura-t-elle en continu de Madison à Chicago ? Non, juste la première heure, pendant que tourbillonnaient dans son cerveau les extraordinaires événements de la semaine passée. Danny avait-il pu tuer Gene Peterson ? Elle avait certes vu son mari emporter son couteau en allant accueillir son vieil ami. Était-il capable d'une telle violence ? Pas à sa connaissance. Et sûrement pas à cause d'un malheureux épisode que Peterson et elle avaient vécu des années auparavant. En revanche, tuer l'homme qui leur avait fait perdre tant d'argent, et leur maison ? Claire elle-même aurait pu envisager de poignarder

Peterson. Mais il y avait aussi ce pauvre M. Smith. Et d'autre part, ce bibelot intact sur la cheminée. Mirabell et Millamant, mariés. Cela tournait, retournait dans sa tête, sans qu'elle en soit plus avancée.

Les lotissements et les motels qui flanquaient la voie rapide disparurent, remplacés par les marais et les bois, ponctués de fermes de temps à autre. D'une certaine manière, la beauté austère du paysage froid et humide parut avoir un effet apaisant sur Claire, transformant la panique et la peur en un sentiment plus réfléchi, plus posé.

Car au fond d'elle, elle s'était toujours préparée à ça, ou à quelque chose comme ça, une sorte de désastre, une apocalypse à la fois imprévue et attendue depuis longtemps. Ils se disputaient sur des banalités, Danny et elle, mais sur les grands sujets, ils évitaient largement la confrontation ; ils avaient tendance à laisser courir. Quand l'expression « Ne t'aventure pas sur ce terrain » était en vogue, dans les années 1990, elle se souvenait comme ils l'avaient tout de suite adoptée, reconnaissant sa justesse, tant sur le principe général que comme une description de leur mode de fonctionnement personnel. Ni l'un ni l'autre ne souhaitait s'aventurer sur ces terrains, que ce soit face à face ou, songeait souvent Claire, face à eux-mêmes. Peut-être était-ce d'ailleurs la raison pour laquelle leur mariage avait toujours semblé si fragile, comme s'il n'était qu'à un incident de la rupture finale, un dîner en tête à tête raté, un manque de synchronisation au lit, une dispute sur l'éducation des enfants… Ils ne se connaissaient pas vraiment, ni l'un l'autre ni eux-mêmes. Et pire, ils ne *voulaient* pas se connaître.

Comment expliquer autrement son manque de volonté pour découvrir l'identité de ses parents naturels ? Car aucun effort n'était même nécessaire : le jour où elle avait quitté Rockford pour rejoindre l'université du Wisconsin à Madison, les Taylor (qui, depuis ses douze ans, lui proposaient régulièrement d'en savoir plus) lui avaient confié une enveloppe contenant les détails de ses origines. Bien rangée parmi ses affaires personnelles dans la tour d'Arboretum Avenue, elle attendait encore d'être ouverte. Un jour. Bien entendu, Claire aurait pu passer par les autorités d'adoption de l'État qui avait géré son dossier, mais ce genre de démarche lui ressemblait peu. Et quoi qu'il en soit, cette enveloppe lui avait été transmise parmi tant d'autres choses ; ses parents adoptifs, qui avaient la main verte, avaient garni de fleurs, de feuilles et d'herbes séchées les pages de toutes les pièces de théâtre qu'ils avaient pu trouver ayant un lien avec l'horticulture, aussi infime soit-il (leur titre, en général) : *La Forêt pétrifiée*, *L'Épouse campagnarde*, *Le Lierre et l'Ormeau*, *La Forge des châtaigniers*, *La Cerisaie*, *Désir sous les ormes*. Les Taylor l'avaient accompagnée jusqu'à Madison et elle ne les avait pour ainsi dire plus revus, ils étaient décédés dans un accident de voiture l'été précédant sa dernière année d'université. Ils avaient vécu frugalement, et à leur mort, avaient laissé à Claire juste de quoi couvrir le reste de ses frais d'inscription, ainsi que le souvenir de leurs encouragements joyeux, tendres et inlassablement positifs, et de leur alcoolisme tranquille, appliqué et discret. Claire se demandait souvent si l'alcoolisme de leurs parents respectifs comptait parmi les raisons enfouies dans leur inconscient de leur attirance réciproque, à Danny et elle – même si dans son cas, cela relevait de l'acquis et non de l'inné.

Elle ne buvait plus beaucoup, cette semaine perdue à Chicago faisait figure d'exception. En toute honnêteté, elle n'aurait su dire où Danny en était avec l'alcool ; à la maison, il buvait peu ou pas, quelques bières devant un match, pas plus. Au travail, c'était une autre affaire. Ce qui se passait au Brogan's restait au Brogan's. Mon Dieu, le Brogan's. C'était là qu'ils s'étaient rencontrés, le jour de leur arrivée à la fac. Danny y avait trouvé refuge, loin de la bousculade de la rentrée – après tout, c'était l'entreprise familiale. Quelle était donc son excuse, à elle, pour venir se planquer dans l'obscurité de ce pub irlandais ? Ayant elle aussi trouvé ce premier jour un peu mouvementé, elle avait filé en ville, où elle était tombée sur l'immense librairie d'occasion Avol sur Gorham Street, un magasin à peu près aussi excitant en soi que l'université elle-même. Elle y avait acheté un recueil des nouvelles de Dawn Powell, puis son œil avait été attiré par les vitraux et les boiseries sombres du Brogan's, le genre de bar qu'auraient pu fréquenter les acteurs des films en noir et blanc qu'elle chérissait tant. (Elle avait pris goût aux classiques du cinéma grâce à Don et Meg, qui en regardaient souvent le soir, dans un relent doux-amer d'alcool, tandis qu'ils se soignaient doucement mais sûrement, un verre à la main – l'appel du bar n'était peut-être pas tant un hasard chez Claire, finalement.)

Et là, installé dans le pub désert et tranquille, en ce milieu d'après-midi, vêtu d'une veste grise années 1940 dénichée dans une friperie, plongé dans la lecture du roman *Les Sauterelles n'ont pas de roi* de, eh oui, Dawn Powell, avec l'air d'un acteur de film en noir et blanc, son chapeau en feutre gris posé sur la table devant lui à côté d'un cocktail, se trouvait Danny. Il avait vingt-six ans, elle n'en avait que dix-neuf, mais il était destiné à devenir le grand amour de sa vie, Claire l'avait immédiatement su, le premier *homme* qu'elle ait jamais désiré, après ces garçons maladroits, pressés et ignorants qu'elle avait connus à Rockford.

Elle avait senti son regard sur elle alors qu'elle approchait du bar de bois sombre, charmée par les tireuses à bière, par le miroir reflétant le mur de bouteilles, elle avait su qu'il remarquait son look années 1940 à elle, sa robe en jersey rouge ajustée, ses talons plats, sa courte veste et son chapeau de feutre noirs. Il y avait de la musique en fond, elle s'était mise à marquer le rythme du bout du pied.

« La musique te plaît ? avait-il demandé.

— Nelson Riddle. Comment ne pas aimer ?

— Je suis impressionné. Ils ne sont pas nombreux, parmi les gens de ton… à connaître l'existence de Nelson Riddle.

— Les gens de mon quoi ?

— Je ne sais pas. Les gens qui ont ta taille de chapeau. Tu sais de quel titre il s'agit ?

— "Gold", de *Tone Poems of Color*. C'est l'album ?

— Absolument.

206

— Alors "Black" de Victor Young vient juste après.

— Et si on prenait un verre pour fêter ça ?

— Pas avec ma taille de chapeau.

— Dix-huit ans ?

— Plus un. Encore quelques années à patienter.

— Oh, avant 1984, il n'y aurait eu aucun problème, avant que Reagan vienne fourrer son nez là-dedans. Voyons un peu si nous pouvons remonter le temps. »

Sur ce, il s'était levé et était sorti de la salle. Elle l'avait entendu tirer un verrou. Il était revenu, avait pris place derrière le comptoir et versé dans un shaker du gin, du vermouth et de la glace pilée.

« Nous sommes fermés pour une demi-heure, ça te va ? avait-il précisé.

— Très bien. Mais s'il y a une descente de flics, tu assumes.

— Ils ne viendront pas. Ils savent que nous gérons sérieusement notre affaire.

— Qui est donc aux manettes ?

— Moi. Danny Brogan.

— Claire Taylor.

— Je t'ai aperçue sur le campus tout à l'heure. J'aime beaucoup ta tenue.

— Et moi la tienne. Tu es en maîtrise ?

— Non, je… j'ai eu une vocation tardive. Je suis en première année. On a quelques cours en commun, je crois. Tiens, c'est pour toi. »

Black jouait maintenant, un morceau romantique à souhait, plein de cordes, qui, associé à sa toute première gorgée de cocktail glacé, la fit défaillir ou du moins lui en donna la sensation.

« C'est bon ?

— Très bon.

— Du gin. Avec une pointe de gin.

— Le genre de chose auquel je pourrais prendre goût. »

Ils avaient discuté de Dawn Powell, de Nelson Riddle, de Preston Sturges, et Danny avait proposé de lui montrer comment préparer son propre cocktail, Claire avait affirmé qu'elle apprenait vite, et une demi-heure après, alors qu'elle venait de découvrir la confection de la boisson et le maniement du shaker, et Danny, de lui annoncer qu'il devait rouvrir le bar parce que les gens qui travaillaient n'allaient pas tarder à arriver pour leur apéritif, Claire l'avait fixé intensément jusqu'à ce qu'il l'embrasse, et lorsqu'elle lui avait rendu son baiser, elle avait songé qu'elle devait être amoureuse, ou saoule. En réalité, elle était les deux.

À l'approche de Chicago, les zones industrielles et commerciales cédaient la place aux quartiers résidentiels, et elle fondit à nouveau en larmes, cette fois en proie à une tristesse douce-amère. Où avait donc disparu ce qui existait entre eux à l'époque ? Ce charme, ce désir facile, cette légèreté ? À compter de cet instant, le Brogan's l'après-midi était devenu leur sanctuaire, leur église, leur lieu sacré. Aujourd'hui, depuis plusieurs années déjà, le Brogan's était le lieu de travail de Danny, mais aussi sa planque, l'endroit où Claire était ravie de le laisser se terrer. Ne t'aventure pas sur ce terrain, c'était leur devise, et ils s'étaient d'abord dissimulé de petites choses, puis davantage, au point que chacun, peut-être, avait fini par cacher à l'autre le

208

meilleur de soi. Ne t'aventure pas sur ce terrain. Jusqu'à ce qu'un jour, aussi soudainement que disparaissent les feuilles d'automne dont on guette pourtant la chute, laissant les silhouettes nues des arbres se détacher sur le ciel, un jour, on ne s'aventure plus nulle part. Un jour, il n'y a plus de terrain sur lequel s'aventurer.

Aux Twin Anchors, les gens déjeunent dans un brouhaha envahissant. Elle termine son Coca, commande le greyhound, regrettant de ne pas en être déjà au second, elle aurait aimé commencer par un deuxième verre.

Elle croit savoir ce qui lui est arrivé : après son échec dans le théâtre, elle a imaginé qu'une vie domestique tranquille suffirait à son bonheur. Puis, par peur, elle n'a pas su s'avouer que non. (D'où vient donc cette peur ?)

Mais aussi, qu'est-il arrivé à Danny ? Quel sentiment d'impuissance l'a tenaillé, quelle déception, quelle peur, oui, quelle peur l'a mené à perdre leur maison ? Dans quel genre d'ennuis se trouve-t-il, comment peut-elle l'aider à s'en sortir ? Elle fixe son verre et pense à leur argent évaporé par la faute de Jonathan Glatt ; apprenant la nouvelle, Danny s'était contenté de hausser les épaules en disant qu'il pouvait tirer un trait sur sa retraite anticipée. Oh, avait commenté Claire, puisqu'il ne jouait pas au golf, qu'il ne faisait pas de voile, à quoi avait-il prévu de consacrer tout son temps ? Il l'aurait sûrement passé au Brogan's de toute façon, alors autant rester derrière le bar, et ils avaient ri tous les deux, toujours contrariés, bouleversés, mais secrètement soulagés, du moins l'avait-elle cru, que la perspective d'une retraite anticipée de Danny ait disparu des écrans radar.

Maintenant elle voit – cela ne remonte qu'à six mois à peine – que la trahison de Jonathan Glatt avait dû porter un terrible coup à un homme qui se battait pour empêcher la saisie de sa maison. Maintenant elle voit... mais bien sûr, c'est précisément ce qu'elle ne voit pas, ce qu'elle n'a pas vu : son mari, un homme capable de lui cacher tant de choses, et notamment d'hypothéquer sa maison, une maison qui vaut... quoi ? Ils l'ont fait évaluer, juste pour savoir, lors de la dernière hausse de l'immobilier, plus de quatre millions de dollars, il y a deux ou trois ans, une maison qui sera vendue dans un mois, mais putain, quels problèmes d'argent Danny peut-il bien avoir et comment est-il possible qu'il n'en ait rien laissé paraître devant sa femme, merde ? Le fait qu'elle n'ait rien remarqué est comme une égratignure, un reproche amer à son encontre, cela elle le sent au moins, pas seulement à l'encontre de son rôle d'épouse, Dieu sait qu'elle a tout gâché de différentes façons, mais à l'encontre de ce à quoi elle tient le plus, au fond d'elle, même après son échec dans ce domaine : sa nature de comédienne, censée maîtriser les arts de l'observation, de la sensibilité, l'intense perception des humeurs et des sentiments dont elle s'est toujours fait fort, à tort, comme si l'homme dont elle avait été le plus proche toute sa vie se révélait soudain un complet mystère. Qui est-il ? Elle n'en sait rien, en réalité.

Voilà qu'arrive Paul Casey, il lui parle de personnes qu'elle ne connaît pas vraiment. Elle boit une gorgée, se demande une fois encore si Danny l'a suivie à Chicago la semaine passée. L'a-t-il vue guider Paul Casey jusqu'à sa chambre ? Se rendre chez lui ? Sait-il qu'elle n'a pas couché avec son ancien petit ami ? Le sait-elle elle-même ? Car beaucoup considéreraient sûrement qu'elle a mis de côté ses devoirs de femme mariée. A-t-elle trompé son mari ? Non, selon Paul, et elle le croit sur parole. Mais elle ne se souvient de rien. Et si Danny a essayé de la trouver, pour tout un tas de bonnes raisons, et s'il a ne serait-ce que flairé ce qui s'était passé, eh bien, peut-être est-ce ce qui l'a fait basculer.

One For My Baby
(And One More For The Road)
[« Un pour ma chérie
(et un de plus pour la route) »]

Danny est attablé devant un steak frites dans un restaurant Ruby Tuesday's sur Clock Tower Square, à Rockford, dans l'Illinois. Pour être tout à fait exact, il fait durer son bloody mary en grignotant une frite de temps en temps, songeant qu'il devrait renvoyer le steak, trop cuit, mais comme il se refuse à faire une scène, il boude à propos de la viande, et du reste.

Danny avait insisté pour prendre le volant, croyant que cela l'empêcherait de penser, et surtout de flipper, mais ni la conduite ni le réconfort de savoir les filles en sécurité n'avaient suffi à le tranquilliser. Il avait enchaîné pointes de vitesse et enfilades de jurons, à la façon d'une victime du syndrome de Gilles de la Tourette, contre Glatt, son argent, Gene Peterson et sa femme Claire, ce qu'elle avait pu faire ou ne pas faire en compagnie de son ex-petit ami, et Dieu sait quoi d'autre encore.

Lorsqu'ils avaient franchi les limites de l'Illinois à près de deux cents kilomètres-heure, Jeff lui avait calmement mais fermement annoncé qu'une petite pause s'imposait et Danny lui en avait été reconnaissant, en dépit de toutes ses protestations – en effet, il savait que Jeff attendait une explication circonstanciée, et Danny, qui aurait préféré se taire (dans l'espoir irrationnel que les choses non dites ne soient pas une réalité), au fond de lui, avait bien entendu envie de tout déballer, autant pour le soulagement que lui procurerait la confession que par besoin urgent de comprendre et de planifier la suite des événements. Malgré tout, il avait l'impression d'y être contraint et forcé, et par Jeff qui plus est, dont les attributions dans la vie de Danny n'étaient généralement pas de lui donner des ordres ou d'exiger quoi que ce soit. D'où la bouderie.

Jeff a terminé sa salade. Il boit son thé vert, s'essuie la bouche à l'aide de sa serviette et pose sur Danny ses yeux clairs et inquiets ; Danny les croise et détourne très vite le regard, pour la neuvième fois peut-être depuis qu'ils sont installés, alors Jeff prend la parole.

— Est-ce que tu as appelé Claire ? Ce serait peut-être une bonne idée de lui faire savoir que tu vas bien ? Et surtout, qu'il n'est rien arrivé aux filles.

— Je ne peux pas.

— Pourquoi ?

— Parce que sinon, ils localiseront mon portable.

— Qui ?

— La personne qui est derrière tout ça.

— Où est-ce que tu as entendu ça ?

— J'ai vu ça à la télé. Dans une série sur les flics.

— Et que penses-tu d'utiliser un téléphone dont tu te débarrasseras après ?

— Comment ça ?

— Tu n'as pas dû regarder l'épisode jusqu'au bout. C'est un portable que tu achètes prépayé, avec du crédit. Pas besoin de compte en banque, donc personne ne peut remonter jusqu'à toi. De toute façon, qui risque de te retrouver, Danny ? La police ? De dangereux criminels ?

Danny secoue la tête, refusant de se lancer, ne sachant pas très bien par où commencer.

— Qu'est-ce qui se passe ? Est-ce que ça a un rapport avec l'incendie ? Chez les Bradberry ? insiste Jeff.

Danny est pris d'un brusque haut-le-cœur, comme s'il était sur le point de vomir vraiment, la sueur gagne la racine de ses cheveux, perle sur son front. Au lieu de répondre (car comment Jeff est-il au courant du rôle qui a été le sien dans cet incendie ?), il secoue la tête, agite en direction de la fenêtre la branche de céleri qui agrémentait son bloody mary, désignant le Clock Tower Square Resort, qui comprend l'hôtel Best Western, le centre de conférences, des équipements de loisirs, et tout ce qui s'ensuit.

— Des endroits pareils... commence Danny, conscient d'incarner une parodie de quadragénaire aigri, mais incapable de résister. Comment s'étonner que nous formions une nation démoralisée, quand on prend place dans des chaînes de restaurants aussi laides, plantées sur des parkings immondes, avec l'autoroute en fond sonore, à bouffer des saloperies avec vue sur des bâtiments en briques rouges ? Et ils

214

appellent ça un « hôtel-club » ? On est censés venir ici en vacances ? Pour *s'amuser* ?

Danny a envie de continuer dans cette veine, du moins le pense-t-il, mais il sent sa voix qui craque, l'émotion qui tourbillonne en lui est trop forte, trop particulière, pour qu'une diatribe contre le manque d'inspiration architecturale des hôtels Best Western suffise à la contenir. Jeff lui tapote le bras et d'un geste commande un autre thé vert, un second bloody mary ; puis ils attendent en silence que leurs boissons arrivent. Jeff prend le thé, tend le cocktail à Danny, hoche la tête, sourit, comme si tout allait bien se passer.

— C'est moi qui conduis. Ne discute pas. Bois.

Danny goûte, rajoute une dose de Tabasco et boit à nouveau, en approuvant de la tête pour lui-même. La brûlure de la vodka et des épices lui emporte la bouche et provoque chez lui une libération bienvenue du poids qui l'accable, le persuadant brièvement que oui, tout va bien se passer, si peu probable cela soit-il. Enfin, le moment est venu de parler. Pas de l'incendie, pour commencer. Pas de Claire. Claire Bradberry, mon Dieu, Jonathan Glatt a-t-il réellement dit ça ? Claire et son compte Facebook, elle qui prétend « ne pas comprendre » la technologie. Claire qui envoie des messages érotiques à son ex-petit ami par le biais de Facebook. Claire et Paul Casey à Chicago. Claire, la femme dont il sait tout et qu'il ne connaît pas du tout. Pas Claire, pas tout de suite. Non, l'argent. Commençons par l'argent.

— J'ai perdu deux cent cinquante mille dollars à cause de Jonathan Glatt.

Jeff écarquille les yeux.

—Tu avais dit cinquante. Tu m'avais dit cinquante.

—C'est aussi ce que j'ai fait croire à Claire, à tout le monde d'ailleurs. Parfois je parviens même à me convaincre que ce n'était que cinquante.

—Et où... enfin, tu avais ce genre d'économies quelque part ?

—Tu plaisantes ? Le Brogan's est un bar-restaurant, pas un casino. Non, j'ai... j'ai hypothéqué la maison.

—Pour deux cent cinquante ?

—Non, les cinquante, je les avais. Donc, j'ai pu dire qu'on les avait perdus. Mais j'ai emprunté les deux cent mille restants. J'ai... Je ne sais pas. J'en voulais plus, j'imagine. Je pourrais rejeter la faute sur Gene. C'est vrai, c'est lui qui m'a fait entrer dans la boucle, et d'après ce que m'a dit Glatt, lui s'en est tiré avant que tout s'effondre. Est-ce que cela signifie qu'il l'a vu venir et ne m'a pas averti ? Je n'en ai pas la moindre idée. Pire, il pouvait très bien être au courant que tout ce système n'était qu'une fraude. Mais bon, personne ne m'a forcé à emprunter les fonds supplémentaires. J'avais... J'ai eu l'impression que je le méritais.

—Et alors, concrètement, ça veut dire quoi ? Tu n'arrivais plus à payer tes mensualités ? C'est pour ça que tu as vidé ta maison, parce que la banque a ordonné la saisie ?

Le mot, âcre, reste en suspension dans l'air, comme de la fumée de charbon : *la saisie*. Danny grimace, ses sourcils se soulèvent, il hoche la tête.

—Je ne comprends pas, reprend Jeff. Deux cent mille dollars, ça dépend des conditions d'emprunt, bien sûr, mais ça monte à combien, mille deux cents par mois ? Il y a toujours du monde au Brogan's, même les mardis soir de février quand personne n'a envie de mettre le nez dehors, même quand la ville est sous la neige. Qu'est-ce qui cloche ? Comment se fait-il que tu n'as pas réussi à rembourser ?

— Comment es-tu au courant pour l'incendie chez les Bradberry ? réplique Danny, sans éviter la question de Jeff, mais préférant retarder sa réponse.

— Quoi ? Parce que tu me l'as dit. Il y a des années de ça. Quand tu m'as aidé à éviter la taule, et à échapper à ces types de Milwaukee, j'étais tellement reconnaissant, et je t'ai expliqué combien j'avais honte, car il était peu probable que je te rende un jour la pareille. Je crois que tu as voulu me faire comprendre que tout le monde avait, je ne sais pas, une sorte de secret honteux, quelque chose dont il n'était pas fier.

— Et… ? Parce que je crains de ne pas me souvenir…

— Nous étions très, très saouls. Puis défoncés. Mais voilà, contrairement à toi, je me souviens toujours de tout.

— Bon. Qu'est-ce que je t'ai dit exactement ? Qu'est-ce que tu sais ?

La voix de Danny est plus forte, l'alcool dissipe ses inhibitions. Certaines personnes, aux tables voisines, se tournent dans sa direction, il les dévisage jusqu'à ce qu'elles détournent la tête. Il voit Jeff qui l'observe, comme s'il était un composé instable susceptible de se mettre à bouillir à tout moment, Danny lui adresse un sourire censé le rassurer, cela dit, il ne voit pas trop comment. Ralentis, baisse d'un ton, ne sur-articule pas, ne perds pas ton sang-froid.

— Tu m'as dit que tu te faisais martyriser par le gamin Bradberry…

— Jackie. Pourquoi tu as mis ce sujet sur le tapis, *maintenant*, exactement ?

— Parce que pendant que tu crachais ta rage dans la voiture, sur l'autoroute, que tu insultais tout le monde, parmi les noms que tu as lancés au hasard, à la volée, il y avait Jackie Bradberry. Ainsi que ses frères Eric et, et…

— Brian. O.K. Donc, à l'époque…

— À l'époque, tu m'as raconté que tu t'étais fait tabasser sur une période de six à neuf mois, d'abord par Jackie, et quand tu as décidé de lui tenir tête, par ses frères, qui étaient la menace derrière Jackie. Tu étais obligé de te laisser cogner par Jackie, sinon, tu risquais de te prendre une double ou triple raclée de la part de ses frères. Tu étais détruit nerveusement. Et aucun de tes amis ne voulait s'interposer parce qu'ils étaient tous terrorisés par les frères Bradberry, eux aussi…

— Gene Peterson a essayé. Vraiment. Ils lui ont cassé le bras. Donc après ça…

— Peu importe. Le fait est, tu n'avais personne vers qui te tourner, aucune échappatoire. Ton père était un sale poivrot, ou bien un poivrot charmant mais inefficace, ou alors un salopard de poivrot vicieux – bref, il était saoul du matin au soir, et d'aucune utilité pour un garçon qui avait des ennuis, il n'avait aucun conseil à te donner. Tu as eu l'impression que tu ne pourrais plus le supporter. Tu as donc décidé de tuer Jackie Bradberry…

—J'ai décidé qu'il devait mourir. Jamais… Ce n'est pas comme si j'avais eu un plan dès le départ, comme si c'était une exécution et que moi j'étais l'assassin de onze ans…

—O.K. Tu m'as dit que tu te sens… du moins que tu te *sentais* responsable : une blague de Halloween qui dérape, treize personnes sont mortes, et c'était ta faute.

Danny prend une grande gorgée de bloody mary et se met à fixer sa boisson ; à travers la glace pilée, les grains de poivre, il aperçoit le vert de la branche de céleri, le rouge du jus, comme du sang parmi les feuilles, le jardin en flammes.

—Mais je n'ai pas bien compris pourquoi, reprend Jeff. C'est vrai, il devait y avoir pas mal de confusion, tu étais assommé…

Danny hoche la tête avec impatience, lève une main pour l'interrompre.

—Tu sais qu'elle a grandi ici ? Je veux dire à Rockford, pas dans ce prétendu lieu de vacances.

—Qui ?

—Claire. Ma femme. Elle a été adoptée à l'âge de trois ans, et elle a grandi à Rockford. Ses parents adoptifs étaient fleuristes, ou plutôt ils possédaient une jardinerie, ils vendaient des graines, des plantes, des boutures, ce genre de choses, en lien avec l'arboretum. Car il y a un petit arboretum, ici à Rockford, c'est presque le seul truc qui sauve ce bled. Bref, quand on s'est rencontrés, Claire a vu ma maison, tout près de l'arboretum de l'université, comme un signe, comme si nous étions destinés l'un à l'autre.

—Excuse-moi, Danny, mais quel rapport avec l'incendie des Bradberry ?

L'incendie des Bradberry. L'événement central de sa vie. Il ne s'est jamais effacé, ne s'effacera jamais. Danny se plonge à nouveau dans le vert et le rouge de son cocktail, il voit le sang, les flammes. C'est ainsi qu'il se l'était représenté, à l'époque et encore aujourd'hui, comme si le monde était une forêt sombre, à peine visible à travers une membrane luisante, vibrante de feu écarlate. Comment avait-il réussi à en réchapper ? Ralph Cowley a écrit un livre sur le sujet, ou du moins un manuscrit. Soixante-dix ou quatre-vingts pages de tapuscrit serré, qu'il lui avait fourrées dans les mains la semaine précédente, lorsqu'il l'avait rejoint au portail de son jardin, Ralph qui était vêtu du costume de la Mort, tremblant d'excitation et de peur. Et le pire, c'était qu'il l'avait rédigé du point de vue de Danny.

Danny vide son verre, dont il a cru qu'il le maintiendrait clairvoyant, vif, aux aguets, mais qui en réalité n'a servi qu'à le saouler, évidemment, prend-il conscience assez bêtement.

— Nous n'avons jamais voulu que ça se termine comme ça ! déclare-t-il tout à coup, trop fort, piquant à nouveau la curiosité des clients du Ruby Tuesday's.

Cet homme est un peu trop agité et bruyant pour l'heure du déjeuner.

— Nous avons pris garde à ne pas verser d'essence trop près de la maison, il y avait trois ou quatre mètres de marge. Nous avons bien fait attention, affirme-t-il, calmé.

Comme si même à ce stade, tant d'années après, ce qui s'était passé pouvait être changé.

Jeff le rassure d'un hochement de tête, indiquant d'un geste de la main à leur public : *le spectacle est terminé, mesdames et messieurs.*

Danny grimace à l'effroyable souvenir, tente de transformer cela en un signe de confirmation, finit par ressembler à quelqu'un qui voudrait se débarrasser d'une bestiole logée dans son oreille.

— Un des enfants Bradberry en a réchappé, tu t'en souviens ? Une petite fille, qui avait trois ans. Elle s'était levée dans la nuit, entre le moment où le dernier de la famille était rentré à la maison et le début de l'incendie. Elle était descendue au rez-de-chaussée, s'était faufilée dans la vieille véranda où elle aimait jouer la journée, elle y avait installé des jouets, une ferme avec des animaux, et au bout d'un moment, elle s'était endormie. C'était le seul endroit de la maison dont les ouvertures n'étaient pas en PVC, les pompiers sont intervenus avant que les flammes arrivent jusque-là, et grâce aux courants d'air, la fumée ne l'a pas intoxiquée, elle a survécu.

Danny marque une pause, voyant la serveuse venir dans leur direction. Saoul ou pas, il a besoin d'un coup de pouce pour pouvoir continuer.

— Comment ça va, messieurs ? demande-t-elle.

— Je vais en reprendre un, et un autre thé vert, dit-il en soulevant son verre vide.

Jeff secoue la tête.

— Un café noir. Il y a des limites à la quantité de thé qu'un homme peut boire.

Elle s'éloigne.

— La petite fille a survécu. Elle s'appelait Claire. Ses parents adoptifs, les Taylor, vivaient aux environs de Milwaukee, où ils géraient une sorte de jardinerie. Mais quand Claire a eu cinq ans, dans le journal local je crois, une rumeur a couru concernant son identité, la famille a pris ses cliques et ses claques, ils sont partis vivre à Rockford. C'est à peu près tout ce que je sais d'eux. Je ne les ai jamais rencontrés, ils sont morts très tôt, quand on était encore à la fac.

— Ta Claire... Claire Taylor... était Claire Bradberry ?!

Jeff en reste bouche bée.

— Et je n'en savais rien, quand je l'ai rencontrée, je n'étais pas au courant, je l'ai découvert... Juste après qu'on s'est remis ensemble, on... me l'a dit.

— Et elle, elle le sait ?

— Pendant longtemps, elle n'a rien su. Elle ne voyait pas l'intérêt de connaître ses origines, disait-elle. Elle voulait simplement être informée d'éventuelles maladies génétiques. Les Taylor l'avaient apparemment rassurée sur ce point, il n'y avait rien de grave – et comme elle n'a jamais beaucoup bu, elle n'a pas dû hériter de la tare de l'alcoolisme.

— Comment ça «pendant longtemps elle n'a rien su». Ça veut dire qu'elle est au courant maintenant ?

— Jonathan Glatt m'a appris qu'il y avait quatre investisseurs introduits par Gene Peterson dans son système de Ponzi: Dave Ricks, Ralph Cowley et moi, qui nous trouvions tous devant chez les Bradberry en ce soir de Halloween 1976. Et quelqu'un d'autre, qui était présent aussi. Une personne du nom de Claire Bradberry.

La serveuse apporte le cocktail de Danny, le café de Jeff. Celui-ci semble se préparer à prendre

222

la parole, puis échoue à trouver les mots. Danny, soulagé de s'être libéré de son terrible secret, se sent légèrement rêveur, perspicace et comme en proie à des associations mentales, parce qu'il est délivré, et parce qu'il est ivre. Il avale une grosse gorgée de vodka et de jus de tomate épicé, contemple la pièce autour de lui. Les clients se sont raréfiés ; s'ils ne sont pas les derniers présents, en tout cas, il n'a personne d'autre dans son champ de vision. Deux cuistots sortis de la cuisine sont appuyés au bar et discutent avec les barmen. Danny aime ce moment au Brogan's, ce ralentissement au cœur du rythme frénétique de la journée d'un restaurant. Apparaît alors une intimité soudaine et débraillée entre les employés, une décontraction enjouée. Le moment idéal pour savoir qui couche avec qui ou qui est sur le point de conclure. Il a tenté de l'expliquer à Claire, une fois ; elle a comparé cela au moment où le rideau tombe au théâtre, quand les acteurs révèlent leur vrai visage à leur partenaire, sauf qu'il reste alors une trace, un soupçon, une ombre du rôle joué sur scène : ils ont plus d'un visage, et cette duplicité a quelque chose de sexy, l'autre semble mystérieux, insaisissable. Danny trouve cela assez juste, il se demande d'ailleurs si ce n'est pas la raison pour laquelle les mariages entre acteurs paraissent ne pas durer, parce que leur dualité est plus grande que chez la majorité des gens, puis il se dit que peut-être tout le monde a un second visage, que l'on aperçoit parfois, mais que l'on ne connaît jamais vraiment. À ce moment-là, il pense, presque en riant : La vache, il se passe de ces trucs dans ton cerveau quand tu commences à boire à midi.

— Alors, reprend Jeff. Juste pour savoir ce qu'on fait maintenant, je vais zapper le passage où je te demande comment tu te sens et pourquoi Claire n'aurait pas le droit d'être au courant et tout ça, pour te dire directement ceci : tu es victime d'un maître chanteur ou quoi ? Parce que, même si tu as perdu deux cent mille dollars, les recettes du Brogan's devraient suffire à couvrir ça, non ? À moins que…

— À moins que je ne sois déjà acculé pour d'autres raisons, exact. Ça fait un bail.

— Depuis combien de temps ?

— Quinze ans. Tout a commencé juste après notre mariage. Quelques semaines plus tard, j'ai reçu ce courrier, comme dans les films, avec des lettres découpées dans des magazines et collées sur une feuille, l'adresse seule était tapée à la machine. Il était écrit : *Si tu te fous de ma gueule t'es mort*. C'était le premier message que m'avait envoyé Jackie Bradberry en sixième. Et une semaine après, j'ai reçu le deuxième : *Je vais te crever. Le Tueur.* Tous les autres ont suivi, ceux qui me convoquaient sur le terrain de la mort, les menaces. Jusqu'aux fautes d'orthographe reproduites exactement, comme sur les messages de mon adolescence : *Tu vas voir ce que c'est une vré bagarre, salope*, « vraie » écrit v-r-é. Puis, plus rien pendant quelques semaines. Évidemment, j'étais déjà secoué à ce moment-là. Puis il y a eu le coup de grâce. *Il serait peut-être bienvenu d'informer votre femme que vous avez réduit sa famille en cendres et espérez échapper aux conséquences. Ne prenez pas pour acquises la patience et la discrétion de vos soi-disant amis.*

Ils ne sont pas les seuls à savoir que Claire Taylor est la fille Bradberry, la seule rescapée de Halloween 1976.

— La vache. Et tu savais, toi ?

— Comment l'aurais-je su ?

— Du coup, j'imagine le choc.

— C'est ça. Et moi je ne souhaitais qu'une chose : que ça ne soit pas vrai.

— En plus, tu as dit qu'elle ne voulait pas savoir.

— Exactement. Mais moi, il *fallait* que j'en aie le cœur net, sinon après les premières lettres, du moins après celle-là. La suivante fut beaucoup plus directe. Il y avait un numéro de boîte postale auquel je devais envoyer un chèque chaque mois. Au début, le montant n'était pas très élevé, trois cents dollars. Je dis ça, parce que ensuite on a atteint les cinq mille, mais en 1995, on venait à peine de se marier, et trois cents dollars, ça paraissait beaucoup. Mais j'ai payé.

— Cinq mille dollars *par mois* ? Tu n'es pas allé voir la police ?

— Du coup, j'aurais dû m'expliquer sur l'incendie des Bradberry, raconter pourquoi j'étais présent. Impliquer les copains et peut-être finir en taule pour homicide involontaire, ou même meurtre. Tu plaisantes ? Le maître chanteur me l'avait très clairement signifié : Claire l'apprendrait la première, et ensuite les flics. Et puis à ce moment-là, je connaissais la vérité.

— Quelle vérité ?

— Claire avait une enveloppe contenant tous les détails sur sa famille naturelle, les formulaires d'adoption et tout. Les Taylor la lui avaient confiée pour qu'elle puisse en savoir plus, dès qu'elle s'en

225

sentirait prête. Elle était rangée dans ses affaires. Un soir qu'elle était sortie avec Dee Saint Clair, je l'ai trouvée – je n'ai même pas eu besoin de l'ouvrir à la vapeur, il y avait un ruban, comme sur les actes notariés, mais aucun sceau, ni rien. C'était la copie de son certificat de naissance, Claire Mary Bradberry, née le 18 janvier 1973, fille de William et Agnes Bradberry, Schofield Street, Madison, Wisconsin.

— Putain.

— J'ai eu l'impression que tout s'accumulait : je ne pouvais pas laisser Claire découvrir que j'avais joué un rôle dans l'incendie qui avait tué sa famille, je ne voulais pas qu'elle apprenne qui étaient ses parents par ce salopard qui me faisait chanter, et je ne pouvais pas non plus impliquer les flics sans les informer de mes faits et gestes le soir de Halloween 1976. Au fil des années, j'ai envisagé d'engager un détective privé pour mener l'enquête, sauf que... Je ne sais pas, si j'étais moi-même détective, et que je perçais le mystère du fameux incendie, je trouverais plus important de tout révéler que de démasquer un maître chanteur. Je ne faisais confiance à personne.

— Et les autres, tes potes de l'époque ? Tu t'es sûrement dit que ça devait être l'un d'eux ?

— Logiquement, oui, c'est ce qui semblait. Mais voilà le hic : ça ne pouvait pas être Dave Ricks, impossible, Dave et moi on était très proches. Ralph est quelqu'un de foncièrement honnête, il n'a pas un gramme de méchanceté. Quant à Gene, eh bien, Gene, jusqu'à l'histoire de Jonathan Glatt, j'aurais cru inconcevable qu'il ait seulement l'idée du chantage, des lettres anonymes. Pour moi, Gene Peterson, c'est le type qui, quand il a deux mots à te dire, se pointe chez toi et t'interpelle devant ta fenêtre, tu vois le genre, il fonce dans le tas. Du moins, c'est ce que j'imaginais. J'y ai fait référence indirectement devant chacun d'entre eux, je n'ai pas parlé du chantage, j'ai juste demandé s'ils pensaient que quelqu'un d'autre était au courant. Chacun a juré avoir gardé le secret. Et comme je ne voulais pas qu'ils sachent la vérité pour Claire, je n'ai pas insisté.

— Et la banque a saisi la maison ? Merde, Danny, ta maison de famille ? Ce n'est pas ton grand-père qui l'a construite ?

Les larmes montent aux yeux de Danny, l'alcool sert d'élément déclencheur, mais l'émotion n'en vient pas moins du cœur.

— C'est affreux. Et le pire a encore été de le cacher : ça fait trois mois que le tribunal a pris la décision. En théorie, il m'en reste un avant la vente aux enchères, donc pour inverser la donne. Cela dit... Peut-être que je ne veux pas... Peut-être que vivre là-bas tout ce temps n'était pas une si bonne idée non plus. Ça ne va pas très bien entre Claire et moi. Mais tout s'est enchaîné sans que je puisse y réfléchir sérieusement. Le retour sur investissement que me donnait Glatt remboursait mon emprunt, or voilà que tout à coup, il ne restait plus rien du fric que je lui avais confié, et j'avais une dette que je ne pouvais pas honorer, puisque je filais cinq mille dollars par mois à ce salopard de maître chanteur qui essayait de détruire ma vie, et qui y réussissait très bien. Et... À la fois je l'ai fait intentionnellement et j'ai laissé faire inconsciemment, parce que... ma femme n'est pas... Parce que tout n'est pas...

—Rose. Une histoire à propos de Chicago, d'épouses infidèles, de Facebook, d'ex-petit ami, tout ça faisait partie de tes tirades sur l'autoroute. Et le fait de vider la maison, de disparaître avec les filles, ça s'articule comment dans l'affaire ? Ça va avec les embrouilles financières ? Pour punir Claire ? Ou la protéger ? Ou bien un mélange supervicieux des deux ?

Danny grimace, puis il lâche un rire qui déborde de haine de lui-même.

—Tu as mis le doigt dessus, c'est, comme tu dis, un mélange supervicieux des deux. Mais c'est aussi le moyen de découvrir qui est derrière tout ça. Au final, ça ne peut être que Ralph, Dave ou Gene. Et je t'explique : dimanche dernier, le soir du barbecue…

Danny s'interrompt parce que Jeff tend la main en direction d'un des écrans de télévision dans la salle du restaurant. Danny lève les yeux. Le son est baissé, mais les images parlent d'elles-mêmes : prise de vues par hélicoptère de son propre jardin sur Arboretum Avenue, sécurisé comme une scène de crime, entouré du ruban adhésif de la police, équipé d'une tente blanche et peuplé de silhouettes en combinaisons de protection immaculées. S'ensuivent des plans sur des agents en uniforme et des voitures pie, le commissariat du District ouest sur MacKenna Boulevard. On aperçoit un corps dans une housse, emporté sur une civière, chargé dans le véhicule du médecin légiste de Dane County.

Puis apparaît sur l'écran un portrait de Ralph Cowley, qui remonte au lycée, ou bien est-ce Dave Ricks ? Ils se sont toujours ressemblé ces deux-là. Non, c'est forcément Ralph, c'était lui qui s'était présenté au domicile de Danny. Ralph, l'ange de la Mort, avec son roman, son livre de la révélation. Le reportage montre une photographie de M. Smith, une autre de Danny, celle où il porte un smoking et danse avec Claire dans *Le Train du monde*. Danny n'a pas le temps de tout analyser, une question surgit dans son esprit : pourquoi les meurtriers en cavale sont-ils neuf fois sur dix en smoking ? Veillent-ils à éviter les objectifs des appareils photo après le bal de fin d'année ?

—Il est temps de filer, Dan, dit Jeff.

Jeff jette deux billets de cinquante sur la table du restaurant et lui désigne le parking de la tête.

—Je crois qu'on va prendre la route, rendre visite à ce qui reste de tes vieux potes pour leur poser deux ou trois questions.

Marry The Man Today
(« Épouse-le sans tarder »)

— Tu ne vas quand même pas laisser les gamines, lance Angelique.

Elle s'essuie les lèvres et les joues avec un mouchoir, s'empare de la Thermos de thé glacé à la camomille qu'elle a apportée, en boit une gorgée, qu'elle fait tourner dans sa bouche, puis avale.

Perchée du bout des fesses sur le siège du passager à côté de Charlie T., elle lui adresse son petit sourire pimpant qui ne souffre aucun argument, récupère son chewing-gum sur le fermoir de son sac à main, et entreprend de réparer les coulures de son maquillage.

— C'est vrai, il faut bien y réfléchir, reprend-elle. C'est tout à ton honneur de refuser de tuer ou de faire du mal à des enfants. Mais que dis-tu des conséquences psychologiques si tu les abandonnes avec le cadavre de leur tante dans la maison ? Tu vois ce que je veux dire ?

Charlie T. ferme les yeux pour qu'elle ne sente pas son agacement. Comment en est-il arrivé là ? Ils ont toujours été d'accord pour ne pas discuter de son travail. Elle sait qu'elle est la seule femme à qui il en ait jamais parlé et a respecté a) l'indispensable secret et b) la réalité de ses actes. C'est du moins ce qu'il croyait. Mais à l'instant où elle a eu vent de la présence des enfants, elle s'est comportée comme un chien avec un os. Charlie tend la main vers sa médaille miraculeuse – *Ô Marie conçue sans péché, priez pour nous qui avons recours à vous* –, puis il se souvient qu'il l'a perdue. Il espère que ce n'est pas un mauvais présage, il n'a jamais tué personne sans l'avoir sur lui.

Concernant Angelique, il ne peut s'en prendre qu'à lui-même. D'abord, voilà qu'il l'a à nouveau emmenée sur une mission. Il faut dire qu'il ne croyait pas avoir à travailler aujourd'hui, il pensait effectuer un simple voyage de reconnaissance à Cambridge, dans le Wisconsin, quand soudain on lui a signifié d'un coup de fil qu'il devait s'occuper de ce travail toutes affaires cessantes. Il a voulu la ramener chez elle, il a même *insisté*, en vain. Il ne sait pas comment fait cette fille, mais elle parvient toujours à ses fins. Pour être tout à fait juste, à Madison, l'autre jour, elle s'est occupée du chien, alors il est difficile de la rembarrer.

Quoi qu'il en soit, il a fanfaronné, il était le costaud qui ne se laissait pas faire par le patron, le tueur endurci avec des principes, parce qu'il fallait se fixer des limites, et la sienne, c'était les enfants.

Il aurait dû se méfier. Quand Angelique entend le mot « enfant », on ne la tient plus. Professionnellement, elle s'occupe de personnes âgées, en appliquant des règles pas toutes validées par la médecine, mais dans sa vie privée, il n'y en a que pour les enfants. Quel que soit le contexte dans lequel le mot surgit, à la télé ou ailleurs, la traite des enfants, les enfants en garderie, les enfants surdoués, les enfants, les enfants, toujours les enfants : Angelique sait tout dans ce domaine. Pour eux, elle éprouve un appétit d'ogresse, farouche et sans bornes ; elle semble croire que plus elle amasse de connaissances sur le sujet des enfants, plus grande est sa probabilité d'en acquérir un personnellement.

Leur voiture est garée dans les bois avoisinant le Clock Tower Square Resort, côté Rockford, invisible du chemin forestier, dissimulée par un maigre bosquet de vieux pins bordant un camping désert. C'est le poste d'observation idéal : de là, il peut voir tous les véhicules, y compris la Mustang rouge de la cible, et les différentes portes de sortie du Best Western, du Ruby Tuesday's et de la base nautique, quoiqu'il fût peu probable que sa cible ait fait un saut à la piscine le temps de quelques longueurs ou d'une descente de toboggan. Charlie T. a avec lui son Barrett M82A1, comme toujours. Lorsque M. Wilson lui a demandé, au tout début de leur collaboration, quel type de fusil semi-automatique avait sa préférence, il n'a pas eu trop à y réfléchir. Il n'a jamais abattu personne en Irlande avec le M82, mais il s'est beaucoup entraîné avec : c'était l'arme de choix des tireurs embusqués de l'IRA, ainsi donc, elle conviendrait parfaitement à Charlie T. Il l'a assemblée, chargée, et maintenant, aux aguets, il attend et songe : a) qu'il aurait mieux fait de ne pas emmener Angelique avec lui et b) qu'elle pourrait quand même arrêter de parler de temps en temps, ou au moins s'abstenir de lui donner des conseils.

Lorsque l'option b) devient réalité, il le regrette presque ; en effet, il faut qu'il garde la tête froide, mais merde après tout, la mort dure toute l'éternité, et si ses souvenirs sont bons, il n'est pas fait mention de fellation au paradis – d'ailleurs on peut s'interroger sur le sens du mot « paradis » si les meilleures choses de la vie n'y sont pas disponibles. Sans compter qu'en l'état actuel des conditions d'entrée Charlie T. n'est pas près d'y mettre les pieds, alors autant en bénéficier ici, et maintenant.

Angelique repart sur les gosses quelques secondes après. Le rythme cardiaque de Charlie T. n'a pas encore ralenti que déjà elle est lancée.

— Je ne crois pas qu'on puisse infliger ça aux filles, Charlie.

— Excuse-moi, mais d'où vient ce « on », exactement ? J'étais d'accord pour que tu m'accompagnes parce que c'était ton jour de congé et que tu voulais voir les boutiques d'artisanat et les galeries de Cambridge. Je te dépose, je vais au boulot, je te récupère : c'était ça le deal.

— Le *deal*. Le deal a déjà changé, n'est-ce pas, puisque nous sommes assis dans une bagnole avec une mitraillette...

— Ce n'est pas une mitraillette, c'est un semi-automatique...

— Oui, bref, c'est pareil. Ne me parle pas sur ce ton, je ne suis pas une gamine. Tu as soulevé la dimension éthique. Tu as prévenu ton patron, il y a des limites que tu ne franchis pas. Évite de te piéger tout seul au point de ne pas pouvoir aller au bout de ta mission, parce que *ça*, dit-elle en affichant soudain un large sourire salace, ce n'est pas le Charlie T. qu'on connaît et qu'on adore.

Malgré lui, il lui rend son sourire. Elle a des yeux verts lumineux, des cheveux roux remontés en chignon, un teint pâle – elle a vraiment tout d'une vraie Irlandaise, sauf qu'on n'en voit pas des comme ça, en Irlande. On n'en voit qu'en Amérique. De même, Charlie a toujours l'impression que les Irlando-Américains sont plus irlandais que les Irlandais, du moins ceux qu'il fréquente au Dark Rosaleen, avec leur musique traditionnelle et leurs : « T'es allé à la messe ? » Cela dit, la clientèle d'un pub irlandais de Chicago constitue peut-être un... comment ça s'appelle... un échantillon autosélectionné. Quoi qu'il en soit, Angelique McCarthy semble être la femme qui lui convient. Il est incapable de lui résister. Il se retrouvera devant l'autel avant d'avoir le temps de dire ouf, ou au moins sur les marches de la mairie. Il remonte sa braguette, s'empare de son M82, juste pour s'assurer qu'il est bien là. Angelique, tu es adorable. Si seulement tu causais moins. Dis quelque chose avant qu'elle recommence.

— Tu sais, le tour à Cambridge, ce n'est qu'une reconnaissance, puisque nous n'avons pas l'adresse de cette femme. Et même si on la récupère, il faudra observer l'endroit, les voisins et le reste, alors il ne va sûrement rien se passer aujourd'hui. Donc tout ça est un peu hypothétique.

— Justement, c'est bien pour cette raison qu'il vaut mieux y réfléchir avant, avant que la réalité te tombe dessus sous la forme de deux gamines en train de brailler. C'est vrai, qu'est-ce...

—Non mais enfin, Angelique, tu crois que je ne l'ai jamais fait? Tu crois que je n'ai jamais dû séparer des enfants des adultes? Que je n'ai jamais pensé à un plan pour mettre les gosses à l'abri quelque part pendant que je faisais le boulot? Ce n'est pas toujours facile et loin d'être idéal, mais c'est la solution, même s'il faut les ligoter pour ça. Je préférerais ne pas en arriver là, c'est traumatisant pour tout le monde, mais la fenêtre de tir n'est pas infinie et des fois, on n'a pas le choix. Ensuite, dès qu'on a mis les bouts, on alerte les autorités, qui vont délivrer les gamins.

Angelique souffle bruyamment.

—Oh, Charlie. Ce n'est ni acceptable ni approprié.

—Non mais qu'est-ce que tu me fais, là?

—Tu as besoin... Tu as besoin que je sois présente.

—Tu *es* présente.

—Je veux dire, pour m'occuper des enfants.

Angelique récupère les photos dans la sacoche en cuir marron que Charlie a posée sur la banquette arrière. Elle regarde celle des filles sous les pommiers.

—Barbara et Irene. Ooooh! Elles sont trop mignonnes, non? J'adore ces prénoms en plus. À l'ancienne. Barbara et Irene. J'avais une tante Irene, moi. Elle buvait comme un trou. Même quand j'étais petite, j'avais l'impression que c'était un nom d'une autre époque. Comme dans un vieux film de Bing Crosby, genre *Les Cloches de Sainte-Marie*. Barbara et Irene. Je pourrais m'occuper d'elles, moi, Charlie.

—Comment ça?

—Eh bien. Il s'agit d'une opération qui va rapporter gros à ton patron, non?

—J'imagine.

— Et s'il n'avait pas envisagé tous les angles de l'affaire? Toi, tu pourrais.

Charlie T. contemple Angelique, et il se demande s'il ne voit pas quelque chose d'autre dans son regard, en plus de l'espièglerie, de la gaieté, du désir et de l'inquiétude pour les enfants, quelque chose qu'il lui semble avoir déjà aperçu, un jour qu'elle lui parlait d'un de ses patients âgés très désagréable avec les autres infirmières et aides-soignantes, un patient qui, quelques jours plus tard, avait cessé d'être d'actualité. Charlie a toujours eu avec ce qu'il sait d'Angelique un comportement très irlandais : il fait mine d'ignorer ce qu'il devine sûrement depuis le début.

— Quoi par exemple?

— Je ne sais pas. Disons…

— Disons quoi? On pourrait les enlever? Les retenir contre rançon? Leur faire du mal? Putain, Angelique…

— Pas leur faire du mal, Charlie, jamais, jamais je ne ferais de mal à un enfant. Simplement, ne te ferme pas à toutes les possibilités. S'il y a quelque chose à gagner… Tu pourrais profiter de l'avantage. Ne rate pas ta chance.

— Pour l'argent?

— Oui, d'une part. Et le pouvoir. C'est vrai, est-ce que tu sais ce qui se passe?

— Je m'en fiche. Je fais mon boulot, je suis payé, point à la ligne.

— Mais combien tu dois à ton patron? Tu veux avoir des dettes jusqu'à la fin de tes jours? Il y a peut-être un moyen de t'en sortir, tu enlèves les gamines…

—Ah, donc, c'est de ça que tu parles ? De kidnapping ?

—Imagine, une femme qui vit au bord du lac à Cambridge, dans le Wisconsin, merde. Il n'y a pas la récession là-bas, chéri, ces gens sont blindés, son frère est sa seule famille, c'est lui qui va toucher l'héritage, il en aura du pognon pour récupérer sa progéniture. Charlie, ce serait plutôt sympa pour un couple qui commence dans la vie. Ça épongerait les dettes, et pourrait même nous permettre d'acheter une maison. En plus, tu me connais, tu peux être sûr que je traiterai ces petites filles de manière appropriée, avec des pratiques holistiques et centrées sur l'enfant.

Charlie la fixe, ébahi. Une balade en voiture, un flingue, et voilà que sa petite amie l'infirmière se transforme en Bonnie Parker, merde. Alors qu'elle est censée être normale, son refuge, son antidote contre les strip-teaseuses, les escort-girls, les reines de la dope. Elle est censée être son salut.

—Du coup, si ça se trouve, tu n'auras même plus besoin de ce type, de ce M. Wilson, tu pourrais monter ta propre affaire. Appelle ça un complément d'activité, ou faire preuve d'initiative, appelle ça comme tu veux.

Sur ce, Angelique se remet à contempler la photo des gamines en souriant un peu toute seule. Charlie n'a pas le temps d'ajouter quoi que ce soit, avant même qu'il puisse constater que ce silence enfin obtenu, loin de le soulager, le force en réalité à reconnaître la dinguerie absolue de cette fille, la porte du Ruby Tuesday's s'ouvre sur deux hommes ; l'un est brun, de taille moyenne, vêtu d'un costume

237

gris, l'autre est blond, avec des cheveux longs, très grand, il porte un manteau de daim, il a l'air d'un cow-boy, il est plus vieux que Charlie, mais celui-ci, beau joueur, doit avouer qu'il aime son style.

Charlie sort de la voiture, il pointe le viseur du Barrett M82 sur les deux hommes qui traversent le parking, la vache, ils avancent à une vitesse, il n'aura pas droit à l'erreur, il ne peut pas se permettre de rater son coup; du calme, respire. Le costume, c'est Brogan, il titube, le cow-boy le rattrape par le bras, le force à se tenir droit. Un déjeuner arrosé, exactement ce qu'a prévu Charlie, lui aussi, dès qu'il aura terminé cette mission. Il entend un bruit derrière lui, tourne la tête brièvement, voit Angelique qui s'installe au volant, prête à démarrer fissa. Bien joué, chérie. Bonnie and Clyde, qu'est-ce que vous dites de ça! Ses yeux reviennent vers l'avant, le viseur se braque sur la Mustang, les gars sont devant la portière du conducteur, putain, mais... Ah, génial, ils sont en pleine bagarre de poivrots pour savoir qui va conduire, Brogan agite la clé, tente de prendre place, le cow-boy refuse, il le secoue par les épaules, lui parle droit dans les yeux, Brogan le fixe, hoche la tête, sourit, puis abdique : il rend la clé à son pote et rejoint le côté passager. Le cow-boy jette un regard à Brogan par-dessus le toit de la Mustang rouge, puis le laisse dériver en direction de Charlie T., comme s'il pouvait le voir, sauf que c'est impossible, il y a trop d'arbres, il est trop loin, et Charlie stabilise son viseur sur le visage du cow-boy, en pleine face, puis il presse la détente avec douceur mais fermeté, et plante une balle juste au-dessus de son nez.

Just Friends
(« Amis et rien d'autre »)

— Il y a un point que je ferais mieux d'éclaircir, commence Paul Casey.

Il émane de lui des vagues d'anxiété aussi visibles que la brume de chaleur sur le bitume l'été.

À l'instant où elle a posé les yeux sur lui, avec son costume en polyester brun, portemine et stylos dans la poche de poitrine, ses chaussures à semelle épaisse et sa cravate en soie artificielle, elle s'est tout de suite dit qu'il allait vouloir éclaircir un point : sûrement, s'il était aussi mal habillé, c'était pour un pari. Sans quoi il se serait présenté sous son meilleur jour à ce déjeuner. Mais plus elle l'observe, plus elle prend conscience que ce n'est pas une affaire de vêtements ; c'est elle qui faisait erreur. Quelques jours plus tôt, elle avait été charmée par les joues creuses et le regard hanté dont elle avait gardé un souvenir vieux de vingt ans, et voilà qu'aujourd'hui, parmi la foule des Twin Anchors, elle ne voit plus qu'une peau sèche, un teint terreux, des yeux fatigués et cette bouche – elle l'avait crue délicate, mais elle la considérait déjà molle à la fin de leur

239

relation. Qu'est-ce qui lui a pris ? A-t-elle donc passé sa semaine entière à Chicago dans le noir ? Au vu du nombre de bars, de restaurants, de fêtes et de clubs qu'elle a écumés, la réponse est probablement oui. Et l'hôtel, Claire – n'oublie pas, allait-elle dire, mais c'est justement le problème, n'est-ce pas, du moins l'un d'entre eux : elle ne se rappelle plus exactement ce qui s'est passé dans cette chambre.

— Ou plutôt plusieurs points que je ferais bien d'éclaircir, rectifie Paul avec son petit rire, censé être ironique, censé railler l'étrange tournure que prend parfois la vie, mais qui semble simplement nerveux, en l'occurrence. Quand je t'ai dit que j'étais divorcé...

Claire, pourtant pressée d'en venir au sujet qui lui tient à cœur, est presque divertie par cette parenthèse, soulagée, comme l'est n'importe quel humain confronté à plus idiot que lui.

— Quand tu as dit que tu étais divorcé, quoi ? Tu avais oublié qu'en fait, non, tu ne l'étais pas ?

— C'est un peu ça. Le truc, c'est que...

Claire ne peut plus se contenir.

— Paul, c'est quoi ce *costume* ?

Des taches rouges apparaissent sur les joues de Paul Casey, qui baisse les yeux vers son Coca light.

— Ce costume... Eh bien, mon père aime garder un côté traditionnel, il insiste pour que tout le monde porte une chemise et une cravate, même les vendeurs. Et il a son avis sur la question : « Personne n'achète des clous à un type habillé comme une tapette de la côte Est », comme il dit.

— Ton père.

— Soixante-sept ans et en pleine forme.

—Ton père… est à la tête d'une quincaillerie.

—C'est ça. Sur West Montana, tu te souviens ? De là on a une bonne vue sur le théâtre Biograph…

—Ton père a une quincaillerie.

—Oui, je suis ravi qu'on soit au clair sur ce point.

—Tu travailles pour ton père ?

—Et je n'en ai pas honte.

—Je n'ai jamais dit ça.

—Tu ne l'as peut-être pas dit, mais le ton de ta phrase, oui.

—Pardon, je ne voulais pas… C'est juste… Je suis surprise, j'ai cru que tu étais toujours…

—Je perpétue les traditions.

—Mais la semaine dernière… Enfin, on était avec toute la bande, beaucoup sont encore acteurs ou metteurs en scène, ils ont un lien avec le théâtre, d'une manière ou d'une autre, alors j'ai pensé…

—Je les vois très rarement, Claire. Je… Tu sais bien, ils sont tous très à part, autocentrés. Ce n'est pas une critique, c'est comme ça et c'est normal, c'est un… monde parallèle, qui a son propre écosystème : le Théâtre ! Je ne fais pas vraiment…

—Tu ne dirigeais pas cette école d'art dramatique sur Schiller Street ?

—Pendant un temps. Mais au bout d'un moment, j'ai eu l'impression d'arnaquer les gens, tu vois ce que je veux dire : de soutirer de l'argent à ceux qui n'ont pas assez de talent ou de détermination pour réussir dans le milieu. J'avais le sentiment que nous exploitions leur malheur. J'ai démissionné. L'école existe toujours et de temps à autre, un des élèves arrive à avoir une carrière ou du moins à décrocher un rôle quelque part. Alors peut-être que j'ai eu une

241

réaction exagérée. Ou bien que j'ai eu envie d'en finir avec le théâtre une fois pour toutes. J'allais dire, « peut-être que je n'avais pas ce qu'il faut », mais je ne vais pas me rabaisser comme ça. La vérité, c'est que je ne voulais pas être *impliqué*, sauf à la manière dont nous le faisions. Pour de vrai, quoi. On s'est lancés et après, on a…

— Abandonné. J'ai abandonné. Mais quand même, j'enseigne le théâtre. Parfois j'ai encore l'impression d'en faire partie. Mais le plus souvent, c'est surtout une sorte de torture quotidienne vis-à-vis de mon échec personnel.

Claire soutient le regard de Paul Casey, elle aimerait qu'il dise quelque chose, sans trop savoir quoi exactement. Qu'il lui assure qu'elle n'a pas échoué, qu'il réussisse à l'en persuader ? Qu'il veut qu'ils soient ensemble, pour mieux le rejeter avec douceur et tendresse ? Il n'y a rien qu'il puisse dire, rien qu'elle ait envie qu'il dise, vraiment. Elle détourne les yeux. Voilà le tableau, vingt ans après : tout n'est que déceptions et regrets, et le pire est encore qu'elle n'en souffre pas vraiment.

Leur plat arrive. Ils ont tous deux commandé des côtes de porc, la spécialité des Twin Anchors. Le restaurant n'est en général pas ouvert le midi en semaine, mais il a fait une exception, parce que c'est Halloween, et à voir le monde qui s'y presse encore passé 15 heures, il a vu juste. Le thème marin du décor est agrémenté de lanternes et de sorcières sur leur balai, donnant à la salle un air sinistre, un côté Nef des fous. Voyage des damnés. Claire se tourne vers la rue, remarque l'embrasement jaune de la lumière d'automne dehors, les derniers feux avant la tombée de la nuit. Je devrais être en train de préparer les filles pour la tournée des voisins, pense-t-elle. Je ne devrais tellement pas être ici.

—Je suis assez content de ne plus graviter dans ces cercles, reprend Paul. Du moins je crois. La plupart du temps.

—Je ne comprends pas… Pourquoi tu ne m'as rien dit de tout ça la semaine dernière ? De quoi a-t-on discuté ?

—Eh bien… Du bon vieux temps. Et bien sûr, de Théâtre. Des belles interprétations de Tracy Letts, ou encore Tony Kushner, Martin McDonagh. Qui sont les nouvelles voix ? Broadway est-il foutu ? Et Londres ? Et Dublin ? Tu étais à bloc, la plupart du temps.

—J'étais complètement barrée.

—Oui, mais pas saoule, pas forcément. Plutôt comme quelqu'un qui viendrait de sortir de prison, en pleine poussée d'adrénaline. Et tu ne voyais, tu n'entendais que ce que tu voulais bien voir et entendre.

—Alors quoi, tout ça, c'était ma faute ?

—Non. C'est pour ça que je te disais tout à l'heure…

—Parce que j'ai cette carte, ici, Paul, cette carte que tu as glissée dans mon sac, et sur laquelle tu as écrit des trucs assez costauds.

—Raison pour laquelle il fallait que je… Hé, moi non plus je n'étais pas dans mon état normal. Te revoir… Tout notre passé. J'ai pris tellement de congés que j'ai failli me faire virer. Par mon propre père. J'ai dû lui expliquer que tu étais en ville, que c'était la première fois depuis quinze ans. Il a toujours eu un faible pour toi.

—Lui aussi te croit divorcé ?

—Très drôle.

—Sérieusement. Tu te souviens à quel point tu es divorcé ? Un peu ? Beaucoup ?

Paul Casey fronce les sourcils, pince si fort les lèvres qu'elles disparaissent. Il balaie la pièce du regard, croise celui du barman, commande une pinte d'un geste, précisant « Une Honkers Pale », avant de se retourner vers Claire.

—Je suis séparé. Censément. Mais on essaie de se revoir. Bien entendu, le voyage dans le temps au bras d'une ex n'est sûrement pas le meilleur moyen d'y arriver.

—Effectivement. Ni le fait de m'écrire sur une carte que j'étais l'amour de ta vie, ou que tu n'as jamais ressenti pour personne ce que tu ressentais pour moi.

Les mots jaillissent de la bouche de Claire plus tranchants et plus amers qu'elle n'en avait l'intention.

—Que veux-tu, c'est la vérité. Mais toi-même, la semaine dernière, tu ne semblais pas vanter les joies de la vie de femme mariée. « Évitons de parler de Danny. » Tu me l'as dit une fois, puis deux, puis, hum, plusieurs. Merci.

La pinte vient d'arriver devant Paul, qui s'interrompt pour en boire une grande gorgée. Le serveur interroge Claire du regard en désignant son verre vide, elle fait non de la tête. Mon Dieu, que fait-elle ici ? Elle a très envie de répliquer à la remarque

244

de Paul, mais elle ne peut guère prétendre à la supériorité morale.

—Écoute, je ne regrette pas ce que j'ai écrit, poursuit Paul. C'était une soirée de folie. Je... Eh bien, je ne savais pas trop quoi en conclure. Mais je ne m'attendais certainement pas à ce que tu sois de retour aussi vite... C'était quasiment hier, non ? C'est vrai, je t'ai déposée à O'Hare...

—Oh. Tu crois que c'est pour cette raison que je suis ici ?

—Eh bien, si ce n'est pas ça, tant mieux. Mais oui, je suis parti du principe, vu ce que tu m'as raconté... que tu avais quitté Danny. Et te voilà. Donc...

—Donc tu t'es dit qu'il valait mieux éclaircir quelques points.

Claire cache son visage dans ses mains. Une révélation, c'est comme ça qu'on dit ? Un moment de révélation ? Voilà qu'elle en traverse un, énorme. C'est comme si la gueule de bois qui avait suivi son séjour, plus le choc des événements survenus à son retour, formait un nuage aveuglant, impénétrable, dont elle venait enfin d'émerger, maintenant elle parvenait à respirer, et surtout à y voir clair.

—Qu'est-ce que je disais ? reprend-elle. Qu'avons-nous fait ? Est-ce qu'on a... ?

—Non. Non, on n'a rien fait. Ça va ?

—Parce que le mardi, je vois bien, on a juste fricoté un peu dans la chambre, et puis tu es parti. Mais le samedi, après le shopping chez Macy's...

—Il y avait pas mal de produits le samedi. De la coke. De l'ecsta.

—Je me souviens... commence Claire.

Elle s'arrête brusquement, sa voix résonne trop fort à ses oreilles, elle rougit. Elle aimerait tant se planquer au fond de son deuxième verre, mais elle l'a assez fait, il faut qu'elle se calme, qu'elle reprenne depuis le début.

—Je me souviens avoir roulé sur le lit, avance-t-elle avec précaution. Avec toi. En petite tenue.

Claire revoit en flash son reflet dans le miroir de la chambre d'hôtel. Trop vaniteuse pour oser enlever ses sous-vêtements, craignant trop les ravages de l'âge et de la gravité. Réticente, peut-être, à l'idée d'aller jusqu'au bout ? Paul Casey lève les sourcils, confirme de la tête.

—Que s'est-il passé ? On a juste changé d'avis ? demande Claire, connaissant déjà plus ou moins la réponse maintenant, mais préférant se l'entendre dire par Paul.

—Moi, j'en avais envie. Toi, je ne suis pas très sûr. Mais… Comme je disais, il y avait de la drogue, et beaucoup d'alcool, et dans le feu de l'action, je t'ai sentie peut-être pas totalement consentante. Si tu rajoutes mes quarante-deux ans dans l'équation, ça n'a pas été possible. On a sombré tous les deux. Et le lendemain matin, alors que ça aurait pu être faisable, physiquement je veux dire, le moment était passé. On l'a comme deviné tous les deux. Toi, du moins.

—Donc… Je porte la culpabilité du péché, sans en avoir le bon souvenir, résume Claire.

—Je ne sais pas. Je crois qu'au dernier moment tu n'as pas réussi à sauter le pas. En gros, tu te montais la tête, tu disais que tu allais changer de vie, tout réorganiser, que tu en avais assez d'être invisible, que Danny et toi n'étiez pas sur un pied d'égalité, que c'était ta faute, mais que tu allais tout changer, tu n'aurais pas peur ou, oui, comme Macha dans *La Mouette*, tu n'allais plus porter le deuil de ta propre vie.

Claire ferme les yeux très fort et émet un son aigu, angoissé, comme si elle s'était brûlée. Macha dans *La Mouette*, elle croyait avoir *quinze ans* ou quoi?

— La coke avait fait son œuvre, murmure-t-elle.

— Peut-être. Mais pas sans un fond de vérité. À mon avis, la coke a surtout joué quand on parlait de se remettre ensemble et de remonter la compagnie pour, je ne sais pas, épater un peu la galerie.

— Je suis désolée, Paul. Je suis vraiment un boulet. Je…

— Hé, arrête. Pourquoi crois-tu que je suis séparé? Parce qu'un matin je me suis réveillé en décrétant que j'allais mourir si je ne couchais pas avec une des copines de ma femme, peu m'importait laquelle vraiment, tant qu'elle le lui raconterait, or elles l'auraient toutes raconté. Pourquoi? Pour le sexe? Ou juste pour faire en sorte qu'il se passe quelque chose? Ah ça, il s'est bien passé un truc: je suis reparti vivre chez mes parents et je n'ai le droit de voir mes enfants que le week-end.

— Tu as des enfants?

— J'ai menti à ce propos. Parce que… J'ai cru que tu coucherais plus volontiers avec moi si je n'en avais pas. Que ce serait moins compliqué. Plus près du fantasme. La vache, ce qu'ils me manquent.

Moi aussi, mes filles me manquent, pense Claire, sentant des vagues de panique la parcourir. Il faut que je les retrouve le plus vite possible. Quoi qu'ait fait Danny, quelle que soit la manière dont tout ça se termine, même si on ne peut pas le surmonter, le mieux pour moi, la seule chose qui compte, c'est d'être avec les filles. Si je pars maintenant, j'arriverai à temps pour fêter Halloween avec elles.

— Je dois y aller, Paul, dit Claire en récupérant son sac à main, dont elle tire de quoi régler l'addition.

— Attends une seconde. Si tu ne nous la joues pas Nora en train de quitter sa maison de poupée, qu'est-ce que tu fais là ? Qu'est-ce qui se passe ?

Claire inspire un grand coup, reste assise. Ça ne devrait pas prendre trop longtemps. Après tout, c'est tout de même pour ça qu'elle est venue.

— Est-ce que tu te rappelles cette soirée, je crois que c'était à l'époque des représentations de *Aunt Dan and Lemon*, quand je suis sortie avec ce type…

— Un ancien copain de Danny. On jouait *Our Country's Good*. Bien sûr, je me souviens. On a failli tous finir en prison.

— Gene Peterson. Je l'ai trouvé dans mon jardin ce matin, poignardé à mort.

— Tu déconnes ?

Claire fait à Paul le récit des événements qui se sont succédé ces dernières vingt-quatre heures, pour ce qu'elle en comprend du moins. Lorsqu'elle a terminé, il la dévisage, hésitant entre l'ébahissement et l'amusement teinté de méfiance, comme si elle risquait soudain de se moquer de lui pour avoir gobé une fable aussi improbable.

— Et tu en conclus quoi, que ça a un rapport avec cette soirée ?

—Je ne sais pas. Que peut-être Danny l'a découvert et qu'il l'a tué? suggère-t-elle.

—Parce que tu as couché avec un type pendant que vous étiez séparés? Pourquoi ne m'aurait-il pas tué aussi alors?

—Si tu avais débarqué chez lui à l'improviste, il t'aurait peut-être éliminé également.

—Tu crois vraiment que Danny pourrait faire une chose pareille?

—Non. Je ne crois pas. Je ne sais plus. Merde, s'il a pu garder le secret sur la saisie de la maison à cause d'une hypothèque dont j'ignorais tout, Dieu sait de quoi il est capable.

Des larmes brûlantes piquent les yeux de Claire, elle cligne des paupières, respire profondément pour tenter de garder la panique à distance.

—Il faut que je rejoigne les filles, Paul. Que je les protège.

—Mais pas contre Danny.

—Non. Bien sûr que non.

—Bon, alors, si ce couteau est le sien, c'est qu'il s'agit d'un coup monté. Quelqu'un cherche à le piéger. Et toi aussi par la même occasion, si on pense à cette histoire de cadavre enterré puis déterré.

—Et les seules personnes que je crois susceptibles de faire des choses pareilles, ce sont les types qu'on a rencontrés ce soir-là, tu te souviens?

—Le soir où tu as ramené ce mec chez toi et où tu m'as appelé pour venir te récupérer parce qu'il te faisait flipper? Ah ça oui, ça ne s'oublie pas vraiment.

—Ce n'est pas franchement mon moment le plus glorieux.

— C'était lui, Gene Peterson ?

— Oui. C'était lui. Il s'est pointé au barbecue, et maintenant il est mort d'un coup de couteau, dont les flics pensent qu'il appartient à Danny. Il faut dire qu'il l'avait avec lui quand il est descendu l'accueillir au portail.

— O.K. Je me rappelle, le téléphone sonne, c'est toi, tu me réveilles et tu dis « Oh, Paul, j'ai super peur », je m'habille, je viens à ta rescousse. Là, évidemment, le mec est très énervé, il s'ensuit tout un sketch à propos d'une soirée à laquelle on a oublié de se rendre...

— La soirée dans un entrepôt à Wicker Park.

— Nous, nous étions séparés à ce moment-là, comme souvent, toujours par ta faute...

— Je dois reconnaître que je n'étais pas une petite amie digne de ce nom...

— Tu étais supergarce, oui, et pire, je ne te le faisais jamais payer. Comme ce soir-là, où nous devions aller à cette fête organisée par le technicien qu'on avait engagé pour les éclairages, le gros avec une queue-de-cheval et le tee-shirt noir ?

— Tous les techniciens étaient gros, habillés en noir, avec une queue-de-cheval.

— Et ton pote Gene jouait au con. C'était quoi son problème, en fait ? J'ai eu beau te sauver, tu ne m'as jamais rien expliqué à son sujet, comme si tu avais couché avec ce type par ma faute.

— Je n'ai pas couché avec lui. J'aurais pu, mais... Il a eu un peu le même genre d'ennuis que toi l'autre jour. Il n'y arrivait pas.

— Ah, lui aussi. Ce n'est peut-être pas de notre fait alors, ça doit être toi.

250

— Je suis juste trop femme pour vous, que veux-tu.

— Ça doit être ça. Bref, qu'est-ce qui s'est passé? Il t'a frappée?

— Non, il me faisait peur, mais pas pour ce genre de raisons. Il était obsédé par Danny. Il n'arrêtait pas de parler de lui… On était en train de s'embrasser et lui disait : « Et ça, il aime, Danny? » Ou bien : « Il faisait comment, Danny? » Au début, c'était marrant, mais après c'est devenu carrément lourd. Et puis il délirait sur cette famille de Madison qui était morte dans un incendie quand ils étaient enfants, les Burnaby ou les Bradfield, ou quelque chose comme ça, il disait que c'était resté un mystère, personne ne savait ce qui s'était vraiment passé sauf lui, Danny et leurs autres copains.

— Pourquoi il était parti là-dessus?

— Aucune idée. Ensuite, quand on est arrivés à l'entrepôt, il ne nous lâchait plus.

— Il ne *me* lâchait plus ; toi tu as réussi à filer par les toilettes.

— Tu veux dire par « les cabines d'usage de drogue euphorisante ». Je suis revenue, je te signale. Et Peterson faisait vraiment peur… Il était… Il a commencé à s'énerver…

— Il était bourré, non? demande Paul.

— Je ne sais pas. Moi pas en tout cas. En plus, j'avais de l'ecstasy avec moi, mais j'étais trop terrifiée pour la prendre, je voulais garder les idées claires. J'essayais juste de danser en ignorant le type, mais il s'est remis à parler de Danny… Je ne me rappelle plus trop ce qu'il racontait, seulement le ton… très amer, tu vois le genre? Il disait que Danny avait

251

beaucoup de chance, que tout ce qu'il avait voulu lui avait été servi sur un plateau, mais que les gens changeraient d'avis à son propos s'ils connaissaient la vérité. Et ce n'était pas tellement le fond qui me faisait flipper, plutôt sa façon d'en parler, ce ressentiment, cette rage.

— Et le technicien…

— Anthony Vasquez.

— Anthony, oui, c'était lui. Il nous a tirés d'affaire.

— Parce que je le lui avais demandé, je me suis approchée des platines pour lui résumer notre situation en hurlant à son oreille, il m'a dit : « Sortez, je vais m'arranger pour que vous semiez ce type, vous prenez l'allée jusqu'à Division Street. » Sur ce, il a attrapé sa radio, un talkie-walkie. On est partis, Peterson était toujours sur nos talons, on a descendu l'allée…

— De toute façon, ce n'était pas une très bonne idée ; à l'époque Bucktown commençait à s'embourgeoiser, mais Wicker Park pas du tout, ça craignait à mort, rappelle Paul.

— Et voilà que débarquent les potes d'Anthony, ces trois Latinos bodybuildés qui n'avaient pas de cou, ils nous demandent : « Quel type ? »

— Ça, je m'en souviens ! En chœur on a répondu : « LUI ! »

— Là ils lui ont mis une de ces raclées, nous, on a filé, on a croisé une voiture de flics, tu les as hélés…

— Pendant que tu me sifflais de ne pas le faire…

— J'avais peur qu'on soit arrêtés pour avoir monté toute l'affaire, proteste Claire.

— Et moi, qu'ils tuent ce pauvre type – c'étaient des sacrés costauds, avec des tatouages made in prison, des bandanas de gang, la totale – et aussi qu'on finisse en taule pour avoir commandité un meurtre, tout ça parce que ce mec était énervant.

— Je ne suis pas sûre qu'on dise « commanditer un meurtre », si ?

— Peu importe le terme, merde, comment veux-tu que je sache ?

— Bref, Peterson n'est pas mort, ses agresseurs se sont échappés, et nous on s'est remis ensemble. Le soir même.

— Nous deux, c'était le mélo permanent. Mais où veux-tu en venir avec ça ? Ces gars dans l'allée auraient ruminé cette histoire pendant des années, ils auraient gardé une dent contre toi parce qu'on leur a envoyé les flics, ils pètent un plomb et décident d'éliminer ton chien à Madison ? Coup de bol, le soir où ils se pointent, Gene Peterson, le type qu'ils ont à moitié défoncé il y a des années, se trouve sur place, et ils ont enfin l'occasion de lui régler son compte ?

— Tu te moques.

— Inutile. Tu te débrouilles très bien toute seule. Pourquoi tu ne suggères pas ta théorie à la police ? Tu pourrais être comme ces vieilles qui appellent Kojak pour lui dire de jeter ses pelures d'orange en l'air, parce qu'en retombant elles feront apparaître le nom de l'assassin.

— Ils sont venus au théâtre me chercher, tu sais.

— Tu plaisantes ?

— Le jour du tabassage, les flics en ont arrêté un – il a pris six mois pour port d'arme non déclarée, je crois. Les deux autres ont forcé Anthony Vasquez à leur dire qui j'étais. Ils l'ont frappé.

— Et que s'est-il passé, ils t'ont retrouvée ?

— Un soir, alors que j'allais au théâtre. J'ai affirmé que je n'avais jamais envoyé la police à leurs trousses. Ils espéraient me soutirer de l'argent, je leur ai expliqué combien on gagnait au théâtre, ils m'ont regardée comme si j'étais débile – d'ailleurs, j'étais assez d'accord avec eux, secrètement. Il y a eu un moment où j'ai cru qu'ils allaient vouloir se payer en nature, mais ils ont juste haussé les épaules et ils sont partis. D'après Anthony Vasquez, j'avais eu beaucoup de chance et je ferais bien de me tenir à carreau lorsque leur pote sortirait de prison. Et voilà.

Paul Casey secoue la tête.

— Je sais, dit Claire, mais je n'ai aucune autre piste. C'est à peu près la somme de mes expériences avec des individus dangereux. Mais c'est ridicule, non ?

— J'imaginerais plus volontiers Gene Peterson venant tuer ton chien lui-même. Vu à quel point il détestait Danny. Et après cette soirée, il ne devait pas non plus te porter dans son cœur, en tout cas c'est ce que j'aurais ressenti, si j'avais été à sa place.

Claire prend conscience que oui, bien sûr, c'est vrai, Danny devait sûrement avoir de bonnes raisons pour supprimer Gene Peterson, elle l'avait vu de ses yeux, bon sang, avancer vers lui armé du couteau qui avait servi à le tuer. Son espoir que tout ça soit sa faute n'était qu'une sorte de pensée magique, une prière pour que son mari ne soit pas un meurtrier. Elle continue de prier, mais elle n'est pas certaine que l'espoir subsiste encore.

— Il faut que tu y ailles, dit Paul.

—J'ai honte.

—Mais non. Tu as fait comme les flics, tu as suivi les pistes.

—Je ne parle pas de ça. Je parle… de la semaine dernière. Tu as dû me prendre pour une folle. Une femme au bord de la crise de nerfs, ce genre de truc.

—Oh, ce n'est pas comme si je n'avais pas été prévenu.

—Comment ça?

—Eh bien… J'avais été averti de ce que tu ressentais ou croyais ressentir.

—Paul, je ne savais même pas que tu te montrerais au Old Town Ale House avant que tu y entres mardi dernier.

—Peut-être. Mais les messages que tu m'as envoyés en disaient assez long.

—De quoi tu parles?

—Sur Facebook.

—Je ne t'ai pas contacté sur Facebook. Je n'y vais jamais.

—Eh bien, quelqu'un le fait pour toi, avec ton nom et tout un tas de photos de toi, des liens vers ton site Web.

—Et cette personne qui se fait passer pour moi t'a envoyé des messages qui disaient quoi?

—… Que je te manquais, tu te demandais ce que je devenais, si je me sentais seul et… et puis ils sont devenus plus chauds.

—Plus chauds?

—Oui… En gros, tu disais que tu serais partante pour coucher avec moi si je le voulais, sans arrière-pensée, sans engagement.

—Aussi subtil que ça?

— Et même moins si tu veux savoir. Le genre de truc qu'il n'est pas recommandé de lire au boulot.

— Sur Facebook ?

— Oui.

Et Claire, qui n'est jamais allée sur sa page Facebook, doit néanmoins admettre que ce compte existe, qu'il a été créé par son amie Dee. Quelqu'un l'aurait-il piraté ? Claire ne voit pas trop comment on procède. Mais Dee, elle, saurait.

More Than You Know
(« Tu ne sais pas tout »)

Sur le parking du Clock Tower Square Resort, à Rockford, à côté de la Mustang rouge, sans prévenir, sans un bruit, Jeff Torrance s'écroule soudain.

— Jeff ? Jeff, ça va ? dit Danny.

Danny entend une sorte de grognement, les bottes de Jeff heurtent le bitume, les clés tintent sur le sol. Il contourne la voiture et là, il est pris d'un mouvement de recul involontaire, pousse un cri et se précipite aux côtés de Jeff, dont le corps convulse. Son visage est orné d'un trou sanglant, à l'endroit où se trouvait son nez. Sa respiration jaillit en gargouillis, comme s'il était en train de se noyer dans son propre sang. Danny approche ses mains, les écarte aussi vite, ne sachant trop comment l'aider. Que s'est-il passé, putain ?

— Une balle, parvient à articuler Jeff. Va… Pars. Va-t'en.

Un ultime râle gicle de sa gorge, et il s'éteint. Son corps se fige, ses yeux fixent le ciel gris de l'après-midi.

Il a été abattu? Danny se relève, balaie les alentours du regard, mais il ne voit rien ni personne, à part quelques-uns qui montent en voiture, un bus qui sort de la voie rapide pour déposer ses passagers. Putain, c'est quoi ce délire? Quelqu'un a descendu Jeff? Ils vont peut-être essayer de le tuer aussi?

Va-t'en. Fonce.

—Il est arrivé quelque chose à votre ami, monsieur?

C'est un homme d'une soixantaine d'années qui parle, chemise à carreaux, coupe-vent, jean ample, casquette des Bulls sur la tête.

—Il vient de se faire tirer dessus, dit Danny en faisant de grands gestes de ses mains, dont il voit qu'elles sont couvertes de sang.

L'homme les fixe lui aussi, puis observe son visage.

—À un moment il était là, et une seconde après... explique Danny.

—Vous avez vu d'où ça venait? demande l'inconnu en regardant autour d'eux.

Va-t'en. Fonce.

—Non. Je... Vous pourriez appeler quelqu'un? Une ambulance. Je vais... rester avec le corps.

L'homme hoche la tête. Il lui fait confiance. Bien sûr, pourquoi en serait-il autrement? Tout le monde fait confiance à tout le monde. On est dans le Midwest, merde, quand même. Et le monsieur s'en va, au petit trot dans son jean large, en direction du Ruby Tuesday's.

Tout le monde fait confiance à tout le monde, sauf le type qui a le flingue.

Va-t'en. Fonce.

Danny récupère les clés dans la main de Jeff, monte dans la Mustang et écrase la pédale de l'accélérateur. Il ne regarde pas derrière lui. Il n'essuie pas le sang sur ses mains. Il roule à une vitesse juste inférieure à celle qui est autorisée. Il ne délire pas, ne s'énerve pas, ne jure pas, il ne réfléchit même pas. Il reste extrêmement calme, il se concentre, un kilomètre après l'autre, sur la route qui s'étire devant lui. Il doit rester maître de lui, tenir bon. Il faut qu'il parle à Dave Ricks et à Gene Peterson. Il a besoin de savoir qui essaie de détruire sa vie.

Le lieutenant Fox n'a pas précisé à Claire de ne pas quitter Dane County, mais elle ne s'attendait pas à ce qu'elle prenne la fuite. Elle n'était pas suspecte ; son alibi collait – d'ailleurs, ainsi qu'ils l'en avaient prévenue, elle pouvait fort bien être en danger. Surtout, ils comptaient bien la garder à l'œil, partant du principe que Danny Brogan ne réapparaîtrait que pour voir sa femme. Mais voilà, elle avait filé, après avoir raconté à l'agent Colby, de manière tout à fait crédible, qu'elle se rendait chez son amie Dee Saint Clair, au centre-ville. Colby en avait informé Fowler. Mais celui-ci était alors en train de lancer l'avis de recherche inter-agences destiné à la police de l'État, du comté, de la route, du Wisconsin et de l'Illinois pour Danny Brogan, suspect de meurtre, puis de s'assurer que les télévisions et autres médias avaient bien reçu les photographies et informations nécessaires à la diffusion. Il avait enchaîné sur d'autres activités indéterminées – boire un café, se renseigner sur les éventuels résultats du porte-à-porte, évidemment nuls, les voisins les plus proches des Brogan sur Arboretum Avenue se trouvant bien trop éloignés pour permettre à quiconque de voir ou entendre quoi que ce soit d'utile. Et pour finir, Claire avait eu le temps de disparaître dans la nature.

— Elle a raconté à Colby qu'elle avait besoin de se changer, d'emprunter des affaires à sa copine, et cetera. Alors moi, j'ai pensé que c'était logique, et aussi, que tout ça risquait de prendre des heures.

Vu le temps que les femmes mettent à se préparer, tu sais comment elles sont, complète Nora Fox sans même se donner la peine de le dire à voix haute. Ce genre de réflexion est une des raisons pour lesquelles elle aime autant laisser Fowler au commissariat, où il se sent si heureux. Il doit vérifier les données sur Danny Brogan et la victime que Claire Taylor a identifiée comme étant Gene Peterson. Il est également censé motiver le labo pour qu'il se dépêche d'examiner l'arme du crime. Les techniciens ont passé la poudre sur le cadre photo et la figurine posés sur la cheminée, dans la maison d'Arboretum Avenue, et si les empreintes correspondent à celles sur le couteau, ce sera tournée générale, ce soir. Et qui sait, Ken s'autorisera peut-être même à rester jusqu'au troisième verre.

D'abord, Nora fait un saut au Brogan's, pour y interroger une serveuse extrêmement blonde, du nom de Karen Cassidy, qui était parmi les invités du barbecue familial le dimanche précédent et qui, aussitôt, se met sur la défensive.

— Même si je pouvais me souvenir de quoi que ce soit, je ne vous dirais sûrement rien, mais puisque je ne me souviens de rien, ce qui signifie que j'avais trop bu, je ne peux rien vous dire, déclare Karen Cassidy.

Brogan a été présent dans son bar sporadiquement le reste de la semaine, n'a pas semblé plus distrait que d'ordinaire, elle n'est au courant d'aucun problème d'argent – il n'y en a certainement aucun au Brogan's. Nora insiste un peu, pour savoir si Danny a montré un comportement erratique.

—Écoutez, vous perdez votre temps, coupe la petite blonde. D'abord, il est inconcevable que Danny Brogan ait laissé quelqu'un faire du mal à ses filles. Et ensuite, s'il avait des ennuis, comme je vous l'ai dit, j'essaierais avant tout de le protéger. Comme tous ceux qui sont ici.

—Karen, et si jamais Danny a des ennuis ? Ce Gene Peterson semblait le menacer, ils ont pu se battre, il y a eu une mort accidentelle, Danny a paniqué et il est parti, en prenant soin de mettre ses enfants en sécurité d'abord, comme vous l'avez dit. Et si le meilleur moyen de le protéger était de le retrouver ?

Nora s'est lancée dans une sorte d'improvisation, pas complètement mensongère ; est-ce le calme de Claire Taylor, le profil de Danny Brogan, la manière dont a été vidée la maison, le fait que la femme n'ait pas été assassinée, quoi qu'il en soit, elle a le sentiment que rien de tout ça ne pointe vers une situation dans laquelle les enfants seraient en danger, rien n'indique qu'il faille lancer une alerte enlèvement. Voilà jusqu'où Nora est prête à s'avancer pour l'instant.

— Dans ce contexte, Karen, y a-t-il quelque chose que vous pourriez me dire ? Nous savons qu'il n'a pas pris sa voiture. Aurait-il pu partir avec un ami ?

Nora est persuadée que Karen connaît la réponse à cette question, et durant une seconde, elle paraît sur le point de la lui donner, mais un grondement de lave-vaisselle passant en mode rinçage derrière le comptoir suffit à lui faire changer d'avis, son regard reprend sa neutralité.

— L'autre scénario, qui n'est pas plus optimiste pour Danny, serait qu'on lui fait porter le chapeau pour le meurtre de ce Gene Peterson. Le chien de la famille a été mutilé, tué, et la femme de Danny insiste sur le fait qu'il aurait été incapable d'une chose pareille.

À cet instant, les yeux de Karen s'écarquillent, sa bouche s'ouvre en un *O* outré. Nora enfonce le clou.

— Auquel cas, il n'a pas à craindre d'être retrouvé par la police, mais plutôt par ceux qui ont commis ces crimes.

Karen se mord la lèvre, soupire et déclare :

— S'il est parti avec quelqu'un, c'est sûrement avec Jeff Torrance.

Ayant obtenu une adresse à Spring Harbor pour le Jeff en question, Nora appelle immédiatement Ken Fowler pour lui demander de vérifier son casier.

Elle se trouve maintenant dans le salon de Dee Saint Clair, sur Dayton Street. À l'heure du déjeuner, un lundi, c'est assez calme et quatre jeunes coiffeuses dont pas un cheveu ne dépasse observent avec ravissement un monsieur asiatique d'une minceur extrême, qui crée une coupe asymétrique sur la tête d'une cinquième jeune coiffeuse. De temps à autre, il lâche des aphorismes comme « Toujours chercher l'équilibre, le tombé » ou « Couper vif, ce n'est pas se précipiter », d'une petite voix qui s'écoute parler, et les jeunes femmes murmurent leur approbation.

— Le Maestro à l'œuvre, commente Dee Saint Clair après s'être présentée.

Elle emmène Nora dans une salle de spa à l'éclairage tamisé, équipée de miroirs, de bassins, de tables de massage, de bougies parfumées et d'enceintes dissimulées d'où sort une musique électronique répétitive et apaisante. Nora adorerait y passer une heure ou deux à se faire chouchouter. Un jour. Si quelqu'un le lui offre.

— Madame Saint Clair, vous avez appris ce qui s'est passé chez Claire et Danny Brogan, j'imagine ?

— C'est tellement incroyable, répond Dee.

Ce faisant, elle affiche ce que Nora ne peut décrire que comme une grimace, une sorte de masque d'effroi où se mêlent horreur et inquiétude, qui est certainement sincère, mais paraît si faux que Nora en a presque envie de rire.

— Étiez-vous consciente de la gravité de la situation quand vous avez aidé Mme Taylor à prendre la fuite ?

— Je lui ai prêté ma voiture pour se rendre à Chicago, on ne peut pas vraiment dire que je l'ai « aidée à prendre la fuite ». Elle voulait partir, j'ai pensé que ce serait trop compliqué de récupérer un de ses véhicules, puisque son jardin était maintenant une scène de crime. En plus, Claire n'a rien à voir avec ce qui s'est passé, si ?

— Je n'en sais rien. À vous de me le dire. Vous êtes sa plus vieille amie, n'est-ce pas ?

—Je la connais depuis longtemps, oui.

—Elle était étudiante à l'université du Wisconsin, à Madison, à l'époque de votre rencontre. Ça remonte à quoi, au début des années 1990 ?

—Si seulement. J'ai ouvert le salon ici en 1986. Ce que les historiens appellent le milieu des années 1980.

—Bien sûr, puisque Claire était à Chicago au début des années 1990, où elle travaillait dans le théâtre. Donc, avez-vous une idée de ce qui a pu la pousser à partir aussi vite, ou des personnes qu'elle serait susceptible de contacter à Chicago ?

—Je ne sais pas. Elle a affirmé qu'elle avait un plan. Je… Écoutez, je ne sais pas si ça veut dire quelque chose ou non, mais je crois qu'elle a renoué avec un ex quand elle était à Chicago la semaine dernière. Un certain Paul Casey, avec qui elle faisait du théâtre à l'époque.

—Alors quoi, elle avait prévu de quitter son mari ?

—Oh non. Du moins je ne pense pas. Elle vous a dit le contraire ? Elle ne s'est pas confiée à moi. Ouah, ce serait dingue, si c'était le cas. Je ne veux pas dire « dingue » comme positif, juste… dingue. Je lui ai demandé, vous savez, s'il s'était passé quelque chose. Elle n'a rien lâché.

—S'il s'était passé quelque chose, Danny Brogan aurait-il pu le découvrir ?

—Je n'en ai pas la moindre idée. Elle est très cachottière, Claire, pas comme moi. Moi, je vous raconte tout ce que vous voulez savoir et même ce que vous préféreriez ignorer, Claire, elle aurait vachement bien réussi si elle avait bossé pour la CIA, je crois. Ou genre flic infiltré. Comme elle ne me dit pas tout, j'imagine qu'elle pourrait bien cacher des choses à son mari aussi.

— Y a-t-il eu d'autres problèmes dans leur couple récemment ?

Dee arque un sourcil, l'air de dire « Marrant que vous me posiez cette question », ce qui la fait ressembler à une drag-queen, songe brièvement Nora.

— Eh bien, ils ont perdu de l'argent placé par Jonathan Glatt.

— Elle nous l'a raconté.

Dee esquisse une petite moue déçue, comme une ado qui boude parce que son scoop n'en est plus un. Nora lui tend une photo de la victime, que Claire a trouvée parmi ses affaires.

— Votre amie Claire Taylor a identifié le corps comme étant celui de Gene Peterson. Vous connaissiez cet homme ? S'il ne s'agit pas de Peterson, nous pensons en tout cas que c'est l'un des vieux amis de Danny Brogan. Voilà à quoi il ressemblait au lycée.

Un sillon creuse le front de Dee Saint Clair, comme si elle essayait de cacher son émotion. Dans les circonstances habituelles, Nora Fox y aurait vu une réaction assez compréhensible, mais la coiffeuse a des manières tellement décalées que Nora a du mal à savoir. Dee relève la tête, son visage est vide de toute expression.

— Je ne l'ai jamais vu de ma vie. Mais j'avais une vingtaine d'années quand je suis arrivée à Madison, tous les copains de Danny étaient déjà partis à cette époque.

—Madame Saint Clair, avez-vous une idée de l'endroit où pourraient se trouver les filles Brogan ?

Dee fait non de la tête – elle est l'incarnation même de la douleur et de la détresse, son expression la plus persuasive et la plus vivante depuis le début de l'entretien, juge Nora.

—Je n'en sais rien du tout.

—Encore une chose : Danny Brogan. Vous me disiez que Claire Taylor et vous vous êtes rencontrées lorsqu'elle était à la fac. Donc elle sortait déjà avec Danny, n'est-ce pas ? Mais à son départ pour Chicago, vous, vous êtes restée ici.

—Le salon n'allait pas se tenir tout seul, lieutenant. Et nous étions amies, pas amoureuses.

—Bien sûr. Mais Danny et vous, vous vous voyiez régulièrement ? Je ne parle pas de relation amoureuse – encore que –, mais en amis ?

Nora ignore si la mimique arborée par Dee en réaction à cette phrase est authentique ou affectée, mais elle semble successivement paniquée, scandalisée, effrayée et amère ; et si l'on ajoute l'étincelle dans le regard, la rougeur soudaine au front, l'étranglement de la voix au moment où Dee répond, l'ensemble est assez révélateur.

—Pas vraiment. Évidemment, nous nous croisions de temps en temps – c'est assez inévitable, dans une ville comme Madison –, mais j'étais, je suis toujours, l'amie de Claire, pas celle de Danny. Ça ne signifie pas que je n'apprécie pas Danny, mais… Enfin, vous comprenez.

—Bien sûr, répond Nora.

Bien sûr, elle a aussi sa petite *idée* là-dessus. Il ne s'est peut-être rien passé, mais tu aurais bien voulu. Ou alors il s'est passé quelque chose, qui s'est terminé, et tu aurais aimé que ça continue. Mais est-ce significatif ? Dieu sait qu'elle a des amies et des ex qui se connaissent. On continue de fréquenter certains, on s'éloigne d'autres. Ça peut être une piste, mais pas forcément. C'est l'un des mille et un détails qui, une fois réunis, constituent le travail de la police. Parmi lesquels un peut-être se révélera utile.

Nora en a terminé avec Dee Saint Clair pour le moment. Elle prend note de la plaque d'immatriculation de la Toyota et demande à Dee de la contacter si elle a du neuf. Nora n'en est pas certaine, mais il lui semble que Dee sort un peu secouée de cet entretien, elle l'accompagne jusqu'au seuil de son salon, où elle s'attarde encore un peu après son départ, comme pour s'assurer qu'elle s'en va pour de bon. Peut-être éprouve-t-elle simplement, comme tous les gens normaux, innocents, quand ils parlent à la police, ce soulagement de ne pas avoir à faire ça tous les jours. Ou peut-être est-ce une impression que donnent les femmes de son âge (et Nora est à peu près dans la même tranche) : selon la lumière, on est soi-même, celle qu'on a toujours été, et puis sous un autre éclairage, ou le matin, ou à un instant mal choisi, on a l'air fatiguée, seule, effrayée.

En route vers le quartier de Monroe, alors qu'elle laisse derrière elle le Camp Randall Stadium, elle continue de penser à Dee Saint Clair. Après tout, il suffit d'une question qui arrive au mauvais moment pour se sentir vulnérable. Elle est bien placée pour le savoir. Ce garçon qu'elle a connu vers l'âge de vingt ans, s'il surgissait devant sa voiture en cet instant précis, elle se demande bien quelle réaction elle aurait. Elle lui foncerait dessus, qui sait. Elle n'aime pas parler de lui, elle s'échauffe, elle s'énerve, ou si quelqu'un le mentionne, elle joue la nonchalance forcée. Il est marié aujourd'hui, il a des enfants et elle ressent encore… quoi ? Elle n'est toujours pas prête à analyser ses sentiments. C'est pour ça qu'elle trouve nuls tous ces sites, là, copains d'avant, Facebook, et tutti quanti. Parce que c'est une chose de croiser… Gary… le seul fait d'articuler son prénom lui donne des frissons, comme une gamine qui écrit le nom de son amoureux sur sa trousse, Gary, mon Dieu, elle est ridicule. Donc, ce serait une chose de croiser Gary dans un bar, par exemple ou… un bar, oui, c'est là que ça se produirait, c'est sûr, ou même un bar d'hôtel, pour des raisons, eh bien, assez évidentes en fait. Il arriverait ce qui devrait arriver. Ce serait le hasard. Le destin. Et nous sommes tous à la merci de ce genre d'imprévu.

Mais c'est tout à fait autre chose de ratisser son passé à la recherche de tous ceux à qui on a roulé une pelle, de les contacter les uns après les autres pour se rappeler à leur bon souvenir, comme s'il était possible de remonter le temps, de repartir de zéro. Du racolage, oui, voilà de quoi il s'agit. Et ça ne fonctionne jamais, car on ne peut pas revenir en arrière. On ne nage pas à contre-courant. Elle se doute que si elle croisait Gary (à New York, où personne ne la connaît, peu importe l'hôtel), quelques minutes après son deuxième verre, elle se remémorerait tout ce qui lui tapait sur les nerfs chez lui (parce qu'il le lui aurait rappelé) et avait fini par la pousser à le larguer, à l'origine. Eh oui, c'était elle qui l'avait laissé tomber. Et voilà. Pas de deuxième chance. Était-ce ce que Claire Taylor recherchait à Chicago? Une deuxième chance? Et que voulait Danny Brogan? Serait-il capable de tuer pour l'obtenir?

Mais commençons par le commencement, songe Nora en descendant de voiture et grimpant les marches du lycée Monroe High. Essayons de savoir qui a été tué exactement.

Love Letters
(« Lettres d'amour »)

En regagnant sa voiture à la sortie des Twin Anchors, Claire essaie de mettre de l'ordre dans ses pensées. Elle doit rejoindre Barbara et Irene, mais elles sont en sécurité avec Donna, c'est déjà ça. Avant, elle a besoin de comprendre. Si Paul Casey est persuadé qu'elle le draguait en ligne, qu'a-t-elle donc pu faire d'autre à son insu ? Qui se fait passer pour elle ? Elle a déjà appelé Dee pour lui demander… son aide technique, devrait-elle dire, puisque Dee est la seule de son entourage qui en sache assez long dans ce domaine, mais elle est tombée directement sur la messagerie de son portable. Elle traverse West Menomonee Street, aperçoit un peu plus loin le Caprice, un café Internet, et sur un coup de tête, décide de voir ce qu'elle peut découvrir par elle-même.

Cinq minutes plus tard, délestée de trois dollars lui donnant accès à un ordinateur et de trois supplémentaires pour son café *latte*, elle est prête.

Première étape, Facebook. Elle arrive sur la page d'accueil : Bienvenue sur Facebook – Connexion, Inscription ou En savoir plus.

En haut à droite s'affichent les cases où elle est censée entrer e-mail et mot de passe. Elle connaît son adresse, mais son mot de passe ? Elle essaye Barbara1 – n'est-ce pas celui de sa boîte mail, à en croire Dee ? Quelques secondes après, une page apparaît, lui demandant de mettre à jour ses coordonnées pour des raisons de sécurité. Elle s'exécute, répond à une question personnelle (quel est le prénom de votre dernier enfant ?) et atterrit enfin sur une page où il est écrit en haut « Fil d'actualité » avec, sur la gauche, une petite photo d'elle. Sur le fil d'actualité se succèdent des messages de quelques mères de l'école des filles et de deux ou trois théâtreux qu'elle fréquente à Madison. Ces derniers font de la retape pour des représentations à venir, postent des liens vers des articles de presse annonçant les premières de telle ou telle production ou, dans le cas de son ami Simon, vers un blog signé sous le pseudonyme d'Alison DeWitt, qui descend en flammes des spectacles un peu partout dans le pays. Les mères partagent diverses recettes de tartes, soupes et autres à base de citrouille. Une autre, Diane Crosbie, a rédigé une critique de *La Passerelle*, de Lorrie Moore, un roman discuté au sein de son club de lecture. Le texte, sur lequel clique Claire sans même réfléchir, s'attache davantage à rechercher les points communs entre Troie, la ville fictive créée par Lorrie Moore, et Madison, dont elle se serait inspirée, qu'à évoquer les personnages ou l'intrigue. Claire secoue la tête, irritée, pas seulement par cette

271

critique, mais aussi parce qu'elle s'est fait avoir par sa curiosité, qu'elle est allée jusqu'à la lire, même. C'est exactement pour cette raison qu'elle n'aime pas Internet : ce n'est pas seulement une source de distraction, cela semble n'avoir aucun autre but. Cela dit, cette recette de soupe épicée au potiron postée par Ragna Glenny a l'air assez appétissante.

Elle revient à son fil d'actualité. En haut à droite, elle voit trois options, Accueil, Profil et Compte. En cliquant sur « Accueil », elle rafraîchit simplement la page sur laquelle elle se trouve. « Compte » fait apparaître un pop-up concernant les réglages. « Profil » l'emmène vers une page à son nom. C'est ce qu'elle cherche. Y figure sa date de naissance (sans l'année, merci, Dee). Il y a une erreur. Il est écrit 12 novembre, mais Claire est née le 24, c'est du moins ce que lui ont toujours dit les Taylor. Bon, elle ne va pas chipoter pour deux semaines. Plus inquiétant, il est précisé qu'elle est célibataire et intéressée par des hommes. Merde, Dee. Ce n'est pas drôle. Quatre portraits d'elle sont présentés en haut, relativement récents, pris par Dee, imagine-t-elle ; elle ne s'en souvient pas, mais Dee prend sans cesse des photos avec son téléphone.

Sur la gauche, elle apprend qu'elle a quarante-sept amis – parmi les dix qui sont visibles immédiatement, quatre sont ce que Claire qualifierait de connaissances, et les six autres, même pas : des gens qu'elle saluerait de loin dans la rue. Au-dessus, il y a un menu, dont une rubrique, « Images », indique : (7). Soit trois de plus que celles qui apparaissent sur cet écran. Elle se rend sur une page intitulée « Claire Taylor – Images », et elle est saisie d'un haut-le-cœur.

272

Il y a bien les quatre qu'elle a vues précédemment, mais aussi trois autres, de Paul Casey et elle, datant de l'époque du théâtre : ils sont jeunes, enivrés d'amour et d'art. Toutes prises le même soir. Ces photos se trouvent dans une boîte, dans son repaire dans la tour, chez elle sur Arboretum Avenue. Elle ne les a jamais montrées à quiconque, ni à Danny, ni à Dee, personne. Elle ne les regarde même pas elle-même, non plus. Ce sont… des souvenirs. Ses souvenirs. Quelqu'un s'en est emparé et les a partagés avec le monde entier. Mais qui ferait une chose pareille ? Celui ou celle qui la prétend célibataire et intéressée par des hommes ? Dee a peut-être créé la page, elle a même pu en faire une âme esseulée, mais jamais elle ne fouillerait dans ses affaires personnelles pour les exposer ici. Cela ne relève plus de l'espièglerie, mais de la malveillance. Non, les coupables sont sûrement ceux qui ont tué M. Smith, et Gene Peterson. Elle a lu des articles sur des sites Web qui tombent sous les coups de hackers ayant des comptes à régler. Si des gens sont capables d'attaquer Visa ou Mastercard, la page Facebook de Claire doit être à la portée d'un certain nombre de personnes.

Elle clique pour revenir au fil d'actualité, descend tout en bas de la page. Paul a dit qu'elle lui avait envoyé des messages, auxquels il avait répondu. Mais elle n'a quand même pas fait ça à la vue de tous ? Dans le menu sous sa photo, en dessous de la rubrique « Fil d'actualité », en gras, elle trouve celle des « Messages », qu'elle sélectionne.

Apparaît une photo de Paul Casey, puis la première ligne d'un e-mail. Elle clique dessus, et voit un échange de cinq messages intitulé « Entre

Vous et *Paul Casey* », qui provoque un nouveau haut-le-cœur. Ils remontent tous à la dizaine de jours précédant son voyage à Chicago.

Claire Taylor, *16 octobre*

Salut, Paul, un petit coucou du passé. Je reviens en ville pour la première fois depuis, oh là, des siècles, et j'ADORERAIS te revoir. Il s'est passé tant de choses… Tant que je regrette, d'ailleurs… et tant que j'ESPÈRE voir arriver. Supersexy, ta photo de profil, au fait. J'arrive le 23 octobre. Bisous. Claire.

Paul Casey, *18 octobre*

Salut, belle inconnue, j'ai accepté ta demande d'ami, mais j'ai préféré te laisser faire le premier pas. Et je dois dire, Claire, que c'est spectaculaire. Eh bien, je serai effectivement à Chicago la semaine en question, et j'ADORERAIS te croiser (nous voilà tous les deux en majuscules maintenant), et je suis INTRIGUÉ par ce que tu envisages de voir arriver… En parlant de photos, la tienne semble tout droit sortie d'une boîte du fin fond du grenier. Tu es FABULEUSE, tu parais plus jeune que lorsque nous sortions ensemble (cela dit, c'est peut-être parce que tu ne subis plus le stress du théâtre, ni de notre relation). Hâte de te revoir, Claire. Bisous. Paul.

Claire Taylor, *18 octobre*

Salut toi, je suis là, il est tard, j'enchaîne mon troisième et énorme verre de sauvignon blanc, et je pense à autre chose d'assez énorme... je me demande si j'aurai la chance de la voir de près à Chicago. Voilà que s'envole ma tentative pour me montrer subtile. Je pourrais effacer cette phrase et jouer la sainte-nitouche, du coup à mon arrivée tu t'interrogerais, tu pianoterais des doigts sur le bar, tu taperais sur le sol d'un pied nerveux comme tu faisais toujours et comme tu le fais encore j'espère, beau gosse. Pourtant ce ne serait pas la peine parce que j'ai vraiment très XXX de toi je pense souvent à ce qu'on faisait tous les deux, si seulement on pouvait repartir pour un tour. Ne t'inquiète pas si tu es marié ou si tu «vois quelqu'un» je ne veux pas te garder pour moi ou pourrir ton couple, juste XXX avec toi. J'arrête avant de me ridiculiser davantage. J'espère que je ne t'ai pas fait peur. Signé la fille bourrée. Bisous.

Paul Casey, *20 octobre*

Ouah, Claire. Je pèse mes mots : OUAH ! Je viens de m'en descendre quelques-unes bien fraîches moi aussi, pour essayer d'être à la hauteur dans ma réponse, mais je ne suis pas sûr de pouvoir te faire concurrence. Non que je ne sois pas tenté, vraiment pas, le simple fait de penser à toi suffit à réchauffer les plus froides soirées d'hiver à Chicago. Dis-moi quand et où, avec un peu d'avance, et je suis tout à toi. P. Bisous.

Claire Taylor, *22 octobre*

Je ne retire rien, mais je suis un peu gênée de mes délires ci-dessus. S'IL TE PLAÎT, n'y fais pas allusion lorsque nous nous reverrons sans quoi je risque de me décomposer (boire, c'est mal). Ce qui ne veut pas dire que je ne pensais pas ce que j'ai écrit, je ne tiens simplement pas à ce qu'on me le rappelle (et c'est une condition stricte ; je sais, je suis dingue, mais je l'ai toujours été !). Je serai au Old Town Ale House mardi soir, on s'y retrouve. C. Bisous.

Et le pire, pense Claire, après s'être accordé cinq minutes, le temps d'arrêter de trembler, de rougir et d'hyperventiler ou presque, et de se prendre une tasse de thé à la menthe (son cœur bat si vite qu'il suffirait d'une tasse de café de plus pour qu'elle explose), le pire, donc, c'est qu'elle aurait pu écrire ces messages. Il lui est déjà arrivé, au fil des années, d'avoir ce genre d'idées. Pas tous les jours, ni même tous les mois, mais de temps en temps elle a eu des regrets, et dans ses rêves, elle se disait que peut-être Paul était l'homme de sa vie. Planquée dans son repaire, tard le soir, loin des filles et de Danny, après quelques verres de blanc, elle fantasmait sur Paul, se figurait quelques scènes classées X sur l'écran personnel de son imagination. C'est ainsi qu'elle se comporte, qu'elle parle, lorsqu'elle est saoule : tout le raffinement, toute la sophistication et la maîtrise d'elle-même dont elle croit faire preuve s'évaporent tout simplement dans un nuage d'alcool. Après quoi elle sombre fermement dans le déni, embarrassée, honteuse même, de son esprit à hauteur de caniveau, pourtant tout à fait consciente du fait que si elle avait croisé Paul Casey à Madison, elle aurait pu lui sauter dessus. C'était d'ailleurs plus ou moins ce qui s'était passé à Chicago, lorsqu'elle en avait eu l'occasion.

Quelle perte de temps et d'énergie ! Car en fin de compte, il ne s'était rien passé. Ou plutôt, des tas de choses auraient pu, ou s'étaient presque passées, et elle n'avait pas résisté à la tentation, loin de là, mais… avec un peu de chance, songe-t-elle, un peu de répit, bien qu'elle n'en mérite pas vraiment, elle n'a rien commis d'irréparable. Et en ce moment précis, Danny lui manque, terriblement, plus que jamais. Elle sait que certains estiment qu'on n'a pas droit à une seconde chance dès lors qu'on met en pratique des fantasmes d'infidélité, qu'il faut alors partir, reprendre sa liberté, être en adéquation avec son cœur mécontent. Mais Claire trouve cette position aussi rigide, aussi fanatique, que de s'interdire complètement ces pensées, qui seraient en soi mauvaises. Peut-être, en effet, que rester tapie dans son coin à s'échauffer à coups de vin blanc et à se remémorer le bon vieux temps n'est pas très *raisonnable*, mais aucune situation n'est complètement satisfaisante. Aucune vie ne remplit toutes les conditions. Et après ce déjeuner aux Twin Anchors, aujourd'hui, elle sait que ce qu'elle recherchait, ce n'était pas Paul, mais un Paul rêvé, celui du temps où elle était célibataire et libre, le passeport pour une version fantasmée de son passé qui n'inclurait pas les ennuis qu'ils ont traversés, tous les deux, les disputes, les déceptions professionnelles, toutes ces raisons pour lesquelles ils se sont séparés. Elle était en quête d'échappatoire, elle sait désormais que ce n'était qu'une illusion.

Elle ne souhaite plus qu'une chose : retrouver sa vie telle qu'elle était.

Mais qui a pu lui faire ça, merde ? Quelqu'un qui est au courant pour Paul et elle, Danny et elle, quelqu'un qui savait qu'elle se rendait à Chicago.

La liste est courte : Danny et Dee.

Ni l'un ni l'autre ne peuvent être soupçonnés. Qui reste-t-il ?

Gene Peterson ?

Sans réfléchir davantage, Claire lance le nom sur Google et attend les résultats. Les dix premiers concernent le batteur de jazz australien homonyme. Elle ajoute « Chicago » à sa recherche, réessaie. Cette fois elle tombe sur un médecin, un chef de chœur, un fabricant de vêtements de sport. Les vêtements de sport. Elle est à peu près certaine que c'était son domaine, à en croire Danny. Elle entre Peterson Sportswear, une page apparaît, montrant des articles bariolés, tee-shirts, survêtements et sacs à dos. En haut, un quinquagénaire à la mâchoire carrée, avec des cheveux blond-roux et une fossette au menton. Ce n'est pas le bon Gene Peterson.

On recommence. Gene était un des amis d'enfance de Danny. Ils sont allés à l'école ensemble. Nom du lycée ? Monroe High.

Tentons Gene Peterson Madison Wisconsin, Monroe High.

Le premier lien conduit vers un site d'informations, Madison.com, elle clique.

Il décroche les Bulls ET les Badgers, dit le titre, avant d'expliquer comment Gene Peterson, originaire de Madison, qui a joué au basket en championnat pour le lycée de Monroe High dans les années 1970, est devenu le fournisseur officiel d'uniformes pour l'équipe des Chicago Bulls, mais aussi celle des Wisconsin Badgers. Le basket pour Monroe High dans les années 1970. Pile la bonne période. Y a-t-il deux Gene Peterson ?

Elle revient en arrière et découvre que l'homme a même une page Wikipédia. Rien de très élaboré, que du factuel.

> Gene Peterson est le fondateur et P.-D.G. de Peterson Sportswear, à Chicago. Peterson est né à Madison, dans le Wisconsin, il a étudié au collège de Jefferson et au lycée de Monroe High. Grâce à ses talents de basketteur, il décroche une bourse pour l'université DePaul, mais une grave blessure des ligaments antérieurs croisés met prématurément un terme à une carrière prometteuse. Il crée son entreprise dès l'obtention de son diplôme en 1986, pour en faire la grande marque nationale qu'elle est aujourd'hui. Parmi les franchises de la NBA dont Peterson est l'unique fournisseur officiel…

Les yeux de Claire filent au bas de la page. Voilà M. Mâchoire Carrée qui réapparaît. C'est donc forcément Gene Peterson, celui avec qui Danny est allé à l'école. Mais alors, qui est ce type bizarre avec lequel elle a failli coucher à Chicago ? Qui est le cadavre dans son jardin ?

Elle a donné à la police la seule photo en sa possession montrant un des copains de Danny. Danny ignorait même son existence, elle l'avait trouvée en nettoyant un placard, un jour. Aucun nom n'était précisé au dos, ce n'était qu'une photo où l'on voyait Danny en compagnie d'un camarade – et il s'agissait du type de Chicago, du type mort dans leur jardin. Certes, depuis, il semblait avoir traversé de rudes épreuves, et notamment avoir carburé à la bière au petit déjeuner depuis un certain temps déjà. Mais elle est sûre que c'était lui. Pourquoi lui avait-il menti en usurpant l'identité de Gene Peterson ? Qui étaient les autres amis ? Ils étaient quatre, lui avait dit Danny à la fac, du temps où il lui racontait encore son passé. Ce n'était qu'après leur mariage – ou du moins après qu'il avait annoncé leur mariage à tout le monde – qu'il avait commencé à se fermer. Et que le passé s'était transformé en territoire ennemi.

Quel nom donnait-il à leur bande, du temps de la fac ? C'était tellement loin, tout ça… Les Quatre quelque chose. Saisons. Vents. Mercenaires.

Du calme, Claire.

Les Quatre Cavaliers, c'était ça.

Les Quatre Cavaliers.

Danny, Gene… Dave, Danny et Dave. Dave, Danny, Gene… plus un.

Existe-t-il des sites Web compilant les réunions d'anciens élèves ?

Monroe High, 1982/1983.

C'est parti.

Lonesome Road
(« Seul sur la route »)

La première conclusion que tire Danny lorsqu'il s'engage sur l'I-90, c'est qu'il est suivi, ou au moins, qu'il a été pisté jusqu'à Rockford. Il peut oublier sa paranoïa à propos des portables. Il appelle donc Dave Ricks pour savoir s'il peut passer le voir. Celui-ci, surpris, lui donne les indications permettant de rejoindre son agence à Chicago. Danny coupe à nouveau son téléphone au cas où – sans vérifier sa messagerie – et continue d'avancer.

Il sent qu'il ferait bien de ne pas s'arrêter en chemin, si jamais quelqu'un l'a pris en chasse, mais ses mains et son visage sont souillés de sang, et si cela ne le dérange pas tant que ça, car après tout ce n'est pas une traduction visuelle si inexacte de ce qu'il ressent, il ne voudrait pas qu'un conducteur le signale aux autorités, comme s'il était un assassin en fuite. Ou comme s'il était Danny Brogan, d'ailleurs. À l'aide des mouchoirs en papier qu'il trouve dans la boîte à gants, de la bouteille d'eau qui roule sur le sol de la Mustang, il se nettoie du mieux qu'il peut. Il n'arrive toujours pas à y croire. Jeff est mort.

Quelqu'un a tué Jeff, un tireur embusqué, un tueur à gages. Un *tueur à gages*? Mais dans quel monde vit-il?

Danny bloque un peu sur ce point. Quelqu'un a tué Jeff, Jeff est mort, puis sans transition, il repense au reportage qui les a forcés à quitter le restaurant : Ralph est mort, Ralph Cowley, et puis ce portrait de Danny sur l'écran, cela doit signifier qu'il est considéré comme coupable ; bien sûr, il y a un cadavre dans son jardin, et il a décampé, comment pourrait-il en être autrement ? La télévision a aussi montré une image de M. Smith. Pour quelle raison ? Il arrive que M. Smith mordille les chevilles d'un enfant de temps à autre, c'est à peu près son pire méfait. À moins que... Mais l'idée qu'il soit arrivé malheur à son chien lui est juste insupportable. Jeff, Ralph, M. Smith, ça tourne et tourne dans sa tête, Danny frissonne, marmonne, pleure un peu. Au moment où il atteint les zones industrielles autour de Chicago, il subit une poussée d'adrénaline salvatrice – comme celle qui lui a permis de filer de Rockford à toute blinde et de téléphoner à Dave Ricks. Son cerveau se remet à fonctionner.

D'abord, Jeff a-t-il été abattu intentionnellement ou la personne qui l'a descendu visait-elle Danny ? Il n'y a pas eu de second tir, et Danny était pourtant complètement exposé, il y a donc de bonnes chances pour que Jeff ait été la cible. Auquel cas, on – qui que soit ce « on » – essayait de l'effrayer. Bien joué, les gars, vous obtenez le maximum de points sur ce coup.

Ensuite, il semble de plus en plus évident que Gene Peterson est derrière tout ça. C'est Peterson qui l'a mis en relation avec Jonathan Glatt, à l'origine. Il y repense, maintenant, ça se passait dans ce pub irlandais, près de l'hôtel de ville, comment s'appelait-il ? Le Dark Rosaleen ? Après un dîner à l'Everest, sur South LaSalle, qui avait dû coûter quatre cents dollars, offert par Gene, lui qui était en fonds grâce à son business de vêtements de sport. D'ailleurs, tous ceux qui avaient placé leur argent auprès de Glatt s'en tiraient bien, le truc, c'était de recevoir l'invitation. Le retour annuel s'élevait jusqu'à dix, douze pour cent, depuis trois ans que durait son investissement. Tous les copains en étaient, avait dit Gene, lui, Dave, Ralph. C'était presque impossible d'entrer dans le circuit, et depuis un moment déjà, mais Glatt avait fait une exception pour Gene, parce qu'il avait réussi à le mettre en contact avec des individus à forte valeur ajoutée, des types qui avaient un paquet de fric. Danny avait apprécié cette soirée, il s'était senti flatté par cette proposition et enhardi par le succès de Gene, comme si c'était aussi le sien, ou comme s'il finirait par déteindre sur lui. Pourquoi limiter cela à leurs économies, qui se montaient à cinquante mille dollars ? Pourquoi ne pas voir grand ? Le lendemain il appelait la banque, dans les deux semaines qui suivaient il avait ses deux cent mille, non sans avoir fait évaluer la maison en l'absence de Claire. La banque lui aurait volontiers prêté davantage, deux fois plus. « Ça tombe sous le sens », répétait le type, signifiant d'un hochement de tête son approbation devant le flair financier de Danny, sa soudaine perspicacité concernant les marchés, si mystérieusement acquise.

Et maintenant, il connaissait la vérité : ils étaient tous impliqués, et puis ils avaient tous repris leurs billes, lui seul en payait le prix. Tout le monde s'en était tiré, sauf Danny. De la même manière que tous semblaient s'être tirés de l'incendie chez les Bradberry, sauf Danny. Il était celui sur lequel il fallait rejeter la faute, car ce plan avait été échafaudé pour le venger de Jackie Bradberry. Danny avait lancé le projectile fatal qui avait embrasé la maison. Et pour couronner le tout, il avait épousé l'unique enfant à en avoir réchappé.

Et que dire du cinquième investisseur ? En plus de Gene, Ralph, Dave et Danny ? Claire Bradberry ? Il était impossible que Claire soit mêlée à ça. De quoi s'agissait-il alors ? Une sorte de blague cruelle réservée aux initiés ? La personne qui avait choisi ce pseudonyme devait connaître la vérité sur Danny et Claire. Tout désignait Gene.

Et puis il y avait ce truc qu'avait mentionné Dee Saint Clair à l'époque où ils avaient eu leur... comment dire... moins qu'une liaison, mais plus qu'une passade. C'était du moins son point de vue *à lui* sur la situation, mais il savait que Dee avait considéré les choses autrement. Ça arrivait parfois, entre adultes consentants. Serait-il allé plus loin si Claire ne l'avait pas appelé de Chicago en demandant à revenir auprès de lui ? Ce n'est pas une question à laquelle il peut répondre, ni même qu'il peut envisager. Il ne peut tout simplement pas imaginer sa vie sans Claire. Les relations ont toujours été empreintes de maladresse entre Danny et Dee après ça, mais Dee n'a jamais rien révélé à Claire, et lui non plus.

D'un autre côté, Claire n'a jamais rien raconté concernant la période où elle fréquentait ce type, là, Casey, ce connard, et depuis quand c'est reparti entre eux ? Est-ce juste comme ça, en passant, ou bien Claire s'est-elle languie de lui tout ce temps, est-elle encore *amoureuse* de lui ? Danny a conscience que leur mariage manque un peu de piquant depuis un moment déjà, mais jamais il n'a sombré dans la froideur, encore moins dans l'hostilité. Il existe une certaine distance de temps à autre, les silences sont un peu plus longs qu'ils ne l'étaient, la flamme vacille sans doute, mais elle ne s'est jamais complètement éteinte. La passion est toujours là. Ils ont couché ensemble la veille de la soirée barbecue, merde, et pas seulement à la manière des gens mariés qui feraient ça par devoir conjugal, ils ont baisé comme deux ados en rut – mieux que ça, comme des ados en rut qui savaient ce qu'ils faisaient.

Le voyage de Claire à Chicago. Il n'ignorait pas que c'était une semaine cruciale pour elle. Cela faisait longtemps déjà qu'il l'encourageait à y aller. Elle avait évité le lieu de son prétendu échec quinze années durant, au point qu'il avait fini par sembler une lointaine menace, une obsession ; à chaque fois que la ville était mentionnée à la télé ou à la radio, il jetait un bref coup d'œil en direction de sa femme pour jauger sa réaction. Il hésitait à louer un film ou à lui acheter un roman dont l'action se déroulait là-bas, de crainte de provoquer chez elle plusieurs jours de rêverie et de mélancolie. Il finissait par perdre patience : fallait-il être narcissique pour n'envisager une ville que sous l'angle de ses sentiments personnels ! À moins, bien sûr, que Claire n'ait porté le deuil tout ce temps (car c'était ce que cela évoquait à Danny : un chagrin profond, impénétrable, qu'il ne parvenait ni à percer ni à alléger). Le deuil de la débâcle de sa carrière théâtrale, mais surtout de sa rupture avec Paul Casey. Auquel s'associait l'intégrité d'une femme qui jamais ne tromperait son mari, car Claire avait des principes à ce sujet, malgré toutes ses tendances à dramatiser. Elle n'était jamais retournée à Chicago pour ne pas être tentée, et elle était assez réaliste pour supposer qu'elle le serait. *Ne nous soumets pas à la tentation.* Qu'avait dit Jonathan Glatt ? Ce n'était pas pour rien que cette prière avait été créée. Et – que l'on apprécie l'ironie – Danny avait persuadé Claire de s'offrir ce séjour, il l'y avait quasiment poussée. Il l'avait soumise à la tentation. Avait-elle succombé ?

Elle lui avait désespérément manqué, surtout avec tout ce qui s'était passé : la saisie de la maison, et ce que Ralph Cowley lui avait raconté. Il n'avait pas voulu parler de la visite de Ralph le jour du barbecue tellement Claire était excitée à l'idée de son voyage, il avait préféré lui faire croire que c'était un simple promeneur égaré dans l'arboretum. Mais ce soir-là, après son départ, et le lendemain matin, seul avec sa gueule de bois, il avait peu à peu été gagné par la peur. C'est alors qu'il avait reçu un e-mail contenant un lien vers une page Facebook. Celle de Claire. Elle qui disait mépriser ce site. Il n'y avait rien d'incriminant de prime abord. Elle était « amie » avec Paul Casey, mais aussi avec tout un tas d'autres gens. Pas le Brogan's, cela dit : le bar était pourtant présent sur

Facebook, y annonçant les soirées exceptionnelles, donnant des recettes de cocktails ou de spécialités maison. Danny n'en voyait vraiment pas l'intérêt, puisque les affaires marchaient bien, néanmoins, cela semblait amuser, et motiver, les plus jeunes employés. Claire n'aurait-elle pas dû être amie avec ce qui assurait son bien-être matériel ? L'outrance de ce jugement péremptoire avait embarrassé Danny sur le coup, et encore maintenant qu'il y repensait.

Ensuite était arrivé un second lien Facebook, vers un échange de messages explicites entre Claire et Paul Casey, des messages qui laissaient peu de place à l'imagination. Danny avait essayé de toutes ses forces de les considérer comme un simple flirt ludique, mais le fait était là : c'était elle qui avait pris l'initiative. Elle s'offrait à Casey. Il était difficile de voir ça autrement.

C'était ce qui l'avait mené à Chicago sur sa piste.

Il avait appelé sa chambre, dont il avait obtenu le numéro en insistant auprès de divers réceptionnistes, à qui il répétait que ce devait être la 790, par exemple, et en précisant son adresse ; au bout d'un moment, l'un d'eux avait fini par le corriger : « Ah non, Mlle Taylor se trouve dans la chambre 435. » Il se souvient de l'excitation qu'il a ressentie en apprenant enfin le numéro exact, comme s'il était un détective privé chargé d'une affaire, puis du sentiment de sottise qui l'a envahi juste après : que croyait-il donc obtenir ainsi ?

L'Allegro était un hôtel touristique aux tarifs modérés qui accueillait surtout des visiteurs du week-end et des groupes venus pour le théâtre ou le shopping. Il était monté en ascenseur jusqu'au quatrième étage, était passé devant la chambre 435. Il était 18 h 30. Peut-être s'y trouvait-elle en train de se préparer pour la soirée. Il avait hésité à frapper, mais n'avait pu s'y résoudre, au cas où elle aurait été occupée à autre chose. Près des ascenseurs, il y avait une sorte de coin salon, en retrait, à côté des fenêtres, avec un yucca, un canapé, quelques magazines. Il s'y était installé, faisant mine d'être plongé dans la lecture du *Tribune*, pour observer à loisir toutes les personnes qui entraient et sortaient de l'ascenseur, d'un air qu'il espérait dégagé. Il s'était senti encore plus idiot.

Jamais il n'avait éprouvé de jalousie, qu'il considérait comme une émotion absurde, un manque de dignité, qui seyait peu à un homme. Si votre amour s'éprenait d'un autre, eh bien, il fallait la laisser partir, raisonnait-il, il l'avait d'ailleurs répété sur tous les tons aux âmes en peine parmi ses employés du Brogan's, au fil des années. Pour résumer : il n'avait jamais connu la jalousie avant, et se trouvait incapable de comprendre ce sentiment, même en imagination. C'était un venin qui agissait vite, et à la manière d'un psychotrope. La peur y était associée (la jalousie n'étant rien d'autre que de la peur branchée sur secteur), la peur du rejet, de la trahison, de l'humiliation, ces peurs profondément ancrées qui venaient de loin, de l'enfance, de tous les moments où il s'était senti mal aimé, ignoré, exclu. Et Danny ne pouvait supporter de se sentir ainsi, comme un enfant délaissé, pourtant il semblait impuissant à lutter contre.

Au bout d'une heure, il avait regagné le hall. C'était un mardi soir, son plan consistait à s'installer à une table pile en face de la porte – Claire ayant pu emporter sa clé avec elle, planquer du côté de la réception n'aurait peut-être pas suffi. Problème, l'entrée se trouvait un étage plus bas que la réception, et que le bar. Après dix minutes passées à évaluer les diverses tables selon leur point de vue, il avait commencé à sentir des regards peser sur lui, il avait donc préféré quitter l'hôtel pour se réfugier dans un pub, juste en face. Il s'était hissé sur un tabouret près de la fenêtre. Cela lui permettait d'observer la porte d'entrée, à l'exception des moments où elle était cachée par un bus ou un taxi. Il n'obtiendrait probablement pas mieux. Il s'y était installé à partir de 19 h 45 avec un café, puis il avait dîné d'un hamburger et de frites, pas aussi bons que ceux du Brogan's, mais loin d'être déshonorants. Le repas lui avait remonté le moral, le café l'avait laissé agité. Vers 22 heures, il avait craqué et commandé un double whisky, qu'il avait fait descendre avec une Honkers Pale. Cette bière était une erreur, ou peut-être la seconde, car cela le força à passer par les toilettes. Il s'était retenu aussi longtemps qu'il l'avait pu. Lorsqu'il était revenu se percher sur son siège, il était minuit quarante, trois taxis se garaient en face, il avait aperçu une chevelure auburn qui franchissait la porte à tambour de l'hôtel Allegro, une femme bras dessus bras dessous avec un type brun. Il n'était pas certain que ce soit Claire, elle avançait trop vite, mais il n'était pas convaincu du contraire non plus. Et si cela se révélait une fausse alerte, il la prendrait comme un signe qui mettrait un point final à sa filature.

Il avait refait le même trajet que précédemment, cherchant dans l'ascenseur le parfum de Claire – Cristalle, de Chanel –, priant pour qu'elle soit seule, se persuadant qu'il n'y avait pas à s'inquiéter. Il avait ralenti à proximité de la chambre 435. Fallait-il qu'il frappe ? Il entendait la télévision, on aurait dit un vieux film. Les murs de l'hôtel semblaient en carton. Le son de la télé venait bien de la 435, la voix de Joan Crawford, dans un de ses vieux films de la Warner comme *La Possédée* ou *Esclave du gang*, c'était tout à fait le genre de choses que regarderait Claire, tous deux étaient accros au cinéma en noir et blanc. Un classique, et ça repart. Sauf en cet instant précis, où on les aurait crus coincés au milieu d'une intrigue du genre : il se tenait juste devant la porte, dans une grosse explosion de cordes composée par Franz Waxman, la main tout près de frapper.

Mais il n'en avait rien fait, un déclic s'était produit dans sa tête tout à coup. Il avait inspiré profondément, s'était mordu la lèvre, avait tourné les talons, s'était éloigné. Il était redescendu dans le hall, avait traversé la rue et commandé un whisky au pub dans lequel il avait passé la soirée. Le regard perdu sur l'alignement de bouteilles et de pompes à bière, il avait bu son verre, conscient de l'avoir échappé belle.

Qu'aurait-il fait ? Si elle avait été en compagnie d'un homme, de Casey, qu'aurait-il obtenu en les surprenant en flagrant délit ? Et si elle avait été seule, il serait vraiment passé pour un salopard, un harceleur. Il n'avait pas frappé, parce qu'il voulait faire confiance à sa femme. Et parce qu'il n'était responsable que de ses actes à lui. Si elle éprouvait le besoin d'aller voir ailleurs, de renouer avec son passé, il n'y avait rien qu'il puisse faire. Leur mariage n'avait peut-être pas la moindre chance dès le départ, peut-être était-il maudit depuis l'incendie, à cause de ce qu'avait fait Danny. Pourquoi était-il incapable de lui dire la vérité ? Comme ça, ce serait réglé, d'une manière ou d'une autre. Elle pourrait le quitter – et elle le quitterait sûrement, sans aucun doute, ou bien... Il avait osé espérer son pardon cent, peut-être mille fois, il n'était qu'un garçon à l'époque, un enfant, de l'âge de Barbara. Mais combien de temps faudrait-il à Claire pour trancher – la profondeur, l'ampleur des conséquences, la mort de sa famille tout entière, et par sa faute, à lui : des mois ? Des années ? Une vie n'y suffirait probablement pas.

Pourquoi ne peut-il pas tout avouer ? Dieu sait qu'à un certain niveau cela ne lui apporterait que du soulagement. Il ne peut pas avouer parce que... Parce qu'il n'a pas le droit de lui révéler qui étaient ses parents si elle refuse de le savoir. Est-ce vrai ? Les faits tournent et retournent dans sa tête, comme toujours, l'ombre éternelle jetée sur toute réjouissance, la cause de toutes ses insomnies, le poids avec lequel il a vécu chaque jour de leur mariage.

Concentre-toi, concentre-toi. Dee Saint Clair... Elle lui a appris un jour que Claire avait couché avec Gene Peterson à Chicago. Apparemment, Claire l'avait trouvé hyper-bizarre, complètement obsédé par Danny ? Ce n'était pas grand-chose, mais cela s'ajoutait aux autres données déjà en sa possession. Lorsqu'il aurait vu Dave Ricks, il serait plus à même d'affronter Gene.

Getting Some Fun Out Of Life
(«Il faut bien s'amuser dans la vie»)

— Tu dirais que Halloween arrive juste après Noël, dans tes fêtes préférées? demande Irene.

— Je ne sais pas. Des fois, je trouve même que Halloween est mieux que Noël, répond Barbara.

— En tout cas, ce sont les deux meilleures. Il y a Pâques, aussi.

— Sauf qu'à Halloween on n'est pas obligées d'aller à la messe, fait remarquer Barbara à sa sœur, avec une grimace.

— Oh. C'est vrai ça, j'avais oublié. Alors c'est vraiment Halloween la meilleure fête.

Elles sont assises par terre, devant la cheminée. Barbara porte son costume de vampire, elle écrit une histoire à propos d'un loup-garou lycéen. Irene, déguisée en chat, dessine un chiot avec des oreilles de diable en train de prendre des cours de danse classique. Donna, qui finit de confectionner un couvre-lit décoré de citrouilles, fait de son mieux pour ne pas rire à la discussion des filles, ni succomber à leur campagne pour la persuader de les emmener faire la tournée des voisins en quête de bonbons.

—Parce qu'à Noël, déclare Barbara, soudainement inspirée par de hautes considérations morales, on en veut toujours plus, on compare ce qu'on a eu, ce qu'on n'a pas eu. Moi je trouve que ce n'est pas bien, tout cet égoïsme. Alors qu'à Halloween...

Barbara s'interrompt. Elle vient probablement de prendre conscience que le but de Halloween est d'accumuler toujours plus de bonbons et de s'en mettre plein la panse, ce qui n'est guère mieux, songe Donna.

—À Halloween, on pense à tous ceux qui sont morts, lance Irene d'un ton docte.

Donna réprime un petit rire.

—À tes souhaits, dit Barbara.

Donna n'est pas en état de répondre.

—C'est vrai, Irene. À Halloween, on pense à ceux qui sont morts, à l'âme des morts, ajoute Barbara.

—Le lendemain, lâche Donna.

—Qu'est-ce que tu dis, tante Donna?

—Le lendemain. Le surlendemain, même. La fête des Morts. Le 2 novembre.

—Je sais bien, répond Barbara, hautaine. La Toussaint, c'est le 1er novembre, la fête des Morts, le 2. J'ai fait un exposé sur Halloween l'an dernier. Les anciennes... coutumes. Un peu comme la mythologie.

—Barbara, en fait, c'est une experte de Halloween, assure sa sœur.

Donna émet un bruit plus long, plus compliqué.

—À tes souhaits, dit Irene.

—Et tout comme la Toussaint et la fête des Morts, Halloween aussi parle de la mort. On combat les esprits du mal.

—Comme les mangemorts, commente Irene.

—N'importe quoi, c'est pas ça les mangemorts, t'es vraiment débile, réplique Barbara.

—Si.

—Pas du tout. De toute façon comment tu pourrais savoir, tu n'as vu que les films ; pour les livres, tu n'es même pas allée au bout de *Harry Potter à l'école des sorciers*. Mais tu avais raison tout à l'heure, reprend Barbara, dont le ton tranchant devient en un clin d'œil moralisateur. À Halloween et pendant les deux jours qui suivent, on se déguise, on allume des feux, on se souvient des morts. Pour que la moisson... Pour remercier... Pour la moisson et l'arrivée de l'hiver.

—Pourquoi est-ce qu'on remercie l'hiver ? demande Irene.

—On allume des feux, on rend grâce... et la nuit, le soir de... la limite entre les... Il y a des esprits dans l'air. Des esprits de tous côtés.

—C'est bien, Barbara, intervient Donna. « Des esprits de tous côtés », j'aime beaucoup.

—Et la limite, le voile entre le... les vivants et les morts devient...

—Transparent, complète Irene.

—Translucide. Cela signifie...

—Transparent, répète Irene.

—Arrête de m'interrompre ! Ça veut dire qu'on se sent très proches des personnes disparues. Et justement, parce qu'on a peur– et *même si* on a peur... on refuse. Voilà pourquoi on se déguise en fantômes, en démons, en vampires et tout pour...

— Pour les tromper, termine Irene.

— Pour vaincre nos peurs. Ou quelque chose dans ce goût-là.

— J'espère que tu as eu un A+, dit Donna.

— J'ai eu A-, à cause de la présentation. Et mon écriture...

— Tu aurais dû le taper, indique Irene.

— Moi j'aime bien mon écriture. Bref, Megan et Susie ont eu A+, elles, et leurs mères l'ont tapé à l'ordinateur. D'ailleurs elles ont même carrément fait le devoir. Celui de Megan était sur Halloween, copié mot pour mot sur Internet, je le sais parce que j'avais lu les mêmes pages qu'elle. Et celui de Susie, c'était sur Holyween.

— Pardon ? fait Donna.

— Holyween. Comme ils sont chrétiens, elle dit qu'ils ne croient pas à Halloween. Donc elle a eu le droit de faire son exposé sur Holyween. C'est censé être la fête pour les chrétiens.

— Ah bon ? s'étonne Donna.

— C'est quand même pas juste d'avoir une moins bonne note quand tu fais tout toute seule, et d'avoir un A+ quand c'est ta mère qui fait tout.

— Personne n'a jamais dit que la vie était juste, souligne Donna.

— C'est ce que répète toujours maman. Et pour être tout à fait honnête avec Susie et Megan, j'ai essayé de le faire faire par maman, mais elle n'a pas voulu, elle m'a dit que c'était mieux de faire son travail soi-même, que c'était le seul moyen d'apprendre.

— Bien dit.

— Nous aussi on est chrétiens, reprend Irene. Enfin, à Noël et à Pâques en tout cas. Non ?

— Il y a une différence entre être chrétiens et être cinglés, lance Donna, acerbe. Holyween. N'importe quoi. Ce qu'il ne faut pas entendre.

— C'est exactement ce qu'a dit maman, intervient Barbara. Mot pour mot : « Holyween. N'importe quoi. Ce qu'il ne faut pas entendre. »

— Maman me manque, dit Irene, au bord des larmes. Maman est toujours la mieux déguisée, elle fabrique les plus beaux costumes, et puis quand la nuit commence à tomber, elle nous emmène voir les sons et lumières organisés par les voisins pour Halloween, et puis on fait tout un quartier pour récupérer des bonbons…

— L'an dernier, on est allées pas loin de Nakoma…

— À Mandan Crescent, ma copine Holly habite là-bas. Ensuite on est passées au travail de papa, on a mangé des frites et un hamburger, Karen, la blonde, a chanté « Goldfinger », après elle a lancé ses chaussures dans la foule, ça n'avait aucun rapport avec Halloween, mais les parents ont trouvé ça trop drôle.

— D'accord, d'accord, c'est bon, capitule Donna, incapable d'en supporter davantage. Il y a un coin qui s'appelle Ripley Fields, on peut y aller par un sentier qui fait le tour du lac, pour peu qu'on emporte les lampes torches.

— Et ? Qu'est-ce qu'on fera quand on sera là-bas ? demande Irene.

— La tournée des voisins, c'est Halloween, chérie ! Des bonbons ou un sort !

How Long Has This Been Going On?
(« Ça dure depuis combien de temps ? »)

La mère de Jeff Torrance a bien voulu admettre que son fils était parti quelque part, avec sa voiture, mais quant à dire où et avec qui, soit elle n'en sait rien, soit elle refuse de partager les détails. Il en va de même concernant le véhicule, dont elle n'a précisé ni la marque ni la plaque d'immatriculation, simplement qu'il était rouge. Fowler est donc occupé à entrer le nom et l'adresse de Torrance dans la base de données des cartes grises pour en savoir plus. Pendant ce temps, le lieutenant Nora Fox est à la bibliothèque du lycée de Monroe High, située au cinquième étage de l'établissement, et de ce fait dotée d'une vue spectaculaire sur le lac Wingra. Après avoir raccroché avec Fowler, elle jette un coup d'œil en direction de la maison des Brogan, mais elle ne voit rien que le vent qui balaie les forêts de l'arboretum, le frémissement des arbres dans les dernières lueurs de l'après-midi. Peut-être est-ce la proximité de tous ces livres, ou ce retour entre les murs du lycée après toutes ces années, mais voilà qu'un vers tiré d'un poème lui revient, une histoire de fantômes chassés comme des feuilles par la brise : « Jaune, et noir, et pâle, et intense, le rouge. » Nora a retenu très peu de poésies par cœur – aucune, à dire vrai –, mais ce vers lui revient de temps en temps à la faveur de l'automne et chaque fois elle se demande si tous les mots s'appliquent au rouge. Elle estime que oui : rouge jaune, rouge noir, rouge pâle et rouge intense. Les feuilles comme un incendie sur le point d'expirer ; une dernière flambée et elles s'éparpilleront telles des braises dans le vent.

— Lieutenant Fox ?

Nora se tourne vers Mme Johnson, la bibliothécaire (« Appelez-moi Doreen, lieutenant »), soudain consciente que son nom a été prononcé plusieurs fois, et un peu honteuse, comme si on avait pu lire dans ses pensées. Une policière qui cite de la poésie, à la manière d'un détective anglais dans un livre : pour qui se prend-elle ?

— Moi aussi, il m'arrive de me laisser emporter par la vue, déclare Doreen Johnson. Voici l'annuaire du lycée de 1982 que vous vouliez consulter.

— Merci, répond Nora.

À l'exception de quatre élèves asiatiques en train de plancher sur des problèmes de maths compliqués, elles sont seules dans la bibliothèque. « Halloween », avait expliqué Doreen avec un haussement d'épaules auquel Nora avait répondu d'un hochement de tête : il était inutile de s'étendre.

Nora indique qu'elle va prendre place à une table pour feuilleter le volume, Doreen Johnson semble souhaiter dire un mot, mais elle se ravise et regagne son bureau près de la porte.

La première chose que constate Nora est que leur victime n'est pas Gene Peterson : la photo que lui a donnée Claire et celle de l'annuaire ne se ressemblent en rien. Peterson, à l'âge de dix-huit ans, est blond, avec une mâchoire carrée, des épaules de sportif. Où se voit-il dans cinq ans ? « En train de réussir un objectif, avec déjà un autre en ligne de mire : il n'y a que dans le dictionnaire que la réussite arrive avant le travail. » Elle lève les yeux au ciel, soupire. Et il n'y a pas que dans le Wisconsin ; dans son lycée aussi, les sportifs adoraient les citations de Vince Lombardi, coach éternel – ou du moins celles que leur propre entraîneur leur serinait. Les élèves de terminale, cette année-là, étaient au nombre de quatre cent soixante-dix-neuf, deux cent quarante-trois étaient de sexe masculin, et le seul autre qu'elle peut définitivement exclure est Danny Brogan. La photographie qu'elle tente de recouper avec les clichés de l'annuaire est celle de la victime telle qu'elle était à l'âge de dix-sept ou dix-huit ans, un garçon avec les cheveux longs sur la nuque et une ombre de moustache. Du moins, Claire Taylor l'a désigné comme étant la victime. Mais si elle a menti dès le début en l'identifiant comme Gene Peterson... C'est parti pour un travail de police glamour à souhait, comme toujours.

Elle lève la tête en entendant Doreen faire sortir les Asiatiques. La bibliothécaire a une silhouette élégante de danseuse, elle porte une robe chasuble bleue fleurie par-dessus un tee-shirt gris à manches longues et des collants assortis, avec aux pieds, des richelieus plats. Elle a de longs cheveux poivre et sel mal contenus dans une queue-de-cheval lâche, un teint mat et des yeux bleus qui irradient d'intelligence et de curiosité, mis en valeur par des bijoux de la même couleur à ses oreilles et autour de son cou. Doreen jette un coup d'œil à sa montre, récupère un trousseau de clés dans la poche de sa robe, en glisse une dans la serrure de la porte de la bibliothèque et s'approche de Nora en souriant. Les hippies sur le retour ne sont pas toujours aussi aimables avec la police, à Madison.

— Je tiens à vous informer, madame Johnson, que retenir dans un lycée un agent de police dans l'exercice de ses fonctions peut être passible d'une amende, plaisante Nora.

— Vous ne me prendrez jamais vivante, lieutenant. Appelez-moi Doreen, s'il vous plaît.

Doreen Johnson s'assied à côté de Nora, peut-être un peu trop près que ne l'autoriseraient les lois de la bienséance concernant l'espace vital.

— J'ai pensé qu'il valait mieux qu'on ne soit pas dérangées, indique-t-elle.

Par réflexe, Nora baisse les yeux sur l'annulaire de la bibliothécaire : pas d'alliance, mais il reste une trace blanche prouvant qu'elle en a porté une autrefois. Elle revient vers son visage, ses yeux brillent d'une excitation pleine de mystère.

— À quoi faites-vous référence, madame… Doreen ?

— J'ai enseigné à ces jeunes gens, au collège. Avant de devenir bibliothécaire ici, j'étais professeure au collège Jefferson.

— Vraiment ? Qu'est-ce que vous entendez par « ces jeunes gens » ?

— Ils formaient… pas tout à fait une bande, ce n'étaient pas des durs, mais ils étaient inséparables. Les quatre Cavaliers. Gene Peterson, Dave Ricks, Danny Brogan et Ralph Cowley. J'ai vu ça aux infos à midi. Il me semble qu'il s'agissait de Dave Ricks. Il est mort ? Danny Brogan l'a tué ? Des quatre, c'est le dernier que j'aurais jugé capable d'une chose pareille.

Nora observe Doreen, procède à un petit calcul fondé sur de l'arithmétique de personnalité, et décide de lui faire confiance. Elle lui montre la photographie.

— Nous avons du mal à savoir de qui il s'agit. Il n'avait pas de pièce d'identité sur lui. Mme Brogan pensait apparemment que c'était Gene Peterson, mais…

— Non. C'est Dave Ricks. À moins que… Non, je suis à peu près sûre que c'est Dave Ricks. Danny et Dave, on aurait dit des siamois rattachés par la hanche.

Nora ouvre l'annuaire à la page de Dave Ricks et compare les photos. Il a bien les cheveux longs dans le cou, mais à l'époque, tous les garçons portaient cette coupe. Pas de moustache. Même forme de visage, pommettes hautes, nez aquilin. La bouche paraît méchante, les lèvres plus fines. Peut-être la moustache était-elle censée compenser ce défaut ?

Les yeux sont perçants, intenses. Et dans cinq ans, où se voyait-il?

Si vous n'avez rien en vous, vous n'aurez nulle part où aller.

Profond.

Nora regarde Doreen, lève un sourcil.

— Qu'en pensez-vous, Doreen?

— La ressemblance est frappante.

— Mais? Vous aviez commencé une phrase par « À moins que… ». À moins que ce ne soit qui?

— Bizarrement, Dave et Ralph avaient une certaine ressemblance. Ils n'étaient pas identiques, pas de près en tout cas, mais on les confondait fréquemment. L'un aurait pu se faire passer pour l'autre. D'ailleurs, ça leur est arrivé. Regardez Ralph. Ralph Cowley.

Nora ouvre la page correspondante, et immédiatement, elle est frappée par les points communs. Non qu'ils aient l'air de jumeaux, mais disons… Ils se ressemblent à la manière du chanteur et du guitariste d'un groupe de rock que l'on voit en photo pour la première fois, comme si la proximité permanente avait fini par les faire déteindre l'un sur l'autre. Les cheveux longs dans le cou, les pommettes, le regard perçant. Ralph arbore une ombre de moustache, mais ses lèvres semblent plus épaisses. Et il y a quelque chose de… *plus doux*, peut-être, elle n'est pas sûre, autour de la bouche et des yeux. Plus doux ou plus faible? Le garçon sur la photo sourit, tout comme Ralph; Dave se la joue rebelle, mauvais garçon, façon *Fureur de vivre*.

— Eh bien, impossible de savoir, constate Doreen.

—Nous avons des techniciens spécialisés capables de se faire un avis plus juste, explique Nora. Ils analysent les photos à partir de points de comparaison…

—Je n'en doute pas. C'est juste personnellement assez frustrant de ne pas réussir à les distinguer.

Doreen Johnson se mord la lèvre et soudain, les larmes lui montent aux yeux.

—Comment pouvez-vous vous montrer aussi exigeante avec vous-même ? Vous leur avez enseigné au collège… quoi, il y a trente ans, ou plus. Pourquoi vous souviendriez-vous d'eux ?

—Je n'ai jamais oublié ces garçons. C'était ma toute première classe. Ils se remarquaient; ils avaient quelque chose. Parler d'une sorte de… d'aura serait exagéré, mais disons un certain charisme. Ils étaient à part. Et bien sûr, Danny Brogan en particulier était tellement troublé. Il y avait peut-être chez chacun d'entre eux un truc *bizarre*. Et puis après l'incendie chez les Bradberry, aucun d'entre eux n'a plus jamais été pareil.

L'incendie chez les Bradberry. À peine quinze jours après son affectation à Madison, Nora avait sorti toutes les coupures de journaux, les dossiers sur microfiches concernant la tragédie. Onze enfants et leurs parents anéantis. Un cocktail Molotov était la cause probable du sinistre, mais on avait du mal, dans le coin, à qualifier l'incendie de criminel. Une blague de Halloween qui tourne mal, un accident tragique. Personne n'avait jamais identifié les gamins qui avaient fait le coup. Tout le monde le mentionnait, personne ne voulait en parler. C'était la honte secrète, la folle qu'on cache au grenier. Les Bradberry avaient péri dans les flammes et la ville entière en avait été choquée, mais ainsi que le lui avait confié Don Burns, son sergent, un vendredi soir qu'il avait un verre dans le nez : « Personne n'a été vraiment triste, mon petit. » Les enfants Bradberry étaient ingérables, ils avaient martyrisé trop de gosses, ils étaient probablement eux-mêmes maltraités par leurs parents, des alcooliques. C'était terrible, pas de doute, et on ne trouverait personne pour *se réjouir* de cette histoire – du moins pas à voix haute –, mais dans beaucoup de familles, il y avait un gamin qui le matin se lèverait soulagé de ne plus avoir à affronter un Bradberry à l'école.

— Que dites-vous ? Qu'ils étaient mêlés à ce qui est arrivé ? demande Nora.

— Eh bien, Danny Brogan se prenait des coups de la part de Jackie Bradberry, soutenu par ses frères. D'une certaine manière, c'était ma faute. J'avais cru… bêtement… que le problème de Jackie Bradberry pouvait être résolu. Qu'en intervenant on pouvait contribuer à trouver des solutions. Donc j'ai placé Jackie et Danny côte à côte. Et ça n'a tout simplement pas collé entre eux. La négligence infligée à ces enfants était telle… Il était difficile de comprendre comment leur père avait pu être généraliste : il n'y avait pas de livres dans cette maison, pas de conversation – quelle défaillance de notre système de protection de l'enfance que ces petits aient été laissés à leurs parents… Mais l'attitude la plus répandue au collège Jefferson était la suivante : les Bradberry sont toujours avec nous, il faut faire avec. Moi, je commençais dans l'enseignement, j'étais jeune et idéaliste, je ne comptais pas baisser les bras. J'ai installé les garçons côte à côte. Après ça, la mère de Dave Ricks, qui était au conseil d'administration, est intervenue pour déplacer Danny et le remettre à côté de son fils. Le soulagement qu'a ressenti Danny en retrouvant ses camarades a piqué Jackie au vif. Après ça, le harcèlement a commencé. Donc, d'une certaine façon, ma tentative pour lui venir en aide, maladroite et pleine de bons sentiments, a causé tous les ennuis. L'enfer est pavé…

— Qu'est-ce que vous entendez par « ils n'ont plus jamais été les mêmes après l'incendie » ?

— Je crois qu'ils étaient tous soulagés. Les frères de Jackie avaient cassé le bras de Gene Peterson, les autres savaient ce qui arrivait à Danny, mais ils étaient trop terrifiés pour y faire quoi que ce soit. Quant à l'école… Pour ma part, j'en avais assez fait. Comment aurais-je pu les aider ? En ordonnant à Jackie d'arrêter ? Je l'ai fait, plusieurs fois. Il m'a quasiment ri au nez. C'était un autre temps. Être un mouchard était ce qu'il y avait de pire. J'ai essayé de pousser Danny à se confier, mais… Danny Brogan était tellement ombrageux, et puis il se prenait des coups par son père, il était comme un chien qui craignait toujours le pire. Pour le reste de la bande aussi, pour ses amis – Ralph et Gene en tout cas –, Danny était une sorte de souffre-douleur. C'était comme s'il était censé les amuser, les divertir, récupérer des Coca gratuits au bar de son père. Peut-être était-ce inscrit en lui : il ne méritait pas l'amour des gens, il lui fallait travailler dur pour l'obtenir, il devait s'échiner à plaire aux autres, et ça ne serait sûrement pas une partie de plaisir, étant donné qu'il ne parvenait pas à satisfaire son père. Mais très vite, c'était devenu une habitude chez ces garçons, un mode de fonctionnement. Donc, d'une certaine manière, quand l'histoire avec les Bradberry a commencé, tout de suite les autres ont pensé qu'évidemment ce serait Danny qui prendrait. Pas dans le sens « Il l'a bien cherché », mais plutôt… comme si c'était fatal, comme s'il était marqué du sceau du destin, vous voyez ce que je veux dire ? Maintenant que j'y réfléchis, ce doit être ce qui explique que je l'aie choisi pour ma petite expérience : je savais que Danny ferait de son mieux, pour me faire plaisir. Après l'incendie, ils se sentaient soulagés mais coupables : treize personnes étaient mortes brûlées. Ils culpabilisaient aussi de n'avoir pas aidé leur copain Danny. Leur aura façon mousquetaires, « Un pour tous, tous pour un », avait disparu. Ils étaient toujours inséparables, mais cela semblait forcé, comme s'ils avaient tous été obligés de grandir trop vite. Comme s'ils n'étaient plus liés par l'amitié, mais par la culpabilité.

— Gene Peterson s'était interposé, lui, souligne Nora.

— C'est vrai. Gene était le héros de la classe. Figurez-vous qu'il m'arrive encore de rêver que je fais de nobles déclarations ou une bonne action en présence de Gene, qui m'approuve d'un mouvement de tête. C'est ridicule, ce type est maintenant fabricant de vêtements de sport à Chicago, il n'est pas dans le désert en train de sauver des crève-la-faim. Mais on avait à cœur de veiller à ce qu'il ait une bonne opinion de nous. À l'inverse, lui l'accordait rarement aux autres, à Danny en particulier. Il se montrait un peu cruel, ou simplement il lui faisait comprendre qui était le patron.

—Et les autres ? Dave ?

—Dave Ricks était un excellent élève, il savait dessiner, jouer de la guitare, du piano, il avait… disons, une sensibilité artistique. Danny et lui étaient comme des frères, ils terminaient leurs phrases mutuellement, ils plaisantaient, blaguaient sans cesse. Dave était peut-être le plus demandeur des deux, dans leur amitié. Lorsque j'ai déplacé Danny, pour le mettre à côté de Jackie Bradberry, Dave en était dans tous ses états, il est venu me trouver et il m'a dit : « On a toujours été ensemble. On s'assied à côté. » Ensuite, il a fait en sorte que sa mère arrange les choses. Dave était… un peu vaniteux ? Il était beaucoup plus beau physiquement que Ralph, malgré leur grande ressemblance. Si toutefois ce que j'ai dit vous paraît sensé. Et puis Ralph était un gentil garçon, sympa, un peu suiveur.

—Je croyais que c'était le rôle de Danny.

—Non, Danny avait l'impression de devoir payer de sa personne pour avoir une place à table. Ralph, lui, était facile à vivre. Toujours la tête dans un bouquin, comme s'il se planquait derrière. Il en faisait assez pour s'en sortir, mais pas assez pour être remarqué. Il suivait Gene à la trace, c'était son bras droit. Tant qu'il était dans l'équipe de Gene, il était content.

— Et vous avez su ce qu'ils étaient devenus ?

— Dave est aujourd'hui graphiste, je crois, il est à la tête d'une agence à Chicago. D'après ce que je sais, Ralph est professeur d'anglais dans un lycée. Le meilleur moyen de ne pas se faire remarquer.

— Le consensus semble être que l'incendie qui a détruit la maison des Bradberry était probablement un accident, en conséquence d'une farce de Halloween qui aurait mal tourné. Avez-vous pensé que Danny et ses amis en étaient responsables ?

Nora, qui voit Doreen rougir et la sent se braquer, continue sur sa lancée pour qu'elle ne puisse pas l'interrompre.

— Ils pouvaient avoir de bonnes raisons après tout ce qu'ils avaient subi. Qui leur en aurait voulu ? Ce n'était pas leur faute si tout a dérapé. Vous l'avez dit vous-même, après l'incendie, ce n'était plus l'amitié qui les unissait, mais la culpabilité.

Nora se tait, elle attend que Doreen défende ses anciens élèves, sa première classe. Mais Doreen garde le silence. Dehors, des feux d'artifice crépitent, sifflent, elle se tourne vers la fenêtre.

— Est-ce que cela m'a déjà traversé l'esprit ? Durant les trois années de collège qu'il leur restait à tirer, pas un de ces garçons ne m'a plus jamais regardée en face. Même s'ils en avaient simplement formulé le vœu, ils l'avaient souhaité si fort qu'ils avaient fini par porter le poids de la culpabilité, comme s'ils avaient réellement mis le feu.

Des fusées traversent le ciel en cascade, laissant derrière elles des traînées d'étoiles.

— Et si c'étaient eux, et que maintenant, l'un d'entre eux menace de tout avouer ? suggère Nora.

— Ce serait le mobile de Danny Brogan pour tuer un de ses amis ?

— Possible.

— Lieutenant, croyez-vous que Danny Brogan est un meurtrier ?

— Je suis mal placée pour juger de son caractère. Les preuves matérielles, en tout cas, pointent dans cette direction.

— Je ne suis guère mieux placée, il avait quatorze ans la dernière fois que je l'ai vu, onze quand je le connaissais vraiment. Mais d'après ce dont je me souviens de cette époque, il était le dernier, avec Ralph, le dernier qui aurait pu être capable d'une chose pareille.

Nora reste là un moment, à écouter le tic-tac de l'horloge de la bibliothèque, les pétarades et les explosions étoilées de Halloween. Soudain, il lui vient une idée.

— Est-ce qu'il y a eu des survivants ?

— Pardon ?

— À l'incendie. Il y a eu treize morts. Mais je crois me souvenir… Certains ont survécu, non ? Des frères ?

— Ils avaient déjà quitté le foyer familial. L'un était dans une maison de redressement à Racine, pour agression sexuelle il me semble. Je ne sais pas ce qu'il est devenu à sa sortie. Et l'autre était aussi une sorte de malfaiteur à la petite semaine, usurier ou dealer, à Chicago. Les gens avaient l'impression de porter un jugement en les décrivant comme les voyous qu'ils étaient, alors ils ne les ont pas tous mentionnés. La presse non plus.

— Ils ont changé de nom ?

— Vous ne l'auriez pas fait, vous ?

— Ils ont dû hériter de la maison ou de la compensation de l'assurance, j'imagine ?

— Sûrement.

Nora note tout ça dans son calepin.

— Et quelqu'un a réchappé de l'incendie.

— Une petite fille, c'est ça ?

— Tout à fait. Personne ne voulait parler d'elle non plus, mais pour des raisons bien plus exaltées : pour qu'elle puisse avoir une chance dans la vie. D'échapper à son passé. À son destin. Mais, et si elle ne le souhaitait pas ? Elle préfère peut-être revenir dessus et se venger de ceux qu'elle croit coupables de la mort de sa famille.

I Couldn't Sleep A Wink Last Night
(« Je n'ai pas fermé l'œil de la nuit »)

Danny a rejoint Dave Ricks dans son bureau, situé tout en haut de l'ancien silo à grains restauré sur West Wacker Drive, qui accueille l'agence de design de Dave, Dare To Dream. Trois des murs sont constitués de baies vitrées qui donnent sur une vaste salle voûtée divisée non pas en box, mais plutôt en corrals ouverts, où une trentaine de personnes s'activent devant des écrans, des chevalets ou des tableaux blancs. Les employés, parmi lesquels hommes et femmes sont à peu près équitablement représentés, ne sont pas ici habillés de manière aussi stricte que dans des bureaux conventionnels. Cependant, malgré leurs vêtements en apparence décontractés, leurs treillis, leurs jeans, blouses, foulards et bottes, ils semblent tout à fait prêts pour le travail, et adhérer à un code vestimentaire bien défini, qu'ils seraient peut-être les seuls à comprendre pleinement. Danny est satisfait de sa perspicacité. À ses débuts, dans les années 1980, Dave était enfermé au sous-sol, dans un espace sans fenêtre du silo, le donjon comme il disait, et là, il dessinait des affiches et des prospectus pour les entreprises ou les groupes de rock locaux, un métier que Danny comprenait parfaitement. Depuis, l'agence a investi tout le bâtiment, elle s'occupe de la création de sites Web, de l'identité visuelle des sociétés, de « solutions créatives », de « consulting multiplateforme », et même d'un truc appelé la « spatialisation synergétique » ; du coup, Danny est moins au fait des activités de l'agence. Bien sûr, cela fait un moment qu'il n'est pas venu, et plus encore qu'il n'a pas vu Dave Ricks – voilà cinq ou six ans peut-être que celui-ci n'est plus passé à Madison ?

— Moins de cinq, dit Dave. L'enterrement de ma mère.

Ils se saluent d'une accolade lâche et maladroite, comme il est d'usage entre hommes de nos jours, puis Danny hoche la tête, tentant, par l'expression de son visage, de s'excuser d'avoir oublié les funérailles de la mère de Dave. Il n'a pas de grands souvenirs de cette journée, la dernière où ils se soient vus tous ensemble, si ce n'est qu'ils déployaient énormément d'énergie pour éviter de mentionner l'incendie – c'est du moins ce qu'avait pensé Danny sur le coup, ou ce qu'il remarque maintenant que le sujet est de nouveau d'actualité. Il observe son ami, le contraste entre le Dave qu'il garde en tête et celui de la réalité. À dire vrai, Dave a bien vieilli, ses cheveux restent bruns, son front est relativement lisse, son corps n'a pas vraiment changé, il a peut-être même quelques kilos de moins ; Dave et Danny, l'un comme l'autre, ont bien mûri. Contrairement à Ralph, la vache. Ralph semblait s'être fait agresser à la pompe à air et au chalumeau, tant il était bouffi, la peau brûlée, les cheveux frisottés.

Danny et Dave amis pour la vie, ainsi en allait-il entre eux depuis le jour de leur rencontre, qui coïncidait avec leur premier jour d'école ; durant quatorze ans, ils s'étaient assis l'un à côté de l'autre en classe. Et ensuite, ils ne s'étaient plus vraiment vus. C'était pareil avec les autres, mais avec Dave, c'était bizarre qu'ils n'aient pas gardé le contact. Quoique ? Parfois Danny avait l'impression qu'ils étaient plus comme des frères que comme des amis. Ils n'avaient pas besoin de parler ; il allait de soi qu'ils se comprenaient. Mais il était possible que ça ne repose sur rien, qu'il n'y ait rien tout au fond. Une fois Dave parti étudier à Chicago, tout avait été terminé entre eux, fin de l'histoire. Évidemment, ils s'étaient appelés régulièrement, ils s'étaient vus une fois ou deux, mais c'était comme s'ils avaient tourné la page. Rien d'inhabituel. Le genre de choses qui arrive.

Mais ça faisait du bien de le retrouver, cela dit.

Dave et Danny aujourd'hui.

— Ralph Cowley, dit, ou laisse échapper plutôt, Danny.

Les yeux de Dave ne cillent pas, Danny se demande s'il a entendu, si ses mots sont réellement audibles. Un léger hochement de tête de Dave suggère que oui.

— Ralph Cowley, répète Danny, avant de s'interrompre à nouveau, hésitant à lui faire d'abord le récit de sa visite ou à annoncer la nouvelle de sa mort.

— Comment va-t-il ? répond Dave. Tu sais, je ne le vois jamais.

Danny laisse son regard glisser vers la fenêtre, qui donne sur le flot de véhicules pris dans la circulation à cette heure de pointe, le long des méandres sombres et huileux de la Chicago River.

— Il est venu me trouver, raconte Danny. Dans tous ses états.

— C'est tout Ralph, dit Dave. Assieds-toi, Danny. C'est sympa que tu sois passé. Tu veux boire quelque chose ?

Danny parcourt mentalement la liste des boissons qui auraient sa préférence : whisky, bourbon, gin. Il doute que l'agence ait ça en stock, même pour les clients. Dont il ne fait pas partie, d'ailleurs. Il avait demandé à Dave de dessiner un logo pour le Brogan's il y a des années de cela, quand tout le monde pensait que c'était indispensable, du temps où l'on ne jurait que par la marque. Dave avait tracé un truc avec des personnages de manga japonais, un style qui plaît aux filles, avec de grands yeux, mais aux couleurs du drapeau irlandais, vert, blanc, orange. C'était hideux, tapageur et vaguement pornographique, réunissant le pire du kitsch de ces deux pays, au minimum – cela dit, songe Danny, Barbara et Irene auraient sûrement adoré. Si jamais les affaires du Brogan's empirent au point qu'ils doivent cibler le marché des moins de douze ans, il le ressortira peut-être. De fait, il avait simplement prétendu n'avoir jamais passé cette commande, et Dave ne l'avait lui-même plus jamais mentionnée. De toute manière, ils n'avaient plus guère eu de contacts depuis.

—Du thé, répond Danny. English Breakfast, si tu en as?

—Lait ou citron?

—Lait.

Dave appuie sur un des boutons de son téléphone et demande à une certaine Lauren de leur apporter deux thés.

—Breakfast toute la journée, le petit déjeuner éternel, lance-t-il en souriant. On se sent comme à la maison.

—Nous, on ne sert pas les petits déjeuners, dit Danny en souriant aussi. Commencer sa journée dans un bar, ce n'est pas bon signe.

—Ce n'est pas que vous refusez les buveurs à problèmes, pourtant...

—Juste qu'on préfère les avoir un peu plus tard dans la journée.

—Comme ça, leurs problèmes de petit déj' restent ceux des autres.

—Ce n'est pas notre créneau.

—Disons qu'il y aurait forcément du vermouth dedans.

—Ou que le vermouth ne serait pas très loin.

—Le petit déjeuner : la boisson la plus importante de la journée.

—Je prendrai deux olives avec la mienne.

—Deux? Attention, elles risquent d'absorber tout l'alcool.

Danny et Dave, les rois de la blague. Ils s'amusaient mutuellement.

—Je ne vois pas de tableaux, dis-moi, Dave, poursuit Danny en regardant autour de lui.

—Je ne peins plus.

— Non ? Tu étais doué pourtant.

— Je m'investis dans mon boulot ici, déclare-t-il en englobant d'un geste l'open space de son agence. Il arrive un moment où tu laisses derrière toi tes rêves puérils. Tu ne crois pas ? Regarde... Toi, Dan, tu voulais être acteur.

— Pas vraiment. Ma femme aimait le métier d'actrice.

— Ah oui, tu dis ça maintenant. Mais à l'école, tu faisais beaucoup de théâtre. Tu disais que tu allais tenter ta chance, te lancer, pour voir. Et puis... Tu as grandi. Tu as accepté ton sort. Tu t'es mis au boulot. Comme moi. Contrairement à Ralph.

— Comment ça, contrairement à Ralph ?

Dave scrute Danny, avec la plus grande attention.

— Ça n'a pas tellement marché pour Ralph dans la vie. Pas comme pour toi et moi.

Dave sourit toujours. Toi et moi. Danny se souvient de cet aspect de la personnalité de Dave, de ses « toi et moi », sur le thème « je sais à quoi tu penses, parce que moi aussi ». Danny se sent mal à l'aise, comme s'il aurait dû être au courant de ce qui est arrivé à Ralph, de ce qui n'a pas marché. Mais il n'en savait rien, du moins, jusqu'au dimanche précédent, il ignorait tout de ce qui était arrivé à ses copains, ou plutôt il partait du principe qu'ils étaient encore tels qu'ils avaient toujours été : Dave avec ses graphistes, Gene avec ses vêtements de sport, Ralph l'enseignant de littérature anglaise au lycée. Manque de curiosité ? Peut-être. De la même manière, Danny n'aurait pas apprécié que l'on se renseigne sur l'activité du Brogan's année après année, vu qu'il continuait de faire exactement

316

comme il y a quinze ou vingt-cinq ans. Dave, en revanche, s'était forgé une opinion, évidemment. Dave en avait toujours une – d'ailleurs c'était lui qui avait assigné les rôles : Danny, toujours à faire plaisir aux autres ; Gene, le capitaine ; Ralph, l'homme de main de Gene ; Dave... qu'était donc Dave ? Le bouffon ? L'artiste ? Le rigolo de la classe ?

— Qu'est-ce qui est arrivé à Ralph ?

— Ralph connaissait un certain nombre de difficultés, Danny. L'enseignement n'était pas tout à fait ce qu'il avait espéré. Il écrivait un roman, je ne sais pas s'il n'y en a eu qu'un ou s'il en a commencé plusieurs. Le cliché du prof écrivain, le rêve version banlieue résidentielle. Je ne sais pas ce qui était le pire pour nous, pour tous ses amis, l'entendre y faire référence constamment au fil des années, « Quand mon livre sera terminé », « publié », et cetera, parce que, même quand il est devenu embarrassant de faire semblant d'y croire, y compris pour Ralph, l'effort que tout ça impliquait était encore préférable à son état lorsqu'il a enfin cessé d'y croire. Un psy m'a expliqué un jour que pour préserver sa santé mentale, il est vital de croire à quelque chose, pas forcément à Dieu, à n'importe quoi, tant que ça vous maintient en piste. À compter du moment où Ralph a cessé de croire en son roman, il ne lui restait plus rien. On aurait dit que quelqu'un lui avait enlevé son moteur, il était en roue libre, il espérait seulement croiser une pente bien droite qui le ramènerait chez lui.

— Il est rentré, maintenant, constate Danny. Il est mort, Dave. Ralph a été assassiné. Il a été retrouvé dans mon jardin.

Lauren, cheveux courts et bouclés, quelques taches de rousseur sur les joues, vêtue d'un jean, d'une tunique portefeuille fleurie, avec aux pieds des sandales compensées à semelle de corde, fait son apparition, le thé à la main, dans un mélange très zen d'efficacité et d'air bohème. Il s'ensuit moult politesses autour des tasses, du lait et ainsi de suite. À son départ, Dave abandonne sa boisson et se dirige vers la baie vitrée donnant sur la rivière. Son portable sonne, il jette un coup d'œil, fronce les sourcils, appuie sur un bouton. Au bout d'un moment, il lève la tête, soucieux.

— Putain, Ralph a été tué ? Mais... que s'est-il passé ? Il était venu te voir... Quel était le problème ?

— Il y a une semaine, reprend Danny. Comme je te disais, il était affolé... À propos du passé. De l'incendie, pour être tout à fait exact.

Dave hoche la tête, son expression semble volontairement figée, sur la défensive. *On dirait qu'il a peur que je lui réclame de l'argent,* pense Danny. Peut-être aurait-on tous la même tête à sa place. On n'en parle pas, on ne le mentionne pas, on ne s'en souvient pas.

— Mais enfin, là, ça remonte quand même très loin en arrière, non ? avance Dave.

— Eh bien, oui, d'une certaine manière.

— Je veux dire... Ça montre bien dans quel état devait être Ralph pour ressasser de vieilles histoires comme ça, non ?

Danny hausse les épaules.

— Je ne sais pas. À nos âges, j'ai de plus en plus l'impression de voir resurgir l'affreux visage du passé.

— Le truc, c'est de ne pas le regarder en face, Dan. Sinon, il te regarde aussi, et là, tu es perdu.

— Ce ne serait pas une citation, par hasard?

Il a une pensée pour Claire, la reine des citations, ou plutôt un coup au cœur, une douleur aiguë. Elle lui manque, en dépit de tout.

— Une paraphrase. Que t'a dit Ralph?

— Qu'il ne pouvait pas s'empêcher de repenser à tout ça. Le feu, la mort des enfants. Qu'il avait essayé d'affronter ça par le biais de la créativité... Je n'ai pas bien compris, mais il m'a touché un mot du roman qu'il écrivait, ou ne parvenait pas à écrire, j'ai eu l'impression qu'il avait pour thème l'incendie.

Dave lève les yeux au ciel.

— Mon Dieu.

— Il a dit qu'il culpabilisait de nous avoir laissés penser à cet incendie sous un certain angle. Alors qu'il y a des tas de perspectives sous lesquelles l'envisager.

— Je n'y ai pas pensé sous un angle particulier, réplique Dave. Je n'y ai plus jamais repensé.

Le visage de Dave se stabilise sur un demi-sourire sceptique, comme si toute cette tragédie, ce mélodrame, était un peu *exagérée*. Et après un bref coup d'œil, par-delà la baie vitrée, à cette salle pleine de travailleurs, face à la créativité, l'application, la *normalité* de ces gens, Danny ne peut s'empêcher d'être assez d'accord, de se sentir un brin absurde, comme si tout ça était trop délirant, et d'une certaine manière indigne d'un homme. Cela lui rappelle son enfance, lui qui cherchait toujours à être au même niveau que ses copains, l'effort qu'il fallait déployer, toutes ces règles implicites: ne pas montrer d'émotions, ne pas se focaliser sur des trucs, ne pas sur-expliquer, ne pas trop réfléchir, ne pas démarrer au quart de tour. De la modération en toutes choses, et tant que tu y es, ferme-la. Danny avait tout bien appris, un peu trop bien peut-être, au point de s'en trouver prisonnier. Plus maintenant. Il pense à Ralph, à Jeff, à l'argent disparu, à la maison qu'il est sur le point de perdre aussi, à sa vie de famille qui risque d'être réduite à néant. On peut croire à un mélodrame, mais pour Danny, c'est la nouvelle norme, celle qu'il est en train de vivre.

—Tu n'y repenses peut-être jamais, mais ça ne signifie pas qu'il n'existait pas une version convenue des événements, selon laquelle j'étais le… le coupable, j'imagine que l'on pourrait dire. C'était moi qui avais perdu la tête, je m'étais emporté, et non content de faire à moitié mourir de peur les Bradberry, j'avais décidé d'aller jusqu'au bout, de lancer le cocktail Molotov contre la porte de derrière et de faire flamber la maison. C'est… Plus tard ce soir-là, une fois de retour chez toi, c'est là que nous avons décidé de ce qui serait la « version autorisée », non ?

Dave grimace, comme s'il était à la fois puéril et idiot de remuer toutes ces feuilles mortes.

—Nous n'en avons discuté que pour une raison : parce que tu t'es cogné et que tu as perdu connaissance. Du coup, tu n'arrêtais pas de nous demander : « Qu'est-ce qui s'est passé, les gars ? » Et là… Est-ce qu'on n'aurait pas dû te le raconter ? Ça aurait peut-être été mieux si… Parce que honnêtement, pourquoi prendre des cocktails Molotov si on ne comptait pas les utiliser ?

— Nous n'avions pas du tout prévu de les lancer sur la maison. Nous en avions parlé avant. On devait viser les arbres, si jamais il y en avait, pour les enflammer. C'étaient les conditions qu'on avait posées. Ces cocktails Molotov n'étaient pas censés approcher de la maison. Pour la même raison, on avait fait bien attention à allumer les figures tracées sur le gazon assez loin du périmètre. C'est vrai, on en avait discuté. Dave, j'en suis certain, on était d'accord là-dessus.

Dave rougit, comme s'il avait oublié, ou plus probablement, estime Danny, parce qu'il est embarrassé par la véhémence et la fidélité de la mémoire de Danny, chez qui tout cela semble encore très à vif.

— Donc, Ralph disait que les souvenirs qui lui revenaient maintenant ne correspondaient pas à ce qu'on croyait savoir. En tout cas, il n'était plus certain de ce qu'il avait vu. Mais comme, vous autres, vous étiez persuadés que c'était moi, il avait pris ça pour acquis à l'époque.

Dave secoue la tête, il fait les cent pas dans son bureau, lève les mains comme s'il s'apprêtait à prendre la parole, puis non, soupire, se remet à arpenter la pièce. Il évoque à Danny un acteur auquel on aurait laissé trop de liberté sur scène et qui deviendrait, par là même, de moins en moins convaincant.

— Ralph est mort ? Putain, mais comment ça s'est passé ?

— J'y viendrai, répond Danny. Mais d'abord, on va discuter de ce qu'il m'a raconté, tu veux bien ?

Dave ne tressaille pas tout à fait, mais il semble surpris de voir Danny aussi ferme et dans ses yeux surgit une étincelle : de la résistance, on dirait bien. *Eh oui, très cher, bienvenue dans ma réalité.*

— Tu parlais du roman qu'il écrivait. Je crois que c'est un moyen de comprendre Ralph. Il répétait la version autorisée, mais quand il a essayé de décrire cette soirée sous l'angle des autres personnages – nous, autrement dit – il a commencé à réviser sa version, à voir que tout était plus compliqué que cela n'était apparu à l'origine.

— Continue, dit Dave, tête baissée, voix étouffée.

— Bon, Ralph m'a raconté : lorsqu'on a mis le feu à la pelouse et qu'on courait tous autour des flammes...

— On *dansait*, comme des sauvageons...

— On dansait autour, on avait réussi. Et deux petits visages sont apparus à la fenêtre, qui nous fixaient, Ralph s'en souvenait aussi, comme moi, il n'a jamais oublié la terreur des deux enfants. Mais ça ne nous a pas suffi, à nous, les sauvageons. Nous voulions leur faire encore plus peur. Nous avions des cocktails Molotov, chacun un, et Ralph disait qu'on était en train de choisir les arbres sur lesquels les lancer et, et...

— Et tu as allumé le tien, ça, je me le rappelle, tu as mis le feu à ton cocktail Molotov et tu t'es élancé vers le grand sycomore à l'angle, près de la clôture où on était planqués, tu as foncé, comme si tu allais te jeter dessus, mais sur ton chemin, il y avait une des figures en flammes, le crâne, je crois, et ça flambait bien, on avait l'impression que tu croyais pouvoir passer en plein milieu.

Dave hoche la tête maintenant, il sourit presque, comme soulagé de visualiser les choses si clairement, comme si la fumée s'était dissipée.

— Tu as fait un crochet pour éviter le feu, reprend Dave, et je ne sais pas trop comment, tu as écarté les bras pour retrouver ton équilibre, le cocktail Molotov t'a échappé, il a atterri dans la maison, et toi tu es rentré tête la première dans le tronc d'arbre et tu t'es assommé.

Danny secoue la tête.

— Ce n'est pas ce que m'a expliqué Ralph.

— En tout cas, c'est ce dont je me souviens, moi, Dan. Et comme ça, ça t'exonère de tout... Enfin, cela dit, personne ne rejetait la faute sur toi, nous étions tous...

— Moi, je me suis toujours tenu pour responsable. Toutes ces années.

— C'était un *accident*. Tu as couru, glissé, la bouteille a quitté ta main gauche de travers, je revois très bien ce moment. Si seulement, à cause de la version officielle comme tu dis, nous en avions...

— La « version autorisée »...

— O.K., comme la Bible, très bien, et nous l'avons tous autorisée, cette version, mais si seulement, après tout ce temps, nous avions pu en parler, si tu m'avais appelé, si tu m'avais proposé de nous voir pour discuter de ce qui s'était passé et recoller les morceaux du puzzle, si seulement. Mais voilà, on avait peur, on a paniqué, on était terrifiés, et en colère aussi, j'imagine.

— En colère contre moi. Gene était en colère. Il était furieux.

— Oui, c'était Gene, dit Dave en opinant du chef.

Danny éprouve soudain l'envie de lui taper dans la main.

— Parce que moi, je n'ai jamais vraiment été persuadé... poursuit Dave.

— Nous avons tous suivi, mais c'était Gene qui menait l'assaut.

— Il fallait toujours qu'il nous fasse la morale... C'est vrai, quoi, c'était le chevalier blanc, le bon petit soldat, Gene prenait une décision et c'était genre les Dix Commandements, c'était gravé dans le marbre.

— Tout à fait... Oui, c'est ça. C'est exactement ça.

Danny prend de grandes respirations, presque ému; il y a des larmes dans les yeux de Dave aussi, croit-il, sans toutefois vouloir attirer l'attention dessus. Il n'en a pas terminé.

— Si seulement nous en avions discuté avant, dit encore Dave, comme si c'était trop tard.

— Gene voulait que je porte le chapeau, postule Danny avec précaution, mais ce n'est pas toute l'histoire. Du moins, pas d'après ce que m'en a dit Ralph.

Dave opine, une fois encore, puis soupire, tête inclinée, et sur son visage réapparaît cette expression, les sourcils soulevés, le scepticisme adulte, le jugement viril : que veux-tu faire après toutes ces années ?

— C'est un peu comme ce film japonais, tout le monde se rappelle une version légèrement différente de ce qui s'est passé. Mais la réalité reste la même, suggère Dave.

Ce qui revient à faire un contresens complet sur le film japonais en question, pense Danny. Sans parler du fait suivant : soit on a lancé un cocktail

Molotov, soit non. Mais peu importait, Dave était de son côté, et Ralph lui avait expliqué ce que lui avait vu, et tout ça les menait droit à Gene. Il n'avait pas besoin de réexaminer la situation avec Dave, ni de comparer ses notes, ni de chercher à tourner la page.

— Si seulement nous avions été capables de parler, dit une fois encore Dave, en le fixant droit dans les yeux.

Il y a quelque chose dans l'intensité de ce regard qui décontenance Danny.

Comme si c'était trop tard, maintenant. Qu'est-ce que cela signifie ? Danny évoque alors Jonathan Glatt, Dave rit et dit « pffiou, on a eu chaud sur ce coup », ajoute que Gene les a fait sortir à temps, Danny rectifie : sauf lui. Dave le dévisage.

— Tu as perdu combien ?

Danny secoue la tête, l'air de dire « tu n'imagines même pas ».

— Alors c'est Gene ? Tout converge vers lui, selon toi ?

— Ce que m'a raconté Ralph le confirmerait, en tout cas.

— Et alors quoi ? Tu crois que Gene a éliminé Ralph ? Qu'il l'a fait suivre jusque chez toi ? Putain, c'est du lourd, là, Dan.

— Je ne sais pas… Je n'ai pas d'autre hypothèse.

Danny ne veut pas parler du chantage. Encore maintenant, il a honte de lui, d'avoir laissé la situation dégénérer à ce point. Il faut qu'il s'en aille, qu'il ait une confrontation avec Gene Peterson, pour mettre un terme à tout ça une fois pour toutes. Le portable de Dave sonne à nouveau, il le coupe. Danny désigne le téléphone, manière de signifier qu'il comprend que Dave est un homme très occupé, qu'il lui a pris assez de son temps. Mais avant qu'il puisse faire un mouvement, Dave l'arrête sur sa lancée.

— Il y a quelque chose… Je n'en ai jamais tiré de conclusion, vraiment, c'est le genre de truc qui arrive, et toi et… Claire, c'est ça? Ta femme? Imagine à quel point on s'est éloignés, toi et moi, j'hésite sur le prénom de ta femme. Moi je suis divorcé, je n'ai pas d'enfants, au fait.

— Je sais, répond Danny.

Il s'en souvient; cela dit, il serait bien en peine de préciser quoi que ce soit concernant l'ex-femme de Dave, car il est presque certain de ne l'avoir jamais vue.

— Bref, je crois que ça remonte à la période où Claire et toi étiez séparés, vous vous êtes rencontrés à la fac, vous avez rompu et après vous vous êtes remis ensemble, c'est ça?

— Oui.

— Bon. J'ai toujours trouvé ça pas très cool, et d'ailleurs c'est peut-être la raison pour laquelle aucun d'entre nous n'a été invité au mariage…

— Nous n'avons pas fait de fête. Nous ne sommes pas… Enfin, pas officiellement, même si nous nous sommes déclarés… nous ne sommes pas légalement mariés.

— Comment ça se fait?

— Claire ne voulait pas. Elle est… Elle a été adoptée toute petite. Et elle préférait ne pas connaître ses parents naturels, elle n'avait pas envie de se plonger là-dedans. Elle adorait les Taylor, sa famille adoptive, elle ne voyait pas pourquoi compliquer les choses. Elle disait… qu'elle n'avait pas besoin d'un morceau de papier pour savoir qui elle était.

Dave sourit. Y a-t-il quelque chose de cynique, ou de satirique, à la limite de la cruauté, dans ce sourire ? Pile en cet instant, Danny l'ignore. Et à cause de ce que Dave Ricks dit ensuite, le sourire s'efface de son esprit, comme s'il n'avait jamais existé. Mais en temps voulu, il lui reviendra, pour ne plus disparaître. C'est un sourire dont Danny se souviendra toute sa vie.

— « On n'a pas besoin d'un bout de papier de la mairie », déclare Dave, comme s'il s'agissait d'une citation quelconque.

Claire saurait, pense Danny.

— Mais écoute un peu, voilà qui donne peut-être à Gene une raison supplémentaire d'avoir une dent contre toi. Du temps où vous étiez séparés, donc, avec Claire, Gene l'a croisée à Chicago. Et ils ont passé la nuit ensemble.

(Love Is) The Tender Trap
[« (L'amour) Ce tendre piège »]

Charlie T. et Angelique ont effectué dans la grand-rue de Cambridge au moins une demi-douzaine d'allers-retours en cette fin d'après-midi, qui bientôt verra disparaître les derniers rayons du soleil. Ils ont acheté un saladier en grès vernissé chez Pat's Pottery, visité une exposition d'« artistes émergents » à la galerie Lucey, observé l'équipement d'une crémerie du XIXᵉ siècle au musée des Produits laitiers, où Charlie a offert à Angelique une crème glacée, qu'ils ont mangée assis sur un banc. Elle tendait une cuillère sur deux à Charlie, lui caressait le bras, blottissait de temps en temps sa tête au creux de son épaule. Après ça, ils sont passés dans une agence immobilière récupérer quelques brochures puis dans deux boutiques d'antiquités, où ils se sont intéressés à des pendules, des miroirs et des fauteuils. Chez Janine, tissus d'ameublement, Angelique a trouvé un dessus-de-lit et des sets de table inspirés des illustrations du livre pour enfants *Bonsoir Lune*, et à la Maison du Pain d'épices, ils ont acheté des petits gâteaux de Noël. Dans le magasin Au Plein

Air, Angelique a forcé Charlie T. à investir dans un manteau à carreaux rouges doublé de polaire et une casquette aux couleurs de l'équipe des Badgers. Les voilà désormais chez Cindy salon de thé, à boire des cafés au lait et à grignoter des petits pains à la cannelle, les yeux dans les yeux, sourire aux lèvres.

C'est du flan, mais pas seulement. C'est ce que font les gens normaux, n'arrête pas de penser Charlie T. – du moins ceux qui portent des sweat-shirts, possèdent des résidences secondaires et conduisent des voitures de marque européenne. Les gens normaux riches. D'ordinaire, Charlie T. traînerait dans le rade le plus proche, ou le bar de strip-tease qui emploierait sa petite amie plus tard dans la soirée, ou l'emploierait déjà, ça dépendait des villes. Mais il n'y a pas de club de ce genre à Cambridge et sa petite amie n'est pas strip-teaseuse, elle est infirmière. Pardon – sa fiancée.

Il lui avait fait sa demande sur la route qui les menait à Madison, et ce n'était que lorsqu'ils avaient bifurqué vers l'est en direction de Cambridge qu'elle avait répondu oui. Il n'était pas certain d'avoir pris la bonne décision, déjà parce qu'il savait foutrement bien qu'il n'avait pas encore eu son content d'autres femmes, mais il y avait quelque chose chez Angelique... Par exemple, après qu'il avait descendu le cow-boy, elle lui avait caressé la cuisse, sans sous-entendu sexuel, avec fierté plutôt. Elle évoquait tranquillement ses projets, ce qu'elle pouvait espérer en tant qu'infirmière, ce qu'il pouvait attendre d'elle. Peut-être était-elle en chasse. L'aurait-elle manipulé ? Quand bien même, ça ne le dérangeait pas. Il appréciait. Il aimait cette idée qu'ils puissent être ensemble. Grâce à elle, il avait compris qu'il existait une alternative à la course aux pétasses, et il avait pris conscience de son sentiment de solitude.

Peut-être bien qu'elle l'avait manipulé. Après quoi, en bonne représentante de la gent féminine, elle l'avait aussi fait attendre : il avait fait sa demande sur l'I-90, elle l'avait acceptée sur la 12-18, soit une heure après. Entre les deux, silence. Le plus long silence consécutif dont il ait jamais été témoin de sa part. Il avait mis la radio – une station assez classe à son goût, d'ailleurs, qui diffusait de vieux classiques tirés de comédies musicales, Ella Fitzgerald, Frank Sinatra et consorts interprétant ces chansons sur lesquelles dansaient ses grands-parents. Comme de bien entendu, à peu près tous les titres parlaient d'amour. *The Tender Trap*, *I'll Be Seeing You*, *All The Things You Are*. Il avait cru l'entendre étouffer un sanglot, à un moment, puis d'un coup d'œil en coin, la voir écraser une larme. Il n'avait pas tourné la tête. Ni prononcé un mot. Il avait gardé les yeux sur la route. *Let's Face The Music And Dance*. Il avait pensé à ses grands-parents, à sa mère, à sa sœur, à ses neveux et nièces. Angelique parlait sans cesse de sa mère, ses tantes, ses sœurs. La famille. Voilà ce dont il s'agissait. L'avenir. Il avait même failli verser sa petite larme, lui aussi.

Ils approchaient de Cambridge et M. Wilson ne leur avait toujours pas communiqué l'adresse de leur cible, du coup, ils étaient allés en ville pour leur balade romantique. Charlie n'était pas convaincu à cent pour cent qu'il aimerait passer tous ses après-midi à arpenter les antiquaires et les galeries d'art ;

il serait plutôt du genre champagne sur un yacht, s'il était riche. Mais il ne s'agissait pas seulement de jouer les amoureux transis. L'idée d'Angelique était de donner l'impression qu'ils cherchaient à emménager dans le coin. C'était un jeu auquel les couples s'amusaient souvent, prétendait-elle, visiter un endroit et imaginer s'y installer. Et les gens parlaient. Du coup, on n'aurait peut-être même pas besoin de l'adresse.

« Parce que, avait-elle dit en glissant une cuillerée de glace dans sa bouche, où crois-tu qu'elles vont être vers 17 h 30, 18 heures, à la tombée de la nuit ?

— Je ne sais pas. Chez elles ?

— Le soir de Halloween ?

— Elles préfèrent vivre cachées.

— Elles sont déjà bien planquées, dans cette petite ville croquignolette. À ton avis, des gamines de quoi, neuf et onze ans, tu crois qu'elles ne vont pas vouloir faire la tournée du quartier ?

— Non ?

— Mais si ! Comme toutes les petites filles qui se respectent, elles auront envie de profiter de la fête. Allez, enfile ton manteau, cache-moi tes cheveux sous ton bonnet comme les gars du coin et essaie d'avoir l'air un peu moins beau gosse. »

Et ils sont maintenant chez Cindy, Angelique s'extasie sur les bungalows en bord de lac ou les villas dans les collines que montrent les brochures immobilières, et Charlie T. hoche la tête. Bientôt, Cindy s'installe à leur table : elle a les cheveux très bouclés, colorés en blond « épis de maïs », remontés sous un foulard en batik, elle porte des grandes créoles aux oreilles ; sa silhouette et son teint laissent

331

à penser qu'à peine baissé le rideau de son salon de thé elle termine les pâtisseries invendues, puis traverse la rue en direction du bar Le Andrew's, où elle commande la première d'une longue tournée de bières.

— Vous aimez la région ? s'enquiert Cindy, qui rit comme si cette question était drôle.

— Comment ne pas adorer ce coin ? roucoule Angelique. C'est vraiment un endroit merveilleux pour élever des enfants.

Et d'un geste subtil, elle se passe la main sur le ventre.

— Justement ce dont nous avons besoin. Les prix ont tellement grimpé que les familles ne pouvaient plus se permettre d'emménager par ici, répond Cindy, riant à nouveau.

Angelique minaude en direction de Charlie T.

— Oh, moi, je ne suis qu'une esthéticienne, mais mon fiancé est dans la gestion des risques, ne m'en demandez pas plus, il me l'a expliqué cent fois, mais je n'arrive pas à m'en souvenir. Bref, quoi qu'il en soit, c'est un métier très recherché de nos jours. Ça doit être notre première journée tous les deux depuis des mois, n'est-ce pas, chéri ?

Charlie T. hoche la tête en souriant. Il préfère ne pas parler parce que sinon il risque de s'entendre dire : « Oh, j'adore votre accent, vous êtes irlandais, moi aussi ! » Et la prochaine fois qu'une Amerloque avec son gros accent américain lui raconte qu'elle est irlandaise par son grand-père ou bien qu'elle y a passé des vacances ou que Colin Farrell est son acteur fétiche, il lui répondra : NON PUTAIN, T'ES PAS IRLANDAISE, et ça pourrait se révéler contre-productif avec Cindy. De toute manière, son expérience lui a appris qu'une femme préfère encore que vous l'écoutiez plutôt que de vous écouter.

Cindy interroge Angelique sur son métier, pour savoir si elle a l'intention de continuer après son emménagement, Angelique répond qu'elle pensait à monter un spa, un centre de bien-être, Cindy remarque qu'ils en ont déjà quelques-uns, mais que le coin est en pleine expansion. Angelique rebondit : sinon, quelque chose dans le domaine de la petite enfance.

— À ce propos, avec mon fiancé on se demandait où étaient tous les enfants, c'est Halloween, pourquoi on n'en voit nulle part ?

— Eh bien, les miens sont grands maintenant, lâche Cindy en riant, comme incrédule, comme s'il était invraisemblable qu'elle puisse avoir des enfants adultes. Nous habitions au-dessus de la boutique, et on ne peut pas vraiment faire la tournée des voisins dans une rue commerçante, alors nous les emmenions dans deux ou trois quartiers. Sycamore Heights, par exemple, mais les prix des propriétés là-bas sont si élevés que les enfants qui y vivaient sont partis, et aucun n'est revenu, c'est d'ailleurs exactement le problème dont je vous parlais tout à l'heure. L'autre coin…

À ce moment-là, elle se tourne vers une femme plus jeune occupée à consulter son iPhone d'un air morne.

— April, où vont les gamins pour Halloween, de nos jours ?

April pousse un soupir théâtral et relève lentement la tête, mais ses yeux semblent peser une tonne, ils refusent de suivre le mouvement.

— Les plus grands vont vers Cedar Point, sur la rive nord du lac, ou bien vers le pub de routiers, le Billy's. Pour le vrai Halloween, le mieux c'est encore Ripley Fields, répond-elle d'un ton traînant.

Sur ce, les yeux d'April font à nouveau basculer sa tête vers son portable.

Cindy rit, opine.

— Certaines traditions ne changent jamais. Si vous voulez voir où nous cachons les enfants de Cambridge, allez faire un tour à Ripley Fields.

TROISIÈME PARTIE

Le soir de Halloween

Sisters
(« Sœurs »)

Barbara n'a pas envie que Donna les accompagne, Irene et elle, dans leur tournée de Halloween. En fait, elle préférerait que leur tante les attende au bout de la rue, comme si elle n'était pas présente du tout, comme si les filles se débrouillaient en solo, comme des ados, car Barbara s'y croit déjà. Mais elle n'a que onze ans (« Douze ans en mars, je te rappelle ») et quoi qu'il en soit, il ne faut pas oublier Irene. Irene, dont le comportement est très proche de celui de sa sœur une bonne partie de la journée, qui s'avère peut-être même un peu plus fine, un peu plus perspicace que son aînée (mais pas le moins du monde intéressée par les garçons, les bébés ou le grand monde merveilleux du sexe que Barbara s'est donné pour mission d'explorer depuis l'âge précoce de six ans). La différence d'âge entre elles deux ne se fait sentir que vers 21 h 30 : quand Barbara mène campagne pour rester debout le plus tard possible, Irene enfile tranquillement un pyjama et va se coucher, avec sous le bras son Ouaf-Ouaf, le chien en peluche qu'elle a depuis qu'elle est

337

bébé, contente que la journée se termine. Irene, qui apparaît parfois dans le lit de Donna vers 5 ou 6 heures du matin, après un mauvais rêve, comme un petit enfant, le pouce pas loin de la bouche, encore anxieuse, très chaton à cajoler. Irene, elle, aimerait que Donna les accompagne jusque sur le perron, au cas où.

Le compromis est donc le suivant : Donna attendra sur le trottoir ou dans l'allée de chacune des maisons, de manière à rester visible.

— Soit on fait comme ça, soit on rentre, conclut Donna.

Barbara lève les yeux au ciel, puis capitule.

— D'accord, c'est bon.

Elle avait déjà râlé à cause de la boue sur leurs Ugg lorsqu'elles avaient longé le lac pour venir jusqu'ici ; Irene n'en semblait pas dérangée, mais Barbara, elle, était outrée, comme si les bottes boueuses participaient du complot des adultes pour la contrarier. Donna remarque, amusée, qu'elles ont toutes deux gardé leur grand bâton de marche trouvé sur le chemin, et qu'elles refusent depuis de le poser.

Irene : ils seraient bien pour repousser les loups-garous ou les zombies.

Barbara : Ou les garçons.

À Ripley Fields, les maisons sont pour la plupart des pavillons basiques, mais il y a également, de-ci de-là, quelques demeures plus vastes, de style néo-Tudor, néo-colonial, néo-victorien. « Un endroit super quand on a des enfants », affirme tout le monde, et Donna est bien forcée d'en convenir : ce soir, les larges rues bordées d'arbres de ce lotissement grouillent de minisorciers et sorcières, de farfadets, de fantômes et de vampires, qui s'agitent, comme Barbara, ou restent en retrait, comme Irene, leurs parents formant un cordon de sécurité autour d'eux ou bien traînant à quelques pas derrière pour leur donner une certaine illusion de liberté. Le village tout entier ne compte qu'un millier d'habitants, alors malgré toute la distance que Donna tente de maintenir en général, elle est immanquablement retardée par tel propriétaire de galerie, ou tel coiffeur, qui cherchent à savoir qui sont donc le vampire et le chat qu'elle accompagne.

— Mes nièces, répond Donna, évitant de s'étendre trop, les filles lui servant d'excuse pour se contenter d'un sourire et d'un hochement de tête.

Elle ressent encore un fond de peur, à cause du loup aperçu le matin, des explosions de pétards, des couinements perçants de ces enfants si nombreux et ravis, surexcités à la perspective d'engloutir des quantités improbables de sucreries. Surtout, elle s'était retrouvée saisie d'effroi devant les informations, vues à la télévision avant de quitter la maison, pendant que les filles terminaient d'enfiler leur costume, concernant le cadavre découvert dans le jardin de Claire et Danny, la mort du chien, l'avis de recherche lancé contre Danny, la mention des filles. Donna avait immédiatement appelé le portable de son frère, hurlé un message sur son répondeur, tenté de joindre Claire, en vain, puis elle avait dû prendre une décision express : fallait-il annuler cette sortie pour raisons de sécurité ? Cela lui avait été tout simplement impossible.

Cependant, elle avance à pas lents, aux aguets, et même si Irene n'avait pas insisté, elle n'aurait pas lâché les filles d'une semelle, comme une mère poule. Le point positif, c'est que tout ça se passe à Cambridge, dont le journal local n'est que reportages sur les compétitions sportives scolaires, communiqués de la chambre de commerce, publicités pour des dentistes ou vétérinaires de la région ; certes, un agent immobilier a été tué il y a quelques années de cela, mais depuis, plus rien. *C'est un superendroit quand on a des enfants*, articule Donna en silence. Le point négatif, c'est que Madison n'est pas bien différent, merde, alors pourquoi y a-t-il un cadavre dans le jardin d'Arboretum Avenue ? *C'est pas vrai, petit frère, dans quoi tu t'es fourré ?*

Oui, Donna avance à pas lents, aux aguets, mains dans les poches de sa veste en polaire Patagonia, où se cache sa pochette rouge vernie contenant son beau Glock tout noir, et elle scrute chaque parent avec intérêt : un des barmen du Andrew's, le garagiste, Patricia et Pam, de la Maison du Pain d'épices. Elle ne reconnaît pas certains passants, une bande d'ados qui semblent chercher les ennuis, mais seraient bien incapables de savoir quoi en faire s'ils les trouvaient, ou la rousse sexy et le type avec la casquette des Badgers qui rentrent sûrement du boulot et se fichent bien que ce soit Halloween. Tout le monde n'a pas d'enfants après tout.

Le meilleur moment de la soirée selon Donna, pour l'instant :

Un imposant et sinistre manoir de style néo-Tudor que les autres groupes ont évité. Barbara, inconsciente ou téméraire, probablement un peu des deux (comme d'habitude), fonce bille en tête, Irene la suit, non sans un bref coup d'œil en direction de Donna. La grande porte s'ouvre, un vieux ronchon apparaît (il en faut toujours un).

— En quoi t'es censée être déguisée ? aboie-t-il à
Barbara.

— Vampire, répond-elle d'une petite voix.

La pauvre est si facilement désarçonnée, la voilà
soudain dégonflée, intimidée par le vieux schnock,
Donna a très envie d'aller lui rabattre son caquet
d'une bonne gifle, à ce type.

— Quoi ça ? J'entends pas.

— VAMPIRE, braille Barbara, sa peur terrassée
par l'irritation.

Bravo, c'est bien, une vraie Brogan, pas de doute,
sourit Donna.

— Ah d'accord, grommelle le ronchon en jetant
une poignée de bonbons dans le fourre-tout orné
d'une tête de mort de Barbara.

Il se tourne vers Irene et immédiatement, se met
à secouer la tête.

— Oh non. Non, non, toi tu ne portes même pas
de costume de Halloween.

— Si, répond Irene, avec fermeté.

Elle qui est souvent sur la réserve au début
participe toujours à fond ensuite.

— Tu as des oreilles de chat, un petit masque, une
peau de fourrure et une queue, grogne le vieux.

— Parce que je suis un chat, s'égosille Irene.

Le ronchon, que Donna commence à trouver
assez comique dans son genre, croise les bras sur sa
bedaine et secoue sa tête barbue.

— Les chats ne font pas partie des créatures de
Halloween, affirme-t-il comme s'il s'agissait du
verdict d'un procès.

Donna s'esclaffe.

— Hé ! proteste Barbara, outrée pour sa sœur.

341

—T'inquiète, la rassure Irene avant de se retourner vers son interlocuteur. Les chats ont tout à fait leur place. En Égypte ancienne, un soldat romain qui avait tué un chat s'est fait lyncher par les gens du Nil furieux, parce que pour eux, le chat, c'était la déesse Bastet, la déesse de la Lune. C'est donc aussi la déesse de Halloween. Du coup, moi je suis déguisée en chat.

Le vieux schnock en reste coi quelques instants.

—Alors ? Des bonbons ou un sort ? Où sont ses friandises ? insiste Barbara.

Le ronchon hausse les épaules, verse des sucreries dans le sac d'Irene.

—Hé, dit-il au moment où les filles font demi-tour. Est-ce qu'il y avait quelque chose de vrai dans tout ça ?

—Oui, certains passages, répond Irene.

—Lesquels ?

—Vous ne comprendriez pas, intervient Barbara.

—Ce sont des choses que nous sommes les seules à savoir.

—Vous ? Vous êtes qui ? s'enquiert le monsieur.

Barbara est presque à la hauteur de Donna maintenant. Elle attend Irene puis se retourne vers le vieux, dont la silhouette se détache sur le noir de sa porte d'entrée.

—Qui on est ? dit Barbara tandis qu'une fusée de feu d'artifice rouge traverse le ciel au-dessus d'elles.

Irene se tourne vers sa sœur, pile au bon moment.

—Qui on est ? Nous sommes les sœurs Brogan.

Willow Weep For Me
(« Saule, pleure pour moi »)

Chez les Brogan, sur Arboretum Avenue, personne ne sait trop quoi faire du chien mort, et la décision en revient au lieutenant Nora Fox. C'est la dernière chose à régler avant l'évacuation de la scène de crime. La victime n'a toujours pas été formellement identifiée, mais par élimination, il s'agit presque certainement de Ralph Cowley – Ken Fowler ayant passé un coup de fil à l'agence de graphisme de Dave Ricks basée sur West Wacker à Chicago, il avait appris par la réceptionniste que M. Ricks n'était pas disponible parce qu'il était en réunion, il n'était donc pas mort. Le médecin légiste a terminé son travail, le corps a été enlevé, les photographes, les techniciens spécialisés ont pris leurs clichés, récupéré leurs échantillons. Entourés des fragments de ruban adhésif de la police qui jonchent le gazon piétiné, l'agent Colby et le lieutenant Nora Fox se tiennent dans le noir, à proximité du cadavre exhumé du chien grotesquement mutilé.

— On ne peut pas le laisser là, dit Colby.

— Il s'appelait M. Smith, réplique Nora.

Son ton est plus dur qu'elle n'en avait eu l'intention, plein de colère contre le sauvage responsable de ça ; Colby ne peut réprimer une petite grimace, comme s'il s'était pris un savon.

— Mais on ne peut pas l'enterrer à nouveau non plus, ajoute-t-elle. S'il y a... Enfin, c'est à la famille de décider. Est-ce qu'il y a une bâche dans le garage, ou bien une tente ? Ils l'enterreront après, en famille, quand tout ça...

Nora s'interrompt. Il est entendu que cette affaire peut se terminer d'un certain nombre de façons, et la plupart excluent le scénario selon lequel la famille Brogan se réunirait dans son jardin pour enterrer son animal de compagnie. Colby hoche la tête sans un mot et se dirige sans plus tarder vers le garage.

Nora se tourne vers la maison datant de la fin de l'époque victorienne, dotée de tours, nichée dans les bois, où était installée la famille Brogan, et elle se demande s'ils ne tentaient pas le diable à vivre à l'écart comme ça, puis elle s'empresse de balayer cette idée largement superstitieuse, pour mieux se concentrer sur l'enchaînement des événements qui se sont succédé depuis qu'elle a quitté la bibliothèque de Monroe High.

Pour commencer, le compagnon de voyage de Danny Brogan, Jeff Torrance, a été abattu sur le parking d'un restaurant Ruby Tuesday's à Rockford, dans l'Illinois. Auparavant, Ken Fowler avait déjà trouvé l'immatriculation de son véhicule, une Ford Mustang rouge de 1976, enregistrée au nom de Jeff Torrance, domicilié à Spring Harbor, Madison, Wisconsin, et l'avait ajoutée à l'avis de recherche lié à Danny Brogan. À Rockford, un témoin a vu

Danny se pencher sur le corps, les mains et le visage couverts de sang. La police locale en a d'abord conclu que Brogan était coupable du meurtre, mais les premières observations de l'expert légiste de l'université de l'Illinois ont immédiatement permis de l'exonérer : étant donné la nature de l'impact et l'angle d'entrée, le coup de feu provenait forcément d'une distance considérable. Néanmoins, Brogan reste recherché, et désormais les patrouilles ont la description de la voiture.

Ensuite, Nora appelle Cass Epstein, au Bureau des affaires familiales et de l'enfance du Wisconsin. Nora et Cass participent au même club de lecture, et justement, elles viennent de lire *La Conspiration du silence*, de Martha Powers, sur le thème de l'adoption. Lors de la réunion, très vite, la discussion avait dévié de l'aspect littéraire pour déborder sur les problèmes eux-mêmes, comme souvent : quels droits ont les parents naturels, les parents adoptifs, les enfants, et qui a la priorité ? Nora sait que cette information peut être obtenue par le biais d'un mandat, ou si elle prouve qu'elle est essentielle à son enquête. Elle n'a pas de mandat, et n'est pas encore persuadée que la seconde proposition s'applique. Mais en ce soir de Halloween, trente-cinq ans exactement après l'incendie qui a ravagé la maison des Bradberry, même si Nora se méfie beaucoup des flics qui accordent du crédit aux mauvais pressentiments... elle en a un. Du coup, elle appelle Cass et lui demande si elle peut identifier pour elle l'enfant qui a survécu, cette petite fille de trois ans à l'époque. Nora lui explique qu'il s'agit probablement de la toile de fond de l'enquête qui l'occupe en ce moment, que ça l'aiderait énormément, que deux personnes sont déjà mortes, donc le facteur temps n'est pas à négliger. Cass étant particulièrement peu réceptive à la brusquerie, Nora hésite entre afficher un calme apparent et… la brusquer, justement. Cass répond qu'elle est sur le point de quitter le bureau, et qu'elle va devoir réfléchir, qu'elle n'aura peut-être pas de ses nouvelles avant demain, et joyeux Halloween ! Comme quoi, faire jouer son réseau ne rapporte pas à tous les coups.

L'agent Colby est de retour avec une vieille valise à carreaux toute moisie qui ne ferme pas.

— Il fait tellement froid que le corps ne risque pas de se décomposer, argue-t-il.

Nora opine de la tête. Avec les plus grandes précautions, Colby récupère ce qui reste de M. Smith, le dépose dans la valise et l'emmène dans le garage. Après quoi, Nora l'autorise à partir. Elle s'attarde un peu, en revanche, elle observe la maison, arpente le jardin, ouvre le portail de derrière, celui qui donne sur l'arboretum, et parcourt la terre qui a été labourée, guidée par sa lampe torche de la taille d'un stylo. Une fois le reste des troupes évacué, systématiquement, elle revient sur les lieux du crime, comme le coupable, juste pour voir s'ils n'auraient pas manqué quelque chose. Et il y a toujours quelque chose. Elle passe une demi-heure à retourner les feuilles du pied, comme un chien, ou un enfant, à écrabouiller les pommes pourries, jusqu'à ce qu'elle repère un éclat scintillant parmi les peaux mortes de la forêt. Armée de la pince qu'elle a tirée de son sac, elle ramasse l'objet, l'examine. Il s'agit d'une petite médaille ovale, argentée, mais pas en argent, probablement en nickel, dont une face est décorée d'une croix et d'un *M* entrelacés et l'autre, gravée d'une Sainte Vierge, autour de laquelle s'étirent ces mots, minuscules : *Ô Marie conçue sans péché, priez pour nous qui avons recours à vous.*

Une médaille miraculeuse, se dit-elle immédiatement : Gary, qui était catholique et en portait une, éprouvait une sorte de frisson illicite à la garder lors de leurs ébats amoureux, à tel point que Nora avait fini par trouver cela flippant. Il faut dire qu'elle n'a jamais cru en Dieu. Ses parents répétaient sans cesse : « Nous ne voulons rien t'imposer. Quand tu auras l'âge, tu décideras par toi-même. » Nora se demande si c'était la bonne approche, s'il ne fallait pas contracter la foi dès l'enfance pour l'avoir un jour. Non que cela lui manque forcément, du moins, pas au quotidien, mais parfois, elle envie les croyants, même quand ils ne sont plus pratiquants. Au moins, ils peuvent se tourner vers leur Dieu s'ils le souhaitent et ça peut se révéler nécessaire, quand la vie est dure. Et ses parents, des barjots égocentriques qui avaient divorcé alors qu'elle était âgée de dix ans pour mieux pourrir la vie de deux autres timbrés dans leur genre, n'avaient pas une réelle rigueur intellectuelle dans leur méthode d'éducation garantie sans foi. Elle parierait qu'ils étaient juste trop feignants pour aller à la messe le dimanche matin.

Elle observe la médaille. Il pourrait y avoir des empreintes dessus, songe-t-elle en la glissant dans un des sachets autoadhésifs qu'elle garde toujours sur elle. Peut-être que cela réduit le nombre de

347

suspects aux seuls catholiques. Ou bien elle appartenait à Ralph Cowley.

Ô Marie conçue sans péché, priez pour nous qui avons recours à vous.

Son téléphone vibre. Un SMS.

```
L'info est sur ton bureau. Ai déposé le dossier
au passage. J'espère que ça te sera utile. À
+ Cass.
```

Le livre de Ralph

1976

Voici ce qui s'est vraiment passé. Danny était le Feu, Dave, la Peste, Ralph, la Famine, Gene, la Faucheuse. Le gazon brûlait, les garçons étaient devenus intenables ; leur farce avait si bien fonctionné que l'effet était spectaculaire. Ils hurlaient de joie maintenant, ils dansaient, littéralement, entre les têtes de mort et les araignées, se mettant au défi de courir à travers les flammes. Leurs visages étaient toujours dissimulés par leur masque, mais leurs regards se croisaient, et il y avait également des flammes dans leurs yeux, les flammes de la méchanceté, de la sauvagerie. Chacun vit les deux petits Bradberry derrière la vitre, qui les fixaient, les yeux écarquillés de terreur. Chacun fit comme s'il ne les voyait pas. « Prenons les cocktails Molotov », dit l'un, et même si tous avaient estimé qu'ils n'en auraient sûrement pas besoin, en cet instant, tous eurent envie de nourrir le feu.

Ils étaient convenus de ne pas les lancer près de la maison, c'était une des règles qu'ils avaient établies. Danny – et c'était son opération, après tout, sa vengeance – s'était montré très strict à ce sujet. Et comme c'était son grand spectacle, il eut le droit de viser le premier, il se plaça face à l'immense sycomore qui se dressait au fond du jardin, dans l'angle, à l'opposé de la maison, en diagonale, juste à côté de la clôture derrière laquelle les garçons s'étaient planqués. Les flammes rugissaient avec force désormais, la chaleur montait, quelques voix confirmèrent à Dan que le sycomore était la meilleure cible, c'était sûr, après avoir observé les alentours, c'était le seul arbre assez éloigné pour que ça ne soit pas dangereux.

Après coup, ils décidèrent que c'était Danny qui avait enfreint les règles : il avait paniqué, ou pété un plomb, ou glissé et, en tentant de retrouver son équilibre, propulsé le cocktail Molotov en direction de la maison. Que ce soit par accident ou intentionnellement, c'était Danny le coupable, et le résultat était le même.

Mais ce n'est pas ce qui s'est réellement passé.

Voici ce qui s'est vraiment passé. Ils se mirent tous en file indienne, Danny devant, et lorsque ce dernier s'élança, les autres dans son sillage, Ralph, qui se trouvait juste derrière, trébucha, le poussant dans le dos, et tous deux se ramassèrent dans la tête de mort en feu. Ralph atterrit par-dessus Danny, il l'extirpa très vite des flammes et l'écarta avec force : Danny fut projeté contre le tronc et perdit connaissance, assommé. Pendant ce temps, les deux autres restaient en rang, prêts à lancer. Ils ne pouvaient plus viser le sycomore, maintenant que Danny gisait à proximité, ils auraient risqué de le brûler. L'un d'entre eux – le *P* – envoya son cocktail Molotov vers la clôture de l'autre côté de l'arbre, à la limite du jardin voisin. Puis le *F* – Ralph, qui assistait à la scène, distingua clairement la lettre sur le costume – le *F*, zigzaguant à travers les flammes en direction de Danny, éjecta son cocktail Molotov par-dessus sa tête, en arrière, droit sur la maison. Aucun d'entre eux ne put localiser le projectile de Danny, ils en conclurent qu'il l'avait donc jeté lui aussi. Quand ils virent les flammes commencer à dévorer la maison, ils paniquèrent, relevèrent Danny tant bien que mal et prirent leurs jambes à leur cou.

Plus tard, une fois les déguisements ôtés, ce fut décidé : Danny avait lancé le cocktail Molotov qui avait mis le feu chez les Bradberry.

Bien des années après, cependant, Ralph eut accès au rapport d'enquête concernant cet incendie, et il apprit qu'un cocktail Molotov avait été retrouvé entre le sycomore et la clôture, intact, le morceau de tissu qui servait de mèche n'ayant jamais été allumé. Celui de Danny. Qui n'était donc pas coupable. Ralph non plus, évidemment. Mais Gene était un *F*, et un *F* avait lancé le cocktail Molotov sur la maison.

Ce n'était pas Danny, en fait.

C'était Gene.

Tout ce temps, Danny avait cru que c'était sa faute, parce qu'on le lui avait soutenu. Mais ce n'était pas sa faute. Et ça ne l'avait jamais été. C'était un mensonge, dont Gene Peterson les avait persuadés, et tous s'étaient ralliés à cette position, parce que les événements s'étaient déroulés si vite ; la chaleur était si intense, les flammes si vives et hautes. Ils avaient eu peur, ils n'étaient sûrs de rien, et Gene, lui, s'était montré calme, convaincu, et puisque c'était ce qui les impressionnait chez Gene depuis si longtemps, ils n'avaient pas douté.

Ils avaient tort.

Extrait de
Des bonbons ou un sort !
Manuscrit inédit de Ralph Cowley

I Can Read Between The Lines
(« Je sais lire entre les lignes »)

Le siège social de Peterson Sportswear se trouve dans un bâtiment de Michigan Avenue qui apparaîtrait comme magnifiquement décoré dans n'importe quel autre contexte, mais qui semble presque discret au regard de la façade blanche du Wrigley Building tout proche, avec ses détails inspirés de la Renaissance française. En face, la Tribune Tower scintille telle une cathédrale gothique, et le visiteur a du mal à ne pas s'accorder un instant pour admirer les richesses architecturales du Magnificent Mile. Mais pas Danny Brogan : lui, sans lever la tête, règle son taxi et pénètre dans le hall du Ainslie Building, informe le gardien à l'accueil qu'il a rendez-vous avec Gene Peterson. Il doit montrer sa carte d'identité, signer le registre, et obtient en retour un badge qu'il fixe à sa veste. Il franchit le portique du détecteur de métaux, embarque à bord de l'ascenseur vitré qui l'emporte au-dessus de la Chicago River jusqu'au trente-septième étage. Il a appelé au préalable, bien entendu. Il ne voulait pas se voir refuser l'accès sous prétexte qu'il n'avait pas rendez-vous. « Dites simplement que c'est Danny Brogan. Que cela concerne Jackie Bradberry. Il me recevra. » Évidemment, Gene a accepté. Et le voilà qui l'attend bras ouverts, tout sourires, devant l'entrée des bureaux de Peterson Sportswear. Danny consent à l'accolade, la lui rend. Malgré tout ce qu'il sait, tout ce qu'il a à dire, il est incapable de lui sauter à la gorge aussitôt. Ce n'est pas ainsi qu'il fonctionne, et apparemment cela ne changera jamais. Après tout, Gene est le maître chanteur, celui qui a contribué à sa ruine, qui lui a menti toutes ces années, et pourtant le voilà, qui sourit, comme un imbécile. Danny Brogan : si tu ne le fais pas maintenant, alors quand ?

— Danny ! Comment vas-tu ? Je suis content de te voir, mon vieux, s'exclame Gene, ravi.

Son visage ne trahit pas le moindre malaise. Il recule, les mains tendues en direction de Danny comme un oncle sympa, faisant de grands gestes exubérants pour inclure les réceptionnistes dans la plaisanterie.

— Toujours aussi classe, je dois reconnaître. Si tous les types étaient comme lui, Peterson Sportswear ne gagnerait pas un rond ; il garde sûrement sa cravate quand il fait du sport. Personne ne porte le costume trois pièces comme mon pote Danny Brogan. On a Cary Grant avec nous – demandez à vos mères, mesdemoiselles.

C'est vrai. Dès son arrivée à Chicago, avant de se rendre à l'agence de Dave, Danny s'était changé dans un parking souterrain et avait enfilé un costume gris anthracite, une chemise blanche propre, une cravate de soie noire. Tout ça nécessite un certain effort, mais il ne s'agit pas d'affectation, c'est… Pour le meilleur et pour le pire, c'est au cœur de sa personnalité. Les femmes le comprennent peut-être mieux que les hommes; pas Claire, cela dit, qui ne semble pas se préoccuper de ce qu'elle porte, peut-être parce qu'elle a le don d'être sublime quoi qu'elle ait sur le dos.

Danny suit Gene dans un couloir moquetté et éclairé au néon. Ils passent devant une succession de bureaux fonctionnels dont les portes et le haut des murs sont vitrés. Ils entrent dans une pièce un peu plus vaste, absolument dépourvue de luxe, située tout au bout. Il y a là un bureau et quelques chaises, un verre et, dans un coin, un portant où sont alignés toutes sortes de vêtements de sport de couleur vive. Danny et Gene pourraient aussi bien se trouver dans une cabane de chantier.

— C'est bien fini le temps des locaux somptueux, annonce Gene lorsqu'ils prennent place, Danny face au bureau, Gene perché sur un côté. Ici, on ne veut pas que les gens se croient dans leur salon. Faites votre boulot et rentrez chez vous, c'est ce que tout le monde désire, d'ailleurs. Moi, en tout cas.

Gene regarde Danny et lui adresse un sourire pas tout à fait convaincant.

— Que puis-je faire pour toi, Danny? Jackie Bradberry? Bon sang. Ça fait un bail que je n'avais plus repensé à cette histoire.

— Vraiment? Moi en revanche, j'y pense souvent, Gene. Comme tu le sais.

— Comme je le sais? Mais je ne sais rien. Bon Dieu, d'abord Ralph, et maintenant toi. De quoi s'agit-il? Est-ce vraiment utile de revenir sur le passé ? C'est terminé. Tu as des enfants, il me semble ? Deux filles, Barbara et… et Irene, c'est ça ? Moi aussi. Et on leur doit de ne pas devenir de vieux gars malheureux qui picolent pour passer le temps en croyant que le meilleur est derrière eux. Il faut vivre pour l'avenir, Dan.

— Facile à dire pour toi, réplique Danny, amer.

— Pour toi aussi, et c'est d'ailleurs ce que tu m'as dit la dernière fois qu'on s'est vus. Le Brogan's tourne super bien, tu as deux filles adorables, une femme magnifique, j'imagine que le mariage connaît des hauts et des bas, mais bon, on a tous nos phases. Comparé à beaucoup de gens… Comparé à Ralph, par exemple, tu as de la chance. Est-ce que je me trompe ?

— Oui, tu te trompes. J'ai de la chance, comparé à Ralph, ça c'est sûr, comme tout le monde en fait. Mais en dehors de ça, je n'ai pas de quoi me réjouir.

— Pourquoi ?

— Parce que j'ai perdu deux cent mille dollars. Parce que je serai ruiné d'ici quelques jours ou quelques semaines. Parce que quelqu'un essaie de détruire ma vie. Et cette personne, Gene Peterson, mon vieil ami, cette personne, c'est toi.

Alors, Gene, avec sa mâchoire carrée, ses cheveux blonds aplatis en forme de casque sur son crâne, son pantalon de toile, ses mocassins et son blazer bleu marine, son aisance de golfeur autodidacte, déclare :

— Tu veux rire ? Je te rappelle que grâce à moi tu as investi auprès de Jonathan Glatt, et tu sais à quel point c'était compliqué d'y avoir accès ?

— Tu as vu le résultat ?

— Ça ne nous a pas affectés, répond Gene avec un haussement d'épaules.

— Mais moi si. Tu ne m'as jamais prévenu qu'il fallait que je reprenne mon argent.

— Bien sûr que si.

— Pas du tout. Tu as averti Ralph, Dave, mais pas moi.

— Si, je t'ai envoyé un e-mail.

— Je ne l'ai jamais reçu.

— Je t'ai écrit pourtant et tu m'as répondu.

— Non. Non, c'est faux.

Gene jette un bref coup d'œil à Danny, l'air grave, puis il se lève et lui fait signe de le rejoindre derrière le bureau, où trônent un iMac métallique et un MacBook Pro. Gene ouvre ce dernier, double-clique sur l'icône de son logiciel de messagerie, dans lequel il recherche tous les e-mails au nom de Danny. Il obtient plus d'une vingtaine de résultats, s'étalant sur des mois. Gene sélectionne le deuxième en partant du haut, un message qu'il a envoyé, lui. Objet : Jonathan Glatt. Priorité : Urgent. On peut lire :

Danny, récupère les fonds que tu as investis chez Jonathan Glatt, ça ne sent pas bon du tout, je ne peux pas m'étendre davantage, mais fais-moi confiance. On en a bien profité, mais maintenant tout part à vau-l'eau. Tu as quarante-huit heures. Sans quoi tu peux dire adieu à ton fric. S'il te plaît, confirme que tu as reçu ce message et dépêche-toi de reprendre l'argent !
Amitiés,
Gene

Danny secoue la tête.

—Je découvre cet e-mail, il ne m'est jamais parvenu.

—Pourtant… dit Gene, qui clique aussitôt sur le premier message de sa liste, expédié par Danny Brogan.

Objet : Re : Jonathan Glatt. Le texte est le suivant :

Gene – bien reçu, bien compris –, je prends dès aujourd'hui des mesures pour récupérer mon argent. Merci de m'avoir prévenu, tu me sauves la vie.
Amitiés,
Danny

—Je n'ai pas écrit ça, affirme Danny.

—Il ne vient pas de toi ?

—Je n'ai jamais vu ton message, ni envoyé la réponse.

—Est-ce que tu as une idée de qui pourrait l'avoir fait ? Puisque de toute évidence, je l'ai reçue.

Danny réfléchit, il n'a pas envie de creuser plus avant. C'est Gene. C'est lui, c'est Gene.

—Et Claire Bradberry ? dit Danny.

—Quoi, Claire Bradberry ?

—J'ai rendu visite à Jonathan Glatt. Il m'a expliqué que toute la bande avait quitté le fonds d'investissement avant le désastre, sauf moi. Et il y avait aussi, en plus de nous quatre, une certaine Claire Bradberry.

—O.K. Tu répètes ce nom, Dan, comme si… je ne sais pas, comme si soudain la musique allait retentir et que j'allais comprendre ce que tu entends par là.

360

—Bradberry.

—Oh ! Tu veux dire, comme Jackie. C'est un nom assez répandu, Danny.

—Mais il n'y avait que nous quatre, plus elle, Claire Bradberry. Ça n'a pas fait tilt dans ton esprit ?

—Pas vraiment.

—Qu'avons-nous d'autre en commun ? demande Danny d'une voix un peu étranglée, un peu rauque maintenant.

Gene le dévisage comme s'il était une matière explosive.

—Eh bien, des tas de choses. Nous sommes restés amis pendant des années après ça. Je n'ai pas souvent vu Dave. Mais je t'ai vu après, nous avons dîné ensemble, bu des verres, quatre, cinq heures d'affilée, et pas une fois tu n'as mentionné les Bradberry. D'ailleurs, je ne m'attendais pas à ce que tu le fasses.

—Et Ralph ?

—Ah, Ralph... C'est d'abord à lui que j'ai pensé quand on m'a parlé du fonds d'investissement de Glatt. Le pauvre avait l'air d'avoir besoin d'un coup de pouce, il me semblait un peu perdu. Et j'ai songé qu'un peu d'argent lui permettrait peut-être d'avancer un peu. Du coup, j'ai pensé à vous tous. Je me suis dit que ce serait sympa de se revoir. Au nom du bon vieux temps, je pouvais bien répandre la bonne fortune autour de moi. Mon Dieu, Danny, je suis désolé, combien tu as dit... deux cent cinquante mille ?

—Deux cent cinquante-cinq. Claire Bradberry. Qui est-ce ?

—Je n'en sais rien.

361

— Comment ça ? Jonathan Glatt m'a affirmé que tu l'avais fait entrer aussi.

— Oui, mais je ne la connais pas. Demande à Dave. C'est une amie à lui.

— Une amie de Dave ?

— Tout à fait. Il a demandé si elle pouvait être incluse sous son propre nom. Je n'étais pas trop d'accord, je trouvais ça un peu gonflé de sa part. Mais j'ai laissé courir.

— Une amie de Dave, répète Danny, essayant d'adopter un ton ironique, ou sceptique, mais finalement incapable de gérer ça autrement que comme un scoop.

Il marque un temps d'arrêt. Une amie de Dave ? Dave avait prétendu que Gene avait couché avec Claire à Chicago. Voilà maintenant que Gene raconte que Claire Bradberry est une amie de Dave. C'est peut-être une coïncidence. Mais qui est le maître chanteur ? Si ce n'est pas un des gars, alors qui ? Et cet e-mail ? C'est assez irréfutable, Gene l'a véritablement envoyé. À moins que l'on ne puisse falsifier ce genre de choses. Seulement, même si c'était possible, est-ce envisageable dans les dix minutes qui ont séparé le coup de fil de Danny pour demander un rendez-vous à Gene et son arrivée au bureau ?

— Excuse-moi, un truc de boulot, dit Gene en agitant une main au-dessus de l'ordinateur, dont l'écran vient soudain d'accaparer son attention.

Danny avait trois coups décisifs à jouer, du moins le pensait-il. Deux ont manqué leur cible. Il lui en reste un.

— Ralph est venu me voir.

— Ah oui ? Pour te parler de son bouquin ? Non, il l'avait abandonné, n'est-ce pas ? Pour autant qu'il ait un jour existé.

— Il avait un… manuscrit avec lui – je ne suis pas sûr qu'on puisse appeler ça un livre. Néanmoins, il tenait une histoire.

Gene, tout en pressant quelques touches de son clavier, s'esclaffe un peu.

— Eh oui, du Ralph tout craché. Toujours un jour de retard, ou à court d'un dollar. Pour raconter des histoires, il est doué, Ralph. Je ne comprends même pas qu'il réussisse à garder son job dans cette école depuis tout ce temps.

— Gene, tu peux faire ça plus tard ? Je voudrais que tu me regardes quand je te parle.

Gene lève les yeux de son ordinateur.

— O.K., Dan. J'ai des trucs assez pressés à régler, mais…

Gene appuie sur quelques touches supplémentaires, puis il accorde à Danny toute son attention.

— Vas-y, dis-moi.

— Ralph m'a raconté que… qu'il avait tout compris, en gros. Et tu sais, je suis allé voir Dave Ricks, et lui aussi m'a parlé du roman de Ralph, seulement moi je pense qu'il ne s'agissait pas du tout de fiction, mais de son récit de ce qui s'est passé cette nuit-là, Halloween 1976, il y a trente-cinq ans ce soir.

— C'était le bicentenaire de la déclaration d'Indépendance, non ? lance Gene.

Un sourire faux apparaît soudain sur son visage, sa voix est un peu trop forte.

—Je ne crois pas que ça ait tellement compté pour nous. Bref, Ralph aurait compris immédiatement que penser de ce nom, Claire Bradberry. Claire étant le prénom de ma femme. Mais enfin, tu le sais bien, n'est-ce pas, Gene?

Silencieux désormais, Gene tente de soutenir le regard de Danny, mais abdique pour laisser ses yeux papillonner vers l'écran de son ordinateur, ou les autres objets sur son bureau.

—Ralph m'a expliqué que nous étions tous d'accord pour dire que c'était moi qui avais lancé le cocktail Molotov sur la maison. Parce que tu avais insisté. Il disait que ta voix portait mieux, que tes souvenirs étaient plus clairs, que ton opinion était la plus assurée. Tu l'as emporté. Et Ralph a marché pendant un temps. Mais il trouvait que quelque chose clochait. Ça a commencé à le tracasser. Parce qu'en fait Ralph était juste derrière moi quand je me suis cogné à l'arbre, il m'avait poussé pour m'éloigner de la tête de mort en flammes. Et il ne m'a jamais vu lancer le cocktail Molotov.

—Qu'a dit Dave? réplique Gene d'un ton sec.

—Qu'il m'avait vu le lancer, mais que c'était évidemment un accident, parce que j'essayais de garder l'équilibre. Mais Ralph…

—Tu connais la version de Dave, et la mienne, mais celui que tu préfères croire, c'est Ralph, qui t'a affirmé, je parierais, que tu n'as pas jeté ton cocktail Molotov?

—Il a dit avoir eu accès au rapport d'enquête il y a environ un an : un cocktail Molotov intact avait été trouvé sur les lieux. Or, nous n'en avions apporté que quatre. Ralph a admis avoir lancé le sien après

364

m'avoir tiré des flammes. À ce moment-là, j'étais inconscient, donc pas en état de lancer quoi que ce soit. Mais les deux autres cocktails ont été projetés, l'un par un *F* et l'autre par le *P*.

Gene fronce les sourcils.

— Un *F* et un *P* ?

— Nous étions les Quatre Cavaliers de l'Apocalypse, ça te revient ? Le Feu, la Famine, la Peste et la Faucheuse. J'étais le Feu, Dave la Peste, Ralph la Famine et toi la Faucheuse. Il se rappelait avoir un *F* comme toi, qui étais son modèle. Quant à moi, je me souvenais être le Feu, donc par élimination Dave était la Peste.

Gene regarde Danny puis se tourne vers la fenêtre, sa bouche s'ouvre, se ferme, comme s'il avait du mal à respirer. Il place ses lèvres comme pour prononcer un mot, mais Danny l'empêche de prendre la parole.

— Ralph dit que celui qui a lancé le cocktail, de manière apparemment tout à fait délibérée, avait un *F* sur son tee-shirt. Donc ce devait être toi.

Un portable sonne, Gene répond.

— Oui. Oui. Très bien. Je sors tout de suite.

Il raccroche, se lève.

— Danny, je suis désolé, mais il faut... Si tu veux bien patienter ici, ça ne devrait pas prendre très longtemps.

— Maintenant ?

— Ça ne peut vraiment pas attendre, je suis désolé. Mais écoute-moi : Ralph était peut-être plus près de la vérité, mais ce n'est toujours pas la version définitive. J'espère pouvoir t'aider, Dan, de tout mon cœur.

Le téléphone de Gene sonne à nouveau, il le place à son oreille en franchissant la porte. On entend des voix dans le couloir. Danny s'approche de l'ordinateur, l'ouvre. La page affichée est celle de la messagerie. Le premier e-mail sur lequel il tombe a pour objet : « Danny Brogan recherché », et dans le corps du texte apparaît un lien qui a déjà été utilisé. Danny clique à son tour et atteint une page sur madison.com, le journal d'informations locales, où il se découvre en une.

BROGAN SOUS LE COUP D'UN AVIS DE RECHERCHE, dit le titre.

Le chapeau résume : LE PATRON DU BAR-GRILL DE MADISON LIÉ À DEUX MEURTRES.

Mon Dieu. C'est donc ce que lisait Gene. Où est-il parti ? Rameuter les flics ? Danny se perche sur une chaise pour jeter un coup d'œil à l'extérieur par la vitre en haut du mur. Il ne voit rien, mais il entend des voix d'hommes, des crachotements et des bips qui pourraient provenir de radios des services de sécurité ou de la police. Il y a une autre porte au bout du couloir. Il se dirige vers elle, l'ouvre et découvre une petite pièce équipée d'un évier, d'un réfrigérateur, du nécessaire pour préparer le café et le thé. Entendant un pas lourd arriver de la réception, il regagne le bureau. Son seul espoir tient au portant à vêtements. Il se place à côté du rail lourdement chargé dont il oriente une extrémité vers la porte et attend. Soit ça passe, soit ça casse, songe-t-il, tout en se demandant comment les choses ont pu merder à ce point.

La porte s'ouvre, Gene entre d'un pas martial, suivi de deux flics en uniforme. Aussitôt, Danny propulse la structure à roulettes en direction du mur d'en face, bloquant l'accès à la porte pour Gene et la police, tandis que lui-même se trouve du bon côté. Cela lui donne-t-il au moins dix secondes d'avance ? Il ne s'autorise pas le temps de la réflexion, il fonce, traverse le couloir, la réception, dévale quelques volées de marches. Avant de fuir, il a arraché au portant quelques vêtements, dont il se déleste en courant, en partie parce que ça lui rappelle un film, en partie parce que ses poursuivants pourraient s'en prendre un dans la figure ou s'emmêler les pieds dedans. Fonce, fonce.

Trois étages plus bas, il s'élance dans le couloir, dans la direction opposée au côté du bâtiment qui abrite la salle dédiée au café et au thé. Le pas lourd des flics résonne dans l'escalier maintenant. Il doit bien exister un ascenseur de service quelque part, et il est forcément de ce côté. Il aperçoit deux portes à battants au bout du couloir, en entend deux autres qui s'ouvrent violemment derrière lui.

— Mains en l'air ou je tire !

Il oserait ? Qu'il aille se faire foutre, c'est du bluff. Danny envoie derrière lui deux ou trois tee-shirts de base-ball, accélère droit devant. Un coup de feu retentit. Avertissement. Du bluff. Putain. Il ne s'arrête pas. Un coup de feu ? Allons bon ! Ce n'est qu'une porte qui claque, un meuble qui se casse. Il franchit les battants et voilà l'ascenseur de service face à lui, tout gris, avec un chariot métallique juste à côté. Il appuie sur la flèche qui descend, appuie, appuie, et la cabine grimpe, trente-deux, trente-trois, trente-quatre. Sonnerie, la porte coulisse, Danny fait basculer le chariot sous les poignées de la porte coupe-feu puis il se faufile dans le monte-charge au moment où il se referme, et presse le bouton du rez-de-chaussée.

Son téléphone vibre. Il a dû oublier de l'éteindre après son coup de fil à Gene pour le rendez-vous. Eh bien, il est inutile de le couper à nouveau ; cette fois il a bel et bien été repéré. Il jette un œil à l'écran, répond :

— Madame Brogan ?

— Tu ne m'as pas oubliée. Bien joué, monsieur Brogan.

— Et toi, tu te souviens de moi ?

— En permanence.

— J'étais là, Claire. À l'hôtel Allegro. Chambre 435.

— Tu étais à Chicago ?

— Je... passais dans le coin.

— Qu'est-ce que ça veut dire exactement ?

— Claire, je sais qu'on doit parler, toi et moi, mais en cet instant précis, je suis pourchassé par les flics.

— Tu es au bureau de Gene Peterson, c'est ça ? Moi aussi je suis à Chicago, dans le quartier de Old Town, tu vois où c'est ? Est-ce que tu peux m'y rejoindre ? Tu n'as qu'à prendre le métro, tu iras plus vite qu'en taxi.

— Quelle station ? Je suis sur North Michigan Avenue.

— North Mich... Continue vers le nord sur un pâté de maisons en direction de Grand Avenue, attention, là il y a un passage souterrain, ensuite vers l'ouest sur deux blocs, non, trois, la station se trouve à l'angle de Grand Avenue et de State

Street, c'est la ligne rouge, tu la prends vers le nord, direction Fullerton.

— Merci. Je n'ai rien fait de mal, Claire.

— Moi non plus, Danny. Moi non plus.

Danny coupe la communication, l'ascenseur a atteint le rez-de-chaussée. Si personne n'a rien fait de mal, comment ont-ils réussi à se fourrer dans une merde pareille ? Il prend son courage à deux mains et attend l'ouverture de la porte.

There Will Never Be Another You
(« Il n'y en aura jamais
d'autre comme toi »)

Le lieutenant Nora Fox est installée à son bureau, dans le commissariat du District ouest, sur McKenna Boulevard. Elle a transmis la médaille miraculeuse au labo pour une recherche d'empreintes : en recoupant avec les découvertes faites sur la supposée arme du crime, ils parviendront peut-être à déterminer si un tiers est impliqué dans l'affaire ou si les preuves désignent toutes Danny Brogan. Elle a fait le point avec Ken Fowler, qui lui a appris que la Ford Mustang rouge de 1976 appartenant à Jeff Torrance a été repérée par une patrouille de police locale dans North Clark Street, à Chicago, où elle était garée, et que le véhicule est désormais surveillé, dans l'espoir que le suspect revienne le chercher. Ralph Cowley n'était pas marié, mais il avait une sœur, installée à Milwaukee : elle est attendue le lendemain pour l'identification du corps. Fowler a découvert, en épluchant les comptes de Danny Brogan, une situation financière désastreuse, la pire qu'il soit possible d'imaginer pour quelqu'un dont la maison est sur le point d'être saisie, et bien pire que ce qu'avait expliqué sa femme. En plus de l'argent emprunté pour investir avec Jonathan Glatt (deux cent cinq mille dollars, plus les cinquante mille d'économies) apparaît un retrait mensuel de liquide d'un montant de cinq mille dollars, qui soulève la question suivante : qui a besoin d'une telle somme chaque mois, en sus de toutes les dépenses de la maisonnée ? Elton John, pour ses bouquets de fleurs fraîches ? Aucune preuve documentée ou anecdotique ne dépeint Brogan en joueur dégénéré.

Nora s'attendait à ce que Ken, comme toujours, souhaite rentrer à la maison une fois son rapport livré, mais non, il reste à son bureau. Mieux vaut se tenir loin de chez soi le soir de Halloween. Nora entreprend pour sa part l'examen du dossier que lui a laissé son amie Cass Epstein.

Il contient un certificat de naissance pour Claire Bradberry, née le 9 février 1973, ainsi que les détails essentiels : nom du père, nom de jeune fille de la mère (Howard), leur âge, États de naissance (père Wisconsin, mère Illinois).

Un compte-rendu de l'assistante sociale chargée de l'affaire, daté de novembre 1976, après l'incendie, détaille les contacts avec les deux frères survivants (la fillette ayant été placée dans une famille d'accueil de River Hills, dans la banlieue de Milwaukee, qui avait de l'expérience dans la gestion des enfants potentiellement traumatisés). Aucun des deux n'avait exprimé le souhait de tenir lieu de parent à Claire, ou d'avoir le moindre mot à dire concernant son destin. Il était même écrit : « Les sujets n'ont exprimé absolument aucun désir de rencontrer l'enfant, que ni l'un ni l'autre n'avaient vu depuis sa naissance. »

Le dossier réunissait aussi la totalité des échanges entre le Bureau des affaires familiales et de l'enfance du Wisconsin et l'agence d'adoption Family Future, sur Miflin Street, à commencer par les raisons du choix de cette agence en particulier. Généralement, la mission était de sélectionner une famille adoptive correspondant aux critères sociaux, culturels et ethniques de l'enfant, mais dans le cas des Bradberry « d'autres facteurs » devaient être pris en considération. En d'autres termes, et malgré l'échec des services sociaux à repérer cette famille de son vivant, le niveau de dysfonctionnement à l'œuvre y était tel qu'il valait mieux effectuer une coupure nette avec le passé de la petite fille.

Suivait toute la procédure de prise en charge : le formulaire de consentement d'adoption signé pour le bien de l'enfant le 4 février 1977, puis celui de la confirmation, signé le jour du quatrième anniversaire de Claire, le 9 février 1977, par Barry et Janet Marshall, installés à Kenosha, dans le Wisconsin. Et ironie du sort, malgré la volonté du Bureau des affaires familiales de se dispenser de toute tentative pour faire correspondre le milieu social de l'enfant à celui de sa famille adoptive, Barry Marshall était apparemment médecin généraliste de profession.

Septembre 1980, les services sociaux de la ville de Kenosha, l'agence Family Future et les Affaires familiales du Wisconsin échangent un certain nombre de courriers et de comptes-rendus de réunions, consécutifs à la crise cardiaque et au décès de Barry Marshall. Les assistantes sociales en charge du dossier conviennent qu'à certains égards Janet Marshall peut être considérée comme excentrique ; elle s'intéresse au spiritisme, et l'un de ses voisins a signalé l'avoir vue se faire bronzer dans le plus simple appareil. Cela dit, une enquête met au jour que : a) la séance de bronzage naturiste avait eu lieu à un moment où l'enfant, désormais appelée Deirdre Marshall, se trouvait à l'école ; b) pour voir Janet Marshall nue, le voisin aurait dû grimper tout en haut de son toit – c'était d'ailleurs ce qui s'était passé, avait-on ensuite appris. Cependant, la fillette et sa mère adoptive ont noué un lien extrêmement fort. Un témoignage de Janet Marshall, ponctué de références hyper-zarbies aux signes astrologiques, aux gemmes et à la réincarnation, se révèle toutefois tendre et chaleureux et, de manière tout aussi importante, intelligent et sensé. D'autre part, les entretiens des services sociaux avec Deirdre, alors âgée de sept ans, mettent en lumière sa profonde affection pour Janet, qu'elle appelle maman, mais aussi une gratitude récurrente pour le fait qu'elle soit encore présente à ses côtés, maintenant que son père a disparu. Une gratitude envers qui ? Ce n'est pas très clair, il semble s'agir d'une puissance ou d'une entité spirituelle.

Recommandation des services : Que Janet soit autorisée à élever Deirdre en tant que parent unique.

En 1985, nouvelle liasse de documents entre les agences déjà chargées du dossier et les Affaires familiales de Californie cette fois. Janet Marshall projette d'épouser un certain Thomas Adler, médecin lui aussi, qui a son cabinet à Santa Monica, et donc de partir vivre, avec Deirdre, à Los Angeles. Des vérifications d'usage sont faites sur Adler (bien qu'il n'ait jamais déclaré souhaiter adopter la fillette) et de nouveaux témoignages enregistrés. Janet se montre encore plus barjot que la fois précédente, comme si la contre-culture de la côte Ouest opérait déjà sa magie sur son cerveau ; Nora Fox apprécie tout particulièrement l'analogie établie par Janet entre son mariage imminent et l'éclipse partielle d'une planète par une autre. Mais elle répète en boucle que Deirdre sera inscrite dans un établissement privé hors de prix, qu'elle ira à l'université, qu'elle réussira pour le mieux. Deirdre, qui a maintenant atteint l'âge mûr de douze ans, tour à tour s'enthousiasme pour sa nouvelle école ou le fait de quitter enfin cette ville de ploucs et redoute avec humour que la Californie n'aggrave le côté hippie de sa mère et ne l'envoûte à son tour. On discute beaucoup pour savoir si des drogues jouent un rôle quelconque chez les Marshall, si un rapport médical est nécessaire, voire une enquête de police, mais il est finalement décidé que les preuves sont insuffisantes dans ce domaine. Et s'il est évident que Deirdre considère de plus en plus sa mère comme peut-être pas un boulet, mais au moins une honte, il ne s'agit que d'une évolution relativement normale dans la relation entre une adolescente et sa mère.

Les documents continuent de s'accumuler. En 1994, Deirdre, vingt et un ans, fait une demande auprès du registre d'adoption du Wisconsin pour obtenir des renseignements médicaux et génétiques à propos de sa famille naturelle, mais aussi pour connaître leur identité. Nouvelle rafale de paperasse pour savoir s'il faut oui ou non lui communiquer le nom de ses parents naturels sans qu'ils y aient officiellement consenti, en dépit du fait que les Bradberry n'ont jamais volontairement abandonné leur enfant, puisqu'ils sont décédés. Un argument fort, de la part de plusieurs assistants sociaux, souligne que les circonstances de la disparition de la famille de Deirdre sont si atroces et potentiellement traumatisantes qu'il vaudrait peut-être mieux taire la vérité. À l'inverse de cette position, on trouve ceux qui avancent que ce serait jouer les démiurges et que c'est un droit qu'aucune des autorités légales ne peut s'octroyer. On réclame des évaluations psychiatriques, des profils psychologiques. Finalement, on en vient à la conclusion que l'identité des parents naturels doit être révélée. Il s'ensuit une nouvelle série de réunions et de consultations ; l'on considère qu'étant donné les circonstances le sujet accuse le coup de façon remarquable. Quelques autres détails concernant la vie de Deirdre à cette époque sont notés.

Elle s'est mariée à l'âge de dix-neuf ans et s'est installée à Madison, dans le Wisconsin, sans savoir que c'est la ville où elle est née.

Son mari a péri dans un accident de la route suite au dérapage d'un camion transportant du carburant sur le périphérique.

Avant de mourir, il avait investi dans un établissement d'esthétique pour sa femme en ville.

À ce moment-là déjà, Deirdre avait comme nom d'usage ce surnom sous lequel tout le monde la connaissait depuis des années, au point de l'utiliser pour signer jusqu'aux documents officiels : Dee.

De plus, elle avait choisi de prendre le nom de son mari, Martyn Saint Clair, et l'avait gardé après son décès, elle était donc dorénavant connue sous le nom de Dee Saint Clair.

Why Was I Born?
(« Pourquoi suis-je née ? »)

Dans son appartement d'East Wilson, Dee Saint Clair pleure. À voir ses yeux, cela fait un certain temps. Elle est assise dans son séjour avec vue sur le lac Monona. De là, on peut distinguer les maisons éclairées sur la rive d'en face, les queues des fusées du feu d'artifice, qui zèbrent le ciel de la ville maintenant plongée dans l'obscurité ; on peut humer les volutes des bougies au jasmin et au pamplemousse qui brûlent doucement dans divers coins de la pièce. Mais Dee ne regarde pas par la fenêtre, et quand bien même, elle ne remarquerait sûrement pas les lumières, ni le lac, ni ces fichus feux d'artifice, ni rien du tout. Dee ne sent pas non plus les bougies parfumées, elle est à peine consciente de sa propre respiration. Elle répond aux e-mails, aux textos, parce qu'elle n'a plus d'autre choix, désormais. Mais pas à tous. Parfois l'écran de son iPhone s'allume, clignote, et elle grimace, détourne le regard jusqu'à ce qu'il cesse. Elle aimerait que tout s'arrête, que plus personne ne soit blessé, mais à voir la tournure que prennent les événements,

377

c'est peu probable. Elle aimerait que ça n'ait jamais commencé. Pourtant c'est fait, et de son plein gré ou non, elle se trouve au cœur de l'affaire. Alors elle envoie des SMS, des e-mails, de temps à autre elle se ressaisit même un instant pour réussir à parler sans s'effondrer, et dans l'intervalle, elle pleure. Si seulement elle ne l'avait jamais rencontré. Si seulement le destin n'était pas le destin. Elle pleure, et pleure encore, tant et plus. Mais quand le coup de fil viendra, cet appel qui lui dira quoi faire, Dee s'exécutera. Il est trop tard maintenant pour agir autrement.

Dans une pièce de stockage située au sous-sol du silo à grains reconverti, sur West Wacker, Dave Ricks passe un coup de téléphone. On n'entend pas ce qu'il dit, il est impossible de déterminer s'il est en colère, agité ou bouleversé. Il suffirait peut-être de s'approcher pour savoir, mais on n'en a pas vraiment envie. On le découvrira bientôt, pas de doute, et dans certains cas, il vaut mieux retarder le moment. Oui, parfois c'est mieux, et parfois aussi la vérité dérange, même quand tout au fond de soi on sait qu'on ne souhaite que ça. Une chose est sûre : les émotions se bousculent sur le visage de Dave. En attendant, un coup d'œil sur la pièce nous apprend que ce doit être le bureau dans lequel Dave a fait ses armes en tant que consultant en graphisme. À partir de rien. Mais plus on observe, moins on pense graphisme, sens des affaires, ou architecture de Chicago. À force d'observer, on cesse de penser, point. Bientôt, on ne fait plus que contempler, que fixer, ébahi.

Car les murs de cette cave sont recouverts de peintures, par centaines, au point que le revêtement en dessous n'est quasiment plus visible. Elles sont de différentes tailles. Certaines sont encadrées, et quelle variété dans les cadres, dorés, métalliques, bois brut ou teinté. Certaines sont sous verre, d'autres simplement des toiles nues. Les styles sont différents, le trait peut être aussi net qu'une photographie, ou chargé de matière épaisse en tourbillons de couleur, il y a du naturalisme, mais aussi de la quasi-abstraction. Les nuances sont variées, parfois vives et criardes, parfois sourdes et monochromes.

Pourtant, malgré tous ces contrastes, nos yeux peu à peu discernent les points communs. Et soudain il apparaît que chacun de ces tableaux dépeint une scène identique. Une fenêtre, sombre, mais qui reflète ou bien est encerclée non pas par une simple lumière vive, mais par l'éclat du feu. Tantôt de petites langues de feu fugaces, tantôt les flammes d'un gigantesque brasier. Et collés à la vitre, il y a deux enfants. Sur certains, l'on peut distinguer leurs petits visages, sur d'autres ils se résument à des formes; il arrive que leur tête soit celle d'un squelette, d'un fantôme. Mais sur chaque tableau, la même image: deux enfants regardent, les yeux emplis de terreur, ces flammes qui vont les dévorer.

*I Guess I'll Have
To Change My Plan*
(« Je suppose que je vais
devoir modifier mon plan »)

Charlie T. aborde avec une grande décontraction cette mission de reconnaissance à Ripley Fields. Pour commencer, ils n'ont eu aucun mal à repérer la tante et ses nièces, et le trajet tout à fait prévisible qu'elles suivent, une maison après l'autre, leur permet, à Angelique et lui, de se tenir à bonne distance. À moins qu'elles vivent dans ce quartier, elles sont probablement venues en voiture. Tout un tas de véhicules sont garés près de l'entrée du lotissement. Si c'est par là qu'elles sont arrivées, eh bien, il sera compliqué de continuer la filature sans attirer trop l'attention. Il pourrait attendre dans la voiture, mais si jamais ses cibles vivent quelque part dans ces rues, ça ne sera pas pratique. Les dérapages potentiels sont donc somme toute limités.

Cependant, une chose inquiète Charlie T. plus que tout : devoir agir en présence d'Angelique, donc la mettre en danger, et non seulement elle, mais aussi lui-même, les gamines, et sa mission de bout

380

en bout, merde. Sans parler du plan débile qu'elle a imaginé, le kidnapping des gosses pour soutirer du fric au père, plan auquel il ne veut pas être mêlé, ni de près ni de loin. Et tout ça, alors qu'il essaie de ne pas trop culpabiliser d'avoir emmené Angelique avec lui et se lamente de son comportement de carpette face à elle quand elle veut parvenir à ses fins. En gros, Charlie espère qu'il ne se passera à peu près rien ce soir, qu'ils pourront repartir vers Chicago dans leur voiture pleine de bibelots de parvenus, aller se boire quelques verres, puis se transporter jusque chez Angelique, s'ouvrir un de ces flacons de nitrite d'amyle qu'elle chipe à l'hôpital et baiser allègrement, à en perdre la tête. L'idée que cette fille ultraportée sur le sexe puisse *aussi* être, eh bien, potentiellement, la mère de ses enfants… Ce doux rêve emplit Charlie T. d'une fébrilité à la fois tendre et libidineuse. Tous ses désirs devenus réalité. Un seul problème demeure : quel genre de vie pourront-ils mener tous les deux avec son métier, à lui ? Sinon, vers quoi se reconvertir ? Un job de barman ne suffira sûrement pas à le satisfaire, sans parler d'Angelique.

Comme en réponse à ses prières, si toutefois on peut les qualifier ainsi, le vibreur de son téléphone lui signale l'arrivée d'un texto. Il provient de M. Wilson : *Le client demande que tout soit terminé ce soir.*

Charlie T. répond du tac au tac : *A-t-il une adresse pour la cible ?*

Dans la foulée, il reçoit : *Tu es sur le terrain, Charles – improvise. Client dit que ce sera payé le double.*

Le double ? Pas mal. Pas assez pour éponger sa dette, mais c'est un début. Très bien. Arrangeons-nous pour sécuriser un peu les conditions d'intervention. Les cibles ayant atteint la maison du bout de la rue, elles rebroussent chemin dans leur direction. Il entraîne Angelique dans un bosquet qui sépare deux imposantes demeures néocoloniales et lui explique tout à voix basse.

— Angelique, ma puce, il y a du nouveau, il faut que tu ailles m'attendre dans la voiture, d'accord ?

— Comment ça, du nouveau ?

— Des consignes.

— C'est-à-dire ?

— Je ne peux pas vraiment m'étendre.

Angelique lui répond d'un regard, celui qui signifie « je suis vraiment déçue par ton comportement », et lui donne l'impression d'avoir cinq ans.

— Charlie. Les consignes, c'est bon pour les gosses. Souviens-toi où tout ça est censé nous mener. Qui que soit ce type, M. Zarbi...

— M. Wilson.

— Peu importe. L'idée, c'est que tu sois le seul à négocier dans l'affaire, que tu ne sois plus un simple employé. Tu fais tout le boulot...

— Les renseignements, ça en fait aussi partie – c'est même crucial.

— Exactement. Et ils sont où, là, les renseignements ? Tu n'as ni le nom ni l'adresse et on te demande d'improviser. Avec mon aide, bien sûr, mais je n'ai même pas besoin de te le confirmer. Donc, si ce M. Wilson ne remplit pas sa part du contrat, eh bien, il va falloir que tu lui tiennes tête. Un marché est un marché, je n'ai pas raison ?

Elle a raison. Évidemment qu'elle a raison. Et la vache, elle est sexy quand elle a raison, ses cheveux

luisent sous les réverbères, ses lèvres charnues souli-
gnées de gloss rouge brillent et ses joues se colorent
sous le feu de la passion. Comme si elle pouvait lire
dans ses pensées, elle l'attire à elle et frotte sa cuisse
contre son érection.

—Et le mieux dans tout ça, lui souffle-t-elle à
l'oreille, en continuant de se coller à lui, c'est que
je crois savoir comment elles sont venues jusqu'ici.

—Comment ?

—Tu as remarqué qu'elles ont de la boue sur leurs
bottes ? Les filles portent des Ugg toutes tachées. Et
la tante a des chaussures de marche pleines de terre
aussi.

—Je n'avais pas vu, mais je te crois sur parole.

—Bon. Il ne pleut pas, et il n'a pas plu depuis au
moins une semaine. La terre est sèche, alors d'où
viennent-elles pour avoir autant de gadoue sur les
pieds ?

—À toi de me dire.

—On est à Ripley Fields. Le lac Ripley. Il y a
une allée entre les maisons de ce côté, on est passés
devant, au début de notre balade ; je n'en suis pas
certaine, mais quelque chose me dit qu'elle mène
jusqu'au lac. Il y a peut-être un genre de chemin
de randonnée qui fait le tour. Je suis prête à parier
qu'elles sont arrivées par là, que leur maison est
accessible par le sentier. Et si c'est ça...

Charlie T. enchaîne aussitôt, si excité qu'il est
contraint de baisser d'un ton avant la fin de sa
phrase :

—Pour peu que la forêt soit assez touffue – et vu
que le coin est bien sauvage, il n'y a pas de raison
que ce ne soit pas le cas – ça pourrait être parfait.

Hors de vue, facile d'écarter les gamines en leur faisant peur… C'est vraiment malin, Angelique.

— Tu peux m'appeler « associée » si tu veux.

Charlie réfléchit un moment, sourit, et dit :

— Oui, je le veux.

My Kind Of Town
(« Mon genre de ville »)

Danny ne s'est pas encore débarrassé de tous les articles de sport récupérés dans le bureau de Gene Peterson : tee-shirts et shorts de basket, tout en fibres artificielles désagréables au toucher. À l'ouverture des portes de l'ascenseur, il projette le lot devant lui sans même voir qui se trouve en face, puis fonce tête baissée, épaule droite en avant. Il heurte de plein fouet la personne en question comme s'il la taclait – un des rares souvenirs de ses entraînements de football –, en espérant qu'il s'agissait bien d'un flic ou d'un agent de sécurité, et non d'une grand-mère ou d'une femme enceinte. Tout va bien, c'est un représentant des forces de l'ordre, et il est couché à terre sur le dos, il attrape Danny par les pieds, mais celui-ci enfonce ses talons et lui écrase l'épaule.

Danny l'entend crier, s'élance sans s'attarder en direction de la sortie, se faufilant entre des palettes chargées de caisses à destination des diverses entreprises installées dans l'immeuble, le flic parle dans sa radio, qui crachote et chuinte, crépite et siffle, Danny continue, traverse le parking, avise un gardien absolument obèse à la barrière d'entrée, en train de s'extirper de sa cabine.

Eh merde. Danny vise l'autre bout de la barrière et saute par-dessus, dévale la rampe d'accès, manque d'entrer en collision avec une voiture en route vers la sortie. La pente débouche sur une petite rue, mais elle est également équipée d'un escalier métallique, que Danny descend à toute allure, et le voilà au cœur du brouhaha de North Michigan Avenue. La Tribune Tower se trouve juste en face, quelle direction lui a donnée Claire, déjà ? Le nord ? Donc à gauche, mais deux flics apparaissent devant la porte du Ainslie Building, merde, Danny fait volte-face à toute vitesse, se planque derrière un bus de ville au ralenti au milieu de la circulation, des voitures klaxonnent, si seulement il pouvait leur faire pareil, tiens, qu'ils aillent se faire foutre, du calme, on garde son sang-froid. Il regagne le trottoir à hauteur du grand magasin Nordstrom, cherche à repérer le passage souterrain, voilà les marches d'accès, plus que trois blocs à parcourir. Vas-y. *Fonce.*

Il entend des cris, mais il n'arrive pas à savoir s'il s'agit de la police, ou de personnes qu'il a bousculées au passage, ni même s'ils s'adressent à lui. *Ne te retourne pas.* Il sort du tunnel, traverse Rush Street, laisse derrière lui l'hôtel Meridien, et Nordstrom, à nouveau, putain, c'est pas croyable la taille de ce magasin ! Traverse Wabash Avenue, la vache, il devrait vraiment faire plus de sport, à droite, là il voit le panneau rouge à l'angle, station de métro Grand, il dépasse le Hilton Garden Inn, s'enfonce dans la bouche de métro.

Le distributeur de tickets lui réclame 2,25 dollars, Danny glisse ses trois billets dans la fente, attend que la machine veuille bien lui recracher son titre de transport, puis se dirige vers le tourniquet.

— Monsieur ?

Eh merde.

— Excusez-moi, monsieur ? Vous, avec le costume gris ?

Des gens le dévisagent. Il est hors d'haleine, la sueur ruisselle le long de son visage, maintenant qu'il a été coupé dans son élan. Il se retourne. Un Afro-Américain baraqué vêtu d'un pantalon marine et d'un gilet réfléchissant jaune et rouge aux couleurs de la société des transports en commun tend la paume en direction de Danny. Dessus sont posés soixante-quinze cents.

— Vous êtes millionnaire, monsieur ? demande-t-il à Danny.

— Loin de là.

— Alors récupérez votre monnaie. Vous serez peut-être millionnaire un jour, si vous arrêtez de jeter l'argent par les fenêtres.

Danny prend ses pièces.

— Merci.

— Et si je continue d'être trop honnête comme ça, je ne suis pas près de l'être moi-même, ajoute-t-il avant de s'éloigner.

Danny rejoint le quai, toujours essoufflé, sur le qui-vive, nerveux. Mais il sourit maintenant, pour la première fois depuis bien longtemps, il ne saurait même pas dire depuis quand. C'est sympa d'être sympa. On est dans le Midwest, pas de doute, même à Chicago.

Les stations Chicago puis Clark défilent, sous terre, retour à la lumière pour Clybourn, enfin Fullerton. Sa respiration a retrouvé son rythme normal, mais il sue encore abondamment. Il descend du train et sort sur West Fullerton Avenue, sous les voies. La rue est envahie par les travaux, l'accès au trottoir d'en face barré par un grillage vert. Danny regarde à droite, à gauche. À droite, une pizzeria Dominick. À gauche, un parking. Juste devant celui-ci, il y a un arbre, grand, maigre, ses feuilles couleur rouille. Et devant cet arbre, une femme, vêtue de noir, avec de longs cheveux auburn. Il avance dans sa direction, en faisant de son mieux pour garder son calme, et il voit à son visage, mon Dieu qu'elle est belle, qu'elle essaie de faire comme lui, elle aussi. Il jette un coup d'œil par-dessus son épaule, il ne voit rien, pas de flic, personne sur ses talons. Lorsqu'il se tourne à nouveau vers Claire, il a des étincelles dans les yeux, conséquences du danger, de la passion aussi, les yeux de Claire brillent également, ils sont réunis, enfin, enfin ils se regardent.

—La voiture est juste là, dit-elle d'une voix stressée, presque étranglée, et comme prise d'un rire nerveux face à la gravité de la situation.

—Tant mieux, répond-il, presque hilare lui-même, sous l'effet de l'adrénaline. Tant mieux. Allons-y.

QUATRIÈME PARTIE

Des bonbons ou un sort !

All Alone
(« Toutes seules »)

Donna se demande s'ils la prennent pour une mère de famille bon teint du Midwest, mi-maîtresse d'école, mi-grenouille de bénitier. Sur ce, elle se rappelle qu'après tout c'était bien son plan, sa manière d'affronter ou plutôt d'éviter la vie. Cependant, il ne lui faut pas longtemps pour renouer avec ses réflexes d'animal à sang froid. La première fois qu'elles ont croisé le type avec sa casquette des Badgers et la rousse sexy, elle les a pris pour des gens du quartier, un couple qui rentre à la maison. La deuxième, ils ont piqué sa curiosité. Voilà qu'elle les repère pour la quatrième fois, elle qui, du temps où elle frayait avec ses motards, n'était pourtant même pas chargée de faire le guet (elle, c'était la diversion, à la limite de l'exhibitionnisme, avec une jupe remontée jusque-là, un tee-shirt descendu jusque-là, histoire d'en mettre plein les yeux pendant que son mec vidait le tiroir-caisse). S'agit-il d'amateurs ? Le gars semble savoir ce qu'il fait. Il a un air fuyant, comme s'il s'arrangeait pour toujours garder son visage hors de la lumière. Mais la rousse avec ses petits talons et sa jupe à peu près aussi large qu'un ruban, qu'est-ce qu'elle cherche? À part ce qui saute aux yeux?

Oh, arrête. Ils pourraient être là pour une myriade de raisons. Il pourrait s'agir d'un jeune couple qui profite de Halloween pour se balader en se remémorant les joies de l'enfance, dans ce quartier qui est le seul où c'est véritablement possible. Peut-être est-elle enceinte, et ils sont venus ici pour avoir un avant-goût de leur avenir. Ou bien ils sont pédophiles, à la recherche de leur future proie. Il y a une explication anodine à tout.

—Je crois qu'on a terminé, les filles, annonce Donna en faisant tout pour maîtriser la panique dans sa voix.

—Il reste quelques maisons par là-bas, lance Irene avec espoir, en se tournant vers une partie du lotissement qu'elles n'ont pas encore explorée.

Donna jette un coup d'œil à leurs sacs remplis à craquer de sucreries.

—Peut-être, mais tu les mettrais où, les autres bonbons? Tu n'as plus de place.

—Dans tes poches par exemple, suggère Barbara. Comme ça, tu te rendras utile.

—C'est toi que je vais mettre dans ma poche, oui. Allez, c'est l'heure des citrouilles, les princesses.

—On repasse par le chemin dans les bois? demande Barbara.

—… Tant que le loup n'y est pas, plaisante Donna.

—Il fait plutôt noir, là-bas, indique Irene.

—C'est bien pour ça que vous avez gardé vos bâtons, non? conclut Donna.

Elle regarde en arrière à plusieurs reprises au moment où elles s'engagent dans l'allée qui, un peu plus loin, se transforme en sentier pédestre, mais elle ne voit personne – ni rousse sexy, ni type à casquette, ni zombie, ni loup-garou. En réalité, le passage est largement éclairé par la lumière des maisons perchées une dizaine de mètres au-dessus et par celle, plus légère mais vivace, de la lune. Le sol est boueux, cela dit : l'eau, dont le niveau est assez haut, suinte jusque sur le sentier ; le bois résonne de leurs pataugements, Donna sent des éclaboussures sur ses joues et son front. Si seulement elle portait un masque elle aussi, pense-t-elle, et ce n'est pas la première fois.

Le chemin est bordé d'un côté par un talus boueux, couvert de broussailles, et de l'autre, le long du lac, par des bosquets, de rares clairières aménagées de tables de pique-nique ou des pontons permettant d'amarrer des barques. Au bout d'un petit kilomètre, le sentier s'écarte de Ripley Fields pour suivre les abords du lac, la pente devient moins raide, davantage d'arbres apparaissent sur leur droite. Il fait plus noir maintenant, à distance des maisons, mais celle de Donna n'est plus très loin. L'obscurité ne dérange pas tant que ça les filles. Elles sont très excitées, font tout un tas de projets.

— Si on prend deux bacs. Tu as des bacs, tante Donna ? demande Irene.

— Des bacs, comment ça, des bacs ? Des bols, tu veux dire ? dit Barbara.

— Il faudrait qu'ils soient vraiment énormes, pour partager tout ça. Non, des bacs pour les plantes.

— Du coup, ils seraient pleins de terre. Non, ça ne va pas.

— Des bassines alors. J'en ai deux en plastique, si vous voulez, propose Donna.

— Voilà, c'est ça qu'il nous faut. Comme ça, on mettra chacune nos bonbons dedans, pour voir ce qu'on a.

Comme toujours, Barbara traîne derrière, Irene sautille en tête, et c'est en la voyant s'arrêter, à une dizaine de mètres devant elle, que Donna est alertée. Une silhouette s'approche : la rousse de Ripley Fields.

— Irene ! hurle-t-elle en scrutant le bosquet à sa droite, à la recherche du type à la casquette.

Elle fait volte-face, constate que Barbara, figée sur place, observe la scène, puis se tourne à nouveau vers l'avant.

La femme tend le bras vers Irene et on dirait qu'elle a une sorte de tissu dans la main, un bâillon pour la museler, peut-être, aussitôt Donna s'empare du Glock, qu'elle avait sorti de sa pochette dès l'instant où elles s'étaient trouvées sur le chemin, et le pointe sur la rousse.

— Laissez-la tranquille, crie Donna.

Au moment même où elle prononce cette phrase, elle aperçoit sur sa droite le type à la casquette qui se faufile lentement entre les arbres, en direction de Barbara. Elle pivote, pour tenter de couvrir également ce côté.

— Éloignez-vous, ordonne-t-elle.

Quelque chose scintille sur la droite, à la périphérie de sa vision, mais cette salope de rousse est en train d'appliquer son chiffon sur le visage d'Irene, comme pour l'endormir au chloroforme. Elle devrait descendre le type en premier, c'est sûrement lui qui est armé, mais elle est si révoltée qu'elle fait tout à l'envers et vise la femme à la place, entre les deux yeux. Donna a presque le temps de tirer sur son complice, elle fait demi-tour et le voit, figé, les yeux rivés sur la rousse qui vient de s'écrouler, comme s'il n'arrivait pas à y croire. Irene, elle, hurle, elle est à demi emportée par le poids de la morte. Donna pivote, elle lève son Glock, presse la détente, elle a l'impression de courir dans un rêve, elle se répète *Si je ne touche pas ce type, Dieu sait ce qui va arriver aux filles,* elle aperçoit une fusée de feu d'artifice qui traverse le ciel et illumine les feuilles encore accrochées aux arbres qui l'entourent. Et c'est la dernière chose qu'elle verra jamais.

It's A Sin To Tell A Lie
(« C'est pécher que mentir »)

Le salon de coiffure est fermé, et le lieutenant
Nora Fox n'arrive pas à joindre Dee Saint Clair
par téléphone, elle se rend donc à son adresse, un
immeuble sur East Wilson, et contacte le concierge,
Steve, cheveux longs, un bouc, assez mignon, avec
un faux air de Dave Grohl, des Foo Fighters. Elle
s'attendait à trouver quelqu'un de plus vieux, or il
doit avoir son âge. Ça change un peu des nouvelles
recrues de la police, qui lui paraissent de plus en
plus jeunes au fil des années, mais pas sûr que ce
changement soit un bon signe. Steve, qui est en
compagnie d'une blonde, a des scrupules à l'idée de
lui confier les clés de Dee, Nora parle disparition,
double meurtre, néanmoins, Steve reste dubitatif
et évoque un mandat ; là, Nora lève une main et
assène :

—Steve, il y a des enfants en danger. En ce
moment même !

Elle-même n'en est pas encore tout à fait
consciente, pourtant c'est bel et bien la réalité. Steve
obtempère. Il se sent obligé de l'accompagner, elle le

voit bien, mais elle ne le souhaite pas, d'ailleurs lui non plus. Blonde parfumée, tintement de glaçons… À sa place, elle préférerait rester là, elle aussi, songe Nora, surtout que les blondes ont tendance à se faner lorsqu'elles manquent d'attention – du coup, Nora le charge de téléphoner à Dee toutes les dix minutes et de l'avertir si jamais il parvient à la joindre.

Dans l'appartement, elle remarque au premier coup d'œil un ordinateur portable, sur le canapé, près de la baie vitrée qui donne sur le lac, puis elle s'arrête dans un recoin du salon qui semble servir à la fois de salle à manger et de bureau. Sur la table en acajou brun foncé s'empilent des coupures de presse, des photocopies d'articles, certaines volantes, d'autres réunies dans des classeurs. Nora vérifie l'heure. 19 h 30. Il n'est pas tard. Pas encore. Elle s'installe et commence à parcourir les papiers.

Danny et Claire quittent Chicago par l'autoroute, en direction de Madison, ou Cambridge, ils hésitent encore. Danny n'a pas réussi à joindre Donna, mais il lui a laissé des messages pour la prévenir qu'ils passaient récupérer les filles, ou lui proposer, si elle préférait, qu'ils se retrouvent à Arboretum Avenue. Cela dit, c'est peut-être peu judicieux, la maison étant vide ; s'ils parvenaient à venir jusqu'à chez elle, pourraient-ils rester pour la nuit ?

L'ambiance dans la voiture n'est pas à la joie. Ils étaient sincèrement bouleversés de se revoir, l'un comme l'autre ont versé leur petite larme, mais ils se sont à peine touchés, leurs mains se sont serrées, ont rapidement effleuré la joue de l'autre, et les quelques mots qu'ils ont échangés ont été bafouillés, hésitants, comme s'il s'agissait de leur premier rendez-vous ou presque. Ils semblent incapables de s'exprimer, peut-être parce qu'il y a tant à dire et si peu de manières de se lancer, quoi qu'il en soit, le voyage se déroule essentiellement dans un silence gêné. Claire conduit. Danny a proposé de prendre le volant, mais elle a refusé, puis aussitôt regretté : elle redoute de l'avoir vexé, en réalité elle trouvait simplement plus pratique que ce soit elle parce qu'elle s'est habituée à la voiture, à l'aller. C'est un détail, mais l'enjeu ne se limite évidemment pas à l'identité du conducteur.

Ils ont l'air d'un couple parti en vacances pour résoudre ses problèmes, et qui se trouve au lieu de ça submergé par eux, puisque bien entendu, le vrai problème, c'est eux. Dans le silence, durant ces premiers kilomètres à travers les zones industrielles qui entourent Chicago, chacun pense de son côté : si c'est tout ce qui reste de nous, alors, par pitié, qu'on en finisse. Chacun enrage de ressentiment, d'exaspération, mais très vite ils s'épuisent, vidés.

Claire n'a pas envie d'aborder l'affaire Paul Casey en détail, parce qu'elle ne sait pas quel mensonge choisir. Elle a déjà du mal à croire que Danny se soit déplacé jusqu'à Chicago, pour commencer. Où était-il ? Qu'a-t-il vu ? Qu'a-t-il *pu* voir ? Il n'était pas dans la chambre. Et de toute façon, il n'y avait rien à voir. Certes, un peu plus qu'elle ne voudrait bien l'admettre, sans compter qu'elle aurait pu aller plus loin. Mais Dieu merci, ça n'avait pas été le cas. Elle s'ennuyait, elle se sentait seule, elle avait eu besoin d'un peu d'attention, elle s'en était tirée à bon compte. Un ou deux petits mensonges sans

conséquence suivis d'excuses à genoux s'impose-
raient, au minimum.

En outre, Claire ne tient pas vraiment à annoncer
à Danny que le sinistre personnage derrière toute
cette affaire est plus sûrement Dave Ricks que Gene
Peterson, car elle serait contrainte d'expliquer qu'elle
a failli coucher avec Dave des années auparavant,
et qu'il se faisait passer pour Gene. Évidemment,
elle préférerait ne pas s'aventurer sur ce terrain,
à savoir les autres hommes fréquentés à Chicago,
bien consciente que ce genre d'informations ne
servirait qu'à brouiller le message vis-à-vis de son
mari ; or, s'il y a une chose qu'elle sait à ce stade,
c'est qu'elle veut désespérément la survie de son
mariage. Peut-être même au point d'épouser Danny
pour de bon. Pour cela, il faudrait qu'elle accepte
d'apprendre l'identité de ses parents naturels, et par
extension la sienne. Elle n'est pas certaine de le
vouloir, mais visiblement, le film de sa vie a actuellement pour thème la crise de la quarantaine, et il
est plus mature de jeter un coup d'œil à son certificat de naissance que de batifoler avec un amour
de jeunesse dans une chambre d'hôtel.

Danny, pour sa part, refuse d'aborder le sujet des
Bradberry, parce qu'il serait contraint d'évoquer les
parents de Claire, le rôle qu'il a joué dans l'incendie,
même s'il est sans commune mesure avec ce qu'il a
toujours cru. En réalité, pense-t-il, peut-être devrait-
il en parler, justement, avouer à Claire qu'il a été
hanté toute sa vie par une culpabilité qui n'avait
pas lieu d'être ? Cependant ce n'est pas à lui de le
faire, si ? Ce n'est pas son rôle que de lui révéler une
vérité qu'elle a choisi de ne pas connaître. Mais alors

comment confesser leurs pertes financières ? En concédant qu'il a été un imbécile âpre au gain, voilà tout. Le chantage était une chose, mais personne ne l'a forcé à emprunter tout cet argent pour investir auprès de Jonathan Glatt.

Il sait qu'ils vont devoir tout mettre sur la table, même si cela implique la fin de leur union. Il ne le souhaite pas, malgré ce qui s'est passé à Chicago, rien peut-être d'ailleurs, et quand bien même, ces choses arrivent, l'erreur est humaine, et il y a eu quelques soirs au Brogan's où, s'il n'a pas complètement franchi la ligne rouge, il l'a amplement mordue, et serait volontiers allé plus loin. Cependant, que dire de la page Facebook de Claire, de ses messages à Paul Casey ? C'était un peu plus que franchir la ligne. Car il y avait calcul, préméditation, intention.

Soudain, il repense à Gene et à son e-mail d'alerte à Danny, auquel quelqu'un avait répondu, usurpant son identité.

— Claire, est-ce qu'il s'est passé un truc bizarre avec ton ordinateur ?

— Comment ça ?

Pitié, faites qu'il n'ait pas lu ces messages sur Facebook.

— Je ne sais pas, quelqu'un qui te l'aurait piraté ou aurait installé des comptes dont tu ne sais rien ?

— Je… Je crois qu'il est arrivé quelque chose dans ce genre. À toi aussi ?

Dis-lui. Pas tout. Ne jamais tout dire à une femme. Mais il faut que tu dises quelque chose.

— L'argent qu'on a perdu… avec Jonathan Glatt ? Eh bien, Gene Peterson nous avait contactés par e-mail, moi comme les copains, pour nous prévenir de reprendre notre fric. C'était de la dernière minute, mais tout le monde s'en est sorti. Car ils ont reçu le message.

— Et toi non ? Parce qu'il ne te l'a pas envoyé, en réalité ?

— Si, si, je t'assure. Il me l'a montré aujourd'hui, sur son logiciel de messagerie.

— Tu ne l'as jamais reçu ? Il n'a pas insisté ?

— C'était inutile, il a eu une réponse.

— Comment ça ?

— Quelqu'un a envoyé un e-mail depuis mon adresse, en se faisant passer pour moi, le remerciant et déclarant que je m'empressais de retirer mes billes.

Claire soudain s'emballe, gagnée par un mélange insoutenable de peur et d'agitation. Elle peut enfin confier quelque chose à Danny.

— C'est trop bizarre. Parce que tu sais... Enfin, je ne sais pas ce que tu sais, mais, à part un peu de stupidité... Il... ne s'est... en réalité... RIEN passé. Tu vois ce que je veux dire ?

— Euh... ?

— À Chicago. Avec... Avec Paul Casey.

— Je t'écoute...

— Je vais t'expliquer, figure-toi que je l'ai découvert aujourd'hui. Bon, j'ai un compte Facebook...

— Tu ne m'en as jamais parlé.

— Non.

— Toi qui disais toujours : « Oh, Facebook, Twitter, ça n'a aucun intérêt. »

— Je sais. Mais c'est Dee qui m'a inscrite. Tu la connais, elle ne lâche jamais l'affaire. Quand elle m'a créé mon site Web, sur lequel je ne vais presque jamais non plus au passage, elle m'a convaincue que je devais être présente aussi sur Facebook et poster sur les deux, pour augmenter la fréquentation. Je m'en fichais, je n'avais pas l'intention de m'en servir de toute façon. Mais aujourd'hui, à mon retour à Chicago…

— Oui, je me demandais ce que tu y faisais justement ?

Elle est gagnée par la nausée.

— J'avais… une question à poser à Paul.

— Tu avais une question à poser à Paul. Tu comptes détailler un peu ?

— Sûrement. J'y viendrai. Ça n'a aucun impact sur nous.

— C'est-à-dire… ?

— Arrête de me harceler, merde. Je t'aime, Danny, j'essaie de te parler. Ne me traite pas comme si j'étais une gamine qui a fait une bêtise.

Elle a raison. Il hoche la tête et attend.

— Donc, Paul commence à évoquer des messages que j'aurais envoyés sur Facebook…

— Adressés à lui ?

— Oui. Or, je ne suis jamais allée sur Facebook. Cet après-midi, je me connecte et je constate qu'il y a trois messages, un échange entier entre mon ex et moi. Des trucs explicites, qui l'invitent plus ou moins à renouer avec moi. Des choses que je n'ai jamais écrites.

Danny opine du chef. Il ne veut pas avouer qu'il les a lus, il ne veut plus jamais repenser à ces mots.

— Et Chicago ?

— Rien, répond-elle. Ou plutôt, mieux que rien. J'éprouvais une sorte de nostalgie idiote, comme

402

s'il restait quelque chose d'inachevé entre cette ville et moi... ou entre mon passé et moi... Eh bien, je ne ressens plus rien aujourd'hui. C'est bel et bien terminé.

Danny hoche encore la tête. Il la croit. Peut-être subsiste-t-il un fond de doute, mais cela passera. Et si cela ne disparaît pas, eh bien, c'est là qu'intervient la confiance. Sans le doute, pas de confiance. Et pas d'amour.

Ils laissent derrière eux la sortie pour Rockford et Danny grimace, il n'arrive pas à croire qu'à peine, quoi, quatre ou cinq heures plus tôt, Jeff a été abattu par un tireur embusqué. La course-poursuite à travers Chicago, la police à ses trousses. Il place sa tête entre ses mains, inspire puis expire profondément par la bouche, à un rythme accéléré. Il ignore combien de temps il passe dans cette position, jusqu'à ce qu'il prenne conscience d'une main sur sa cuisse, qui tente de l'apaiser. Il se sent au bord des larmes, mais ses yeux restent secs. Il relève la tête, se tourne vers Claire et voit son visage qui se décompose, à son tour elle craque.

— Danny, quelqu'un a tué M. Smith.

— Oh, non.

— Il a été égorgé. Le pauvre a été coupé en morceaux, comme un animal de boucherie.

Sur ce dernier mot, sa voix grimpe dans les aigus, elle se met à geindre, à sangloter, et voilà que lui aussi ; le barrage s'est effondré et toutes les craintes accumulées en eux, pour leur mariage, leurs filles, leur avenir, tout s'incarne dans la mort de leur chien.

— Comment va-t-on annoncer ça aux filles ? demande Claire lorsqu'elle se ressaisit un peu.

Danny ne répond rien. Ils continuent leur route en silence. Soudain, quelque chose lui vient à l'esprit.

— Claire, comment tu as su que je me trouvais dans le bureau de Gene ?

— Comment ça ?

— Quand tu m'as appelé, tu savais où j'étais.

— Ah, oui. Dee me l'avait dit.

— Dee ? Mais comment était-elle au courant ?

— Je crois qu'elle se faisait du souci. Les flics sont passés au salon pour l'interroger, après elle a tout vu aux infos, alors elle était dans tous ses états.

— D'accord, mais comment pouvait-elle savoir que je me rendais chez Gene ? Le seul qui était au courant, c'est Dave Ricks.

— Elle a pu deviner. À cause de l'histoire avec Jonathan Glatt. Est-ce que c'est important ? En tout cas, ça m'a permis de t'aider à te tirer de là.

— C'est vrai. Mais bon… son nom réapparaît un peu trop souvent, non ? Dee t'a inscrite sur Facebook. Tout à coup, voilà qu'on y trouve des messages bidon. Et puis… elle ne gérait pas la maintenance informatique sur ton ordi, en plus ?

— Elle s'occupait de mes mises à jour et… c'est vrai, elle essayait toujours de m'intéresser aux dernières nouveautés. D'ailleurs c'est à cause d'elle que j'ai acheté un iPhone.

— Et mon portable, à moi ? Est-ce qu'elle y a touché ?

Claire secoue la tête.

—Pas que je me souvienne. Ah, attends. Il y avait ce truc qui n'arrêtait pas de planter, là, tu te rappelles ?

—Safari.

—Je lui en ai parlé, elle y a jeté un coup d'œil. Il y avait un conflit entre deux logiciels que tu avais installés. Je t'avais dit qu'elle l'avait réparé. Sur le coup, tu n'as pas relevé. C'est quoi ton problème avec Dee, de toute façon ? Tu ne l'as jamais vraiment appréciée.

—Tu ne vois rien de suspect dans tout ça ? Dee gère ton compte Facebook et tout à coup, tu envoies des messages à caractère sexuel à Paul Casey. Dee répare mon ordi, je réponds à des e-mails que je n'ai jamais reçus. Dee t'appelle et t'informe de ma présence dans les bureaux de Gene. Dee, Dee, encore Dee. C'est tout ce que je dis.

—Mon amie. Tu penses que mon amie est derrière tout ça ? Qu'elle pourrait avoir tué deux de tes vieux copains, massacré notre chien ? Tu plaisantes ?

—Je ne vois pas qui d'autre pourrait avoir manigancé cette affaire. D'abord, j'ai cru que c'était Gene – mais tu as dit : « Ce n'est pas Gene, c'est Dave. » Qu'est-ce que tu sous-entendais par là ? « C'est Dave. » Dave qui a fait quoi ? C'était mon meilleur ami. Est-ce que tu l'imagines éliminer Ralph Cowley ?

Claire se sent tout à coup anesthésiée, elle fixe la route droit devant elle. Il y a des exploitations agricoles, des arbres, là-bas, dans ce formidable État du Wisconsin. La terre s'étire au loin, très loin, une terre riche, bonne pour le pâturage. Le Wisconsin et ses produits laitiers. Bon sang, elle a besoin d'un peu de repos. Avisant une aire de stationnement, elle s'y arrête sans prévenir.

— À toi de conduire, dit-elle en laissant sa place.

Danny s'installe, ils redémarrent. Claire essaie de parler, n'y arrive pas, met la radio, évite les fréquences consacrées au rock, à la parlotte, en trouve finalement une qui lui plaît : Billie Holiday chante *No Regrets*, la bande-son idéale pour une bonne comédie.

— Quand j'étais à Chicago, à l'époque où nous étions séparés, j'ai passé une nuit, non même pas, on n'a pas couché ensemble en réalité, avec un type qui m'a dit s'appeler Gene Peterson. Assez sympa, beau garçon, il m'a raconté que vous aviez été longtemps dans la même école. Bref, il est devenu plutôt bizarre au fil de la soirée, j'ai dû m'éclipser et je te passe les détails, mais il a fini par se faire tabasser par un gang de Latinos.

— Eh bien !

— Et quand j'ai vu ce type dans notre jardin, j'ai cru voir une version plus âgée, plus négligée de ce gars.

— Pourtant Gene Peterson ne ressemble pas du tout à Ralph Cowley, loin de là.

— Oui, mais l'homme qui m'a abordée à Chicago n'était pas Gene Peterson. Je l'ai cru et j'en ai conclu qu'il m'en voulait à cause de cette baston, qui n'était qu'une sorte d'accident en réalité, et qu'il t'en voulait à toi aussi, puisque, pour se venger, il t'avait fait investir avec Glatt et perdre tout ton argent. Donc je suis venue à Chicago pour interroger Paul Casey à propos de la soirée en question, parce que c'était lui qui m'avait tirée de ce mauvais pas à l'époque. J'ai fait quelques recherches et figure-toi que tous les annuaires de lycée sont en ligne maintenant. En tout cas, il y avait celui de ton année. Je n'ai pas cherché de photo de toi ou de Gene Peterson, toi je te connais et Gene a son portrait partout sur Internet, pour ses affaires. En revanche, j'ai vu Ralph et Dave.

— Et eux, ils se ressemblent un peu, donc le type qui s'est fait passer pour Gene, tu as cru que c'était Ralph, quand en réalité c'était Dave ?

— Oui, et ça te pose problème ?

— Tu suggères que c'est Dave Ricks le coupable ? C'était mon meilleur ami.

— Était.

— On ne s'est jamais fâchés, simplement… Je ne sais pas… On s'est éloignés.

Danny y réfléchit un instant. Quand Dave était parti faire ses études à Chicago, il revenait le week-end et ils se voyaient, tous les deux. Au début, tout allait bien, cela dit, Dave avait toujours été un garçon plutôt exclusif, le genre qui refuse de partager votre compagnie et n'accepte personne hors du cercle d'origine, la vieille bande, les Quatre Cavaliers. Et au bout d'un moment, cette facette de sa personnalité avait commencé à devenir franchement pénible. Il n'était pas sans évoquer une petite amie possessive qui téléphone vingt fois par jour pour vérifier qu'on ne la trompe pas, au point qu'on a finalement envie d'aller voir ailleurs rien que pour mieux la larguer ensuite. C'est plus ou moins ce qui était arrivé d'ailleurs : Danny ne le rappelait plus, si jamais Dave se présentait à sa porte, il faisait semblant de ne pas être chez lui, il s'était arrangé pour ne plus fréquenter les mêmes bars, évitant de travailler le week-end au Brogan's, ou au contraire, s'assurant d'être embauché non-stop du vendredi au dimanche. Dave avait fini par comprendre. La tactique avait été un peu cruelle, mais au fond c'était par gentillesse : Danny l'appréciait toujours autant, mais il ne voulait pas passer sa vie entière avec lui. Cela dit, après, il ne l'avait presque plus jamais revu, mais quoi de plus classique. Quand on fait des études dans une ville toute proche de celle de ses parents, au début, au lieu de se faire de nouveaux amis, on trouve refuge auprès des anciens. Puis si on a un peu de jugeote, on coupe les liens et d'autres se forment.

Sinatra entonne *Ill Wind* au moment où Claire reprend la parole.

— Oh, j'adore cette chanson. Moi, je dis simplement... Bon, je ne le connais pas, c'est vrai, mais à l'époque, quand on s'est rencontrés, il ne parlait que de toi ou presque. Danny... aime Frank Sinatra, Danny s'y connaît en cocktails, Danny adore les vieux classiques en noir et blanc, ce genre de trucs. Il savait que nous étions sortis ensemble, que nous avions rompu, mais est-ce que tu le lui avais dit ? Moi j'ai pensé que tu lui avais tout raconté.

— Je ne sais pas trop. Nous nous parlions rarement. Mais il aurait pu l'avoir appris, s'il était encore en contact avec l'un ou l'autre ; moi j'avais pu croiser Ralph, par exemple. Tout ça, c'était il y a si longtemps, tant de bières, tant de nuits blanches à l'époque.

— Bref, on a un peu fricoté lui et moi, et en plein milieu de l'action, il disait des phrases comme : Et ça, Danny, ça lui plaît ? Il aime ça, Danny ?

— Merde.

— Je ne te le fais pas dire. Là, j'ai freiné des quatre fers. Il était carrément obsédé par toi.

Danny tente d'intégrer cette nouvelle réalité, dont il ne sait que faire. Il repense au temps où ils étaient camarades d'école, pour voir si quelque chose dans son comportement pouvait annoncer ça, mais son esprit bloque sans arrêt sur l'incendie chez les Bradberry. Après ça, plus rien n'avait été pareil, surtout parce qu'il était devenu comme l'homme qui vit aux abords d'une voie ferrée et passe tant de temps à se persuader qu'il n'entend aucun bruit qu'il commence à croire que ce bruit n'existe pas.

De plus, Ralph a vu Gene lancer le cocktail Molotov.

Danny est à deux doigts de raconter l'incendie à Claire. Il n'est pas forcé de lui révéler qu'elle est Claire Bradberry, mais au moins cela le rapprocherait de la vérité. (D'ailleurs, à en croire Gene, la fameuse Claire Bradberry incluse dans le fonds Glatt était censée être une amie de Dave, ce qui alimente les soupçons qui pèsent sur lui.) Soudain son téléphone sonne. Il ne craint plus de se faire localiser par la police. Il l'espère même en partie.

— Danny Brogan.

— Danny, c'est Gene.

— Salut, Gene. Dis donc, c'était chaud, ces retrouvailles.

— Je... Je te dois des excuses.

— Mais tu n'en es pas sûr. Selon la presse, je suis un dangereux fugitif.

— J'ai paniqué. Tu paraissais pas mal exalté, Danny.

— Ah, ils sont beaux, les Quatre Cavaliers, tiens.

— Oui, bon, je ne sais pas ce que tu as fait ou pas, donc on verra bien comment tout se terminera. Mais je voulais surtout revenir sur le fameux Halloween d'il y a trente-cinq ans, mon vieux. Tu peux parler?

— Je peux écouter.

— O.K. Tu disais que Ralph était persuadé que c'était moi qui avais lancé le cocktail Molotov sur la maison, délibérément. Il en était sûr parce qu'il avait vu le *F*, de la Faucheuse, ou de la Famine, je ne sais plus qui était qui entre lui et moi, mais nous avions la même lettre?

— Tout à fait.

— Il s'en souvenait parce qu'il avait choisi exprès la même initiale que moi, en fidèle lieutenant.

— Oui.

— Bon en fait, le truc, c'est qu'au moment d'enfiler les costumes j'avais remarqué qu'il attendait de voir quel serait le mien pour sélectionner le sien. Et Dave Ricks avait repéré son manège lui aussi, il m'a vu prendre le *F*, et Ralph se précipiter sur le dernier *F* qui restait, puisque tu avais déjà pris le tien. Du coup, Dave m'a jeté un coup d'œil, l'air de dire, ironique: *Ralph est ton petit toutou*. C'est vrai, ça me tapait déjà sur le système, le fait que Ralph me coure sans arrêt après, « Oui, Gene, non, Gene, mais certainement, Gene ». La loyauté, je veux bien, mais là ça devenait carrément lèche-cul. Bref, très simplement, après que Ralph a choisi son déguisement, Dave et moi avons interverti les nôtres.

— Quoi, et Ralph n'a pas remarqué? On a attendu des heures pourtant.

— On ne l'a pas fait tout de suite. Tu te souviens que tu faisais la tournée des voisins avec Ralph? En temps normal, ça aurait dû être Dave et toi, Danny et Dave amis pour la vie, mais avec Dave on s'est arrangés pour que tu sois avec Ralph. On a échangé nos costumes à ce moment-là et on n'a plus rien dit.

— Pourquoi ?

— Je sais, c'est vraiment puéril, hein ? C'était sûrement notre excuse, d'ailleurs, on était des gamins. Je sais que je voulais juste emmerder Ralph, et ça me faisait marrer qu'il suive Dave toute la soirée comme un petit chien, persuadé que c'était moi. Tu sais comment ça se passait, Dave était comme ça avec toi. Enfin bon, voilà ce qui va t'intéresser, en l'occurrence : Ralph t'a dit que le cocktail Molotov avait été lancé par un *F*, eh bien, ce n'était pas moi, mon vieux, moi j'étais devenu le *P*. L'autre *F*, à part toi qui étais assommé, c'était Dave. Est-ce que tout te paraît plus clair ?

— Et pourquoi tout le monde a toujours insisté pour dire que c'était moi ?

— Dave avait juré t'avoir vu. Moi je savais bien que j'étais innocent, quant à Ralph, il s'est rangé à notre avis.

Danny ne répond rien, il tente de comprendre. Dave. C'est forcément Dave. Dave s'est arrangé pour rejeter la responsabilité sur Danny, quand en réalité c'était sa faute.

Bing Crosby chante *Out Of Nowhere* à la radio, mais le son crépite un peu, comme s'ils étaient en train de perdre la fréquence.

Dave était comme ça avec toi. Vraiment ? Il ne se souvient pas avoir eu Dave en permanence sur le dos. En tout cas pas après l'incendie. Et même, il y avait dans les yeux de Dave, de temps à autre, un petit truc qui disait : *Je sais ce que tu as fait. Ce sera*

411

notre secret. Aucun des deux autres ne l'avait regardé comme ça.

Je sais ce que tu as fait.

Je sais qui tu es.

Dave.

— Je dois filer, Dan. Retour au xxiᵉ siècle.

— Encore un truc. Quand j'ai discuté avec Dave ce matin, il m'a parlé de sa femme, son ex-femme plutôt. Je ne l'ai jamais rencontrée. Et toi ?

— Eh bien, je crois que oui, figure-toi. Ça fait un bail, une vingtaine d'années je dirais. Nous les avions invités à dîner. Elle était sympa, marrante, un peu grande gueule. C'était… mon père aurait dit « un sacré numéro », si tu vois ce que je veux dire ? Je ne suis pas persuadé qu'elle était le genre de Dave. Et vice versa. D'ailleurs, ça n'a pas duré, ce mariage.

— Tu ne te rappellerais pas son nom, par hasard ?

Il y a un blanc, Bing Crosby continue de susurrer la chanson de Johnny Green, qui paraît décalée dans ce contexte.

— C'était un prénom court. Pas Kay, mais quelque chose comme ça. Bee. Jo. Doh. Dee. Dee, je crois que c'était ça.

Danny a le souffle coupé. Du calme. Du calme.

— Tu es sûr ?

— Oui, j'y suis. Son vrai prénom était irlandais, Deirdre – je ne sais même pas trop comment on le prononce –, d'ailleurs, c'est ce qu'elle nous a expliqué : elle en avait eu marre d'entendre les gens écorcher son nom, alors elle s'en était choisi un très simple. Dee.

Lost In The Stars
(« Perdus dans les étoiles »)

Charlie T. pensait, disons, aurait pensé, qu'il serait accablé par la mort d'Angelique, mais il découvre, presque horrifié, certainement fasciné, qu'il est en réalité soulagé. Est-ce à cause de la manière qu'elle a eue de surgir de derrière les arbres, toute courbée, telle une sorcière de conte, pour se jeter sur la petite, en lui plaquant le chiffon sur le visage ? Ou de sa putain d'arrogance, soudain, sa façon de lui donner des ordres ? Vrai, ça ne lui avait pas complètement déplu, mais il ne devait pas en raffoler non plus, sans quoi sa mort l'aurait beaucoup plus bouleversé. Et surtout, ce n'est pas tant sa disparition à elle qui le chagrine que le problème de la gestion des gamines.

Il est armé d'un Steyr S9 ce soir, quinze balles dans le chargeur, il lui en reste douze, dont une dans la chambre. Il préférerait ne pas pointer un pistolet semi-automatique sur des enfants, mais il le fera si c'est nécessaire. La solution évidente est de rejoindre la maison de la tante, qui ne doit plus être très loin – on n'emmènerait pas des gosses à pied au-delà d'un kilomètre à cette heure et dans ces

413

conditions. La plus jeune pleure doucement, pauvre petiote ; l'aînée est penchée sur le corps de sa tante, elle touche son visage comme si elle pouvait la faire revenir à la vie par sa seule volonté. Soudain elle se lève et pose sur lui un regard noir.

—Vous êtes un monstre, déclare-t-elle. Irene, viens là.

Irene rapplique et se colle à la grande, qui pose un bras protecteur autour de ses épaules, à la manière d'une mère oiseau accueillant son oisillon sous son aile. Il est un monstre, pas de doute. Cette situation va à l'encontre de toutes les règles qu'il s'est fixées.

—Il faut qu'on bouge, dit-il.

—On n'ira nulle part, affirme la grande.

Les gémissements d'Irene redoublent. Il faut qu'ils se barrent d'ici, et vite fait. Charlie lève son arme et l'agite dans leur direction, en s'assurant qu'Irene la voie bien. S'en prendre à la plus petite, vraiment, quel courage, mon gars.

—Il faut partir d'ici. On va à la maison. Et de là on pourra téléphoner à vos parents, d'accord ?

Irene hoche la tête, réduite au silence par le chagrin. La grande fronce les sourcils, lève le bâton qu'elle a à la main, mais elle se dégonfle et le jette au sol dès l'instant où il pointe son arme sur elle. Il vient se placer derrière elles.

—On enverra quelqu'un chercher votre tante, dit-il.

—Appelez une ambulance.

Charlie émet un son qui, malgré lui, signifie qu'il n'en voit pas l'intérêt.

— Appelez une ambulance ou on ne bouge pas d'ici, assène la grande d'une voix à faire cailler le beurre.

— Barbara ! intervient Irene.

— Je m'en fiche. On ne sait pas si elle est morte. Très bien. Charlie T. appelle M. Wilson.

— Charlie ?

— Une ambulance, s'il vous plaît ? Oui, j'attends.

— La cible a-t-elle été éliminée ?

— Oui, voilà, j'aimerais vous signaler le corps d'une femme sur le chemin près du lac Ripley, à Cambridge, dans le Wisconsin. On y accède par l'escalier situé à l'arrière de Ripley Fields.

— Le client vous retrouve chez la sœur, monsieur T. Et à partir de ce moment, vous suivrez ses instructions, vous comprenez ?

— Non, expliquez-moi, répond Charlie.

— Il a une idée derrière la tête. Une sorte de mise en scène. Pour laquelle il est prêt à payer plus du double. Cela épongera totalement votre dette de jeu. Un nouveau départ, Charlie. Il vous suffit de suivre ses instructions à la lettre. Compris ?

Charlie veut protester, fixer des conditions, il tient à dire qu'au fond il est un type bien. Mais en réalité, ce n'est pas vrai, si ? Au fond, peut-être, mais quel intérêt, le fond ? Ici, en surface, il vise deux gamines avec son flingue, juste après avoir descendu leur tante, passe devant le corps disloqué de sa petite amie, ne s'arrête que pour récupérer son sac à main, pour qu'on ne puisse pas remonter jusqu'à lui, s'apprête à livrer des enfants à un taré dont Satan seul sait ce qu'il peut bien mijoter. Il a déjà fouillé les poches de la tante, trouvé son téléphone, ses clés. Barbara a raison. Il est un monstre, personne ne pourrait le considérer autrement.

Les filles avancent devant lui. Il braque sur elles une petite lampe torche. Il ne leur demandera pas où se trouve la maison, car la préado, forcément, rétorquera qu'elles ne lui diront rien, et il refuse de devoir soutirer l'information à la petiote, qui sanglote toujours en silence, Dieu la protège. Il va se contenter d'observer leur façon de marcher, de guetter les signes qu'ils approchent. Il n'est pas né de la dernière pluie.

C'est mieux comme ça. Toutes ces conneries sur le kidnapping. Putain. À quoi aurait ressemblé leur avenir, elle qui aurait continué à étouffer des vieux à l'hosto, lui en assassin professionnel ? Un monde imaginaire. Ce n'est pas le genre de fille avec qui on se case. Pas du tout.

Barbara se penche pour souffler quelque chose à l'oreille de sa sœur. Il n'entend pas quoi, mais la réponse couinée est facilement audible.

— On ne peut pas, Barbara, on ne peut pas. Il va nous tuer. Il va nous tuer.

— Qu'est-ce que tu dis, Irene ? demande Charlie T.

— La maison de tante Donna est juste là, indique Irene en désignant un chemin qui grimpe à flanc de colline, dans les bois.

Barbara lâche un grognement de frustration et de rage.

Charlie T. s'empare d'une corde en nylon et, en prenant soin de laisser son arme bien en vue, attache le poignet droit de Barbara au gauche d'Irene, puis tire la corde en avant, la fixe autour de son bras droit et prend la tête du convoi. Les possibilités pour elles de disparaître à droite ou à gauche sont trop grandes, ou du moins, doivent être réduites.

— Dites-moi si je vais trop vite ou si je tire trop fort sur la corde, prévient Charlie T.

Irene n'est pas près de s'arrêter de pleurer. Le visage de Barbara est déformé par une grimace de haine. Et c'est ainsi que Charlie T. leur fait gravir la colline jusqu'à la maison de Donna Brogan.

Dancing In The Dark
(« Danser dans le noir »)

Ce n'était donc pas Danny Brogan qui avait été à l'origine de l'incendie qui avait décimé la famille de sa future femme. C'était Dave Ricks, et cette famille était celle de Dee Saint Clair, autrefois connue sous le nom de Claire Bradberry. Et voilà qu'en ce soir de Halloween ces deux-là se trouvent réunis à l'avant d'un 4 × 4, embarqués dans ce long trajet sinueux menant à la maison de feu Donna Brogan, située à Cambridge, Wisconsin.

De l'extérieur, il est impossible de savoir ce qui se dit, et sur quel ton. On pourrait émettre quelques hypothèses, à la tête baissée de l'une (Dee), au visage animé de l'autre (Dave). Mais n'attendons pas plus longtemps dans l'air cinglant de novembre. Rejoignons-les à l'intérieur de la voiture.

—Bien. La cible est éliminée. Les gamines arrivent, déclare Dave, en refermant son téléphone.

Dee lève les yeux vers lui, une moue dégoûtée sur ses lèvres.

— « La cible est éliminée. » Tu veux dire : Donna Brogan est morte ?

418

—Je n'ai aucun problème pour énoncer les choses telles qu'elles sont.

—Il n'est pas trop tard pour tout arrêter, Dave. On met les voiles, on trace, on les laisse reprendre le cours de leur vie. On n'en a pas fait assez, déjà ?

—Danny va bientôt tout découvrir, il s'apprêtait à discuter avec Gene Peterson, c'est un processus d'élimination. Et d'après ce que tu m'as dit, la police est sur le coup.

—Ils ont deux cadavres sur lesquels enquêter.

—Et deux de plus bientôt. Ils n'abandonneront pas tout sur commande. Tu sais bien que c'est trop tard pour revenir en arrière. Pas question de mettre les voiles tant que le bateau ne sera pas rentré au port.

—Arrête. « Cible éliminée. » « Bateau rentré au port. » On croirait un méchant de dessin animé. C'est déjà assez affreux, ce que tu... ce que *nous* avons fait, mais... les *enfants*.

—Oui, les enfants. C'est comme ça que tout a commencé, non ? Le jour de notre mariage qui n'en était pas vraiment un. Parce que j'avais insisté pour tout te dire la veille. À cause de Danny Brogan.

Dee compte jusqu'à dix, pour éviter que son épuisement, son désespoir soient perceptibles dans sa réponse. Pour essayer de rester neutre, comme si c'était la première fois qu'elle évoquait le sujet.

—C'était un choc. De penser que tu étais présent cette nuit-là. Un choc dont je n'ai pas pu me remettre tout de suite...

—Le jour de notre mariage...

—Il n'y avait pas d'invités. C'était un mariage dans l'intimité, presque secret, alors quelle différence cela pouvait bien faire ? Nous étions ensemble depuis un moment déjà, quelle différence si ce jour-là n'était pas parfait ?

— Ça change tout. Ça a marqué le début de la fin.

— Nous aurions pu... Je l'ai toujours dit, nous aurions pu faire en sorte que ça marche.

— Peut-être, mais ça n'est pas ce qui s'est passé. C'est injuste de m'en rendre seul coupable. Tu avais autant que moi envie de punir Danny quand il a épousé Claire. C'était ton idée, de faire croire à Danny que c'était elle, la fille Bradberry disparue. Tu savais que Claire était en plein déni à propos de son identité. Tu étais aussi motivée que moi, peut-être même plus.

— Je sais, je sais...

— Tu étais une femme humiliée. Humiliée par Danny Brogan.

— Toi aussi, tu étais humilié. Le soir où on s'est rencontrés, on n'a fait que parler de Danny. Tout ce que tu avais fait pour lui, son ingratitude et sa chance, dont il ne se rendait même pas compte. Il méritait une leçon, tu disais.

— Mais c'est toi qui m'as contacté. Tu as fait le premier pas, Dee. Tu vois, c'est important de ne pas réécrire l'histoire, pas maintenant, alors que tout aboutit à cette fin logique, il ne faut pas dire « oh, tout ça, c'est de la faute de Dave, c'est lui le malade, le monstre ». Danny a planté une graine dans ton esprit...

— Il a fait allusion à son lien avec l'incendie à Madison. Puis il s'est refermé comme une huître. Mais tu sais comme je suis douée pour soutirer des informations aux gens, même celles qu'ils aimeraient garder secrètes. Parce que, au fond, personne ne le souhaite vraiment. Tout le monde a envie de se confesser. Et même s'il préférait ne rien ajouter sur le sujet, il voulait bien se confier sur ses copains. Les Quatre Cavaliers. Danny, Gene, Ralph et Dave. Et c'était toi, Dave.

— Jusqu'à ce que tu entendes toute l'histoire de ce que nous avons fait. De ce qu'il a fait.

— Et même après. Même après. Le simple fait que tu aies été présent. Il m'a fallu quelques jours, mais… Je n'ai jamais eu de problème avec ça. Je n'ai jamais accusé personne. Je n'avais aucun souvenir de cette nuit-là, ni de la maison. Mon enfance se résumait à ma famille d'adoption. Même après, nous aurions pu…

— Tu vas te mettre à parler comme dans les chansons ! N'avions-nous pas presque réussi ? Eh bien, non, pas du tout.

— Mais c'est de ton fait.

Après, il n'avait plus jamais couché avec elle. À dire vrai, avant, ça n'était déjà pas fréquent. Mais là, ça s'était carrément arrêté, pour devenir autre chose. Elle s'était souvent demandé si Dave était homo, s'il était amoureux de Danny, mais elle ne le pensait pas. Dave n'avait juste pas vraiment besoin de sexe, contrairement à la majorité des gens. Il était trop barré.

— Ce n'était pas que ça. Je voyais bien qu'avec toi jamais je ne réussirais à être autre chose qu'un deuxième choix. Et tu as joué ton rôle comme une pro, en te faisant passer pour la meilleure amie de Claire.

— Je suis sa meilleure amie.

— Oui. Si c'est pas triste pour elle, ça, quand même ?

L'inverse était vrai.

— Et tu as peut-être l'impression de te montrer clémente, pleine de compassion, mais tu as complètement rincé les Brogan, côté fric.

— Je ne l'ai pas forcé à emprunter les deux cent mille dollars supplémentaires, réplique Dee.

— Non, mais tu t'es assurée qu'il ne les récupérerait jamais. Tu l'avais vraiment dans la peau, Danny, hein ?

Les yeux de Dave scintillent, comme toujours lorsqu'il parle de Danny. Ceux de Dee s'assombrissent, son visage se fige en un masque d'amertume et de regrets, elle repense à ces quelques semaines passées avec Danny, il y a vingt ans de ça. Quelle excitation elle avait ressentie, puis quelle humiliation. S'il existait quelque part quelqu'un qui puisse être « l'homme de sa vie », Danny Brogan en était l'incarnation même. Dire qu'ensuite il l'avait laissée tomber, il l'avait repoussée, comme si elle n'était rien. Dave a peut-être raison. Dee se leurre en s'imaginant en participante innocente. Elle a extorqué de l'argent aux Brogan des années durant, elle a menti à Claire, a fait en sorte qu'elle hérite de faux souvenirs susceptibles de la détruire purement et simplement.

Elle se fiche bien de la mort de Ralph (qui n'avait montré pour elle aucun intérêt) ou de celle de Jeff Torrance (qui était si vaniteux que l'unique fois où ils avaient couché ensemble, il avait passé son temps à se regarder dans le miroir). Quant à cet affreux clébard baveux et dégoûtant, il ne lui manquera pas. Mais les enfants. À chaque fois qu'elle pense aux filles, elle a envie de pleurer. Si seulement il existait un moyen d'éviter ça, par exemple, encourager Dave à tuer Danny et Claire d'abord. Du coup, peut-être considérerait-il qu'ils sont à égalité. Mais au point où ils en sont, elle doute que ce soit faisable. On récolte ce que l'on sème et ils ont semé tout du long pour en arriver là, dans cette histoire d'amour inversé contre nature.

Parfois, elle a l'impression que Dave aime Danny plus qu'il ne le hait. Elle sait qu'il se serait satisfait de continuer ainsi encore et encore, sur des années, car le plaisir, le pouvoir résidaient dans les tourments qu'il infligeait à Danny quand bon lui semblait. Mais Ralph était apparu et cela avait été le branle-bas de combat. Et si c'était ça qui la touchait aussi profondément ? La raison pour laquelle elle pleurait tant ? À bien y réfléchir, elle se fiche un peu des filles de Claire, des gamines pourries gâtées, au mieux. Et si c'était le fait que tout soit bientôt terminé, que les plans sur la comète, les rêves soient derrière eux, que le jour du Jugement soit finalement arrivé ? Voilà peut-être ce qui la fait craquer.

Dave baisse sa vitre, se penche pour regarder vers la pelouse. L'air nocturne, piquant, annonce le gel qui vient.

— Ça ne va plus tarder, dit-il en se tournant vers elle.

Est-ce son imagination ou bien sent-il l'essence ?

— Il y a quelque chose que je ne t'ai pas dit, déclare-t-il, un éclat dur dans les yeux.

— Je préfère sûrement ne pas le savoir, répond Dee, excitée malgré elle.

Les ragots, quels qu'ils soient, sont toujours bons à prendre.

— Ces gens qui s'occupent de ça pour nous, commence-t-il.

— Qui tuent tout le monde.

— C'est ça. Enfin, le gars qui dirige toute l'affaire, le responsable.

— Oui ?

— C'est ton frère.

— Mon frère ?

Brusquement, Dee est prise d'un haut-le-cœur, la sueur perle à son front. Dave lui tend une carte de visite.

— J'ai demandé à un détective privé de mener l'enquête. À l'époque de l'incendie, deux frères Bradberry avaient quitté la maison. L'un était un petit criminel à Cicero. Il est mort aujourd'hui, il a été tué. L'autre avait purgé une peine pour viol à Racine, puis il est devenu escort-boy de standing, avant de finalement se réinventer en businessman. C'est un type qui multiplie les réseaux et les précautions de sécurité. Il se fait appeler Wilson, désormais. C'est lui qui pilote le tueur à gages que nous avons engagé. Il ignore les raisons pour lesquelles je l'ai choisi, mais quand tout sera fini, tu pourras lui dire.

Dee ouvre la portière côté passager, se laisse tomber à terre et vomit. Lorsqu'elle a terminé, ses mains sont marquées par le gravier de l'allée, sa gorge est douloureuse, ses yeux ruissellent. Elle lève la tête et voit Dave qui la dévisage comme si elle n'était qu'un insecte piqué sur sa planche.

424

— C'est exactement comme ça que tu as réagi quand je t'ai révélé que Danny avait fait brûler toute ta famille, lâche-t-il.

Des pas se font entendre sur le côté de la maison, un homme en veste rouge et casquette des Badgers apparaît, suivi de Barbara et Irene Brogan, attachées derrière lui.

— Prête ? s'enquiert Dave.

Dee inspire profondément. Ils ne peuvent plus reculer, maintenant. Et elle n'est pas une autre : elle est telle qu'elle est. Son frère. Son sang. Elle avait ressorti toutes les coupures de presse aujourd'hui, comme à chaque Halloween. Même si elle prétend n'avoir gardé aucun souvenir, ne pas avoir été traumatisée, il reste quelque chose, une sorte de reptile qui frémit en elle. Est-ce de la rage ? C'est plus froid que ça. La sensation qu'elle a le droit de prendre sa revanche – pas une vengeance sanglante, passionnée et délirante, mais une revanche qui lui est due. Ou plutôt une fin logique, nécessaire, à toute cette histoire. Elle sait qu'en fin de compte elle ne ressentira rien. D'ailleurs, elle ne ressent jamais vraiment grand-chose en vérité. Elle a passé tant de temps à faire mine d'éprouver des émotions qu'elle n'a jamais connues. Elle est bien meilleure actrice que Claire, pas de doute. Elle a été en représentation toute sa vie. Elle prend le bras que Dave lui tend pour l'aider à se relever, le regarde droit dans les yeux et retient sa main un instant.

— Pourquoi est-ce que tu fais ça, Dave ?

— Parce que… répond-il.

Puis il se détourne ; il se détourne et observe son reflet dans la vitre, de son côté.

Parce que.

Parce que Dave était persuadé que Danny le remercierait d'avoir lancé ce cocktail Molotov, réduit la maison des Bradberry en cendres, de l'avoir délivré de son persécuteur. Dave croyait que les gars seraient de son côté et que Danny lui serait reconnaissant : à l'époque, et à jamais. Pendant le plus bref des instants, après que les flammes avaient commencé à dévorer la maison, après qu'ils avaient réveillé Danny, alors qu'ils couraient, comme des fous, à travers les rues éclairées par les lumières de Halloween, pendant un bref instant, glorieux et grisant, Dave s'était senti comme un héros, une star. Ensuite, quand petit à petit la terreur et la panique des autres avaient commencé à être perceptibles, il avait compris son erreur : ils étaient épouvantés par ce qui s'était passé. Et un souvenir-écran lui était revenu, qui ne le quitterait pas, ce coup d'œil furtif jeté vers la maison en flammes, et ces deux enfants à la fenêtre, à l'étage. Même lui savait que ce n'était pas bien. Et sans partager leur panique, leur terreur, il avait compris très vite ce qu'il devait faire. C'était simple : Gene et lui avaient échangé leurs costumes, il portait donc sur son torse le *F*, comme Danny et Ralph. Mais qui avait un réel mobile pour cette ultime vengeance sur Jackie Bradberry ? Et puisque Danny avait perdu connaissance, il y aurait un moment dont il ne se souviendrait pas.

Ça, Ralph ne l'avait pas mis dans son putain de bouquin, hein ?

« Mais enfin, Danny, pourquoi tu as fait ça ? »

Il avait suffi à Dave de prononcer cette phrase.

Parce que tout était la faute de Danny, n'est-ce pas ? Sa faute si Dave avait éprouvé le besoin de le protéger, de l'aider, même si Danny ne lui avait jamais demandé, ne lui avait jamais fait assez confiance pour lui demander, de s'interposer face à Jackie Bradberry, contrairement à Gene. C'était la faute de Danny s'ils se trouvaient tous là ce soir-là.

Après ça, entre eux, plus rien n'avait été pareil. Combien de fois Dave avait-il voulu ouvrir son cœur, lui expliquer. Mais que dire ? Qu'il était coupable, mais avait préféré accuser Danny ? Non, il fallait continuer de le cacher, même si Danny s'éloignait.

Et Dave avait dû vivre avec ça toutes ces années, jusqu'à ce que le destin mette Claire Bradberry sur sa route, et l'emporte à nouveau. Le destin avait pris la forme de Danny Brogan.

— Parce que Danny Brogan a fichu ta vie en l'air, dit-il, des larmes dans les yeux soudain, et les mains agitées de tremblements. Il a détruit ce bonheur qui aurait dû être le nôtre. Maintenant il va payer.

Dee regarde Dave, elle hoche la tête, l'embrasse très vite, lui effleure la joue. Elle est avec lui sur ce coup, elle ira jusqu'au bout. Alors, enfin, elle sera libérée. De lui. De tout. Dee fait apparaître sur son visage cette expression qui dit « Je suis tellement contente de vous voir » et s'élance à travers la pelouse en direction des enfants, comme si elle était leur amie, comme si elle était envoyée pour les sauver.

I'm Beginning To See The Light
(« J'entrevois la lumière »)

Le lieutenant Nora Fox a épluché les coupures de presse entassées sur la table de Dee Saint Clair, qui évoquent toutes l'incendie qui a ravagé la maison des Bradberry trente-cinq ans plus tôt, ainsi que la fillette de trois ans, la seule à avoir réchappé de cet enfer. Nora est tombée sur des photocopies et un certain nombre de peintures toutes consacrées au même sujet : deux petits enfants, le visage raide d'effroi, à la fenêtre d'une maison sur le point d'être engloutie par les flammes.

Dans l'ordinateur de Dee, elle a trouvé, au sein de sa messagerie, des dossiers contenant les boîtes de réception pour les adresses de Danny Brogan et Claire Taylor ; et d'ailleurs, au moment même où Nora les inspecte, des messages arrivent, destinés à Claire, pour savoir s'il y a théâtre mercredi, précisant que Jenna doit rattraper un cours d'anglais et devra donc manquer la dernière demi-heure. Nora ignore comment on paramètre ce genre de système – elle a vaguement entendu parler d'un cheval de Troie, un logiciel malveillant qui infiltre un ordinateur

428

et envoie les informations à un tiers, permettant à celui-ci de les lire, voire de les manipuler. Les services techniques de la police ont suffisamment d'expertise pour en comprendre le fonctionnement. Peu importe comment, le fait est que ça a été installé, et sur le portable de Dee.

Nora reprend tout de zéro. Les Quatre Cavaliers – Danny Brogan, Dave Ricks, Gene Peterson et Ralph Cowley – ont sûrement été impliqués dans l'incendie. À en croire le dossier transmis par Cass Epstein du Bureau des affaires familiales et de l'enfance, Dee Saint Clair est Claire Bradberry, la fillette qui a survécu. Au vu des coupures de presse accumulées, elle n'a pas oublié ce qui est arrivé à sa famille.

Nora examine les tableaux montrant les enfants derrière la fenêtre léchée par les flammes. Une petite signature apparaît dans l'angle en bas à droite, même pas une signature, plutôt un paraphe. La seconde lettre est un *R*, la première pourrait être un *O*, ou bien un *C* fermé… Un *D*. D. R… Dave Ricks.

Elle se remet à l'ordinateur, recherche le nom de Dave Ricks dans la messagerie, lit les trois e-mails les plus récents. Elle n'a pas fini le dernier qu'elle est déjà au téléphone.

— Fowler.

— Ken, tu es toujours là.

— Je m'apprêtais à rentrer, mais tout le monde est réquisitionné pour la Freakfest en ville, alors je suis un peu le seul à tenir la boutique.

— Don est dans le coin ? Je n'arrive pas à le joindre.

— Il est sûrement quelque part.

— Bon, chope-le et empêche-le de partir, je suis là dans un quart d'heure. Je crois que l'affaire Brogan est sur le point d'être résolue. Et dis à Don qu'on aura peut-être besoin d'envoyer une équipe en urgence.

— Compte sur moi.

Nora relit le dernier message de Dave Ricks à Dee Saint Clair. Il se conclut ainsi :

```
Nous improviserons — après tout ils sont
humains, comment prévoir leurs réactions à
l'avance —, mais si nous parvenons à tous les
réunir au même endroit au même moment, alors
quel bouquet final! Quel anniversaire, quelle
belle fête de Halloween!
```

Me, Myself And I
(« Moi et ma petite personne »)

—Donna vient d'envoyer un texto, annonce Claire, la voix étranglée, à deux doigts de fondre en larmes tant elle est soulagée.

Ils sont à environ huit kilomètres de Cambridge.

—Elle dit que les filles vont bien, qu'on n'a qu'à venir les rejoindre.

—Bien, répond Danny. C'est ce qu'on va faire, espérons juste que la police de Madison ne soit pas dans le coin.

—Ils ne sont pas au courant pour Donna?

—Je crois que personne ne sait rien pour Donna. Elle a un don pour passer inaperçue. Je ne sais même pas quel est son nom officiel, de nos jours.

—Elle a repris celui de Brogan, l'informe Claire.

—Ah bon? Comment le sais-tu?

—J'ai vu du courrier à ce nom lorsque je déposais les filles chez elle il y a quelques mois. Le plus drôle, c'est qu'elle m'a vu le remarquer et elle m'a dit un truc assez cool, du moins *a posteriori*, alors que sur le coup je n'ai pas bien saisi.

—Qu'est-ce qu'elle a dit?

— « À un certain âge, on arrête de jouer à être quelqu'un d'autre. Tu es comme tu es. Tu es toi-même, c'est-à-dire la somme de tout ce que tu as fait et été toute ta vie. Et il faut que tu l'acceptes. » Tu sais quoi, Dan, c'est exactement ce que je ressens maintenant. Je me suis promis de chercher à savoir qui étaient mes parents naturels, enfin, ce que je fuis depuis toujours, un peu par déni. Je ne dis pas que je souhaiterais les rencontrer, ni rien, là c'est carrément autre chose. Mais... histoire de savoir. Parce que je suis comme je suis. Et tout ira bien.

Tout n'ira jamais bien, pense Danny. Il n'a encore rien révélé à Claire. C'est Dave Ricks qui a lancé le cocktail Molotov, pas Danny. Dee et Dave ont été mariés. Ils sont sûrement derrière tout ça, le chantage, le meurtre. Forcément. Quoi qu'il en soit, la réalité reste ce qu'elle est. Et le fait est que le certificat de naissance de Claire prouve qu'elle est née Claire Bradberry. Il doit le lui dire. Maintenant.

— Claire, il y a quelque chose que je dois te dire. À propos... À propos de l'incendie chez les Bradberry.

— L'incendie chez les Bradberry ? Ouh là. Celui où tous les enfants sont morts ?

Il se tourne vers sa femme, dont les yeux brillent d'intérêt, cette femme à qui il n'est même pas marié, et la contemple, s'emplit des moindres détails. C'est peut-être la dernière fois qu'elle lui sourit.

Soudain, son téléphone sonne. Répond-il ? Bien sûr.

— Nous savons que vous n'avez tué personne, Danny.

— Pardon ? Qui est à l'appareil ?

—Lieutenant Nora Fox, PJ de Madison.

—Pourquoi vous n'avez pas commencé par vous présenter ?

—Je ne voulais pas que vous me raccrochiez au nez. Quand je dis « nous savons », j'entends que nous avons la preuve que ces meurtres ont été commandités par Dave Ricks et Dee Saint Clair.

—C'est la conclusion à laquelle je suis arrivé moi aussi, mais je n'en ai pas de preuve.

—Vous et votre famille courez un danger immédiat, monsieur. Nous avons des raisons de croire qu'ils vont tenter de vous faire du mal d'une manière ou d'une autre. Vous n'envisagez pas de regagner votre domicile sur Arboretum Avenue, si ? Dites-nous où vous vous trouvez, nous mettrons en place une escorte policière.

—Ça a l'air grave.

—Je le pense.

Danny réfléchit, mais il n'a pas tout à fait confiance dans la police.

—Tout va bien, lieutenant. Nous nous retrouvons tous chez ma… Toute la famille se réunit.

—Je voudrais vous avertir plus particulièrement contre le feu.

—Comment ça ?

—Eh bien, vous n'ignorez pas, évidemment, que c'est aujourd'hui l'anniversaire de l'incendie qui a ravagé la maison des Bradberry. Nous savons que Dave Ricks, vous et vos autres amis, y compris celui qui est récemment décédé, Ralph Cowley, avez sûrement joué un rôle dans cet incident.

—Pas de commentaire.

433

—Nous n'avons pas rouvert cette enquête, monsieur. Mais les échanges entre Dave Ricks et Dee Saint Clair font référence à plusieurs reprises à un incendie et, si tout se passe comme prévu, à un « grand spectacle ».

« Un grand spectacle. » Ces mots envoient des frissons dans le dos de Danny. C'était exactement ce qu'ils avaient prévu pour la pelouse des Bradberry, lorsque tout cela n'était qu'une farce, avant que cela se transforme en catastrophe.

—Il pourrait s'agir d'une vengeance. Vous le savez, une petite fille est sortie indemne de l'incendie en 1976. Nous avons la preuve que c'est Dee Saint Clair. Son nom de naissance est Claire Bradberry.

—Non, répond Danny. Non, ce n'est pas vrai, je sais que c'est faux.

—C'est vrai, monsieur.

Danny est conscient du regard intense de Claire fixé sur lui. Il ne peut plus s'arrêter maintenant.

—J'ai vu… des documents… qui appartiennent à quelqu'un d'autre. Qui affirment… que ce quelqu'un d'autre… est cette personne.

—Dee Saint Clair vous espionne, vous et votre femme, depuis de nombreuses années. Elle intercepte tous vos e-mails, répond parfois à certains. Apparemment, M. Ricks et elle sont coupables non seulement de meurtres, mais aussi d'extorsion de fonds. La falsification de certificats de naissance ne me semble donc pas complètement invraisemblable, si ?

Le lieutenant Nora Fox lui demande une nouvelle fois vers où il se dirige, mais il raccroche et contemple l'écran en souriant comme s'il avait oublié comment on sourit.

— Qui était-ce ? demande Claire.

— Personne, répond Danny.

— Je vois. Et que voulait personne ?

— Rien.

Danny prend la main de Claire. Elle la serre.

Personne ne voulait rien. Après toutes ces années.

Et malgré tout ce qui s'est passé, tout ce qui menace au loin, malgré le danger et les incertitudes, la peine et la honte, Danny Brogan s'autorise à penser, enfin, que tout ira bien.

When No One Cares
(« Quand personne ne s'en soucie »)

Dee a déniché les DS Nintendo des filles, elle a serré Irene contre elle, tenté de parler à Barbara, et de les persuader que leurs parents sont en route pour leur maison de famille, « la vraie maison de toujours », comme dit Irene. En prenant garde à se tenir loin de Dave et Charlie, cet Irlandais maigrichon qui s'imagine être un cador, mais qui, aux yeux de Dee, ressemble surtout à une fouine avec de mauvaises dents, Dee est parvenue à convaincre les filles de monter à l'arrière du 4 × 4 de Dave. Puis, après avoir envoyé un SMS à Claire depuis le portable de Donna pour lui assurer que les filles l'attendent à Cambridge, elle prend la route pour Madison.

Charlie T. a pris position près du portail, il est prêt, il attend, le visage dissimulé par un masque de Halloween, un masque de diable, rouge, avec des cornes. La seule voiture visible dans l'allée est celle de Donna.

Dix minutes, quinze, vingt, puis une Toyota Corolla bleue apparaît et vient se garer juste

436

derrière. Aussitôt, Charlie T. boucle le portail, les yeux rivés sur Danny Brogan et Claire Taylor, qui se précipitent en direction de la maison, Claire sans même prendre le temps de fermer la portière. Les voilà sur le perron, ils sonnent. Charlie T. les suit de près. Dave Ricks leur ouvre, sa tête entièrement dissimulée par son masque de loup-garou, il écarte les bras.

— Des bonbons ou un sort ! s'écrie-t-il.

Claire hurle, Danny se jette sur le loup-garou, les deux mains autour de son cou, et tous deux terminent à terre, la tête de Dave heurte le carrelage. Charlie T. tire en l'air, il n'aime pas trop faire ça, au cas où il y aurait de bons citoyens à la con dans le voisinage qui iraient s'en plaindre, mais aujourd'hui, c'est Halloween, et qui est capable de faire la différence entre un pétard et un coup de feu ? La deuxième fois, il obtient une réaction.

— Lâchez-le ! crie Charlie T.

Il se rapproche alors de Claire Taylor, flingue à la main, et Danny Brogan relâche Dave Ricks, qui se remet péniblement debout. Ils sont tous là, réunis sur la véranda.

Des bonbons ou un sort !

— Où sont les filles ? demande Claire. Où sont Barbara et Irene ?

— Qui est là-dessous ? veut savoir Brogan en désignant le masque de Dave. C'est toi, Dave ? Dave ? Putain, mais qu'est-ce qui te prend ? Tu as perdu la tête ou quoi ?

Charlie T. a confié à Dave les chiffons imbibés de chloroforme, il attend qu'il en utilise un sur Brogan, mais Dave a l'air secoué, il reste là, les bras ballants.

437

Quel amateur. Brogan crie, jure, s'agite, Charlie T. comprend qu'ils vont devoir être deux pour neutraliser ce connard, que sa femme risque d'en profiter pour se tirer. La seule chose qu'il peut faire, c'est cogner Brogan entre les deux yeux avec la crosse de son flingue, et à nouveau à l'arrière du crâne. Et le voilà au sol, voilà comment il faut faire ; Claire se remet illico à hurler, mais Charlie T. se glisse très vite derrière elle et l'immobilise d'un bras. Il tend l'autre main vers Dave Ricks, qui y place un chiffon. Charlie T. lui presse le tissu sur le nez et la bouche, elle se débat, elle lutte, lui donne des coups de pied dans les tibias. Attends un peu, attends. Cent, deux cents, trois cents. Quatorze cents, et son corps se relâche entre ses bras.

The House I Live In
(« La maison que j'habite »)

Le lieutenant Nora Fox, engagée dans une traversée de la ville lente et compliquée par la fermeture de State Street, occupée, comme tous les ans, par la fête de Halloween de Madison, la Freakfest, fait étape au Brogan's – évidemment, le bar est bondé. Pourtant, dès le pas de la porte, elle croise le regard du sosie de Dolly Parton, comment s'appelle-t-elle déjà, Karen Cassidy, et Nora lui signifie, d'un coup de menton, qu'elle doit lui parler. La miniblonde non seulement ignore son geste, mais elle lui tourne le dos et s'affaire, soudain très concentrée sur la confection de ses boissons. Nora, qui, pour dire ce qui est en des termes peu élégants, commence à avoir sa dose de ces conneries, se fraye un passage parmi les hordes de fêtards comme un footballeur à la mêlée. Le temps qu'elle atteigne le bar, son humeur en a pris un sérieux coup, aussi, lorsque Karen Cassidy surgit avec dans chaque main un verre de liquide coloré décoré d'un petit cierge magique allumé et déclare « Je vous l'ai déjà dit, madame, je ne suis pas obligée de vous parler », c'est purement par réflexe que Nora s'empare des cierges et les plonge tête en bas dans les cocktails.

— Appelez-moi lieutenant, Dolly, réplique Nora.

Elles ont aussitôt l'attention d'un petit groupe de clients.

Comme Karen semble sur le point de faire quelque chose de vraiment très idiot, à savoir lancer un des verres à la figure de Nora, celle-ci l'attrape par le poignet et attire son visage vers le sien.

— Écoutez-moi bien. Ils vont réduire votre patron en cendres, lui, sa femme et ses gosses, et ils vont faire ça ce soir, maintenant, et vous refusez de lever le petit doigt pour les aider, à cause d'une loyauté mal placée à la con ? Je sais qu'il y a quelqu'un chez qui il pourrait se rendre, une personne de sa famille, qui garde ses enfants. Dites-moi qui.

— Qui va leur faire du mal ? demande Karen.

— Des gens de son passé. Ils ont déjà tué deux personnes et se fichent de faire du mal à Danny, à Claire, aux filles.

Karen se mord la lèvre, plisse ses yeux ornés de faux cils et lâche :

— Donna, sa sœur. À Cambridge. Je vous note l'adresse.

Une fois que tout le monde a franchi le portail de la maison des Brogan sur Arboretum Avenue, Dee emmène Barbara et Irene à l'intérieur, où elles pensent retrouver leurs parents. Dave Ricks et Charlie T., pendant ce temps, referment le portail à l'aide de chaînes. Dans le garage, ils trouvent une table de pique-nique avec bancs intégrés, qu'ils installent au milieu du jardin. Puis ils sortent Danny et Claire de la voiture. Ils sont toujours inconscients, mais Danny commence à montrer quelques signes de vie. Dave et Charlie T. installent les Brogan à la table, face à l'arrière de la maison, pour leur offrir une bonne vue sur la tour, puis ils attachent leurs mains et leurs pieds aux montants de fer. Ensuite Dave va chercher un bidon d'essence dans le coffre de son 4 × 4 et en asperge la pelouse.

Pendant ce temps, Dee guide les filles en direction de la seule pièce qui soit encore meublée, le repaire de Claire, même si ce n'est pas la raison pour laquelle elle tient à les emmener là-bas.

— Où est maman ? demande Irene.

— Où sont toutes nos affaires ? veut savoir Barbara.

— Par là, répond Dee en les envoyant vers l'escalier en colimaçon.

Et bien entendu, elles grimpent, parce qu'elles croient retrouver leurs affaires, et leur mère, et leur père, et une fois qu'elles sont en haut, Dee referme la trappe, la verrouille. Presque immédiatement, la voix d'Irene se fait entendre, elle hurle, elle pleure.

Difficile de savoir quelles émotions traversent le visage de Dee lorsqu'elle redescend, ou quelle est cette nouvelle expression qu'elle arbore. La Triste Résignation, peut-être. C'est comme si toute sa vie elle avait joué un rôle, et il s'agit de la représentation finale. À l'instant où elle émerge de la maison, Dave Ricks lui tend un masque intégral de sorcière avec chapeau pointu, que Dee s'empresse d'enfiler, comme soulagée de pouvoir se cacher à l'intérieur.

Dans le même temps, Dave allume un pétard, le lance sur la pelouse, qui s'embrase : les flammes dessinent une araignée, une tête de mort, un serpent, exactement comme autrefois.

Le lieutenant Nora Fox a discuté de l'affaire avec son capitaine, Don Burns, qui s'en est remis à Les Christopher, le commandant du District ouest, lequel hésite à impliquer la police de Cambridge. Nora insiste, il leur faudrait dépêcher une équipe d'urgence sur les lieux, le commandant rétorque qu'ils n'ont pas assez d'éléments pour déployer un groupe d'intervention et que, sauf son respect, les éléments en question se résument à une série de conjectures et d'intuitions. Nora propose qu'ils s'y rendent eux-mêmes, Christopher abdique, leur donne son feu vert. Allez-y. Maintenant. Nora Fox et Ken Fowler foncent tous les deux, ils parcourent trente kilomètres en vingt minutes et à leur arrivée devant chez Donna Brogan, au bord du lac Ripley, les décorations de Halloween sont allumées, mais il n'y a personne à la maison.

— Colby, suggère très vite Fowler.

Ils ne tiennent pas plus l'un que l'autre à confesser leur erreur à Don Burns ou Les Christopher, donc, alors qu'ils repartent en direction de Madison, Nora appelle l'agent Colby, qui se trouve dans State Street pour superviser la Freakfest, et demande à son supérieur l'autorisation de l'envoyer sur Arboretum Avenue.

Oh, quel grand spectacle. Le jardin est en feu, Dave, avec son masque de loup-garou, déambule d'un pas léger entre les figures, le serpent, l'araignée, la tête de mort ; on pourrait même penser qu'il danse. Danny est revenu à lui, son visage est en piteux état, son nez enflé, cassé peut-être, du sang a coagulé à l'arrière de son crâne. D'abord, en apercevant les flammes devant lui, il se croit en plein cauchemar. Et cette impression demeure lorsqu'il comprend que tout ça est bien trop réel, lorsqu'il lève les yeux vers la fenêtre de la tour, qu'il voit ses filles dans l'encadrement, leur visage déformé par la panique et la terreur. Il secoue le banc, tente de se débarrasser des cordes qui l'immobilisent, et ses mouvements raniment sa femme. Et Claire, constatant où ils se trouvent, et où sont les filles, se met à crier.

Avant même de sortir de sa voiture de patrouille, l'agent Colby sait qu'il y a un feu. Les imposantes portes en fer forgé sont barricadées, il ne peut pas entrer, mais rien ne l'empêche de le signaler aux pompiers, en spécifiant qu'il est de la police (car le standard est en général méfiant le soir de Halloween, nombre d'appels totalement superflus proviennent de personnes excédées ou qui paniquent pour rien). Il requiert une intervention immédiate, le feu non contenu risquerait d'embraser l'arboretum tout entier.

Puis il récupère une hache dans le coffre de son véhicule, et s'attelle à éliminer les obstacles qui lui bloquent le passage. Constatant que la force brute n'y suffit pas, il entreprend de grimper par-dessus le mur. Et c'est là que Charlie T., qui a entendu le policier s'attaquer au portail, le descend d'une balle. Le corps de Colby gît sur le sol, à l'intérieur de la propriété, et Charlie hoche la tête, derrière son masque de diable.

Les cris de Claire semblent servir de déclic : Dave sort deux cocktails Molotov de sa voiture, les allume, en tend un à Dee, mais celle-ci refuse, secouant sa tête de sorcière. Dave, qui a gardé son masque de loup-garou, hausse les épaules et lance le projectile enflammé en direction de la maison. Le feu s'élève le long des murs du rez-de-chaussée, gagne les portes de la véranda, la maison.

Claire ne crie plus, elle sanglote, mais continue de lever la tête bien haut, anxieuse de maintenir un contact visuel avec ses filles dans la tour. Danny crie quelque chose à Dee, quelque chose qu'il est difficile d'entendre, surtout par-dessus le rugissement des flammes.

Dave le loup-garou se tient au beau milieu du brasier, comme un chef d'orchestre, il oscille dans la chaleur, la lumière et la fumée. Danny crie toujours et Dee, la sorcière, s'approche. Danny agite sa tête, il fait non, il désigne Dave, et Dee se tourne vers Dave, puis vers Danny, et à son tour elle secoue la tête. Alors Danny recommence, hoche la tête de plus en plus vigoureusement, on entend presque ce qu'il dit, mais pas tout à fait, quelque chose à propos de Dave lançant le cocktail Molotov, et pas lui, et cette fois Dee s'attarde, la sorcière fixe cet homme au visage tuméfié, ensanglanté, et Claire, qui respire fort, vite, fait de son mieux pour ne pas pleurer afin que Danny soit audible.

Barbara et Irene, à la fenêtre. La fumée s'élève, les flammes lèchent le rebord. Leur petit visage.

Voilà que Dave, le loup-garou, allume le second cocktail Molotov. Il avance en direction de la table de pique-nique et le propose à Dee. Claire hurle. Dee le prend et se tourne pour parler à Dave. Il lève les mains en l'air, comme pour la chasser. Elle l'attrape par le bras, il s'ensuit entre eux un échange vif, la voix de Dee est dure, passionnée, celle de Dave, rauque de dédain jubilatoire, derrière eux le jardin flambe, la sorcière et le loup-garou au centre de la scène de cet enfer de Halloween. Il dégage sa main d'un geste, s'éloigne de quelques pas, désigne la fenêtre de la tour, puis Danny et Claire, et enfin tout l'espace autour d'eux, comme si cela devait répondre à Dee. Tête baissée, celle-ci se détourne, elle semble s'avouer vaincue, mais tout à coup, elle frappe Dave à la tête de toutes ses forces à l'aide du cocktail Molotov. Le verre de la bouteille se brise, l'essence en feu gagne son masque de caout-chouc avec une telle rapidité qu'on a à peine le temps d'entendre son cri. Dee détale, sa main brûle également, elle court vers le garage, secouant son bras pour tenter de l'éteindre.

Charlie T., toujours masqué, assiste à la scène, bouche bée. Le combustible se propage en un instant au reste du corps de Dave. Il titube dans le jardin, un loup en feu, rendu fou de douleur, ses membres battent l'air. Charlie T. lève son arme et l'abat de deux balles.

Dee a disparu. Le bruit des sirènes se fait entendre au loin. Charlie T. tire un couteau de sa veste, coupe les liens de Claire et Danny. Claire se précipite aussitôt vers la maison en flammes. Dès que Danny a les mains libres, il se jette sur le diable, qui agite devant lui son pistolet, puis le braque sur lui. Danny hésite une seconde puis fait volte-face et s'élance derrière Claire. Charlie observe le jardin, avise le portail qui donne sur l'arboretum, en prend la direction, il s'enfuit.

L'incendie n'a pas vraiment pris à l'avant de la maison. Claire grimpe à toute vitesse l'escalier en spirale, ouvre la trappe, les filles dégringolent, Claire les relève et les guide vers Danny, en essayant de les détacher d'elle – elles la serrent si fort –, en essayant de se détacher d'elles – elle les serre si fort, pour ne plus être à ce point terrorisée.

Ils ressortent sur la pelouse, la famille Brogan, ils s'embrassent, ils pleurent, ils toussent, ils ne veulent plus se lâcher. Un camion de pompiers est devant le portail, et la police aussi, mais personne ne peut entrer ; ils klaxonnent, ils les interpellent. Danny quitte sa femme et ses filles pour leur ouvrir le passage, défaire les chaînes, soudain il entend Claire qui l'appelle, qui lui dit d'arrêter. Il la rejoint : elle tient les filles tout contre elle, ses joues sont noires de suie et salies par les larmes.

— Laisse, Danny, dit-elle en secouant la tête. Laisse-la brûler.

— Mais tes affaires. Tous tes souvenirs. Et la lettre de tes parents, celle qui te disait qui tu es.

— Qui j'étais. Je sais qui je suis. Laisse-la brûler.

I'll Never Be The Same
(« Je ne serai plus jamais le même »)

M. Wilson, dans son appartement, contemple la ville en contrebas. Rien ne s'est passé comme prévu. Leur client est mort, la nouvelle a fait la une des journaux, il était de toute évidence dérangé, et si les négociations entre eux se sont bien déroulées par voie de téléphones jetables, M. Wilson n'est pas assez expert pour pouvoir jurer qu'il n'y a pas eu de faille dans sa sécurité. Et il attendait encore beaucoup d'argent, même si l'avance qu'il avait exigée était substantielle, certainement bien supérieure à ce qu'aurait pu imaginer Charlie T. Cela dit, Charlie T. et son imagination constituent un problème dont il n'aura bientôt plus à se préoccuper. Car aujourd'hui est le dernier jour de la carrière de violence de Charlie Toland. Il est censé arriver dans cet appartement d'ici – M. Wilson jette un coup d'œil à la pendule – vingt minutes, selon ce qui est convenu, pour récupérer le solde de tout compte et évoquer leur relation future.

M. Wilson tapote la poche gauche de son blazer marine, rassuré par le poids du revolver Ruger Compact que Carl Brenner a acquis pour lui. Il n'a jamais tiré sur personne, mais il n'a pas l'impression que la tâche soit trop ardue. Carl l'a gentiment mis en relation avec un ancien marine, qui lui a transmis quelques connaissances élémentaires dans l'usage des armes à feu. Il n'a plus qu'à présenter l'argent à Charlie, et à profiter du moment que l'Irlandais consacre invariablement à compter ses billets pour se débarrasser de lui, il devrait avoir amplement le temps. Et ce sera terminé.

De sa poche droite, il sort la lettre qu'il a reçue ce matin. Elle provient d'une femme qui prétend être sa sœur, Claire Bradberry, la seule enfant à avoir survécu à cet incendie qui a ravagé la maison de ses parents à Madison, il y a si longtemps. Elle fait allusion au plus récent client de M. Wilson, insiste pour le rencontrer. Elle semble croire que la coïncidence de leur sang commun a une sorte d'importance, que cela mérite que l'on s'y attarde.

M. Wilson secoue la tête, roule le papier en boule dans son poing. Où croit-elle donc vivre ? Dans un pays où le hasard de la naissance a une signification quelconque ? Pour devenir celui qu'il est aujourd'hui, il lui a fallu tout l'élan et toute la volonté dont il était capable. Pourquoi souhaiterait-il mettre ça en danger maintenant pour un simple coup d'œil en arrière ?

M. Wilson n'a rien à voir avec ce qu'il était. Seul compte ce qu'il est et ce qu'il est sur le point de devenir. Personne d'autre n'a d'intérêt. Ce sont les fondations mêmes de ce pays, nom de Dieu.

Il met le « Prélude » du *Parsifal* de Wagner sur sa chaîne Bose, monte le volume, s'assied et attend l'arrivée de Charlie T.

Millamant: Ah, paresseux, levez-vous quand vous voudrez. Autre chose : vous m'entendez, je ne veux pas que l'on me donne toutes sortes de petits noms quand je serai mariée. C'est formel. Qu'on ne me donne pas de petits noms.

Mirabell : Des petits noms ?

Millamant : Oui, comme *ma femme, mon épouse, ma chérie, ma joie, mon bijou, amour, cher cœur* et tout ce jargon répugnant, coutume nauséabonde des gens mariés – jamais je ne supporterai cela. Mon cher Mirabell, il ne nous faudra pas être trop familiers ou trop tendres, nous embrasser devant les gens, comme Milady Fadler ou Sir Francis ; ni aller ensemble nous promener à Hyde Park le premier dimanche dans un carrosse neuf, pour provoquer les coups d'œil et les chuchotements, et pour ne plus jamais nous faire voir ensemble après ; comme si nous étions fiers l'un de l'autre la première semaine, et ensuite honteux l'un de l'autre pour toujours. Ne faisons jamais de visites ensemble, n'allons jamais ensemble au spectacle ; soyons très distants et courtois, aussi distants que si nous étions mariés depuis longtemps, aussi courtois que si nous n'étions pas mariés du tout.

William Congreve, *Le Train du monde*[1]

---

1. Trad. Aurélien Digeon, coll. bilingue des classiques étrangers, Aubier-Montaigne, 1943. (*N.d.T.*)

All The Things You Are
(« Tout ce que tu es »)

La veille de Noël

Les jours et les semaines défilèrent péniblement,
s'enfonçant au cœur de l'hiver morne de Madison.
Les filles Brogan, secouées par l'effroyable épreuve,
l'affrontèrent chacune à leur manière : Irene explici-
tement, elle pleura et parla beaucoup, cramponnée
à ses parents ; Barbara intérieurement, ses sautes
d'humeur déjà existantes devenaient plus graves,
plus sombres. Certains jours, elle était égale à
elle-même, ingénue, agréable et pétillante, d'autres
on avait l'impression qu'elle était possédée par une
fugueuse de dix-neuf ans qui en avait trop vu, trop
jeune, et avait perdu foi en la nature humaine,
l'avenir, la vie elle-même. Toutes deux consultaient
des psychologues, qui estimaient qu'elles progres-
saient au mieux. Évidemment, elles étaient pourries
gâtées par tout le monde à tel point que leurs
parents s'inquiétaient tour à tour qu'elles finissent
à jamais traumatisées par cette histoire ou qu'elles

453

se métamorphosent en une sorte de simulacre des sœurs Kardashian.

Ils avaient dû endurer les funérailles : celles de Ralph Cowley, Jeff Torrance et l'agent Colby, et bien entendu, celles de Donna Brogan, les seules auxquelles les filles assistèrent. À l'exception, cependant, de celles de M. Smith. Leur chien fut enterré dans le jardin de la ruine en cendres d'Arboretum Avenue, qui ne leur appartenait plus, l'après-midi précédant la première grosse chute de neige. Et après cette inhumation, durant une semaine ou deux, pas une journée ne se passa sans que l'un ou l'autre des membres de la famille Brogan fonde en larmes, comme si le traumatisme de tout ce qu'ils avaient subi s'incarnait dans le corps de ce petit chien. Ils en auraient un nouveau au printemps, c'était au moins une nouvelle qui réjouissait tout le monde.

La compagnie d'assurances avait conclu un accord concernant la maison d'Arboretum Avenue. Il permettait à Danny de se débarrasser de l'emprunt souscrit lorsqu'il pensait mériter d'être riche. Pour l'heure ils vivaient dans les quelques pièces exiguës situées au-dessus du bar. Ils repartaient de zéro. Ce n'était pas simple, mais ce n'était jamais monotone.

L'enquête de police fut compliquée. Nora Fox travailla patiemment avec Barbara et Irene pour aboutir au portrait-robot de l'assassin de Donna Brogan ; Danny et Claire, pour leur part, avaient identifié son accent, irlandais. Peu de temps après, le FBI put ajouter à sa liste des dix personnes les plus recherchées du pays le nom de Charles Toland, clandestin arrivé de Belfast, Irlande, apparemment un ancien membre de l'IRA provisoire. L'ADN sur les poignets des filles, prélevé le soir de l'incendie, correspondait à celui de l'épiderme trouvé sur le couteau Sabatier ayant servi à tuer Ralph Cowley, ainsi qu'à celui du cheveu coincé dans la médaille miraculeuse déterrée par Nora Fox. Lorsque son profil ADN fut ajouté à la base de données du FBI, on le retrouva dans les traces présentes sur une scène de crime, un appartement en bord de rivière à Chicago, où avait été découvert, suite à un coup de fil anonyme, le corps d'un homme d'une cinquantaine d'années du nom de Wilson, qui semblait s'être tiré une balle dans la tête à l'aide d'un Ruger 38. La police scientifique avait très vite montré des soupçons concernant la nature d'une petite quantité de liquide relevée sur le cadavre. Il fut établi qu'il s'agissait de salive. Celle de Charles Toland, qui devait donc avoir tué M. Wilson, avant de lui cracher au visage.

Pendant un temps, le commandant de la police de Madison parut avoir l'intention de rouvrir l'enquête sur l'incendie qui avait ravagé la maison des Bradberry, et de poursuivre Danny et Gene pour association de malfaiteurs, mais le bureau du procureur estima qu'il n'y avait pas de quoi monter un dossier – trop de temps avait passé, pour commencer. Et étant donné la psychose de Dave, il serait vain d'associer son nom à celui de deux citoyens aussi irréprochables et productifs que Gene Peterson et Danny Brogan. D'abord, Gene et Danny avaient émis de profonds regrets concernant cette farce de Halloween qui avait si mal tourné. Il semblait en outre que les poursuites seraient à la fois injustes, difficilement applicables, mais aussi susceptibles de rouvrir davantage de blessures qu'elles n'en guériraient. Et qui voudrait demander des comptes à qui que ce soit pour des actes commis à l'âge de onze ans? Au Texas peut-être, mais pas à Madison.

Bien entendu, avec son thème macabre de Halloween, l'histoire connut un succès national, international, *viral* même. La manière dont la presse choisit de la raconter concordait avec les décisions de la police et du bureau du procureur: Dave Ricks, l'artiste cinglé; Ralph Cowley, le raté non violent dont le manuscrit révélait en partie la vérité; Danny Brogan et Gene Peterson, les irréprochables survivants des persécutions et du chantage.

On publia de grandes photos rétrospectives des funérailles des Bradberry, on évoqua brièvement l'existence des deux frères. On se concentra plus longuement sur Dee Saint Clair, l'ancienne Claire Bradberry: une partie de l'opinion l'érigea en femme fatale et humiliée; l'autre la défendit, c'était une victime survivante. Elle rejoignit Charles Toland sur la liste des fugitifs les plus recherchés du FBI. Bien qu'il n'y ait aucun lien entre eux, ils sont invariablement évoqués à la manière d'un couple, les Bonnie & Clyde des Temps modernes. Le FBI reçoit de multiples signalements quotidiens, un peu partout dans le pays, on déclare les avoir vus ensemble. Un morceau de rap, trois de heavy metal ont été écrits à leur sujet. Ce sont les personnes les plus fréquemment recherchées sur Google aux États-Unis.

Les dizaines de tableaux peints par Dave Ricks au fil des années, représentant les enfants Bradberry prisonniers de leur maison en feu, ont été soumis à d'interminables analyses par des psychiatres, des professeurs en école des beaux-arts et ces psychologues populaires que l'on appelle chroniqueurs de presse.

Cependant, les motivations de Dave demeuraient obscures. Danny y réfléchissait, y revenait sans cesse dans sa tête, qu'avait-il fait, où avait-il failli pour devenir ainsi l'obsession de Dave ? Pour finir, il ne put jamais vraiment dépasser le verdict qu'avait délivré Gene Peterson, avec son bon sens du Midwest, un peu brutal : « Tu sais quoi, Dan ? Ce type avait un problème, voilà tout. »

Certes, Danny avait été rongé toute sa vie par une culpabilité qui n'aurait pas dû être la sienne, mais la vérité demeurait : c'était bien lui qui avait eu l'idée de jouer ce mauvais tour aux Bradberry, d'enflammer la pelouse. La presse et le système judiciaire ne sont peut-être pas de cet avis, mais lui sait qu'il porte sa part de responsabilité dans ces morts. La vision de Barbara et Irene à la fenêtre le réveille encore au beau milieu de la nuit, une vision qui se télescope avec celle, si éloignée dans le temps, des Bradberry. Il sait que les tableaux de Dave sont l'expression de sa culpabilité, mais que ce n'était pas toute l'histoire. Que Dave ait provoqué l'incendie ne suffisait pas à absoudre totalement Danny : il traînerait ce poids jusqu'à sa tombe.

Danny et Claire restent hantés par Dee Saint Clair : Claire, par l'amie qui n'en était pas une, mais qui lui manque comme si elle avait été sincère ; Danny, parce qu'il se demande s'il ne serait pas le seul responsable de la réapparition de Claire

Bradberry. Ils se fatiguent eux-mêmes et mutuellement ; prompts aux larmes, à la colère ou aux récriminations, souvent incapables de déterminer, voire de se rappeler, ce qui s'est réellement passé et ce qui a été inventé pour leur nuire. Cette tromperie était si insidieuse que Claire a parfois la sensation d'être Claire Bradberry, et que Danny l'a trahie durant tout ce temps.

Et peu à peu, au fil des jours comme on dit, soudain des mains qui s'effleurent, des regards qui se croisent, et enfin, un baiser devient davantage qu'un simple baiser, et Danny et Claire commencent à se souvenir de qui ils sont, de ce qu'ils voyaient l'un dans l'autre, et de leur avenir, et de leur amour.

(Ce n'est pas parfait, bien sûr. Elle a encore l'impression qu'il cache quelque chose ; il pense encore qu'elle se contente de lui faute de mieux. Parfois il n'ose pas la regarder dans les yeux, ce qui la désole ; quelquefois c'est elle, et il craint le pire. Ce n'est pas parfait. Ça ne l'est jamais.)

Et les voilà, ces deux personnes, en cette veille de Noël, au bar-grill le Brogan's. Ils sont seuls, tous les deux, Danny a fermé le bar jusqu'à 17 heures, officiellement pour que le personnel ait le temps de faire ses courses de Noël, en réalité pour qu'il puisse s'asseoir ici avec sa douce, comme il le faisait quand le monde était encore jeune, qu'il puisse lui servir un verre et lui conter fleurette, pour voir ce qui se passe. Il porte un costume, mais ça ne veut rien dire, c'est chez lui une habitude, car sinon où finit-on quand on cède au laisser-aller, celui en laine anthracite, et elle une robe à carreaux rouge et vert anglais, sa robe de Noël, dit-elle, et il réplique qu'il

458

ne l'a jamais vue, elle répond que ça n'a jamais été Noël jusque-là.

Elle s'installe, il leur prépare un cocktail, il a choisi la musique, *Tone Poems of Color*, l'album qui jouait le jour de leur rencontre, il y a de la fébrilité dans l'air. Regardez-les, si nerveux qu'on croirait qu'ils se connaissent à peine. Mais Danny a un plan. Comme souvent. Et Claire s'y attend un peu, et le redoute à la fois. Danny sort de sa poche quelques pages, qu'il tend à Claire.

— C'est une scène du *Train du monde*, dit-il. Celle où ils échangent leurs vœux de mariage informels. J'ai pensé qu'on pourrait les lire ensemble.

Claire voit bien qu'il croit que cette idée pourrait lui plaire, pourtant elle ne peut imaginer plus laborieux, mais elle ne peut pas le dire.

— Dois-je comprendre que tu projettes de m'épouser ? demande-t-elle.

— Tout à fait.

— Eh bien, fais ta demande alors.

— Vraiment ?

— Bien sûr.

Danny s'apprête à se mettre à genoux, Claire l'arrête.

— Ce morceau fait vraiment trop film noir. Comment s'appelle celui qu'on aime, déjà ?

— Je sais, répond Danny en contournant le bar pour changer la musique. « Black », de Victor Young.

— Inutile de te mettre à genoux, au fait.

— Inutile de jouer les commandantes.

— Et tu ne voudrais pas arrêter de te prendre pour mon père et de me traiter comme si j'étais une gamine capricieuse ?

— Alors arrête de jouer les princesses, de soupirer comme si c'était forcément ma faute quand les choses ne se passent pas selon ta volonté.

Ils s'échauffent, le rouge leur monte aux joues, comme s'ils avaient reçu une gifle, mais ça leur plaît. Ils ont l'impression de s'être tournés autour depuis des semaines sans parvenir à se débarrasser de leur chaperon et de se retrouver seuls, enfin.

— Depuis que tu sais que tu n'as pas réduit ma famille en cendres, tu es vraiment devenu un petit con arrogant.

— Et toi, maintenant que tu ne te réserves plus pour un type de Chicago, qui ne devait pas valoir grand-chose pour commencer, on peut dire que tu es une garce sacrément sexy.

— Il ne t'arrivait pas à la cheville, concède Claire.

— Personne ne m'arrive à la cheville. Sauf toi.

— Heureusement que je suis là alors.

— Est-ce que tu veux m'épouser ?

— Il va falloir m'embrasser d'abord.

— Ces filles modernes. Elles ne respectent plus rien.

Ils s'embrassent longuement, comme s'ils retombaient amoureux dans l'instant. Et d'une certaine manière, c'est vrai. La musique, démodée, ruisselle de cordes, dramatique jusqu'à l'absurde. Grâce à elle, ils s'imaginent en héros de leur propre film. Voilà si longtemps qu'ils n'ont plus ressenti ça. Les ombres de la pièce sont percées de rais lumineux, le bas soleil d'hiver se faufilant par les rideaux entrouverts ; des rais que les vitraux teintent de rouge, de vert et d'or, et qui font scintiller les boules de Noël nacrées. La lumière luit sur les boucles auburn de

460

Claire, les mèches brunes et grisonnantes de Danny. Il flotte dans l'air un soupçon de gin, de Cristalle de Chanel, un nuage de cannelle et de gingembre – Claire vient de passer trois jours en cuisine. *Tone Poems of Color*.

Les sons, les couleurs, les parfums et les épices, tout se mêle pour donner chair et vie à ce mariage. Même s'ils ne sont pas encore mariés.

Tout ce qu'ils sont.

Ou presque tout.

Que manque-t-il?

Regardez bien, maintenant.

On entend du bruit, à la porte.

— Où sont les filles? demande Danny.

— À la librairie. Elles avaient pour mission de nous acheter des livres pour Noël.

La voix des deux filles dehors, Barbara et Irene.

— C'est elles. Tu vas leur ouvrir?

— Ce n'est pas fermé à clé. Est-ce qu'on élève des idiotes, madame Brogan?

— Non, monsieur Brogan.

La porte s'ouvre dans un grincement et le soleil de décembre grignote lentement l'obscurité de la pièce immobile.

Les voilà. Le son de leurs voix, leurs pas rapides.

Les voilà. Car sans elles, quoi?

Voilà les enfants.

REMERCIEMENTS

Je dois beaucoup à un certain nombre de personnes qui m'ont aidé, d'une manière ou d'une autre, pendant l'écriture de ce livre. À Madison, Patricia Lucey, Michael Lucey et Tom Colby. À Chicago, Theresa Schwegel et Kevin Lambert. À Dublin et Londres, Sheila Crowley, John Connolly, Diarmuid O'Hegarty, Alan Glynn, David Cox et Jessica O'Leary. Et chez moi, Kathy, Isobel et Heather.

Achevé d'imprimer par GGP Media GmbH, Pößneck
en juillet 2015
pour le compte de France Loisirs,
Paris

N° d'éditeur : 82007
Dépôt légal : avril 2015

Imprimé en Allemagne

Composition : Soft Office – 5 rue Irène Joliot-Curie – 38320 Eybens